PIGALLE

René Fallet est né à Villeneuve-Saint-Georges en 1927 d'un père cheminot, lui-même fils de paysans bourbonnais. Après divers métiers et tribulations, il entre, grâce à Blaise Cendrars, au journal Libération. *En 1947,* Banlieue Sud-Est, *son premier roman, est l'événement de la rentrée littéraire. L'année suivante paraît* La Fleur et la Souris, *puis* Pigalle *en 1949. Le Prix Populiste lui est décerné en 1950 pour ces trois livres. Depuis, les succès de Fallet ne se comptent plus. Chacun se souvient de* La Grande Ceinture, Le Triporteur, Un Idiot à Paris, Le Braconnier de Dieu, Le Beaujolais nouveau est arrivé, Y a-t-il un docteur dans la salle ?, La Soupe aux choux.
Prix Interallié pour Paris au mois d'août *en 1964, René Fallet est membre du jury de ce même prix. De nombreux films à succès ont été tirés de ses romans tous publiés par Denoël, son éditeur depuis 1951, à l'exception de* La Fleur et la Souris *(Galilée/Oswald) et, bien sûr, du présent* Pigalle.

Certains romans de René Fallet se résument aisément. Pas celui-là qui, d'une part est son livre le plus volumineux et d'autre part emprunte beaucoup, dans son écriture et dans sa construction, aux techniques du roman populaire. Il s'agit en fait d'un véritable western qui débute pendant la Libération de Paris. Toutes les premières scènes décrivent assez irrespectueusement — car la fibre patriotique ne vibre pas très fort chez Fallet — ces journées pendant lesquelles défilent, au milieu de personnages hauts en couleur, la plupart de ceux qui vont constituer le fil conducteur du roman et particulièrement son héros principal, jeune homme de bonne famille quelque peu dévoyé qui, pour échapper à l'armée dans laquelle il vient de s'engager bêtement, déserte en compagnie d'un mauvais garçon de Pigalle. Et c'est, bien sûr, dans le dédale des ruelles de ce quartier que les deux déserteurs trouveront refuge, auprès du tenancier d'un bar-hôtel qui sert de couverture à un trafic de drogue. Là, va se constituer une fine équipe qui, de casses en maquereautages, ira jusqu'au meurtre. Mais nous ne dévoilerons pas la fin de ce roman « noir » qui se lit comme un « polar » et pour lequel, donc, le suspens compte. Ce serait un roman réaliste sans l'humour de René Fallet, mais ce n'est pas non plus un livre sans gravité car le monde qui y est décrit, et qui a aujourd'hui disparu, du moins sous cette forme, n'est pas un monde où l'élément dominant est la tendresse : si l'amour n'en est pas absent, il y est plutôt objet de marchandages et de troc que sujet d'attendrissements.

ŒUVRES DE RENÉ FALLET

Dans Le Livre de Poche :

PARIS AU MOIS D'AOÛT.
BANLIEUE SUD-EST.
LE TRIPORTEUR.
LES PAS PERDUS.
L'AMOUR BAROQUE.

RENÉ FALLET

Pigalle

ROMAN

AVEC UNE LETTRE-PRÉFACE
PAR JEAN-PAUL LIÉGEOIS
ET UN AVERTISSEMENT DE L'AUTEUR

NOUVELLES ÉDITIONS OSWALD

LETTRE[1]-PRÉFACE

Montmorency, le 28 décembre 1978

Mon cher René,

Tu en avais un peu trop fait. Tes propos n'admettaient aucune réplique. Je te les rappelle : « Une seule fois, j'ai écrit un roman dans le but de gagner de l'argent. Je me suis dit : «La mode est aux gros romans, les gros romans se vendent « bien, écris donc un gros roman et tu es sûr de faire du fric. » J'ai donc écrit *Pigalle,* qui est un gros roman, dans ces dispositions. Résultat : un très mauvais livre (...). Je l'ai retiré de la liste de mes œuvres, je ne veux plus qu'il soit réédité. » *J'avais enregistré et le serment avait été imprimé*[2].

Tu en avais vraiment trop fait. Tu m'avais dit : « Tu ne liras jamais *Pigalle.* Je ne te prêterai jamais le seul exemplaire qui ait été sauvé, le mien. » *Cette obstination a fini par m'intriguer. Je viens de lire* Pigalle. *Sans ton autorisation. Et sans avoir été obligé de te voler le beau volume qui me narguait à chaque fois que j'entrais dans ton bureau. Une bonne âme m'a procuré un autre exemplaire de* Pigalle. *Un vrai,* « achevé d'imprimer le 15 novembre 1949 par l'imprimerie Comte-Jacquet à Bar-le-Duc. »

Je referme à l'instant ton « mauvais livre ». *Je n'irai pas par quatre chemins. Tu t'es fourré le doigt dans l'œil. En technicolor. Je ne te dirai pas que c'est ton meilleur livre, je me contre-*

1. Reçue par René Fallet le 2 janvier 1979, au courrier du matin.
2. *In* Jean-Paul Liégeois : *Splendeur et misères de René Fallet* (Denoël).

fiche des classements de ce genre. Simplement, j'ai bu de la petite encre de la première à la dernière page. Pas un décrochage. Pas un bâillement. Un train d'enfer. Des souris superbes : Béatrice et Minna. Des « rapides » prénommés Fred, Thierry, Tarin et compagnie, dont je ne voulais à aucun prix lâcher le boyau. Mais faut les suivre, ces champions de la démerde! Ce pourrait n'être qu'un bon polar gentiment popu, un remake de Carco sur fond de Libération de Paris. C'est autre chose, c'est mieux : un enfant à deux parrains; oui, ton bouquin, moi, je le mettrai plutôt sous le double signe de Cendrars et de Céline. Tu aurais le droit d'en être fier. Pourquoi l'as-tu renié?

J'imagine ce qu'on pourrait en faire : un feuilleton dans un journal du soir, un film échevelé, une bande dessinée hurlante. Ou, tout bêtement, un succès dans une collection de romans en format de poche; il serait entre Emmène-moi au bout du monde *et* Le voyage au bout de la nuit. *Un grand malentendu, commercialement organisé bien sûr, en ferait un best-seller dans toutes les sex-shops entre le square d'Anvers et la place Clichy :* Pigalle. *Grâce à toi, la littérature entrerait chez les paumés toutes catégories. Et on te déclarerait d'utilité publique... Je rêve, hélas!*

Je voulais seulement te prévenir : tu n'arriveras plus jamais à me faire croire que ton roman le plus long est le plus court en talent. Et je n'aurai de cesse de le proclamer à la cantonade, dussé-je t'obliger un jour à te parjurer : il faudra que tu acceptes de re-publier Pigalle, *je n'aime pas les plaisirs solitaires, je les préfère partagés.*

C'est ton maître, Paul Léautaud, qui disait : « Le lecteur ne sait pas lire. » *Il aurait pu ajouter :* « Les auteurs non plus ». *Et je lui en aurais fourni un bel exemple : l'écrivain René Fallet.*

Le jour ou tu te décideras, ton « biographe attitré », comme tu m'appelles, se transformera volontiers en préfacier occasionnel.

A toi.

JEAN-PAUL LIÉGEOIS

P.S. – *Une précision. La bonne âme qui m'a trouvé* Pigalle *est notre copain Oswald. Au cas où tu ne le saurais pas, je te signale qu'il est éditeur...*

J'ai gardé un mauvais souvenir de Pigalle. *Parce que ç'avait été un bide, ou presque. Pouacre destin qu'un auteur pardonne encore moins à ses livres qu'un père aux manquements de ses enfants. La mode, en ces temps-là, était aux forts volumes. J'avais l'âge – vingt et un ans – de succomber, et aux modes, et aux tentations. Celle de me griffer un peu d'osier me sifflait aux oreilles. De la monnaie, je n'en vis guère, et, au lieu d'en vouloir à un jeune écrivain, j'en voulus à mon bouquin.*

Je le supprimai carrément de la liste des œuvres « du même auteur » et je m'en fus rassuré. J'avais chassé à coups de pierre le chien galeux, noyé le chaton et bouffé le canard boiteux.

Seulement voilà... monsieur Malagnoux veillait... Au vrai, il ne devait pas tellement veiller, mais prenait parfois le 38, qui est un autobus parisien.

Trente ans après avoir écrit Pigalle, *un jour de mars 79, je montai donc dans le 38. Je m'assis à côté de monsieur Malagnoux, qui me fit l'honneur de me reconnaître. Qui m'embarrassa horriblement en m'entrenant de ce maudit* Pigalle. *En m'en disant grand bien. Qui déplora de n'en plus posséder d'exemplaire. Bref, qui me donna quelque vague remords, de la rue du Grenier-Saint-Lazare à la place Saint-Michel...*

D'après ce monsieur chu du ciel de la R.A.T.P., Pigalle *avait pouvoir de document sur la Libération de Paris, l'après-guerre, les mœurs, etc. Je promis à monsieur Malagnoux, respectable monsieur de mon âge, de lui envoyer un* Pigalle *si jamais le hasard me poussait à le rééditer.*

Le rééditer, Pierre Jean Oswald y tenait. Ce qu'il n'avait su accomplir, à savoir me forcer la main, monsieur Malagnoux le put, lui, en cinq minutes d'autobus. J'ai cédé au lecteur inconnu, sous le fallacieux prétexte que le lecteur a toujours raison. Non seulement monsieur Malagnoux aura son exemplaire tout neuf de Pigalle, *mais, pour me venger, je lui joue le tour pendable de lui dédier l'ouvrage! Cela lui apprendra à emprunter les mêmes directions que moi.*

Je n'ai pas revu, ni même relu ce roman. Je ne sais pas si monsieur Malagnoux a tort ou non de le priser. Qui pis est, j'ai totalement oublié ce qu'il y a dans ce Pigalle. *Complètement. Pensez! Trente ans! Je n'ai pas de mémoire, en outre. Lorsque je relis* Le Rouge et le Noir, *je me demande toujours ce qui va arriver à Julien Sorel. Pour le coup, il va m'arriver quelque chose d'unique : pour la première fois de ma vie, je vais lire du Fallet. Je ne sais rien de ce jeune auteur. Pourvu qu'il ne me déçoive pas trop!... Pourvu que je n'aie pas à regretter d'avoir pris, un jour, le bus numéro 38!...*

RENÉ FALLET

Pour monsieur Malagnoux

CHAPITRE PREMIER

LOIN, la République en statue tournait le dos aux agitations réunies du Xe et du XIe, séparés d'un trait de règle par la rue du Faubourg-du-Temple. Son bras tendu lançait au ciel un goupillon de liberté trempé dans le ciel d'août jusqu'à la garde.

M. Beaudoin, alias capitaine de réserve Julien Beaudoin, alias, « Captain Courageous » trois jours auparavant, souffla dévotement sur le plomb d'une balle de 6,35 mm, qui se ternit. Il la frotta contre sa manche et le soleil dansa dessus.

Aplatie sur le ventre, la tortue grise du blockhaus allemand fermait la rue. Les paupières multiples et horizontales des meurtrières dévoilaient par instants les pupilles mornes des canons de 37.

Puis la rue vide, les croisements vides, les stores baissés, le désert. Enfin, une dizaine de mètres avant le boulevard Jules-Ferry, s'élevaient les sacs de sable, les sommiers et les vieux matelas d'une barricade de quartier surmontée d'une voiture d'enfant, parachevée d'arbustes et de rangs de pavés.

M. Beaudoin resserra sa courroie de jumelles, glissa la balle dans le barillet vierge de son pistolet et monta sur trois sacs de plâtre constituant l'escalier de cette barricade. Deux vieux messieurs assis sur un banc du square Frédérick-Lemaître se poussèrent du coude.

« Oh ! Voyez M. Beaudoin qui s'expose...

– Le malheureux ! » souffla l'autre en détournant les yeux.

M. Beaudoin glissa son nez entre deux rayons d'une des roues du landau, plaça le canon de son arme entre d'autres rayons. Cela fit « poum ». Il redescendit, assez blanc, en tapotant du pouce sa Médaille militaire salie au contact d'un moellon.

Une dizaine d'hommes, étalés de-ci, de-là tout au long du rempart, se permirent de sourire. Une douille éjectée d'un fusil sonna sur le trottoir. Le feu reprit, un feu individuel, parcimonieux, avec des pauses, des tiraillades brusques. Le lebel, le chassepot de grenier et la mitraillette Sten au long bruit de coupon d'étoffe déchirée tendaient leurs cous vers la coque de ciment posée là-bas comme un animal plat, curieux et mort. Ils n'en faisaient sortir que les petites fumées des murailles ébréchées, caressées par ces balles moustiques. Il eût fallu tirer juste dans une de ces fentes d'où partait de temps à autre, un obus de 37. Celui-ci passait par-dessus la barricade, régulièrement. Les meurtrières du blockhaus, trop élevées, ne permettaient pas d'atteindre l'objectif. L'obus filait avec un bruit lugubre, remontait entièrement la rue pour aller s'écraser aux cent diables, sur un immeuble innocent faisant le coin du boulevard de Belleville.

Les deux squares vis-à-vis, une vingtaine de mètres derrière la barricade, servaient d'asile aux combattants. Le square Frédérick-Lemaître comptait : un docteur et sa trousse, un tonnelet de rouge offert par l'épicier et une quinzaine de badauds excités et tremblants. Le square Jules-Ferry, lui, récoltait les munitions que des âmes charitables allaient collecter dans les maisons du faubourg. La même quinzaine de badauds y rentrait le cou dans les épaules à chaque départ d'obus gueulard, ronfleur, strident. Un monsieur bien mis tentait avec patience d'y fabriquer une grenade, assis sur le sable, à côté d'un drapeau tricolore qu'une ménagère avait piqué là dès l'aube, au début de la lutte.

C'était le 25 août 1944, à dix heures du matin.

M. Beaudoin alla au Square du tonnelet de rouge. Dix mains lui en tendirent un verre.

« Alors ?

— Ils tiennent bon, les saligauds.
— Vous les voyez ?
— Pensez-vous, ils se cachent. »

Il eut une moue dédaigneuse et ajouta même, farouche, un « On les aura ! » qui en disait long sur ses intentions. Et « Captain Courageous » dans la clandestinité se fit aider d'une jeune fille rose qui lui épingla sur la manche un brassard F.F.I. sortant des armoires et des piles de draps. Les deux vieillards voulurent toucher. L'un murmura :

« Ça sent la liberté. »

L'autre cria en se levant d'un coup du banc qu'il occupait depuis le chant du coq :

« Ça sent la gloire ! »

Et cela sentait la lavande et la pastille de menthe.

Un obus fit « boum » sur le mur, là-bas. Le capitaine Beaudoin regagna son poste. Les hommes s'étaient groupés, leurs armes à la main et regardaient en chuchotant vers un point se mouvant sur le bitume, près du blockhaus.

« C'est un chleuh, j'te dis.
— T'as des visions.
— C'est toi qui est miro ! Il a un pic à la main.
— Ah ! oui...
— Je le vois !
— Moi aussi.
— Et ce qu'il vient foutre là avec son pic, c'est pas compliqué, il vient rabaisser la meurtrière. Comme ça, ils pourront nous tirer dessus.
— Pourquoi qu'ils ne la rabaissent pas de l'intérieur ?
— J'sais pas... c'est peut-être tout en fer là-dedans. Regardez, il est à genoux... »

Et le pauvre Franck Hittman, vingt-trois ans, né à Anspach (Bavière), flanqué à la porte du blockhaus par son caporal, devint le point de mire des parigots du coin. On le descendit sans bavures, comme les pipes et les poupées des Foires du Trône d'antan. Son pic, lequel n'avait servi à rien, lui retomba sur l'épaule.

« Bravo, Dédé, pas fait un pli. »

On exulta cinq minutes. C'était le premier du quartier. Ceux qui l'avaient loupé se rattrapèrent sournoisement en envoyant quelques balles perdues à ce Hittmann-là, qui n'en demandait plus tant depuis belle lurette.

Il faisait une chaleur bizarre où l'été se mêlait à la poudre, aux coups de feu soudains dans le silence de la rue vide. Une cage à serins, décrochée par un chat quelconque, s'était ouverte sur le rond bleu d'une plaque d'égout. Un oiseau s'envola en jouant à la colombe de la paix, un autre resta au sol, l'aile brisée sans doute. On vit traîner sa tache jaune tout au long du caniveau. Elle disparut derrière une boîte d'allumettes.

Le soleil, là-haut, comptait les coups. Un encensoir, un drapeau, un monde, un gros tas de lumière blonde sur les vitres cassées, sur les armes. Et, très loin, le murmure de roue libre d'une mitrailleuse invisible.

Brusquement, une voiture allemande passa boulevard Jules-Ferry, dans le dos des combattants. Elle vira rue de la Douane. Personne n'avait eu le temps de réagir, sauf M. Beaudoin qui, blême, cacha de la main son brassard F.F.I. Il fit mine de l'épousseter, sentant sur lui le regard étonné des vieillards. La barricade s'exclamait :

« D'où qu'elle sort, celle-là ?

– Ils pouvaient nous foutre une méchante rafale s'ils avaient eu le temps...

– Y a donc personne sur le boulevard ? »

Une camionnette d'épicerie qui traversait la rue Saint-Maur, là-bas, dans le champ des obus de 37, en prit une en pleine carrosserie. Elle flamba comme du celluloïd.

« Malin, de traverser par un temps pareil...

– Fallait passer entre les clous... »

Le monsieur bien mis se leva de son banc et s'approcha des défenseurs, sa grenade à la main. Il salua M. Beaudoin.

« Je crois qu'elle va marcher.

– Bon, mais lancez-la loin. »

Le monsieur grimpa aux cimes des sacs de sable. Une balle se trouva là pour l'accueillir et il entraîna la voiture d'enfants dans sa chute, lâchant la grenade que, par chance, il n'avait point dégoupillée.

M. Beaudoin se pencha et dit :

« Mort pour la France. »

*

Il était midi. Des femmes apportèrent du pain fantaisie et du camembert. On saucissonna sur les sacs de la défense passive. L'un des hommes lut à voix haute un de ces nouveaux journaux dont le titre serait si difficile à retenir.

« Leclerc arrive ! gueula-t-il.

– Ça fait une semaine qu'on le dit ! ronchonna un jeune homme.

– Oui, mais cette fois c'est la bonne, il est aux portes... »

Ils se levèrent tous et chantèrent *La Marseillaise.* Ils se rassirent tous et vidèrent une bouteille de Vouvray cuvée réservée, don de la dame du Familistère, puis reprirent leurs places. Derrière eux, le quartier s'agitait. Forts de la lecture de la presse nouvelle-née, les habitants pavoisaient.

Un envol de drapeaux tomba sur les fenêtres. Délire de bleu blanc rouge à tous les étages. Pluie d'Union Jack aux mansardes. Dans les cours. Sur les toits. L'Amérique plein les portails. Accrochée aux gouttières. Emplissant les greniers. Etalée sur les tuiles. Le tout saupoudré d'étoiles rouges embrasant tout le ciel aux yeux cernés de bleu, surfilé de faucilles et de marteaux. Guirlandes de 14 Juillet tardif, bamboula nationale et course à l'échalote... Sera suivie de balles de nuit... Tuer le veau gras... Jeux pythiques, Your-kippour, Vive la France, tagada tsoin tsoin, ont droit qu'à leur cercueil, vive la liberté, mort aux vaches, victoria, VVVVV, en avant la musique...

Ils se montrèrent tous. Les vaillants auditeurs de la radio brouillée. Les épingleurs de cartes du front de l'Ouest aux murs de leurs W.C. Les signataires de lettres anonymes dénonçant le fusil de chasse, le monsieur qui voyage trop et celui qui sort la nuit. Les héros du mois d'août. La dame qui a donné une cigarette au résistant du 3e. Les donneurs de cours de morale gratuits. Ceusses qui ont déchiré leurs cartes du P.P.F. Les fils de tués. Les braves gens. Les fumiers. Les mères de famille. Ils se jetèrent tous aux barres d'appui et firent : « Ah ! » La clameur monta dans la ville, accompagnée des fumées de pipes et chaussettes. Les phonos se mirent à moudre du *Chant du départ,* des *Allobroges* et des *Marches lorraines.* On s'embrassa. Les gosses ne se firent pas sonner les cloches. Les églises remuèrent les leurs. Libération ! On pleura. On but l'apéro à l'œil. Et on recommença à gueuler tout en lorgnant de gauche à droite pour voir se ramener les vrais libérateurs, ceux qui avaient l'uniforme. Toujours rien.

Les canons de 37 se mirent au tir rapide. Quelques lampes se transformèrent en charbon de bois. Le drapeau français, planté sur la barricade, ressembla illico à ses frères des Invalides.

Ce fut alors le grand émoi, le grand danger du jour. Une rafale tomba du ciel, des balles crevèrent des sacs, un homme culbuta sur les pavés. Les combattants s'engouffrèrent dans un couloir sans chercher à comprendre. Les deux squares se vidèrent de leurs occupants ahuris, changés d'un seul coup en antilopes de course. Enfin, l'on regarda en l'air. Sur le toit du 31 du Faubourg-du-Temple, un homme courait, les mains pleines d'un fusil-mitrailleur. Il disparut derrière une cheminée et arrosa les alentours toutes les cinq minutes. La barricade désertée prit un aspect de terrain vague.

Dans le couloir, on se ressaisissait. M. Beaudoin retint par la manche un gars décidé à « trouer la paillasse à ce boche de ses deux ».

« N'y allez pas...

– Alors on va l'laisser là-haut ?

– D'abord qui c'est ?

– Un S.S. !

– Il est en bleu, c'est un milicien ! »

C'était un milicien. On se regarda, un peu navrés... Un Français... Un Français qui dégommait sans se presser le drapeau de son patelin piqué entre deux pavés. Un milicien pour film américain, ceinturé de chargeurs et bardé de grenades... Une salope...

On se concerta.

« Faut faire quelque chose, on est là pour ça...

– Si on sort, il va nous voir... »

M. Beaudoin clama :

« Un volontaire avec moi ! »

On haussa les épaules. N'étaient-ils pas tous volontaires ? Le capitaine exposa son plan. Il s'agissait de grimper dans les étages du 28 en face du mitrailleur et de le descendre d'une fenêtre.

« J'vais avec vous ? » s'écria le nommé Dédé, fin fusil de la bande.

M. Beaudoin re-rectifia sa courroie de jumelles, ému, pensa à sa femme et à ses enfants, balaya l'air d'un signe de croix, s'empêtra dans le paillasson, entama l'escalier en cherchant des balles au fond de ses poches. Dédé manœuvrait sa culasse. Son Mauser « n'était pas manchot ».

« Où va-t-on ? questionna-t-il.

– Je pense qu'au quatrième, ce sera l'idéal », souffla l'autre, qui avait de l'asthme et du sang-froid.

Ils arrivèrent au quatrième et tombèrent d'accord sur la porte à ouvrir pour être dans le champ.

M. Beaudoin frappa du poing, puis du pied. Il parla, ainsi qu'il l'avait vu maintes fois au cinéma, de faire sauter la serrure d'un coup de revolver. Il hurla des « Ouvrez ! » à s'en faire péter les veines du cou. Dédé le fit taire et commença un bon travail de coups d'épaule.

Alors, la porte s'ouvrit en claquant, un homme en pyjama parut et demanda :

« Que se passe-t-il donc, messieurs ? »

CHAPITRE II

UNE jeune fille en peignoir marine se profila derrière lui. Elle ouvrait de grands yeux verts ahuris.

Les deux arrivants, suffoqués, ne répondirent pas. Comment, Paris ne dormait plus depuis une semaine, Paris transformé en rôtissoire, Paris habillé de drapeaux, échancré de balles, écrasé de clameurs, Paris en armes et là, dans cette chambre à persiennes closes, un couple que l'on dérangeait, qui se reboutonnait en demandant, avec une politesse déplacée, ce qui se passait au dehors...

M. Beaudoin bredouilla :

« Excuses... Milicien en face... Voulons tirer de chez vous si ça ne vous dérange pas... »

L'homme se tourna vers sa compagne et la regarda, amusé.

« Ça te gêne, toi ? »

Elle s'était assise sur le lit chamboulé, murmura en passant ses mules :

« S'ils ne sont pas trop longs... »

Ils s'écartèrent, les autres avancèrent. Dédé pensant confusément au culot sans nom qu'il y avait de faire l'amour tous volets tirés alors que la Libération se gagnait dans la rue. Il tira violemment les rideaux, repoussa les persiennes.

L'homme le regardait, allumant un ninas d'un geste intéressé. Peut-être vingt-trois ans... la fille vingt.

« Je le vois », souffla Dédé en se retournant.

Il indiquait un point, en face. M. Beaudoin et l'homme s'approchèrent.

Le milicien, de profil, à genoux vers la cheminée, guettait la barricade. Immobile comme un braque à l'affût. Des larmes de sueur huilaient ses joues. Le soleil le flattait. Bonne bête, bonne bête, te voilà revenue du front de l'Est, de la Légion tricolore, de la garde d'honneurs gagas, du six février, de l'antisémitisme et de l'Ordre de la Francisque. Te voilà sur les toits, matou bleu.

Une fumée blanche, vapeur de soupe aux choux, s'évada de la cheminée. Un grand silence était tombé.

Dédé s'agenouilla à son tour, posa le canon du Mauser entre deux pots de fleurs, tira. Le milicien fit volte face, balaya l'air d'un écran de feu. Dédé se dressa, comme pris de crampes, fit un bond de lapin, chut sur le lit, refit un saut, croula sur la carpette. Le sang pissotait sur la haute laine beige.

« Mon Dieu ! » gémit M. Beaudoin en se tenant près de la penderie.

La fille courait déjà dans le couloir, blanche d'effroi.

« Il est mort ? reprit le capitaine.

– Carotide », jeta l'autre qui marchait déjà vers la fenêtre, à quatre pattes.

Il jeta un œil de l'autre côté de la rue. Le mitrailleur, inquiet, regardait aux alentours. Par veine, il ne parvenait pas à trouver d'où, de quel étage, de quel balcon le coup était venu.

Le jeune homme prit la succession du Mauser, éjecta la douille, remit une balle dans le canon, épaula. Il fumait toujours et dit :

« Dans la cuisse. »

Il visa au moins trois minutes. Un second tonnerre emplit la chambre.

« Touché ! » cria-t-il en se relevant.

M. Beaudoin accourut.

Le spectacle fut de grande classe. Un bijou, dans ce Barnum Circus de la mi-août.

L'homme-cible se releva lentement, une main à la cuisse gauche. Il enleva son béret de sa main libre, fit deux pas, se raccrocha au chapeau de tôle de sa cheminée.

« Merde, merde, ces fumiers-là m'ont eu, comment vais-je m'en tirer ? Vive Pétain ! Oh ! ma cuisse, j'ai tout de cassé là-dedans... »

Il refit un pas, glissa. Le fusil-mitrailleur cogna la gouttière, fit un tour sur lui-même et alla s'écraser en bas après quelques sauts périlleux.

De la fenêtre, on commençait à voir distinctement les grimaces du type, le sang traversant la culotte, coulant en lie-de-vin sur le bleu de l'étoffe.

« Vous ne l'abattez pas ? » demanda Beaudoin, dont le visage s'épanouissait.

Il s'attira cette réponse :

« Il fera comme les poires trop mûres, il tombera tout seul. »

Sitôt dit sitôt fait. Le milicien dévala quelques tuiles, plongea avec un cri de porc saigné.

Un paratonnerre le rattrapa par une manche de veste. La foule entassée de nouveau dans les squares salua d'une effrayante rumeur ce coup de théâtre incroyable. Le paratonnerre vibra, plia doucement, tendrement, gentiment, lâcha sa prise d'un seul coup, en redressant sa pointe au ciel. Le trapéziste malchanceux décrivit une spirale éblouissante, fit un gros flic de draps mouillés sur le trottoir du « no man's land ». Une grenade explosa dans sa poche.

Et les bons badauds de Paris poussèrent un « hourra » requiescat in pace.

M. Beaudoin s'élança vers le jeune homme et lui prit les mains :

« Bravo, monsieur ! Votre nom, s'il vous plaît. Je vais vous dire pourquoi... Après j'écrirai une brochure... Je veux vous citer... Quel fait d'armes.. héroïsme...

— Fred », coupa le héros en dégageant ses mains.

Dédé, les yeux ouverts, dormait sur la carpette rouge.

« Il faut descendre ce pauvre type », murmura Fred, tout pâle de son crime légal.

Il mit le fusil à la bretelle, se pencha, saisit le mort

sous les aisselles tandis que le capitaine s'emparait des chevilles.

On repoussa la porte du talon.

De la gorge deux fois trouée du malheureux des gouttelettes s'échappèrent durant les quatre étages. La tête renversée heurtait les marches, frappait aux portes, aux paliers et à la cage de l'escalier.

Et ce fut de nouveau le soleil, et ce fut la rue pleine où les gens s'écartèrent pour laisser passer ces deux hommes qui en portaient un autre ricanant de vide et de silence.

On le posa sur un banc du square Jules-Ferry, un des drapeaux d'allégresse le cacha des curiosités effrayées des gamins du quartier.

La barricade réoccupée avait repris le feu. Frédéric resta un long moment songeur. Cette fille, trouvée la veille alors qu'elle craignait pour sa jolie peau blonde égarée au milieu d'une échauffourée, cette fille avait disparu, laissant sa chambre à tous les vents. Il pensa remonter là-haut. Mais l'encens des bagarres, le frissoulis géant de ces mers de couleurs nationales, le poivre de la poudre, le grisaient sourdement, le saoulaient d'un gros rouge de fête et de mort, d'abattoirs et de bals-musette. Il sentit sur ses reins le métal dur du chargeur et se mêla sans un mot aux chemises mouillées des tireurs debout, couchés, agenouillés.

Il était trois heures moins dix à son chronomètre quand, de partout, une tempête de cris de joie remua le faubourg. Trois camions arrivés par le boulevard de Belleville venaient de stopper au croisement. Et une centaine de soldats mit pied à terre, bien groupés, officiers en tête, fleur au fusil, armes en main.

C'était enfin des vrais, des militaires farouches claquant de la semelle. Paris était libéré... Chapeaux en l'air, petits enfants jetés aux guerriers afin que ceux-ci les embrassent, gens sérieux devenus pantins de barres d'appui, vivats, re-*Marseillaises,* hurlements, braiements, grosses mémères en larmes, larme à l'œil, folie de peuple, folie de trottoirs, sympathique, belle minute...

Les soldats, là-bas, s'ébranlèrent vers la barricade. On s'étonna soudain de leur uniforme.

« Vivent les Canadiens! poussa quelqu'un.

– Vivent les Canadiens! » reprit la foule enthousiasmée.

Les soldats se fendirent la pipe.

L'un d'eux cria :

« Et ta sœur, elle est canadienne? »

Leur uniforme était composé simplement d'un gros pantalon kaki, d'une veste bleue à boutons argentés, d'un ceinturon noir et d'un casque français.

« C'est des gars du maquis! » poussa une autre voix.

Cela fit du bien à la foule de penser qu'ils se ramenaient de Haute-Savoie pour libérer la rue du Faubourg-du-Temple et ses environs.

Un obèse qui venait d'offrir un paquet de cigarettes à un des militaires le questionna hâtivement tout en marchant.

« D'où venez-vous?

– Premier Régiment Franc de Paris! On vient d'Créteil et de Maisons-Alfort. Les fringues qu'on a, c'est des nippes de Jeunesses patriotiques et on les a fauchées! »

L'obèse stoppa, essoufflé, et colporta la vérité.

« Vive la Banlieue! Vive Maisons-Alfort!

– Vive la France! » reprit docilement le chœur antique des foules.

A présent, c'était un grand élan de cœur. On bourrait les libérateurs de gauloises, de chocolat, de baisers, de bouteilles, de sandwiches et d'acclamations inlassables.

Les officiers confisquèrent pour le moment les litres et placèrent les hommes. On en sema plein les immeubles devant la barricade, on en garnit celle-ci, un fusil mitrailleur fut mis en batterie, on mena une chasse éperdue à ces tireurs des toits dont le péril était grand, pour le public, le feu reprit sur le blockhaus avec une ardeur centuplée; celui-ci riposta de tous ses canons légers, la poudre alla ternir le beau bleu du grand ciel, alla griser les midinettes, les facteurs, les soldats, les concierges et les héros obscurs. A la fouaille! Et rerevive la France.

Frédéric s'était écarté. Plus de place pour lui, on s'entassait à la barrière de gloire, les coudes s'y touchaient, un vrai restaurant communautaire, l'assiette à médailles, pan pan, les civils à l'arrière, à l'arrière les ceux sans permis de chasse. Ils pouvaient bien se reposer et se faire oublier, personne ne le regardait plus.

Il s'en allait déjà, las de ce tintamarre, lorsqu'il aperçut un sans-grade piteux dont le corps tressaillait à chaque éclatement. Le gars tenait dans ses deux mains, comme un œuf, une grenade anglaise, quadrillée, camouflée de vert, de rouge, de bistre. Il flottait dans une veste immense, son pantalon, coupé du bas, s'effilochait sur les talons, la braguette à hauteur des genoux. Son casque, sans coiffe, hochait devant ses lunettes à monture de fil de fer. Un petit bouquet tricolore de fleurs artificielles pendouillait à sa boutonnière. Un bidasse de Libération, avec trois poils de barbe, des yeux falots, un torse plat et des pointes de gourme au menton.

Fred l'accosta :

« Vous voulez mon fusil ? »

L'autre rosit de joie. Ses chefs n'avaient voulu l'armer que de cette grenade stupide et l'emplissant de honte. Il projeta des doigts, s'empara du Mauser.

« Merci, monsieur. »

Fred passait son chemin lorsque le gars lui courut après, rouge d'humilité, lui soufflant à l'oreille :

« Pardon, monsieur, comment ça marche ? »

Frédéric eut un pli de lèvres :

« Quel âge avez-vous donc ?

– Seize ans et demi. Je me suis engagé pour venger mon copain... Milo... Milo... »

Il fourrait la grenade dans sa poche, relevait son casque, lequel, inlassable, glissait et lui bouchait la vue. Il pensait à son pote Milo, raflé au mois de mai au métro Saint-Paul et qu'il n'avait jamais revu. Il avait juré à la mère de Milo qu'il saignerait un gros boche en contrepartie. Il tiendrait parole. Il avait peur. Le casque aplatissait le cran qu'il se faisait naguère tous les matins pour sa petite voisine d'Alfortville, la petite Claudie. Il tâchait de comprendre ce qu'on lui expliquait, le chargeur... la culasse... On épaule... On met la hausse à tant... Ah ! s'il n'avait pas été aussi myope...

Il remercia et marcha vers la barricade, tenant son grand fusil de guerre. Il allait à la guerre, à la guerre, il se ferait tuer, mais il en tuerait un, bien gros, un S.S. géant dont il prendrait les bottes...

Un de ses officiers se leva d'un seul bond et ordonna d'une voix enrouée :

« Premier Régiment Franc, à mon commandement : cessez le feu ! »

Ils obéirent et se levèrent tous. Là-bas, devant la République qui leur tournait le dos, sur le blockhaus allemand, une chemise pendait au bout d'un canon de fusil. Un petit vent tout tiède la caressait, du col aux manches. C'était le drapeau blanc.

« Ils se rendent ! hurla Paris.

— Ben... merde alors... » murmura le petit soldat qui ne comprenait plus...

*

Comme une gerbe d'anges ou une aigue-marine dentelée par le vent, aux plumes et aux feux attendris de soleil, un grand nuage s'étala doucement aux quatre coins du ciel, patina et devint vaguement tricolore, pour le plaisir. Là-dessous, le coup de bambou sacré d'un peuple. Note aux postérités : le Mahomet tapait sur les cigares. Le cœur battant tout au fond des laitues, où as-tu pu fourrer ma croix de guerre, le vent et toujours le soleil, mois des vacances, la grève des cheminots et la grève des flics, les mares de sang, de vin, de sueur, les tas de ceinturons, de fusils, de casques, d'oriflammes et de médailles commémoratives, les morts glorieux, les mots miteux que l'on pousse du pied. Alors, ils font un triste bruit de morceau dans le filet tombant aux planches à découper. Et puis l'affiche « A la population du Grand Paris », suivie de l'orphéon, de « La joyeuse truite », du « Dix de Der », de l'espoir renaissant, du monde en fête... un moineau fonce avec un bout de laine rouge au bec...

Fred prit le quai de Valmy, tranquille, jugeant inutile de se faire écraser les orteils pour assister à la reddition d'une dizaine de pouilleux. Maintenant, on pouvait leur cracher dessus, c'était sans danger...

Et pan, sale boche, çui-là c'est pour la tante Ursule, et vlan, c'est pour l'Hitler, et v'là pour le grand Reich... Etes-vous bien sûrs qu'ils soient absolument, intégralement désarmés ?

Frédéric avait un peu mal à la tête. Les pharmacies étaient fermées, les potards se faisaient photographier sur les barricades, pas d'aspirine. Il se mit à marcher à tout petits pas, afin d'éviter les saccades des pavés.

A l'embouchure de la rue des Vinaigriers, un bal instantané bourgeonna sous ses yeux. Un être moustachu s'installait sur un pliant. L'accordéon fit le gros dos. Des filles s'amenèrent comme des papillons sur une lampe à pétrole, des types en chemise les prirent en leurs bras. Les cavaliers d'honneurs se devaient d'avoir un brassard. Tout le monde en portait, d'ailleurs. Deux ivrognes de style flamboyant passèrent en s'agrippant l'un l'autre, gloussant une *Marseillaise* inédite qui parlait de pinard et de Buttes-Chaumont... Un marinier belge apporta sur une brouette une pièce de bière. Avec un bruit de punaise écrasée, une dame mafflue s'aplatit sur le torse du monsieur l'invitant à la valse. Des camelots avisés écoulaient là un stock de cocardes et de lampions que tous les 14 Juillet d'avant-guerre n'avaient pu épuiser. On se les arrachait. Il neigeait des insignes, des serpentins, des confetti, on s'en pavoisait les deux seins, on s'en truffait la boutonnière. Les trois pompiers du coin ramassaient du soleil à pleins casques...

Fred resta là un quart d'heure, entre deux fausses notes et deux moutards qui échangeaient des balles de mitraillettes contre un calot de la Wehrmacht. Et ces valses musette à goût de vinaigre de vin lui picotaient la peau... Il allait repartir lorsqu'un cortège étrange et gueulard s'amena par la rue de la Grange-aux-Belles. Une bande en liesse escortait deux femmes vêtues de leurs seules culottes. Leurs poitrines nues s'ornaient de croix gammées dont le goudron avait perlé jusqu'au nombril. Et leurs crânes avaient été convertis en billes d'escaliers. L'accordéon s'éteignit net, les danseurs se retournèrent, se mirent à rigoler.

« Ah ! les poufiasses !

– V'la les Marie-salopes !

– Au jus !

– Paillasses à boches !

– Ordures ! Putains ! Vérolées ! »

Le cortège s'arrêta pour fraterniser avec les insulteurs. L'une des femmes tomba à genoux. Elle était ridée, moche, ses seins lui battaient l'estomac, elle pleurait à gros bouillons, délayant sur ses joues les crachats de la rue. Un jeune, tordu en deux tant il riait, la releva d'un coup de pied maison. L'autre martyre, plus fière, grognait entre ses dents de vingt ans. On commençait à regarder sa poitrine charnue et solide. Les enfants la lorgnaient en sourdine. Comme une vache de comice, elle portait autour du cou une pancarte de carton. Les gens s'en approchaient, se tapaient sur les cuisses et en mouraient de rire. Un gros blond lut à haute voix : « Si mon cul pouvait parler, il dirait YA YA. » Deux rates en souffrirent, un râtelier fut quasi avalé. Une dame vint, chatouilla la fille aux fesses avec son parapluie.

« Faisons-les danser !

– Allez, l'accordéon !

– Alors, les truies ? »

Le musicien attaqua *Lily Marlène.* Du coup, on se tirebouchonna. Les deux créatures, épeurées, s'enlacèrent et tournèrent gauchement.

« Plus vite !

– Plus vite, t'auras droit à une indéfrisable !

– Tu veux l'gros Gœring, la vieille, pour ta nuit ? »

D'une fenêtre du premier, une commère poilue balança le contenu d'un vase de nuit sur les tondues. Un rire énorme eut ses échos par-delà le canal.

Mouillées, la peau brûlante, les yeux pleins de poussière, les pieds en sang, elles retombèrent à genoux. La vieille baissait la tête, la jeune parcourut lentement le cercle de visages épanouis qui la cernait. Elle vit des gueules déformées, des verrues, des faux cols... Son regard s'arrêta sur un Fred impassible qui la fixa profondément. Malgré son crâne nu et grotesque, où se lisaient en gros les violents coups de tondeuse, malgré les larmes sur les joues et les éclatements de tomates pourries sur son corps, elle était belle. Fred pensa une seconde à Marie-Madeleine, haussa les épaules à ce parfum biblique et s'en alla, indifférent, étranger vraiment à cette humanité à l'échelle du ticket de métro.

Une voiture nantie d'un haut-parleur le dépassa. Une voix nasillarde explosait en vivats :

« Les Américains sont à Paris ! L'armée Leclerc est à Paris ! Parisiens, pavoisez aux couleurs alliées ! Vive la France ! Libération ! Libération ! Vive la liberté ! »

La bagnole avançait lentement, crayonnée de croix de Lorraine, écartant la foule, trimballant sur ses marchepieds des grappes de filles et de gamins hilares.

Fred entendit longtemps le nom de « Liberté » mugi le long du quai. Il décrut et devint murmure... Il entendit encore deux putains altérées qui le doublèrent en glapissant :

« J'sais où sont les Américains !

— Grouillons-nous, faut pas s'faire griller ! »

Changement de propriétaire... Business is business... Time is money... pas s'faire griller... pas s'faire griller...

Le soir descendait, le ciel craquait de coccinelles bleu marine et de feux de Bengale.

Frédéric s'orienta et prit la direction de Passy.

CHAPITRE III

FRÉDÉRIC FUGO était un sang-froid. Déplorable d'émotivité jusqu'à l'âge de vingt ans, il s'était repris, ses étonnements allaient se raréfiant, son calme était monté sur neiges éternelles. Ses colères, autrefois brouillonnes, le ravissaient intérieurement depuis qu'elles se montraient gelées. Ce grand chambard du mois d'août, attendu, prévu, lui parut même petit. Il espérait pire. Ses mains blanches retournèrent naturellement aux poches de pantalon. Cette liberté de fanfares ne le touchait guère. La liberté pour tous n'avait pas déteint sur la sienne... La liberté ou : possessif personnel à usage interne.

Fred n'avait jamais travaillé. Pas eu le temps. Les deux bacs passés, il s'était dit : « Ça ou le certificat d'études, ce n'est jamais que quelques années perdues en plus... » Sa mère, ensuite, l'avait entretenu. Elle ne tenait pas à le voir remuer des cailloux en Haute-Silésie. Il avait pris excellement la chose et le fait de se lever à midi chaque jour n'avait rien de particulièrement désagréable en soi. Cet emploi du temps l'avait mené sans heurts jusqu'à la barricade du faubourg-du-Temple. La vie n'a pas besoin d'être mouvementée. Elle n'en est pas moins remplie, parfois. La semelle aux 5000 kilomètres de route pense-t-elle plus que la semelle aux 500 mètres de tapis de chambre à coucher? Sûrement pas... Ou du moins c'est à discuter.

La mère de Fred, Fernande, était première dans une boîte de haute couture de la rue de la Paix. Ses cinquante ans allègres s'étaient donnés depuis la guerre un amant fidèle, Philippe, lequel couchait à la maison pour réduire ses frais de gaz et d'électricité.

Le mari, Guillaume, exilé en 38 par Citroën au fond de l'Algérie, n'avait plus jamais fait parler de lui. On savait, par un de ses collègues en congé, que l'inspecteur principal Fugo s'entraînait à vider douze pastis durant les douze coups de midi. Fernande fit le deuil de l'époux qu'elle nommait à présent « l'Eponge saharienne ». Frédéric s'en passait aisément. L'amant était un ami et ne donnait pas de conseils, lui. Ils sortaient ensemble, les trente-sept ans de Philippe autorisant jusqu'aux amies communes, Fred tenu sur l'honneur de n'en rien dévoiler à sa mère.

Quinze jours après les premières distributions de chewing-gum sur les Champs-Elysées, Fred s'éveilla dans sa chambre de l'avenue Alphonse-XIII.

Cette chambre meublée par sa mère l'agaçait depuis quelques semaines. Le tapis arabe avec ses entrelacs géométriques lui tirait l'œil de tous ses trapèzes rouges et demi-lunes bleues. Il s'ornait, près du lit, de brûlures de cigarettes tombées d'une main endormie. Un bridge défoncé, partant plus moelleux, invitait à la sieste devant un guéridon porteur du nécessaire de fumeur et d'une bouteille de Traminer. Le cosy présentait les dos d'une quinzaine de volumes brochés. La photo de Fred éclatait, sombre, sur le blanc mat d'un grand cadre de cuir. Sur la table de nuit, une montagne. D'abord le pick-up, puis un poste six lampes qu'écrasaient plusieurs échafaudages de disques. Un pyjama fripé prenait des poses plastiques sur le dos d'une chaise.

Fred s'aperçut avec déplaisir qu'il avait encore oublié, la veille, d'éteindre la lampe de chevet. Le jour perçant les rideaux la pâlissait d'un souffle tiède.

Le jeune homme attrapa son paquet de cigarettes. Son briquet n'avait plus de pierres. Fred se leva, passa sa robe de chambre et sortit de la pièce. Il descendit l'étage, entra dans la cuisine. La bonne regardait les langues d'azur du gaz lécher la casserole de lait.

« As-tu une allumette, Marcelle? »

Elle eut un sursaut de surprise.

« Prends. Tu as bien dormi? »

Elle lui sourit tandis qu'il s'écartait pour éviter le soufre. Elle devait avoir dans les trente ans. En voilà déjà dix qu'elle servait ici.

« Ne remonte pas te coucher, on déjeune. Ta mère et Monsieur Philippe se lèvent, il va être neuf heures. »

Il ouvrit la porte de la salle à manger et s'assit à sa place, tendant le bras pour prendre le journal. Ainsi, la guerre continuait... On finissait de libérer la France. Des lampions s'allumaient encore quelque part... Pipelines, trains de camions la nuit sur les routes, remue-ménage de conflit moderne avec caterpillars, tanks, chesterfield et drapeaux à toutes les bornes.

Il faisait bon. Aucun bruit ne venait par la fenêtre ouverte. Il ne circulait pas dix voitures par jour dans l'avenue. Les boueux étaient déjà passés. Seuls, de la maison d'en face, parvenaient des trilles fous de piano matinal.

Neuf heures sonnèrent à Notre-Dame-de-Grâce de Passy, avec un bruit dévot de prie-Dieu remués.

« Philippe! Philippe! Sois sage!

– Mais, chérie... »

Fernande entra en riant, suivie de son amant, toujours en pyjama. Elle se pencha sur Fred qui cherchait où balancer son mégot.

« Bonjour, chéri...

– Bonjour, maman. Salut, Philippe.

– Salut, Fred. Tu as déjà le journal? »

Philippe était un gros garçon rose, rubicond de santé. Un genre de commis voyageur bien élevé. Ses farces étaient enveloppées dans du papier d'étain. Il travaillait comme secrétaire dans une firme de fournitures pour bars. Sa maîtresse, donc, ne l'entretenait pas. Il aidait plutôt à son train de vie. Elle ne le tenait que par les sens et c'était suffisant pour ce gras mollasson charmant et incapable de brutaliser une mouche avec un marteau.

Il se plongea dans la lecture de la publicité. Le reste le faisait bâiller.

Fernande, elle, avait la lippe gourmande, le fard léger, les rides repassées, le teint de violette fraîche des femmes décidées à sauver la face, l'œil clair empli de couleurs de tissus et de linges de coupes. Elle bavardait inlassablement pour elle-même, se grisant semblait-il de ces balivernes de petite-bourgeoise bien aimée sans souci... Elle passa du beurre par touches successives sur des rondelles de pain.

« Fred, j'ai à te parler.

– Je t'écoute.

– J'ai veillé sur toi toute la guerre. A présent, je suis franche en même temps que soucieuse de ton avenir. Il y a quatre mois aujourd'hui, tu t'es marié! Il y aura deux mois la semaine prochaine que ta femme est retournée chez sa mère. Passons. Voici vingt-trois ans que je t'entretiens. Mon petit Fred, songe donc enfin à ce que tu feras lorsque je ne serai plus... »

Fred, interloqué par un sujet que l'on n'avait jamais abordé devant lui, eut un sourire naïf. Tiens, sa mère jouait à présent aux maternités de livre de morale...

Fernande s'adressa à Philippe : « N'est-ce pas, coco? »

Coco laissa tomber les petites annonces automobiles et lâcha gravement :

« Fred a sans doute son idée. Il ne faut pas le brusquer. »

Non, il n'avait pas d'idée. Il restait bébête devant son café au lait.

Le petit déjeuner terminé, Fernande et Philippe montèrent s'habiller puis redescendirent avec leurs serviettes. Fred regardait son bol vide. Ils l'embrassèrent. Il les entendit chuchoter dans le vestibule.

Marcelle vint débarrasser la table.

« Qu'est-ce que tu fais là?

– Rien. Vas-y... »

Une fois étendu sur son lit il eut un rire amer. Bien sûr! son inactivité gênait le couple. Ils auraient tant aimé leur 5 CV Renault... Lui, Fred, était une bouche inutile. Il devait coûter cher... Il eut la pensée de calculer ce que l'on dépensait pour lui... Deux costumes par an, l'argent de poche, les extras, la table, etc. Il valait au moins une carrosserie et un pneu arrière.

Il se leva, plaça sur le pick-up le premier disque d'une pile. C'était le *Royal garden blues* de Mezz Mezzrow. Fred, tout à ses pensées, s'amusa un instant à regarder son pied qui battait la mesure. Etait-il, serait-il, lui, Frédéric, qui s'admirait tant, un bon à rien, un fainéant, un oisif, et un parasite à la charge de l'amant de sa mère et de celle-ci? Il eut un grognement de rage et vite, se maîtrisant, compta jusqu'à cinquante.

Il se campa ensuite devant son miroir, extirpa posément un point noir qui déparait son front. Il se trouva beau, d'une beauté personnelle, avec son nez droit et fort, ses joues fines, un peu gonflées par le jeu souple des muscles maxillaires, sa bouche mince et tendre, ses oreilles légèrement décollées et ses immenses yeux bleu-gris dansant, tremblant parfois sous les cils raides... Une drôle de tête irrégulière, prenante, molle et trop sèche tout à la fois... Il jeta sa robe de chambre derrière lui. Il trouva qu'il avait des jambes de coureur cycliste, impeccablement droites, râblées des cuisses et des mollets, évasées aux genoux, aux chevilles. Le torse lui plut. Pas une côte saillante, un enveloppement ténu de graisse, des morceaux durs de chair, une belle envolée de lignes vers le cou. D'ailleurs, Martinelli, son prof de judo lui avait dit souvent : « Tu es bâti comme une amphore... Tes ancêtres portaient de l'eau... » Martinelli était un peu fou, mais avait dû en voir, des corps et des corps vêtus de slips depuis le temps qu'il en passait par-dessus son épaule d'une clef au bras...

Il peignait à deux mains ses touffes de cheveux brun chamois lorsque Marcelle entra, sans frapper. La vue du jeune homme parfaitement nu ne sembla guère l'émouvoir.

Elle dit en souriant de ses grosses dents blanches :

« Ta cousine est là, tu veux la voir ?

– Dis-lui de monter. »

Lui non plus n'était pas gêné. Il enfila pourtant un pantalon, des pas cognant les marches de l'escalier. Une grande fille blonde, de sa taille, apparut et l'embrassa familialement sur les deux joues.

« Ça va, vieux Fredo ?

– Ça pourrait aller mieux. »

Béatrice s'affala sur le divan, se releva aussi vite, se mit à farfouiller les collines de disques.

« Pourquoi que ça pourrait aller mieux ?

– Maman veut que je travaille.

– Oh ! là. Te laisse pas faire ! »

Elle eut un rire de pleine gorge et arrêta son choix sur un tango affreux que Fred regretta aussitôt d'avoir en sa possession. Elle revint sur le divan, s'empara d'une bonbonnière. Une fille superbe, un mètre soixante-quinze, dix-neuf ans, avec des rires continuels, une gourmandise effarante, une indolence qui n'avait d'égale que son ardeur à jacasser, à gaffer, à mentir et à bêbêtifier gentiment. Elle repartit d'un rire fou en décortiquant l'enveloppe d'un caramel.

« Une tuile, vieux Fredo. Il me faut deux mille francs ce soir. Une tuile ! Hier, papa laisse traîner son portefeuille. Je me sers. J'en avais besoin pour acheter de la crème, des bas, des bibelots, enfin ! Il s'en aperçoit. Il attrape maman. Scène de ménage. Moi, tu me connais, j'ai horreur des cris. Je dis que c'est moi, bonne fille. Ah ! pardon. Funérailles ! Un de ces savons ! Enfin, il faut que je les rende ce soir...

– Qu'est-ce que tu comptes faire ?

– Je te dirai ça tout à l'heure. »

Elle bondit, retourna le disque. Second tango. Et reprit sa pose de femme du harem. Confitures, gâteaux secs, berlingots, sucettes, morceaux de sucre, tout lui convenait. Elle n'arrivait pas à empâter le rose frêle de son visage, la courbe, le vol de ses épaules, le fini de ses hanches. Elle se payait les plus belles jambes de Paris et la poitrine la plus tonnerre de l'arrondissement.

Frédéric s'étalait longuement, de deux doigts, une couche de crème à raser au menton, lorsque le rire fusa encore :

« Ah! mon petit Fredo, quelle idée j'ai eue!

– Dis-la toujours...

– Tu ne devinerais pas.

– Parle donc.

– Je vais me vendre pour deux mille francs! »

Son hilarité redoubla. Fred eut un sourire. Quelle gamine! Mais elle continuait :

« Seulement, tu comprends, je ne suis pas folle. Etant donné que je suis vierge, je ne veux pas que l'on m'abîme.

– Cela me semble difficile autrement.

– Bien sûr. Aussi je veux un type qui s'y connaisse. Tiens, Fredo, as-tu deux mille francs? »

Il eut un sursaut instinctif. Ça alors... Elle se tordait de joie sur le couvre-pied.

« C'est sérieux, Fredo! C'est sérieux! Je ne te plais pas? »

Si, elle lui plaisait. Il aurait fallu être un bronze de marché aux puces pour dire le contraire... Il se mit à la détailler, faisant son effort favori de paraître de glace.

« Tourne-toi », lança-t-il froidement.

Elle se tourna. Il la fit ainsi se lever, s'asseoir, montrer ses jambes, tendre les bras.

« D'accord », déclara-t-il en poussant un verrou.

Il tira les rideaux. Elle riait toujours.

« Il faut que je me déshabille... toute?

– De préférence, oui.

– Est-ce que ça fait très mal?

– Je n'y suis jamais passé, figure-toi. Je tâcherai d'être doux, que veux-tu... »

Elle ôta ses chaussures et s'alarma :

« Fredo, donne-moi les sous avant. »

Il ouvrit un tiroir. Après cela, il n'aurait même plus dix francs.

Elle enleva ses bas. Puis sa robe. Fred rangeait les effets calmement sur le dos du fauteuil.

« Ça prend beaucoup de temps ? Tu sais, j'ai un rendez-vous...

– Une petite heure », trancha Fred en regardant sa cousine.

Il en voulait pour son argent. Cadeaux de familles...

CHAPITRE IV

Le surlendemain, 13 septembre, Frédéric sortit du métro Châtelet. Il était onze heures du matin. Un encombrement de camions américains bouchait la rue de Rivoli. Des agents affolés tentaient de se faire comprendre des bons gros chauffeurs noirs qui leur mâchaient placidement du chewing-gum au nez.

La veille, Fred avait travaillé. Philippe le fureteur, brandissant une petite annonce, lui conseillait « d'aller voir ça ». Il avait pris l'adresse : « Quenolle frères, éditeurs, rue Bonaparte », et, plein de bonne volonté, s'était présenté dès l'aurore.

Un personnage chauve, tremblotant de graisse de bœuf figée le long des doubles mentons, enfoncé dans un complet triste lequel donnait l'impression d'avoir mijoté jusqu'à cette heure en la vespasienne de la place Saint-Sulpice, l'avait accueilli paternellement, lui donnant une blouse noire piquetée de colle, balafrée de poussière, l'entraînant aux sous-sols.

Monsieur Turbiot, ainsi s'appelait l'homme-torchon, lui désigna un aspirateur et, cernant un immense horizon de casiers emplis de brochures et de bouquins grincheux d'un geste de ses petits bras, lui avait dit : « Voilà ! »

Et Fred, perché sur une échelle unijambiste, avait branché l'appareil, le promenant sur les revues moisies. Il en ressortit à midi, avec un mal de tête inhumain et du noir jusqu'aux yeux. L'après-midi on le mit aux expéditions. Un vieux chiqueur lui apprit à faire un paquet avec un minimum de ficelle. Et il entassa des paquets, des paquets, des Everest de paquets. Une dame enceinte lui donnait des adresses, d'une voix d'aspirante au suicide : « M. Dumou, ingénieur, à Champignolles, Yonne. M. Dupou, notaire, à Saint-Florent, Cher – M. Dussou, 4 rue de Belgique, Nice... » Il crut en mourir et, à six heures, honteux mais réjoui, demanda son compte à M. Turbiot qui le toisa dédaigneusement et prit une feuille à en-tête gothique.

Dans la rue, Fred avait lu : « 12-9-44. Frédéric Fugo, manutentionnaire, 87 fr. 25. » Manutentionnaire ! Pourquoi pas dame de lavabo !... ou boueux ! Le bachelier se réveillait en fureur... Il but cinq coups de blanc et, le soir, rendit la monnaie à sa mère. Fernande faillit tuer Philippe. Expédier son fils en un pareil endroit... Heureusement que les voisins n'en sauraient jamais rien... Elle convint donc que Fred attendrait la « bonne situation » à domicile et fit don des vingt francs infamants à Marcelle.

Fred, ce matin-là, découragé, empli de pensées rancunières à l'égard de cette famille lui reprochant son pain, s'était levé à dix heures « dès l'aube », et prit la porte avec une idée fixe.

La rue Saint-Denis l'attira tout de suite. Il passa entre deux capots qui se ronflaient au nez. Des M.P. débarqués d'une jeep activaient la circulation, repoussant les gardiens de la paix dont l'autorité s'était avérée nulle auprès des Noirs hilares et ravis de cette halte en plein Paris.

Frédéric entra dans un couloir, sortit son portefeuille, plaça deux billets de cent francs en vue, serra le reste au fond d'une poche intérieure et se jeta dans cette immense rue-jungle, la rue forte-en-gueule, forte-en-fesses, forte-en-bras, la rue haute en badigeons, la rue du vert chou et du rouge corsage, rue Saint-Denis... rue de pucelages, de maraîchers, de murmures, de cris, rue où roulent les diables chargés de sacs et où passe le diable avec ses apéros faciles, ses cuisses légères, sa négligence, son coup d'œil...

Les cageots étagés occupaient les trottoirs, il tenaient ainsi tout l'horizon, jusqu'à la rue Greneta, dormant en tas terribles ou charriés par des camions ou portés à dos d'homme. Et ces tas terribles vibraient aux secousses, chancelaient, se rattrapaient aux murs. Des monts de céleris, des collines de carottes, des dunes d'artichauts, des sierras de poireaux, une gamme de légumes, la série de coups de poings, des couleurs crues montant du rouge viande hachée au vert billard, du bleu aciérie des feuilles au jaune sale des melons, au jaune rubicond des potirons goitreux.

Fred évita d'un souffle un être barbu et tout rabougri suivi à la course par une charrette emplie de pommes. Un boucher faillit l'assommer d'une gifle de quartier de bœuf dont le sang pissait encore dans les caniveaux.

Fred passa la rue Courtalon, la rue des Lombards où les premières filles tenaient le bitume, la rue de la Ferronnerie, la rue de La Reynie. Il ralentit devant le square des Innocents. Des débardeurs empilaient des laitues contre un urinoir. Le gardien du jardin public, vert bouteille, faisait cuire un œuf dans sa petite guérite. Des mômes se battaient avec des tomates pourries, lesquelles s'écrasaient parfois contre les porteuses d'eau de Jean Goujon.

La rue Berger avec, sur la gauche, le château métallique des Halles, la rue de la Cossonnerie, la rue des Pêcheurs, la rue Rambuteau et celle de la Grande-Truanderie, la rue du Cygne, celles-ci encadrant l'église Saint-Leu toute noire des péchés du quartier... Fred avançait, sentant s'accentuer en lui ce creux à l'estomac, cette boule à la gorge qui le prenaient dès le réveil des sens. Les femmes le frôlaient, lui soufflaient aux oreilles. Ses tempes battaient, ses jambes molles s'arrêtaient, repartaient effrayées. Ses yeux coulaient dans les ruelles, cherchant la femme, la femme à viande, celle qu'il aimait.

Se souvenait-il seulement de sa cousine Béatrice et du mince plaisir qu'il en avait tiré? En quoi pouvaient compter ces filles « sérieuses », ces sales bourgeoises, elle, sa femme partie, ses amours accidentelles de filles libres, auprès de cette chasse sombre à la putain, en pleine rue, en plein soleil, auprès de cette joie farouche de coucher avec tout Paris, avec ces sexes de Paris, pour un coup d'œil, pour l'argent, pour la sincérité criante de deux cents francs donnés, d'un corps offert, d'un amour d'oiseau et d'un oubli mutuel.

Il allait dépasser la rue Tiquetonne. Il entra subitement dans un café. A la porte, un marchand de frites coupait de longs pains fantaisie. Fred s'assit, commanda un bock, s'épongea les joues. Il l'avait vue.

Béatrice ! Ah ! comme elle était loin... Béatrice, la fille sage qui se vendait pour rembourser son père. Plus pute que toutes les putes. Et sa femme, cette sale Juliette qui faisait l'amour comme le thé, vite, vite, par devoir conjugal... Il se passa la main devant les yeux. L'amour... Mieux valait les marches d'hôtel, les tapis, les silences, les baisers des hôtels.

Il la regarda. Elle était au coin avec des collègues. Elle avait vingt ans. Un pull-over jaune avec des seins plein l'intérieur, une jupe bleue aux genoux, des bottes de caoutchouc noir. De grands yeux et le sac à main enfermant la serviette, les cigarettes, l'argent du jour, le rouge à lèvres...

Béatrice. Salope. Mange tes bonbons. Pousse un cri d'horreur devant tes consœurs de rue... Mais ouvre-toi grande, toute grande, pour rembourser papa !

Il se leva, paya. Son tremblement le reprit. Il décida de compter jusqu'à quinze. A quinze, il irait. C'était le grand truc de sa volonté. A quinze, pâle, il traversa. C'était toujours pareil. Cela faisait cent fois peut-être qu'il « montait », il en restait toujours à hésiter, à frissonner, à suer de peur...

Elle s'avança vers lui. Elle n'était pas aussi belle qu'il l'avait cru. Plus jeune encore. Dix-huit. Et elle n'avait pas peur de lui, ah ! non... Elle se marrait.

« Tu viens, chéri ? »

Il eut un accent rauque. Sa voix changeait régulièrement. Il s'y attendait d'ailleurs.

« Combien ?

– Cent cinquante, chéri.

– Ça va. »

Alors, il la suivit à dix mètres. Grands dieux lui qui aurait pu se faire payer par les femmes, il les payait... Un rude vice. Un vice tyrannique et personnel. Oui, personnel. Quel garçon se serait envoyé des putains s'il avait eu des filles sous la main ? Encore si lui, Fred, avait possédé des sens insatiables, des désirs incessants, des envies folles de couchage, mais ce n'était même pas le cas. Ces catins magnifiques et multiples, il les aimait d'amour. Il les prenait de tout son cœur, il aimait leur vie, leurs bidets atroces, le papier peint de leurs chambres, leur corps entier et le peu d'âme fraîche en résidu perché par-ci, par-là sous les cheveux décolorés...

Elle pénétra dans un couloir dont la longueur n'avait d'égale que l'étroitesse. Fred retrouva l'atmosphère dont il rêvait le soir, avenue Alphonse-XIII. La fille était déjà dans l'escalier. Une bouffée de joie et de chaleur accabla le jeune homme. C'était devant lui, la chair des jambes, les fesses gonflant la jupe, le trait blanc du mollet sur le noir scintillant des bottes, l'odeur des murs sales et de la poudre de riz, la sensation malpropre de la rampe sous la main, la valse des étages...

La fille s'arrêta.

« Faut attendre un peu, y'a pas de chambre de libre. »

Elle avait une fine cicatrice au menton. Elle souriait. Fred se baissa, passa sa main sur les cuisses froides. Elle souriait toujours et cria brusquement :

« Grouille-toi, Jenny, j'ai du monde ! »

Une ampoule électrique, privée d'abat-jour, éclairait tristement le palier. Une porte s'ouvrit, une fille sortit, épaisse, fardée de neuf, suivie d'un gros type en blouse bleue. Fred détestait rencontrer ainsi des confrères. Il lui semblait toujours être interpellé par l'un d'eux :

« Laisse ça pour les paumés comme nous, t'as une belle gueule, je suis tarte, je suis vieux, nous prends pas nos filles, t'as pas le droit, nous prends pas nos filles, NOS filles... »

Mais ils passaient, en se mouchant distraitement, à demi rassasiés...

La jeune femme entra, jeta son sac sur le lit. Une petite vieille à tablier blanc vint, tira les couvertures, tendit la main. Fred lui donna cinquante francs, pour elle et pour la chambre. Elle partit en trottinant, abrutie par ces défilés d'amoureux salariés, tirant derrière elle la porte.

La chambre était meublée, en style chambre d'hôtel. Le papier peint classique, poires vérolées, feuillages glaireux, nids à punaises. Une commode, sans âge. Une table de nuit parée d'un préservatif déroulé, d'une boîte de pastilles et d'un vase où étaient plantées trois fleurs bel et bien artificielles. Et puis le lit, l'instrument de travail. Une couverture jetée sur un matelas, un point c'est tout, en avant la musique... Plus l'éternel bidet, le lavabo, le miroir.

Fred se pencha sur une photographie d'identité fixée au mur à l'aide d'une punaise. Elle représentait un gros blond coiffé du calot américain. Il lut : « To my first french girl, Eddy. » Le même Eddy avait ajouté plus bas, comme mû par un vif remords de conscience : « Kisses ». Allons cela commençait bien, on était entre alliés. Frères d'armes et frères de pucier, quoi !

La fille s'approcha en se tenant les seins.

« M'oublie pas, mon poulet... »

Tandis qu'il la payait, elle jetait un profond coup d'œil sur le portefeuille. Fred songea qu'il avait bien agi en camouflant le reste. Elles en connaissaient un bout pour extorquer davantage que la somme promise, à force de câlineries et d'espoirs de « fantaisies » du genre trente-deux poses en couleurs, brouette et coup du téléphone chinois.

Elle dit : « Je m'appelle Irma » et laissa choir sa jupe. Elle n'avait rien dessous. Elle gardait ses bottes. Elle s'accroupit. Un bruit de robinet. Fred se lava près d'elle. Elle vint le caresser, debout.

« Ce n'est pas ton vrai nom, Irma ?

– T'as raison. Je m'appelle Andrée. Ça ne te rappelle rien ?

– Non.

– C'est étonnant. Y'en a huit sur dix qui disent que

c'était le nom de leur grand amour. Sûrement pour se rendre intéressants. Tu parles si je m'en fous de leur grand amour ! Ça te plaît, ce que je te fais ?

– Oui, continue... »

Etendu sur le dos, il s'absorba dans la contemplation du plafond. Une araignée impassible tendait sa toile sur un coin de plâtre effrité.

Enfin Irma sauta sur le lit. Il se laissa guider, retrouvant d'anciennes gaucheries qui l'amusaient infiniment. Un réveille-matin se mit à sonner quelque part. La vieille balayait le couloir. Fred entendait tout près de son oreille la montre-bracelet de la fille.

Il était midi.

*

Il déjeuna d'une saucisse fumée, d'un cornet de frites à la graisse de bœuf et de deux demis de brune.

Un maquereau aux bras poilus vint chercher sa femme pour l'emmener au restaurant. Elle marchait près de lui, sûre d'elle et comprimée par une gaine tendue à bloc.

Les bistrots s'emplissaient de camionneurs et de commis. Le rouge dégoulinait sur les zincs bleus. Abattoirs de chopines...

Fred sentait, à ces moments-là, souffler sur lui la grandeur d'un peuple. Pas la grandeur de la patrie et des petits chevaux de bois de la brigade légère, pas la grandeur de l'immortelle France ni de l'Académie, la vraie grandeur... Celle qui boit sa pelure d'oignon au comptoir, comme un seul homme, celle qui rit un bon coup parce qu'il y a du soleil et que demain c'est la Sainte touche, la paie, quoi ! La grandeur des simples, du populo qui ne voit pas plus loin que le bout de son nez... Mais ce nez sent des fleurs, fussent-elles tout là-haut sous les toits, mais ce nez sent la belle fille, le premier mai, le poisson d'avril et la moule marinière... Fred aimait ça. Il estimait que l'ouvrier se lavait les pieds aussi souvent que lui. Il était fier aux Halles, lorsqu'on le prenait à partie ou que l'on trinquait avec lui.

D'ailleurs, les filles des rues, celles qu'il cherchait de longues demi-heures entre les pavés, elles ne sortaient pas toutes du Jockey Club, des courts de tennis et du bottin mondain...

Il y avait encore le môme assis sur un bord de trottoir, entre deux trognons de chou et qui se moque de vous lorsque vous le dépassez... Et puis les caniveaux rigolards charriant des bulles de ciel bleu, les pots de fleurs posés sur les balcons comme autant de mines flottantes de beauté, la douceur monocorde des cloches de Saint-Leu, l'évangélique clarté du plein été. Et puis le sourire immortel, le sourire qui glisse d'une aile sur les poubelles pour jaillir plus haut que les marronniers... Fred se chauffait en pleine vie, en plein bifteck dans le filet...

Il se retrouva rue Montmartre, après avoir assisté à l'arrivée discrète des barbeaux venus jeter un coup d'œil et assurer la première relève des compteurs. Il rêvassa devant l'immeuble de l'ancien *Paris-Soir*. Un titre gothique s'étalait sur la façade vitrée : *Libération*. Un type descendait d'une voiture avec un appareil photo en sautoir. D'autres cavalaient avec la dernière édition d'un canard du soir. Un moutard becquetait son pain et ses morves en regardant une affiche de cinéma balafrée d'un « interdit aux moins de seize ans » publicitaire. Le monde coulait sur la longueur des rues, bonne vieille hémorragie de klaxons et de soupirs... Le monde des rues, c'est trois tranches. La première souffle : « J'en ai gros sur le cœur ». La seconde halète : « Pressé !... pressé !... pressé !... » et la troisième rumine son « Je m'en fous » solennel et définitif.

Fred se frotta le ventre à travers ses poches de pantalon. L'amour est clos pour aujourd'hui. *Ri-i-ideaux baissés et pôrtes clôses*... L'amour est en valise. Un bon poids de moins... Quand le corps en est vide, la tête peut se permettre d'aller ailleurs.

Fred prit la rue de Cléry pour aller au métro Sentier. Il pouvait rentrer à Passy, maintenant. Il se passerait des disques jusqu'à en avoir par-dessus le crâne, comme d'habitude...

« Monsieur ! eho ! Monsieur ! »

Il pensa d'abord que cela ne s'adressait pas à lui. Il ne s'arrêta que lorsqu'une main l'attrapa à la manche. Il se retourna.

Vous me reconnaissez ? La République ! Vous vous rappelez ?

Il eut un mince sourire. Ce petit soldat bleu marine au béret calé par les deux oreilles, c'était le bidasse minable qu'il avait armé de son Mauser, voilà bientôt trois semaines. L'être ne s'était pas rasé depuis. Il avait malgré tout réussi à orner d'un ourlet le bas de sa culotte : il avait dû aller en permission. Et merveille des merveilles, il trimballait un grand parapluie noir sur lequel tout le IIe arrondissement se retournait en écrasant des rires.

Fred serra la main que l'autre lui tendait et demanda :

« Alors, ça va, la carrière ?

– Ça va.

– Vous prenez un verre ?

– Pas de refus. »

Le bidasse voulait faire ça au troupier français ne crachant pas sur le bidon de deux litres... Il remit ça. Puis voulut à toutes forces jouer aux appareils à sous. Il y laissa le quart d'une solde normalement constituée. Tandis que le zigoto épuisait son magot de pièces de deux francs, Frédéric le dévisageait minutieusement. Une idée le prenait, le violait rapidement. Il allait s'engager. Dans le régiment de ce type. Il se battrait. Il lui fallait vivre ailleurs qu'entre un passé qui n'en était pas un et un avenir d'homme-sandwich. Il s'engagerait, c'était décidé. Les meilleures réflexions étant les plus courtes, il appela le gars :

« Eh vieux ! Venez un peu. Comment vous nommez-vous ?

– Moi ? Félicien Vervaque, 2e classe au premier régiment franc de Paris, né à Maisons-Alfort... »

Un sourire béat l'entourait. Il eût planté son arbre généalogique à la caisse à sciure si Fred n'avait haussé la voix :

« Oui, oui, mais je n'en veux pas tant. Mon cher Vervaque, rendez-moi un service... Peut-on encore s'engager dans votre régiment ?

– Je pense. Vous viendrez avec moi ? Sans blagues ?

– Sans doute. Emmenez-moi tout de suite, je n'ai pas de vie à perdre... »

Félicien Vervaque cacha une oreille sous son béret, reprit son parapluie et sortit du café.

« La caserne, c'est celle du ministère de l'Air, au boulevard Victor. Vous tombez bien parce que, demain, on déménage. On va près de Versailles. Et puis de là, en route pour la Bochie. Car j'en tuerai, moi, des Boches ! Et pas qu'un ! »

Il manqua d'éborgner un curé d'un moulinet de parapluie. Fred demanda à son compagnon l'utilité de ce pépin. Il s'attira une réponse abracadabrantesque :

« Mon vieux, paraît que dans les tranchées il pleut tout le temps... et puis, si on est projeté en l'air par une bombe, ça peut servir de parachute... »

Cela dit d'un ton sérieux. Fred en toussa, suffoqué. Un vrai soldat de plomb... Comme s'il y avait encore des tranchées à l'époque des avions à réaction... Fou ! Fou !

Ils prirent le métro. Vervaque ne présenta point de billet. En temps de guerre, le troufion vit sur le dos de la princesse... Fred songea avec plaisir que lui aussi, peut-être demain, passerait devant le poinçonneur le calot fier et le mollet martial...

Arrivés au boulevard Victor, ils gagnèrent une bâtisse immense au portail de laquelle trônaient un drapeau à croix de Lorraine et deux sentinelles piquées là telles des aubergines.

Vervaque leur dit :

« I vient se faire incorporer. »

Un des deux répondit, tout en cachant dans son dos un mégot allumé :

« M'en fous !... »

Fred, une fois dans la cour, faillit reculer. Que faisait-il ? Perdait-il donc d'un coup toute la raison que sa mère et Philippe avaient tenu à lui inoculer depuis de longues années ? Par un excédent d'amour-propre, allait-il vivre les chambrées sales et tout le ba-ta-clan sinistre d'une armée sans le sou?

Vervaque, le voyant hésiter, le décida d'un mot :

« Vite, le bureau va fermer! »

Le bureau allait fermer sa porte au nez d'une aventure. C'était somme toute ainsi qu'il lui fallait considérer ce coup de tête à ébranler les cloisons de l'avenue Alphonse-XIII. Vite, vite, le bureau va fermer... Fermé pour cause... La relève de la garde les croisa. Un sergent aux galons sortis le matin d'une mercerie scandait bêtement des « une-deux! » que les jeunes couches tentaient d'attraper en changeant de pas tous les cinq mètres.

Fred regarda au passage une chenillette quelque peu démolie que des mécanos démontaient à grands coups de burin.

Et, devant le bureau, une foule de jeunes en civil attendaient leur tour de s'enrôler. La mode était, à leur sujet, de proclamer qu'ils rappelaient l'an II, 92 et les principes sacrés des bonnes vieilles époques, des épopées à unique rescapé, et des levées en masse. Tous les milieux, toutes les classes, toutes les castes, tous les sangs se mêlaient en cette cour, parlant chacun leur langue et ne désirant pourtant qu'une chose, revêtir ce costume bleu où les mamans coudraient des parements tricolores. Pour simplifier la besogne, on les appelait par ordre alphabétique. Peu après l'arrivée de Fred, un gros à képi signifia au planton de fermer la porte d'entrée, sans quoi « on serait encore là à minuit ».

Vervaque, resté là, les mains derrière le dos et regardant les nouvelles recrues fut violemment pris à partie par un lieutenant qui passait :

« Ça t'amuse de te balader avec le parapluie de ta grand-mère? Tu te crois tellement beau pour te permettre en plus des fantaisies? Ma parole, si tu trouves un pot de chambre, tu vas l'attacher à ton ceinturon! »

Les civils poussèrent un énorme éclat de rire à la vue du riflard grand ouvert qu'agitait au-dessus de sa tête le lieutenant indigné qui poursuivait en ameutant tout le casernement :

« Ce gars-là n'est pas normal ! Il faut le montrer à l'infirmière !

– Mais, monsieur...

– Et il m'appelle monsieur ! Ah ! Vivement que vous ayez fait vos classes tous ! Sergent, emmenez-moi ce gars-là aux cuisines, il est peut-être bon à éplucher des patates ! »

Le sergent haussa les épaules et dit :

« Même pas mon lieutenant. Hier, on l'a surpris urinant dans la soupe des prisonniers.

– Dans la soupe des prisonniers ? »

Vervaque s'indigna et devint vermillon :

« C'est des Boches !

– C'est des Boches, et après ! Ils sont prisonniers et défendus par la convention de Genève ! »

Vervaque esquissa un salut et s'éloigna grondant comme un chien dévoré par les tiques.

Fred se tourna vers son voisin qui ricanait :

« Y'a donc des prisonniers ici ?

– Quelques-uns. On en voit d'ici. »

Il étendit le bras en direction d'un groupe d'Allemands. Ils balayaient la cour, gardés par un homme en armes.

Le voisin de Fred grommela :

« Les vaches ! Je pisserais bien dans leur soupe aussi, moi ! »

Le type à képi surgit et clama :

« Les noms par D ! »

Une dizaine de patients disparurent. Dans le tas qui restait, une voix émit :

« Et moi qui m'appelle Zafranian... »

Tout le monde sourit. La conversation reprit.

« Il y a deux sortes d'engagement, paraît-il. Pour la durée de la guerre ou pour trois ans.

– Moi je prends pour trois ans, ça m'occupera.

– Moi, pour la guerre. Après, ça ne m'intéresse plus.

– Qu'est-ce que tu fais, toi ?

– Trois berges, c'est long.

– La guerre durera peut-être autant.

– Non, ça va pas mon pote! Dans six mois, c'est classé, et encore! »

Fred pensa que la durée de la guerre lui suffirait bien. Et que Mme Fugo l'enguirlanderait moins. Il alluma une cigarette et en offrit à la ronde. Tout le voisinage se servit. Le paquet revint vide comme une poche de chômeur.

Le képi réapparut :

« Est-ce qu'il y a des E? Y'en a pas? les F! et en vitesse! »

Frédéric suivit quatre types dans le bureau où trônait, punaisée de neuf, une affiche représentant de Gaulle. Un secrétaire accumulait les fiches, les doigts noirs d'encre jusqu'aux phalanges centrales. Le gradé interrogeait, le scribe gribouillait à la hâte.

« Ton nom? Ferment Joseph. Profession : ajusteur-outilleur. Adresse... »

Fred eut la pensé diabolique de s'enfuir en claquant la porte. Mais on l'entreprenait déjà, tout en le tutoyant, ce qu'il détestait.

« Fugo? F.U.G.O.? Frédéric. Profession? »

Il se trouva pris à la gorge. Il lâcha, troublé, le premier métier lui passant à l'esprit, et ce fut :

« Menuisier. »

Il songea immédiatement qu'il avait eu tort et que l'on était capable de l'embaucher pour construire des baraquements. Mais le scribe griffonnait déjà en tirant la langue. Quand ce fut fini, le gros gradé lâcha en avalant les mots pour aller plus vite :

« Demain matin, départ pour le camp de Beauregard. Venez à sept heures avec une valise vide pour ramener vos vêtements civils. N'emportez que votre nécessaire de toilette. Allez! »

Ils sortirent. Un remue-ménage de grande envergure faisait rappliquer tout le camp vers les cuisines. On en vit surgir Vervaque blême, tiraillé par vingt paires de mains. Une rumeur passa. Vervaque venait de saigner un prisonnier avec un couteau à légumes. En pleine gorge. Il finissait de mourir dans le baquet où l'on jetait les carottes épluchées.

On traîna Vervaque au bureau. Un attroupement curieux et bruyant se fit devant la porte ouverte. Les cuisiniers parlaient tous ensemble, à la façon des chœurs de l'ancienne tragédie :

« On n'a pas eu le temps de dire ouf que ce zèbre-là avait déjà planté le chleuh. Les autres tremblaient comme des feuilles. Ils croyaient qu'on allait les massacrer. Y'en a un qui devenait fou. On a été forcé de l'attacher sur une chaise. »

Les officiers secouaient Vervaque en hurlant :

« Pourquoi as-tu fait ça, espèce de lâche ? C'est pas du travail propre ! Tu mériterais douze balles dans la peau. »

Vervaque, blanc comme un suaire, répétait bêtement :

« J'ai vengé Milo... J'ai vengé Milo ! »

Il avait essuyé ses mains sur son pantalon kaki, y dessinant des paumes poisseuses.

« Ce n'est pas tout ça, reprit un galonné, que va-t-on faire de ce con-là ?

« Eh ! c'est bien de lui qu'il s'agit ! s'époumona le gros à képi, c'est des Américains. Ils nous prêtent des prisonniers et on les leur tue. Ça va faire une drôle d'histoire ! On peut tout de même pas déguiser cet amphibie-là en Boche pour remplacer celui qu'il a crevé ! »

On secoua tant et tant le malheureux Vervaque qu'il en tomba raide, évanoui pour de bon. C'était le bouquet. Voilà qu'on ne pouvait même plus l'engueuler...

Fred, écœuré, ne respira clairement que lorsqu'il eut franchi le portail. Il entra au café d'en face. Là, deux gosses se pendaient après un Américain noir :

« No cigarettes ! No chewing-gum ? » piaillaient-ils tout en lui tâtant les poches et en tirant à quatre mains sur sa ceinture.

Le soldat, cramponné au zinc, riait complaisamment en sauvegardant du coude son verre de cognac. Il se contentait de psalmodier des « Marmouzelles... Marmouzelles... » à faire jaillir du pavé toutes les putains de Paris. Les mômes le lâchèrent et allèrent se disputer sur le boulevard leur butin, un rouleau de tabac à chiquer. Fred but un blanc-vichy en relisant son acte d'engagement. Il était militaire, allait défendre la glèbe-à-sabots française, allait jouer au petit jeu de la chair à canon. Il allait pendre dans son armoire ses trois complets de gabardine, le beige, le gris et le terre de Sienne, avec des boules de naphtaline gonflant les poches. Il lui faudrait cacher ses disques, sinon Marcelle userait jusqu'à la corde ceux qui lui plaisaient... Il lui faudrait faire beaucoup de choses en une soirée. D'ici vingt-quatre heures, il ne serait plus de son monde...

Il paya et marcha vers la Seine. Tout au long du quai de Javel, il pensa à la rue Saint-Denis. Il fut heureux à la pensée des soirs d'automne où il passerait, avec des copains, la porte des rudes bordels à soldats où les suints de la bière et des fesses de filles font des ronds moites sur les bois des tables.

Il traversa le fleuve au pont Mirabeau. Une bande de jeunes le croisa en chantant à tue-tête le refrain en vogue :

J'ai changé ma voiture contre une jeep
Et j'ai dit hip hip hip hourrah...

Un soldat de l'armée Leclerc, coiffé d'un calot rouge, donnait le bras à deux des promeneuses. Quelques étoiles clouaient le ciel aux cheminées de la ville. L'air flottait comme la mer, doux comme une peau de bébé. Une péniche pavoisée crachait des couleurs vives dans l'eau grise du soir. Le soleil se couchait derrière les piles de tous les ponts de l'horizon.

Frédéric rentra chez lui par le quai de Passy. Il n'y avait que la bonne Marcelle dans l'appartement :

« Ta mère et M. Philippe ne rentreront pas de la nuit. Ils sont partis à Maisons-Laffitte, chez des amis.

– Ça tombe bien. Je ne les reverrai pas avant un moment. »

Il s'expliqua. Marcelle faillit en avaler sa dent en or et puis se tut. Elle connaissait Fred. Ses décisions tenaient généralement debout. Elle se contenta de se colleter avec ses casseroles.

Fred, dans sa chambre, pensa, par hasard, à Marcelle. Il avait quatorze ans lorsqu'un soir sa mère était venue dans cette même chambre et lui avait tenu de longs discours sur l'éducation sexuelle. Et puis, elle avait fait monter Marcelle, une Marcelle maquillée, obéissante en tout aux désirs de ses maîtres. Et ainsi jusqu'à ce que Frédéric eût l'âge de se débrouiller au dehors. Quelle famille, ces Fugo... La mère, l'amant, la cousine, la mère déniaisant son fils par l'intermédiaire de la bonne, le père aux cinq cents diables, le fils oisif, l'amant habitant là, la mère emplie de principes personnels sur le mariage... Une mayonnaise rocambolesque de l'incroyable considéré comme normal et de la moralité toute vague resserrée d'un coup de ce vague.

Fred sortit de l'armoire une petite valise en peau de porc. Il se demanda s'il devait emmener trois caleçons ou seulement deux. Sa vie recommençait. C'était un tournant. Elle prenait un sens. Mais lequel?

CHAPITRE V

FRED passa le portail avec un groupe de recrues affublées de musettes, de mallettes et de sacs marin. Un planton leur désigna du menton un coin de cour où stationnaient déjà une vingtaine d'engagés dont quelques zazous agglomérés en bande à part et quelques prolovitches au col de litre dépassant des bagages. Fred plaça sa valise à la verticale et s'assit dessus en regardant le boulevard désert où les premiers percos devaient déjà chanter dans les cafés. Le jour forcissait à toute minute, écartant d'un revers de lumière les rideaux de marronniers jaunis.

Des rafales ininterrompues de coups de sifflets se déchaînèrent subitement, suivies de galopades dans les couloirs, de tremblements de rampes et de tonnerres d'escaliers. Des files entières de soldats bleus sautaient d'un bond sur les marches du perron, finissant de se boutonner ou d'assujettir leur béret, s'alignant brouillonnement en colonnes par trois. Des sergents disparurent dans les étages à la poursuite des retardataires. Ils en extirpèrent deux des water-closets, un autre d'un placard où il avait été enfermé, un quatrième ivre-mort sous un lit et ramenèrent le tout au pas de charge.

Après l'appel, ce fut l'embarquement. Les sacs de patates, une roulante, des lits, des caisses de balles, des fagots de vestes s'entassèrent dans les camions. On empila les hommes par-dessus et puis les gradés encore par-dessus.

« Heureusement qu'il n'y a pas de généraux qui traînent par là, ça faisait une couche de plus », soupira une voix anonyme.

Fred, écrasé entre un amoncellement de casques et deux êtres du club des cent kilos, se mit à jouer des coudes et parvint à se caler contre une ridelle, en butte à la pression du voisinage, mais à l'air libre. Il glissa sa valise entre deux jambes inconnues.

Un clairon canardait dans un des six camions en partance. Cela faisait martial. Lorsque la traction du commandant s'ébranla, les « cinq tonnes » suivirent, sauf un. Il fallut l'attendre. Les occupants, épaule contre épaule, le poussèrent durant cinquante mètres avant d'obtenir un résultat positif. Puis, ce fut le tour d'un autre. Celui-ci, examiné par des chauffeurs à plat ventre, ne parut pas en état de dépasser la cour. Il fallut le déménager et répartir le contenu dans les autres. Quelques matelas et une escouade s'installèrent sur Fred. Enfin, une fois une demi-heure perdue, le caravansérail roulant attaqua le boulevard Victor, pointant cahin-caha en direction de la porte de Saint-Cloud. Les Parisiens aux portes, vivant sur l'enthousiasme et marchant à la graisse d'armes, applaudissaient, au passage, le drapeau tricolore que faisait claquer au vent un sergent-chef jaune de foie, pisseux de teint et de mine altière, quand même. Des filles envoyaient encore des baisers. C'était l'armée française qui passait, avec ses balais de paille de riz, ses lebels de deux mètres vingt, ses écheveaux de galons et ses trouffions à frocs bandonéons. La traction, en tête, se chargeait de faire oublier ses sœurs du Paris-Biarritz 1940.

Frédéric, debout, les bras croisés, cracha dans la Seine, du haut du viaduc d'Auteuil. Un invisible enseveli sous Dieu sait quoi hurla à mort contre les postillons. Fred reçut une fleur en pleine poitrine. C'était une petite fille de cinq à six ans qui, d'un passage clouté, l'avait visé d'un dahlia blanc. Cela lui fit un plaisir bête. Ça y était, il se prenait pour les héros aux tombes fleuries par les fillettes en costume régional. Il fut jaloux des uniformes de ses camarades. Son veston croisé, sa cravate à pois ne faisaient pas sérieux...

L'air était frais. Un tank allemand versé dans un fossé tendait un canon fêlé vers le ciel de zinc. Un convoi américain, escorté de M.P. motocyclistes protégés par une grande plaque de mica, croisa en trombe le troupeau de gazogènes.

Fred songea avec satisfaction aux têtes de sa mère et de Philippe lorsque Marcelle, encore « retournée », leur aurait appris la nouvelle...

Elle en tomba sur une chaise.

« Parti soldat ? Pourquoi ?

– Dame, madame, il ne m'en a rien dit...

– Mais cet enfant est fou ! Nous sommes en guerre, il va se faire tuer ! Philippe, fais quelque chose, remue-toi, ramène-le !

– Ses papiers sont signés, plus rien à faire...

– Ah ! le misérable... Il tient bien de son père. »

Elle en but son café froid et ne grignota qu'une biscotte au lieu de deux.

La caravane passa Saint-Cloud, Garches, Vaucresson. Durant la traversée des villes, quelques patriotes bravos la saluèrent.

« C'est de la rigolade, à côté de la République », soupira un soldat près de Fred.

L'enthousiasme, c'est comme l'amour, ça fait du bruit, mais ça ne dure pas...

On longeait le bois de Saint-Cucufa. Le coin devenait désertique. De longs murs cernaient d'invisibles propriétés privées; de temps à autre un pavillon, parfois une boutique. Après avoir longé une muraille de Chine ornée de barbelés et de culs de bouteilles, la traction tourna en direction d'un portail et le reste suivit. C'était le camp de Beauregard. Quelques milliers de Russes délivrés des Allemands y vivaient en attendant d'être rapatriés.

C'était un village de baraquements d'un vert sombre, avec des allées boueuses, des routes de ciment, du linge aux fils et de lointaines envolées de forêts. Au fond de l'avenue centrale, une sorte de château constellé d'inscriptions illisibles et de portraits de Staline d'une largeur de fenêtre se dressait, fier de ses pierres et de ses plâtres au royaume de la planche et du clou.

Un peuple étrange grouillait un peu partout. Des hommes glabres coiffés de grandes casquettes, des Slaves, des Mongols, des femmes épaisses, pour la plupart cravatées de fichus, les cheveux cachés sous des foulards rouges ou verts, des mômes criards, quelques vieux moujiks barbus et mornes. Une sorte de population composite vivant en termitière dans ce coin de banlieue transformée en succursale d'Ukraine et de kolkhoze du Dniepr. Des étoiles rouges aux vestes. Des regards tout bleus d'enfants sages contents de se retrouver après quelques séjours en camps de travail, en camps de concentration, en wagons de marchandises, en lieux divers d'espérances funéraires.

Le commandant soviétique du camp, un géant paré d'épaulettes jaunes larges comme la main, accueillit les officiers français, leur désigna la partie droite du terrain où s'étageaient de dix mètres en dix mètres les baraquements réservés aux arrivants.

Ceux-là sautaient déjà des camions, se regroupant péniblement aux coups de sifflets des sergents épeurés. On patienta une demi-heure sur place, avec pour seule distraction une courte bagarre survenue entre un sergent microscopique et une grosse brute hilare de simple soldat. Le sujet en était simple. Le gars voulait rouler une cigarette dans le camion, à l'abri. L'autre l'avait poussé, projetant le tabac sur le sol. A présent, l'infime gradé roulait comme un tonneau sur le ciment qu'il tachait de sang venu du nez. L'offensé le poussait du pied avec rage.

Un capitaine accourut, rouge de fureur.

« Bande de salauds ! Lâchez-vous et tout de suite ou je cogne ! »

On remit le sergent debout à grand-peine. De remarquables ecchymoses arc-en-ciel découpaient sa petite face de rat de balafres parallèles et grenat.

« Foutez-moi ce gars-là au bloc ! hurla le capitaine hors de lui en secouant la brute.

— Mon capitaine, y' en a pas! rétorqua un autre sergent.

— Et! merde, merde, vous m'emmerdez, je fous le camp! » rugit la brute en se dégageant.

Prenant son sac, il partit à toute allure et disparut par le portail.

« Ce n'est pas une grande perte. Mes enfants, suivez-moi, je vais vous installer », soupira le capitaine.

La troupe, réjouie, reprit ses balluchons et lui emboîta le pas.

« Une deux, une deux! scanda un des sergents, pour se faire remarquer.

— Arrête tes chars, y' a des mines. On n'est pas au cirque, ici », grogna un autre révolté.

Les compagnies continuèrent de marcher à la débandade, traînant les pieds et parlant à voix haute.

Fred était ravi. Voilà des types qui ne se laissaient pas faire. Ce poivre d'indiscipline lui soutira des sourires bienveillants. L'armée F.F.I. avait du bon.

Arrivés au rond-point encadré de baraques, on fit halte. Le capitaine fit cinq parts du groupe des civils, au hasard, et les distribua aux compagnies. Celle de Fred, cinq minutes plus tard, occupait le baraquement n° 2.

C'était une bicoque plate au plancher gondolé par l'humidité. Deux rangées de lits à deux étages en tenaient la gauche et la droite. Au centre, un poêle en tôle à tuyaux verticaux, une table de bois brut, des tabourets genre trayeuse de vaches. Une pile de paillasses en ficelle de papier touchait les poutres du plafond.

Le capitaine de la compagnie, un homme sec et noirâtre affublé du képi azur de la coloniale, survint, frappa la pointe de ses bottes d'un stick travaillé au couteau.

Après le « garde à vous-repos » d'usage, il trancha :

« Jusqu'à midi pour vous installer! A savoir une heure. Sergent Poussard, trouvez des gamelles d'ici là pour les nouveaux. Ceux-ci seront habillés en cours d'après-midi. Allez! »

Il ressortit précipitamment.

Fred jeta sa valise sur le bas d'un lit. Un gars en

uniforme balança son sac au-dessus. Ils s'aidèrent mutuellement à transporter leurs deux paillasses.

« Doit y avoir des punaises là-dedans », grommela le soldat.

Il était grand et squelettique, légèrement voûté, chevelu jusqu'au col de veste. Une moustache en forme d'éventail salissait la lèvre supérieure. Des yeux scintillants de voyou adulte et un sourire à perpétuité complétaient le tableau.

« C'est la guerre », émit Fred.

L'autre s'anima inconsidérément, tout en épluchant de l'œil la couche suspecte.

« La guerre! Ah! oui, la guerre au camp de Beauregard! Tu parles! A présent, faut savoir présenter les armes pour s'en servir un jour... Oh! connerie de connerie! Si ma mère voyait ça... En plus, ici, on se gèlera les burnes. Cette turne, eh bien, c'est pas une turne, c'est une pomme d'arrosoir. »

Il se laissa tomber petit à petit sur la couchette, eh bien, c'est pas une turne, c'est une pomme d'épée :

« Jarnicoton! »

Cela sonnait merveilleusement faux. Fred, enchanté de ce compagnon, se présenta. L'autre, non moins élégamment, en fit autant :

« Thierry Ranal, d'essence prolétarienne, vingt-quatre piges. Né rue Coustou, en plein Pigalle. »

Il s'énerva encore :

« Non mais tu te rends compte! Venir de Pigalle et arriver là dans ce bled où on va nous faire garder les oies... Ah! putain de moine... »

Il retomba et garda le silence.

Fred décida mentalement de le tutoyer, ce qui était à son avis une marque insigne de sympathie.

La pluie se mit soudainement à rouer de larmes les vitres carrées disposées parcimonieusement le long des parois. Un coup de vent battit la porte.

« Thierry, il pleut.

– M'étonne pas. Cochon de pays. Bordel de patelin. A Pigalle, mon vieux, il ne pleut jamais, tu m'entends, jamais! »

Fred lui offrit une cigarette. Autour d'eux, les autres s'installèrent, se chamaillant pour être avec leur pote, démantibulant le tas de paillasses pour en trouver une à leur goût, mangeant le casse-croûte ou déballant le sac. Quatre s'installèrent à la table et sortirent les cartes.

Fred, à présent, questionnait Thierry :

« Tu le connais, ce capitaine?

– C'est Parpaux. Il a une tête de vieille pédale, tu trouves pas? Des mecs sympas comme ça, il m'arrive de marcher dedans du pied droit. Qu'est-ce que tu faisais toi avant?

– Rien.

– C'est le meilleur boulot.

– Et toi?

– Je te dirai ça un jour. »

Il chantonna *Minuit, place Pigalle.* Sa moustache, au gré des paroles, épousait des aspects tantôt obscènes et tantôt cocasses.

. . . .

La première nuit, Fred eut froid. Le cafard était en rab. Tout cela manquait de ressorts. Et le matelas et l'esprit. Toute la chambre ronflait. De temps à autre, un type se levait, rentrait dans le poêle, gueulait, cherchait la porte, l'ouvrait enfin. Un jet sonnait sur les marches de pierre.

Fred entendait Thierry se retourner. Il tâta de la main son uniforme roulé en boule sur ses pieds. Cela le changeait de la gabardine et de la popeline. Il se força à sourire.

La lune époussetait les vitres de son plumeau blanc. Quelqu'un rêvait tout haut et il parlait de Jacqueline. Fred s'enfonça sous ses deux couvertures et murmura tout en claquant des dents : « Vive l'armée... »

CHAPITRE VI

Tout de suite, ce fut l'automne. Le camp, transformé en bourbier, tentait d'ôter du pied la chaussure, de toutes ses bouches de glaise.

Les compagnies se croisaient, au pas cadencé tout le jour, présentant les armes mille fois chaque après-midi. Quartier consigné depuis le début. L'équipement américain, venu de Cherbourg, avait été distribué. Tout le monde n'espérait plus qu'en une chose : aller se faire admirer en battle-dress et en guêtres de toile par sa famille, sa petite amie et ses copains. Mais pas de permission. Il était même interdit de parler aux Russes. Pourtant, il y avait chez eux une Ukrainienne splendide et blonde dans ses vêtements d'homme, une fille à faire mettre en l'air toutes les crosses de soldats du monde. Elle allait, impassible et glacée, muette, même avec ses compatriotes. Thierry l'avait baptisée : « Miss Beauregard. » Le soir, les Russes dansaient sur l'allée principale, en chantant des choses mélancoliques qui rappelaient toutes « les bateliers de la Volga » aux gars de Paris et de banlieue. Ceux-ci, au sortir des « demi-tours à droite » et des « changez pas », tombaient sur leurs paillasses comme des mouches dans du lait. Ils étaient tous très jeunes. De dix-sept à vingt-cinq ans. Le clairon les tirait par les pieds, les sergents les poussaient aux lavabos, leur faisaient avaler le jus de chaussette à tout allure et hop, en colonnes par trois jusqu'à midi. Et autant pour l'après-midi, dans la pluie, dans la mélasse jusqu'aux chevilles.

Il y avait aussi les gardes. On montait la garde partout. Au portail, au P.C., à la soute aux munitions, au stand de tir, à la prison. Le commandant avait vite fabriqué un « gnouf », histoire de maintenir la discipline. Les tôlards, sans lacets ni ceintures, vaquaient aux corvées de la cuisine.

Fred, absolument imperméable aux rouages du maniement d'armes, était traité quotidiennement de crétin, d'abruti et d'andouille lorsque sa crosse descendait le long de sa hanche cinq secondes après toutes les autres. Il en rougissait de fureur et se taisait. Quelle sale école de silence, l'armée!... Thierry, lui, hautain ou tonitruant, n'avait plus qu'un souci : sauvegarder la longueur de ses cheveux menacée par tous les porteurs de galons rouges, dorés ou or. C'était une fière gageure. Ils dépassaient du casque d'un outrageant décimètre...

Les deux amis ne se séparaient plus. Voisins de lit, ils l'étaient dans les rangs, s'arrangeaient pour être de garde ensemble, et ne partaient pas en corvée l'un sans l'autre. Ils ignoraient le reste du bataillon, petits patriotards, miteux ou imbéciles, cafards, lèche-bottes and C°. Les rares qui eussent mérité leur estime étaient des taciturnes ou des groupes fermés mus par des idéaux politiques ou de clocher ou simplement sportifs.

Le sergent-chef entra dans la chambrée :

« De garde à midi jusqu'à demain matin : sergent Bordas, caporal Simet, volontaires Archer, Coëffet, Lange, Ranal, Fugo, etc... Tout le monde prêt dans une demi-heure. »

Les hommes cités roulaient leurs couvertures, crachaient sur les fusils pour les faire briller.

« Encore de garde! ronchonna Thierry. Huit heures de vent du Nord. Huit heures de bouillabaisse. Mais qu'est-ce que j'ai fait au Bon Dieu!

— Nous ne sommes pas vernis, surenchérit Fred. A nous deux, ça fait seize heures... »

Cette idée des seize heures plut à Thierry.

« Seize heures, mes poulets! Seize heures à se les

tremper dans les bénitiers de rosée! Enfants de malheur! Tristesse de Chopin! »

Un petit caporal qui se prenait au sérieux trancha nerveusement :

« Ranal, on ne te demande pas ton avis. »

Thierry lança un « merde! » glorieux et une godasse boueuse en direction du connard qui haussa les épaules de façon supérieure.

Fred, hilare, se mit à chanter un vieil air obscène qu'il avait appris la veille :

Il est minuit, la femme du roulier
S'en va de porte en porte, de taverne en taverne
Pour chercher son mari, tireli
Avec une lanterne

La chambrée, excitée, explosa. On cognait sur les casques à coups de baïonnette. Quelques-uns tapaient dans leurs mains. D'autres tambourinaient sur la table.

Lorsque l'on revint chercher la garde, personne n'était prêt. Ce fut dans la cour que la plupart enfilèrent leur blouson et serrèrent la jugulaire.

« Arme sur l'épaule... droite! Tas de fainéants! Saligauds! En avant... arche! Et plus vite que ça! »

Le groupe traversa la place et croisa un défilé de Russes marchant au pas et balançant les bras, chantant de ces voix lourdes d'Oural et de Caucase en un immense crescendo : « La poutchi-a... LA POUTCHI-A... LA POUTCHI-A »

Thierry fit un croche-pied à son prédécesseur qui chut au sol en un superbe envol de fusil à gauche, de casque à droite et de couverture par-dessus. La « poutchi-a » laissa place à un sourire général. Le sergent écumait comme un pot-au-feu. La relève de la garde fut escamotée discrètement. On en oublia le salut au drapeau. Tous envahirent le poste.

Thierry, d'un écart de jambes, annexa deux paillasses en y plaquant ses chaussures.

« Fred! Rapplique! J'ai loué un wagon-lit! »

Les autres se disputaient. Il manquait toujours des

paillasses. A croire que l'armée française était sans le rond. Encore ç'aurait été au front... Mais là, près de Paris, dans ce camp où l'on ne servait à rien, strictement à rien ! Ou bien à des effets de style : Une compagnie d'honneur vagabondait en camion toute la journée, histoire d'assurer les services funèbres aux morts de la résistance et d'aller de cimetière en cimetière saluer les pauvres gars entortillés dans du tricolore comme des berlingots. Un bataillon de croque-morts... Huit cents fossoyeurs... Alors que dans les poches de l'Atlantique les soldats n'avaient pas de flingots, eux, ici en avaient, et des tout neufs. On ne les sortait qu'aux revues d'armes ou pour garder l'état-major, ses encriers, ses fiches bien propres et les deux infirmières que le P.C. s'envoyait comme un seul homme. Et on faisait tenir en place tout le monde par des promesses de barouds futurs, de « chasses à Boches » et de jours de gloire qui succéderaient enfin aux matches de peluches, aux « coude à coude alignement », aux jours de tôle et à la discipline étant la force principale des armées.

Mais le sergent rassemblait vite la première garde. Fred et Thierry lurent par-dessus son épaule leur emploi du temps. Les gardes se montaient à deux. Ils étaient ensemble, à seize heures à la prison, à vingt-deux heures au P.C, à quatre heures du matin aux munitions et à dix heures à la porte.

« Ça va, dit Fred, on pourra dormir, à la soute, c'est un vrai désert. »

Ils décidèrent d'aller se cacher jusqu'au moment où leur tour viendrait. Autrement Bordas, le « serre-pattes » serait capable de les embaucher pour casser du bois et balayer le poste.

Ils filèrent dans le camp russe. Là, ils étaient assurés de l'entière tranquillité. On ne leur demanderait rien. Ils s'assirent sur un banc, entre deux draps séchant aux lumignons du ciel d'automne. Trois petits mômes vinrent les regarder sous le nez en léchant une tartine de graisse végétale. Une petite fille avait des yeux bridés et un sourire d'orange.

« Tiens, des chandelles ! ricana Thierry.

– Laisse-les, ils ne comprennent rien.

– Nom de Dieu, regarde qui c'est qui s'amène ! Miss Beauregard en chair et en os... »

Fourrée jusqu'au menton dans une salopette bleue reprisée des genoux et des coudes, gonflant la toile au torse et aux hanches, elle venait, les cheveux ramenés sur la nuque et tenus par un ruban de caoutchouc. Ses mains semblaient ramer les feuilles mortes du vent.

« Tu parles d'une Karénine ! s'étrangla Thierry. Je l'attaque... »

Fred sourit. Elle arrivait à leur hauteur. Thierry se leva :

« Mademoiselle... Fait beau... Si votre ramage est l'égal de votre plumage... »

Elle tourna à peine sa tête de Joconde revue par l'église orthodoxe, dit le « No compris » russe : « Nipou nimaille[1] » et passa sans ralentir sa marche de reine, ni désordonner sa démarche de renne.

Fred la rattrapa, alors qu'elle obliquait pour entrer dans un baraquement. Il la prit par le bras :

« Sprechen sie Deutsch ? »

Elle le regarda. Elle avait des yeux bleus bourrés de paillettes et de bulles d'or. Fred la tenait toujours au poignet. Il sentait le pouls sous ses doigts. Savait-elle seulement l'allemand ? Elle le dévisageait. Il crut voir glisser un sourire sur les deux lèvres jointes. Elle murmura :

« Nächsten sontag beim café des Sports[2]. »

Sa voix tenait du ronron de chat et du grand coquillage plaqué sur l'oreille. La fille se dégagea, ouvrit la porte et disparut.

« Alors ? dit Thierry, ébahi et vexé à la fois.

– Alors, elle m'a donné rancard pour mardi.

– Bravo, t'es plus fort que tout le camp. Tu sais le chleuh, toi ?

– Un peu. Un peu l'anglais aussi. C'est tout ce qui reste du bac. »

1. Orthographe euphonique
2. Mardi prochain au café des Sports.

Une vieille taupe s'approchait d'eux, branlante et surexcitée. Elle les aborda en un charabia d'allemand, de russe et de français, en désignant du bras la porte du baraquement de Miss Beauregard.

« Fraulein... Pchh... Pchhh... Beaucoup ficfic deutsches... Nicht gout... »

Elle crachait à terre, grondait, dégoûtée, agitant les cornes de son fichu.

« Laisse cette sorcière, on va revenir au camp. »

Thierry suivit Fred, qui reprit :

« Apparemment, voilà pourquoi la môme n'est pas dans les petits papiers de ses compatriotes.

– Si c'est ça, c'est une belle putain...

– Je préfère, rêva Fred en se dirigeant vers le poste où le sergent Bordas leur lança quelques remarques vertes et regards noirs.

– Foutez-vous en tenue. Y va être quatre heures. »

Ils lacèrent leurs guêtres, mirent leurs casques, tendirent la bretelle des fusils.

« On va en première ligne, ironisa Fred, ce qui fit flotter des sourires.

– Pas d'esprit, Fugo! grogna le sergent.

– Permettez : *monsieur* Fugo.

– Silence! Sortez tous, c'est l'heure. »

On s'aligna dans l'allée. Thierry, voûté, masquait la route aux types qui le suivaient. La relève de la porte effectuée, la troupe bifurqua vers les prisons où les deux factionnaires, distraits par les annonces, jouaient encore à la belote, ce qui fut l'occasion d'un coup de sang pour le malheureux Bordas :

« Vous êtes dingos! Si le commandant vous voyait! Vous avez de la veine que je soye une bonne pâte! Vous mériteriez un rapport au cul! Allez, Ranal, Fugo! Et ne faites pas les cons, je ferai une ronde! »

Le groupe s'éloigna en tirant la godasse.

« Y a des gars là-dedans? cria Thierry en entrant dans le couloir.

– Viens par là! » dirent les voix.

Il poussa le loquet d'une cellule. Trois types étaient

là, tondus à ras et manipulant eux aussi des cartes sur une couverture. Thierry s'étonna :

« Pourquoi qu'on vous a tondus au double zéro ?

– Est-ce qu'on te demande si ta grand-mère faisait du vélo ?

– Ta gueule Dédé, y t'a rien fait. On s'est tirés à Paname la semaine dernière. Quand on est rentrés, hop, Figaro-ci Figaro-là, plus un poil sur le caillou, et quinze jours à tirer.

– Que ça ! Vous voulez que je vous laisse la porte ouverte ?

– Pas la peine, ça fait courant d'air. »

Il repoussa le loquet et s'assit près de Fred. Celui-ci mélancolisait.

« Je m'ennuie, ici. La bouillasse toujours. Des carottes à manger. Pas de sorties. Si ça continue, je vais m'en aller.

– Je crois que tu as raison. Moi aussi je vais faire la malle... la rue Coustou, sans moi, c'est plus la rue Coustou. Rocky m'a écrit que je manquais salement aux potes.

– Qui est-ce, Rocky ?

– Mon frelot. Il s'appelle Roger, mais depuis que les Américains sont là, c'est Rocky... Ah ! mon vieux, Pigalle !... Quelle gueule ça a !... D'la lumière, des filles... qui montent après les lumières en branches... »

Il soupira. La culasse du fusil se ternit d'une buée bleue. A présent un chœur venait de la cellule :

J'interroge l'un d'eux, un gars à l'allure fière
Qui m' dit : Si j' suis ici
C'est pour avoir osé
Cracher à la sal' gueule d'un gradé militaire,
Pour ce geste insolent
On m'a collé dix ans...

C'était « Clairvaux », la chanson des centrales, que la tradition avait portée jusqu'aux lèvres de ces tôlards juvéniles. Et ces paroles désespérées volaient sur la boue de ce village désespéré, plein de pauvres bougres de Russes, plein de trouffions dégoûtés du patriotisme en chambre, abrutis de pluie, écœurés de promesses et de sonneries de clairon.

Une voix reprit, au fond du couloir :

Quoique de petite taille
J'ai fait mon d'voir sur les champs de bataille...

Fred regardait un petit gosse occupé à trouer une vieille boîte de camembert. Des joujoux pour riches... Il la fit rouler dans l'allée en poussant des cris de joie. Le sergent Bordas arriva, écrasa la boîte du talon.

« Faites taire les tôlards, vous êtes là pour ça ! » rugit-il.

Le chœur braillait avec vigueur :

On l'appelait Jojo l'beau mâle,
Fallait qu'il cogne, fallait qu'il râle,
Pour ses beaux yeux et son teint pâle,
j' l'avais dans la peau...

Bordas hurla :

« Silence ou je vous prive de sortie ! »

Après avoir prêché la vérité aux sentinelles, il repartit en regrettant d'avoir des galons sur les manches. Le chœur reprit, avec une ardeur décuplée :

Il avait des mains longues et fines,
Il était pas fait pour l'usine !
J'aurais pas aimé qu'il turbine,
Jojo ! Mon costaud !

Le petit gosse, les pieds dans une flaque, pleurait à grosses larmes sa boîte de camembert écrasée. Il avait peut-être cru que c'était une petite maison blanche avec des oiseaux, des tartines et du feu...

*

« Quoi ?

– Lève-toi... T'es de garde. Grouille-toi! Il est quatre heures moins le quart. Fais pas de bruit... »

Thierry s'assit sur sa paillasse, se leva, prit ses chaussures, marcha sur un corps et apparut échevelé, béat, dans l'autre pièce où, près du poêle, Fred en tenue feuilletait le *Manuel du gradé d'infanterie.*

D'autres gars récuraient un broc dans l'espoir d'en retirer deux gouttes de café froid.

Thierry laça ses godasses auprès de son ami.

« T'as pas dormi, Freddy?

– Pas pu. Il y a des puces dans ma paillasse. On prend nos capotes, hein? Y fait frigo dehors. »

Bordas, les traits tirés jusqu'aux oreilles, rassemblait son monde une fois de plus, allant re-éveiller un dormeur qu'il imaginait debout, engueulant ceux qui tapaient dans le broc, maudissant une fois de plus ses « sardines ».

« Dire que je serais dans les toiles avec une gentille poupée si je n'étais pas là... Si c'était à refaire! » psalmodiait Thierry tout rêveur en bâillant à en découvrir une molaire cariée.

Le sergent fit l'appel à voix basse. Les gars répondaient : « 'sent... » ou ne répondaient pas du tout, somnolant le menton sur le canon du flingue.

Enfin, poussés, tirés, ils se retrouvèrent tous, miteux, dans la nuit humide illuminée de clair de lune. Ils se mirent en route. Au fur et à mesure, on entendait les « qui vive! » auxquels Bordas donnait la réplique en disant « relève » et en agitant sa lampe électrique. Les pieds claquaient parfois comme des gifles dans les trous d'eau. Les gars qui allaient se coucher filaient d'un pas lourd en fourrant leurs mains au plus profond des poches, pressés d'ôter les chaussures transformées en gangues de boue et de s'affaler au chaud sur la paille. Les autres, encore tout pleins de tiédeur et de sommeil, s'apprêtaient à subir le froid, la pluie, l'attente, le sommeil et les mille petits bruits effrayants de la nuit. Encore si cela avait servi à quelque chose... Mais pour garder une porte, de pacifiques tôlards, des officiers que personne ne songeait à toucher de l'ongle et trois caisses de grenades... La philosophie de l'absurde est née sous l'uniforme français. Elle s'est nourrie de singe. Elle ne s'en est jamais mieux portée.

Thierry et Fred, installés à leur poste, entendirent s'éloigner les veinards en direction de l'étoile du poêle.

La soute aux munitions était une espèce de cabane de cantonniers, en planches, fermée à clef, protégée par une voûte de tôle où les gouttes roulaient une à une, se fondant en un bruitage ininterrompu d'œufs à la coque heurtés par un couteau.

Elle se trouvait en plein bois. Les peureux évitaient d'y être placés. Les amoureux de paix se la disputaient. Là, on pouvait fumer, chanter, se balader, sans craindre aucune ronde, aucun sergent. Celui-ci se contentait d'y venir toutes les deux heures, c'était suffisant.

« Dis donc, Freddy, de quel café des Sports elle voulait parler ? On n'est pas encore sortis des quatre murs.

– Je demanderai au vaguemestre, il doit savoir ça. Ecoute ! Une chouette...

– Chouette alors... Ah ! vieux Freddy, ce coin-là, si tu veux mon avis, eh bien, ça manque de milks bars et de cinés. En plus, le métro doit y passer tous les trente-deux décembre... »

Il chantonna, lugubre et fantomatique, en faisant le tour de la bicoque :

Ah c' qu'on s'emmerde ici,
Merde ici, Merde ici,
Merde ici, tsoin tsoin !

Fred sentait l'humidité pénétrer ses guêtres de toile. Un rhume pour demain d'assuré. Il lui restait un paquet de gris. Ç'avait été dur d'apprendre à rouler ses cigarettes. Hier, il avait reçu une lettre de Béatrice. La pépée s'ennuyait de lui. Elle n'avait pas dû oser en essayer d'autres. Il ferait acheter du cirage en ville si quelqu'un avait une perme exceptionnelle. Une averse s'abattit sur les feuillages. Jusqu'au bout des deux heures, elle s'éterniserait en gouttelettes tombant des arbres. Celles-ci résonnaient sur les casques, émettant des « floc » moroses en plein crâne. Fred extirpa son pied d'un cloaque de boue.

« Dis donc, Thierry, tu m'avais dit qu'un jour tu me raconterais ce que tu faisais dans le civil. C'est le moment, il n'y a pas trop de monde pour t'écouter. »

Thierry ralluma un mégot, ricana.

« Ce que je faisais? Je ne me salissais pas les mains, en tout cas. J'touchais que du papier. Tu comprends pas?

– Non.

– On avait un petit atelier près de la place Daumesnil. Fausses cartes. Faux billets. Faux bons de textiles. J'te jure que c'est pas pour gagner du blé que je suis là. »

Fred resta pantois un moment. Sans supposer un catholicisme et une pureté d'âme de la part de Thierry, il ne s'attendait tout de même pas à cela. Comme il était un peu horrifié, il se reprit, maudit les principes moraux de sa mère qui ressortaient, se remit dans sa peau de cynique, ce survêtement qui collait si mal encore à une éducation qu'il était le premier à trouver désuète.

Il lâcha très vite, pour rattraper son trop long silence :

« Ça rapportait?

– Pas mal. La croûte, les cigarettes, l'apéro et le reste. Et ça rapportera encore. Et de ça, y a pas des kilomètres. Maintenant, à la première occase, je les agite. Je t'emmène?

– Sûrement. Quoique ça ne me tente plus de retourner à Passy.

– Viens rue Coustou... Je t'apprendrai le boulot. Tu comprendrais encore plus vite qu'un autre. Mets-toi ça dans la tête qu'entre le vrai et le faux il n'y a jamais eu de différence. Pourquoi, en vertu de quoi un biffeton de cent balles est-il vrai? Si on le baptise faux dans l' Journal Officiel, le lendemain, il est faux. Et vice versa pour la contrefaçon. Mon vieux, va savoir si une souris a des seins nature ou s'ils sont en chiffon? Les papelards, c'est pareil. Et y a d' la place pour toi rue Coustou.

– Pourquoi pas?... On verra ça... »

Fred réfléchissait. Evidemment, Thierry présentait bien son affaire... Mais il ne parlait pas des risques, des suites, des conséquences. Plutôt que de répondre fermement, Fred préféra laisser parler, un jour, les circonstances... Comme si les tentations n'étaient pas assez grandes pour marcher toutes seules...

Un lapin ou un chat ou un mulot passa en un envol de feuilles mortes et de brindilles. Le mégot illuminait la moustache de Thierry... La lune passait le canon des fusils au cirage crème. Là-bas, près de l'armurerie, une gouttière pleurait un amour de tuiles, amour déçu, pleurait longuement au cœur d'une citerne.

Fred sortit son mouchoir. Il le laverait avec sa savonnette, demain, dans les lavabos. Il fit quelques pas pour empêcher les semelles de caoutchouc d'épouser trop vivement la boue poisseuse et infiniment triste.

CHAPITRE VII

Ce dimanche furent signées les premières permissions. Fred, sans doute parce qu'il n'en avait pas demandé, était sur la liste. Un camion transportait les heureux élus au pont de Saint-Cloud. Fred n'eut que le temps d'y prendre place. En attendant l'arrivée du chauffeur, il conversa un moment avec Thierry que le sort laissait au camp.

« Où que tu vas aller, à Paris?

– Sûrement pas chez mes parents. J'ai un vieux copain rue du Faubourg-Saint-Denis, j'irai le voir.

– Tu penses à ce que je t'ai dit l'autre nuit à la garde? Ma proposition?

– Je t'ai dit qu'on verrait ça... »

Le camion s'ébranla enfin. La bâche protégeait de la pluie légère et glacée qui tissait en l'air des multitudes de toiles d'araignée. Les permissionnaires chantaient, pour ne point faillir aux traditions. Fred était tout guilleret à la pensée de revoir Maxime... Maxime... Il le connaissait depuis une dizaine d'années. C'était le fils d'une blanchisseuse de Passy. Ils avaient joué ensemble. Mme Fugo l'invitait à goûter parfois. Ils avaient couru ensemble leurs premières jupes, bu ensemble leurs premiers apéritifs... Puis la vie les avait quelque peu séparés... Fred préparait son bac, Max avait loué une garçonnière, abandonnant le XVIe et sa mère, laquelle osait désavouer la passion de son fils. Cette passion était un désir extrême de variété qui le poussait à changer d'emploi, d'occupation, de vie, tous les quinze jours au maximum.

Fred avait connu Maxime agent d'assurances, représentant en cigare, en confiserie, en aspirateurs, litfier, camelot... Que serait-il aujourd'hui ? Il ne l'avait pas vu depuis deux ou trois mois. Cette nature curieuse, optimiste bohème l'enchantait. Fred, de caractère froid, s'extasiait devant cette éternelle pétulance mise au service d'un esprit de suite dans la discontinuité tel qu'il pouvait paraître, de prime abord, systématique alors qu'il n'en était rien. C'était le don inexplicable et troublant du caméléon...

« T'as du feu ?

— Ouais... »

Fred tendit sa cigarette. Paris approchait, noyé de brumes pleurnichardes.

Au pont de Saint-Cloud, le camion déversa sa vingtaine d'occupants que le métro happa.

Les militaires ne payaient pas leur place. Fred songea que si Maxime savait cela, lui, l'éternel débrouillard, ne devait sortir qu'en uniforme. Il prit la direction de Montreuil et se laissa véhiculer jusqu'à « Strasbourg Saint-Denis ».

Un dimanche matin, ce serait bien le diable si Max était hors de ses murs... Ses murs se trouvaient au sixième et dernier étage d'une bâtisse poussiéreuse dont les intempéries délayaient la crasse au lieu de la supprimer.

Fred monta en courant. Il se faisait une joie d'apparaître d'un coup en battle-dress à son ami, lequel serait sûrement en caleçon et grelottant auprès du réchaud à gaz, attendant son café matinal... A peine sur le palier, il bondit sur la porte et entra sans frapper.

Il recula d'un pas, ne comprenant plus. Il crut s'être trompé de porte dans sa précipitation. Non seulement Maxime n'était pas là, mais il y avait quelqu'un d'autre, dans le lit. Et ce quelqu'un était une tête de jeune femme dépassant des draps. La tête était jolie et aussi stupéfaite que celle que devait lui présenter Fred.

Il bafouilla :

« Maxime Sérès...

– Max est sorti. »

Il se tut. La fille le regardait. Il la regarda. Elle portait une frange. Elle avait de tout petits yeux verts et très doux. Gêné, il ôta son calot.

« Vous êtes un de ses amis?

– Je suis Frédéric... Fred... »

Elle sourit enfin.

« Il m'a parlé de vous. Asseyez-vous. Il est parti voir pour une place. »

Il sourit à son tour. Max n'avait pas changé. Il avait simplement trouvé une âme sœur par là... Car cette personne n'était pas de passage. Toute une féminité emplissait la grande et unique pièce, prouvant au contraire une existence mixte : albums de tricots, robes garnissant la penderie, épingles à cheveux, etc... Fred s'assit. La tête bâilla.

« Quelle heure est-il, monsieur Fred?

– Bientôt dix heures.

– Déjà? Il faut que je me lève...

– Je sors sur le palier. »

La tête fit « oui » en souriant. Il sortit. Ça alors, c'était drôle...

Max, entre deux boulots abracadabrants, avait trouvé le temps de se mettre en ménage... Sacré Maxime... Il devait être amoureux. Il avait toujours été très sentimental. Pas comme lui, certes...

La porte se rouvrit.

« Ça y est! » dit la jeune personne.

Elle avait enfilé le peignoir de Max.

« Le ménage ou le mariage, songea Fred qui avait connu cela, c'est un seul verre, une seule assiette, un seul lit et un seul peignoir... »

« Je m'appelle Armande. Il trouve que ça fait trop sérieux. Alors, il m'appelle Amande! »

Elle rit. Elle n'était pas mal. Ses chevilles étaient assez grand siècle. Elle n'avait pas l'air de sortir du couvent... Ses yeux ne devaient se baisser que sous la main du marchand de sable.

Elle se mit à balayer. Une chanson, perçue à partir du troisième étage, se rapprochait rapidement, accompagnée d'un bruit de pas hâtifs.

C'était « *J'aime les bananes pasqu'y a pas d'os dedans* ». C'était Maxime.

Amande poussa Fred :

» Allongez-vous sur la carpette, derrière le lit. Il ne vous verra pas ! »

Fred se retrouva à plat ventre, amusé. Il entendit le bouton grincer, et, tout de suite, la voix bien connue de Max, cette voix traînarde de titi parisien recommandant au monde entier l'emploi des supports-chaussettes « Apollonius », cette voix typique du camelot des grands boulevards :

« Amandine ! Ma crotte ! cette fois c'est la fortune ! Dans mes bras tout de suite ! Tout de suite ! »

Il y eut un bruit de baisers suivi par celui que fit le sommier réceptionnant le séant de Maxime. Les paroles coulaient toujours :

« Une affaire formidable ! J'ai quinze pour cent. Le type ne me donnait que dix pour cent, mais tu penses bien que pour m'enfiler il faut se lever de bonne heure !

– Qu'est-ce que c'est comme affaire ?

– Des peignes.

– Des peignes ?

– Mais, Amandine, c'est des peignes incassables ! »

Fred éclata de rire et se leva brusquement. Max fit un bond de surprise.

« Fred ! Quelle blague ! »

Ils se serrèrent les mains en riant.

« Et te voilà soldat ! Soldat militaire ! Dire qu'on a joué aux Indiens dans le square Lamartine, tu te rappelles, et maintenant t' v'là en passe d'être général... Vieux Fred ! Grand crétin ! Grand tas de nouilles froides !

– Ça va, ça va. Arrête, tu vas me friper.

– Amande, c'est Fred, tu sais bien ! Il reste du rouge au fond du litre d'hier soir ? Non ? C'est bête... »

Il se tordit une lèvre entre le pouce et l'index pour indiquer sa contrariété. Fred eut pitié de lui :

« Ne te tracasse pas... Dis donc, il y a eu du nouveau, dans ta vie.

– Ben, il y a...

– A part ça, combien as-tu fait de places depuis fin juillet ? Tu étais coursier...

– J'en ai pas fait beaucoup, avec tous ces troubles... Coursier, ça ne payait pas assez, même avec les pourliches. J'ai tâté de la réparation des machines à écrire. Quand les Américains sont arrivés, je me suis casé comme interprète, mais ça n'a pas gazé.

– Pourquoi ?

– Paraît que je savais pas assez l'anglais. Pourquoi te marres-tu ? Ces derniers temps, j'ai gagné un peu d'argent en liquidant un hangar plein de bottes que les chleuhs avaient abandonné. Maintenant, c'est les peignes. Mais c'est du tout cuit. »

Il parla de ces peignes un quart d'heure sans trêve, s'animant, se décoiffant, jetant ses bras en l'air, dégageant une somme explosive de vie, bonimentant, séduisant, sympathique...

Il avait des cheveux châtains, frisés, coupés en brosse, une tête lumineuse, de grands yeux clairs que n'arrivait pas à voiler une paire de lunettes à monture d'acier, une bouche crachant le rire, l'argot, la joie comme celles des gargouilles crachent l'eau, aussi simplement, aussi franchement. Les soucis – s'il n'en avait pas actuellement, il avait dû en avoir sa part – avaient glissé sur lui comme la goutte sur l'imperméable. Et toujours ces deux mains dansant autour de lui, bâtissant des projets, enthousiastes, édifiant des gratte-ciel...

Il portait un complet fatigué, sorti du premier Uniprix, une chemise à carreaux bleus ouverte sur la gorge. Il était homme à ne pas chérir l'argent, il était homme à vivre.

Fred le gratifia d'une bourrade :

« Arrête, concierge ! Dans quinze jours, tu n'y penseras plus, à tes peignes !

– C'est ce qu'on verra.

– Monsieur Fred a raison, tu n'y penseras plus.

— Tu vois, Max, elle te connaît déjà ! Et cela fait combien de temps que vous vous connaissez ?

— J'ai vu Amandine au Luxembourg, le 22 août. Les Allemands lui tiraient dessus. Je l'ai protégée des balles, lui faisant un rempart de mon corps...

— Menteur !

— ... Le 25, elle franchissait ce seuil. Elle y est encore. Ça fera deux mois dans un peu plus d'une semaine. Voilà.

— Félicitations. Vous allez vous marier ?

— Mon cher Fred, les principes sont les principes, et moi, je suis pour l'union libre. Union LIBRE, ça dit bien ce que ça veut dire ! »

Amande enfilait un manteau par-dessus le peignoir, prenait un filet à provisions. Max s'émut :

« N'oublie pas qu'on est trois, à midi, chérie.

— Tu es idiot...

— Ferme ça, grand macaroni congelé. Tu as de l'argent, chérie ? Tu peux y aller, demain nous aurons une Cadillac blanche avec un chauffeur noir !

— Grand fou !... »

Elle sortit. Max devint grave.

« Comment la trouves-tu ?

— Bien.

— Bien... Bien... ou : bien bien !

— Bien bien !

— Tu le penses ?

— Evidemment.

— Ça me fait plaisir parce que...

— Parce que tu es pincé, pardi !

— Ça se voit ?

— Comme une cuillère dans un verre d'eau. Tu es heureux ?

— Comme une mouche sur un camembert. Elle m'a transformé.

— Tu n'es pas plus triste qu'avant.

— Avant, c'était plus ou moins creux. Maintenant, c'est solide. Dans ma tête, c'est plein de bouquets de coucous. Tiens, la volière du Zoo, c'est ma tête. Ça chante tout le temps.

– Brave Max...
– Et tu sais, elle m'aime, elle le prouve.
– Comment ?
– Ça ne se dit pas. Fred, c'est souvent au lit qu'on peut se prouver ça. Et ce n'est pas des cochonneries que j'entends par là. On passe des nuits à se regarder dormir. Des fois, c'est moi, des fois c'est elle...
– Et, quand tu dors... Tu es sûr qu'elle te regarde ?
– Je le sens. »

Ils firent le lit ensemble, pour aider Amande. Sur la table de nuit, il y avait une photo d'identité de Fred, dans un petit cadre en alu. Le mobilier était d'une simplicité désarmante : une table, deux chaises, un tabouret. Sous l'évier, une cavité munie d'étagères et servant de buffet de cuisine. La penderie et le lit. Aux murs peints à la colle étaient disposées amoureusement des photos d'un vieux Tour de France. Ce n'était pas la misère, c'était le dédain ancien du garçon seul n'allant chez lui que pour se coucher. La présence d'Amande était trop fraîche pour avoir sensiblement marqué cet intérieur.

Max souleva le couvercle d'une cocotte :

« Y a d' la purée pour tous. Elle ramènera un litre et du boudin. Et si t'es pas content, retourne à ta caserne ! Dis donc, Fred, t'as déjà été amoureux, toi ?
– Non.
– Bien sûr, tu es une brique. Eh bien, c'est merveilleux, c'est... »

Il enchaîna avec :

C'est l'amour qui flotte dans l'air à la ronde...

et disposa les assiettes sur la table de bois blanc. Amande rentra, tout essoufflée. Max la débarrassa de son filet.

« Tu as couru, petit poulet ? »

Fred se tourna vers la fenêtre pour masquer son envie de ricaner. Pauvre Maxime... Il le retrouvait pareil, évidemment, mais attaché, et par des liens autrement solides, parfois, que ceux du mariage...

« On demande l'armée française à la soupe! Et au pas gymnastique! »

Ils s'assirent. Le boudin ronchonnait dans la poêle.

. . . .

Le même soir, le camion reprenait les permissionnaires à huit heures au pont de Saint-Cloud.

Max accompagna Fred.

La rame de métro était vide. Assis l'un en face de l'autre, les deux amis discutaient encore.

« Et ça te plaît l'armée? s'étonnait Maxime.

– Ça me plaît tellement que je vais foutre le camp.

– Fais pas ça tu seras enquiquiné pour le restant de ta vie.

– S'il fallait s'arrêter à ces considérations...

– Pourquoi t'es-tu engagé, alors?

– Pour changer de vie. Seulement, celle-là n'est pas plus rose que l'autre.

– Et qu'est-ce que tu en ferais?

– J'ai un copain qui m'emmènera à Pigalle. On se débrouillera... Tu comprends?...

– Ça te mènera en cabane.

– Penses-tu!

– Fred, ne fais pas de conneries! Il y a d'autres manières de gagner sa croûte.

– Oui, dix heures de bureau par jour, très peu.

– Idiot... On change, on fait comme moi. L'honnêteté...

– Tu vas réciter une leçon de morale, je te vois venir.

– Non. Je veux rester propre, quoi, ça n'a rien d'extraordinaire... »

Fred, agacé, haussa les épaules. Ils ne se dirent plus rien jusqu'au terminus. Maxime considérait soucieusement son ami.

« ... File un mauvais coton, celui-là, songeait-il, il doit être avec des drôles de numéros... » Et il repensa doucement à Amande. Il lui achèterait une machine à coudre après l'affaire des peignes. Elle pourrait ainsi travailler chez elle, sans se fatiguer... Il eut un sourire heureux. Il croyait qu'un être susceptible d'être amoureux avait du cœur à en revendre. Amande...

Ils se séparèrent devant le camion. Une nuée de gêne flottait entre eux, impalpable, pour la première fois.

Les braises du gazogène crépitaient sous la pluie légère...

*

Déjà plus d'un mois de pitreries. Un mois et trois jours exactement, songea Fred en écorchant de l'ongle sur son agenda la date du mardi dix-sept octobre. C'était ce soir qu'il avait rendez-vous avec « Miss Beauregard ». Depuis une semaine le bataillon avait quartier libre après la soupe jusqu'à l'appel. Et le café des Sports, bal-musette de Versailles, recevait chaque soir la valeur d'une compagnie à son zinc.

Ce jour-là, Fred s'était rasé, avait fait reluire ses chaussures par un copain pour deux cigarettes, avait trouvé une cravate kaki. Sa mère lui avait envoyé un mandat de cinq cents francs. Au rapport du matin, il avait été dit que Frédéric Fugo serait affecté au bureau de la compagnie dès le lendemain. Plus de gardes, plus de manœuvres, plus de corvées, du coup il ne parlait plus à Thierry de désertion pure et simple. Il lui avait prêché la patience.

La soupe venait de s'achever. Thierry, qui revenait du lavabo où il avait nettoyé sa gamelle et celle de Fred, tonitrua en pénétrant dans la chambrée :

« Boutrou ! Prieur ! Vous êtes prêts ou on part sans vous ? »

Boutrou et Prieur, deux naturels du faubourg Montmartre, étaient les seuls à bénéficier des sympathies du tandem. Leur allégresse à manquer l'appel, leur ardeur au combat de « polypes[1] », n'égalaient que leur enthousiasme jumeau à tirer au flanc. « C'est des potes », avait déclaré Thierry. Et Fred les avait tutoyés.

1. Polochons.

« T'es prêt, Freddy?

– Allez, on sort. »

Les derniers soleils avaient enfin durci la boue. La vague de pluie avait modéré, ces temps derniers, ses hystéries d'arroseuse municipale. Les capotes ne servaient plus qu'à recouvrir les pieds la nuit... Un petit renouveau. Comme un printemps supplémentaire. Ils passèrent le poste de garde en saluant docilement.

La route, c'était la liberté! La liberté de s'arrêter pour prendre du feu, la licence de parler à voix haute, l'illusion d'être autre chose qu'une machine à peler les navets militaires. Il y avait un bon ruban, du camp jusqu'à Versailles. Parfois, la chance se présentait sous la forme d'une jeep en balade.

Thierry, mécontent, prit Fred à part cependant que les autres marchaient devant.

« Alors, tu veux plus te tirer?

– Attends un peu. Si on va en Allemagne, ça ne te tente pas?

– T'y crois encore, toi! Dis plutôt qu'au bureau tu vas être peinard...

– Oui, et te faire avoir des permes! Non, attends encore, quoi! Tu le reverras, ton Pigalle... »

Thierry hocha la tête. Ils rejoignirent les autres.

Ils arrivèrent au café des Sports à sept heures et demie. On s'écrasait devant le comptoir. La salle de danse dégorgeait de sueur, comme des petits-gris bourrés de sel. Un Noir américain s'était emparé de la batterie. Des soldats polonais, rassemblés autour d'un casier de bouteilles de cognac, s'occupaient sérieusement de le dégarnir. Américains et Français échangeaient leurs calots : « Souvenir », disaient les uns. « Souvenir », répondaient les autres. Alors qu'en fait les souvenirs, à la fin des soirées, avaient des aspects plutôt brumeux, voire désastreux. Les quatre arrivants se mirent à jouer des coudes et des genoux, s'enfonçant dans cette horde à consistance solide et ondulante. Thierry, le plus grand, allongea son cou de plusieurs centimètres en se démanchant autour de sa chemise.

« Freddy ! J'la vois ! Elle est à côté de la caisse ! On te laisse ?

– D'accord.

– Si tu veux nous voir, on guinche ! »

Les trois continuèrent leur poussée en direction de la piste. Fred se coula entre un civil égaré là et un paquet de parachutistes anglais. Il atteignit le zinc, tendit le bras, toucha le bras de la fille. Elle se retourna. Elle était assise à une table. Elle avait réussi à garder une chaise libre dont Fred comprit aussitôt l'utilité. La table souffrait fort du roulis de la salle. Les verres clapotaient dangereusement au milieu des flaques de bière.

Miss Beauregard était parvenue à trouver une robe vert pomme. Par contre, elle n'avait pu se résoudre à enlever le foulard à carreaux qui lui serrait le cou. Ils se parlèrent, en allemand, cherchant souvent l'un et l'autre leurs mots, souriant de leurs erreurs lorsqu'elles étaient par trop grossières.

« Pourquoi m'avez-vous donné un rendez-vous que vous refusiez à mon camarade ? disait Fred en plaçant sa main sur celle de la jeune femme.

– Peut-être parce que vous, vous me plaisez... », répondait-elle gravement en fixant dans le vide une tache d'encre sur le bois de la table.

Fred s'enhardit :

« Comment vous appelez-vous ?

– Je me suis appelée moi-même. Je n'avais pas de nom. Qu'un numéro : 2.713. »

Elle raconta comment, ses parents morts en Sibérie après la révolution, elle, bébé, avait été transbahutée de centre en centre toute sa vie, jusqu'à la guerre où les Allemands l'avaient ramenée en France, au gré des hasards et des mutations. 2.713 était son numéro russe. 928 était son chiffre allemand. Alors, elle s'était donné un prénom, pour se prouver qu'elle existait ailleurs qu'en mathématique.

« Je me suis appelée Volga.

– Vous devez lui ressembler par la couleur des yeux.

– Vous n'avez jamais vu la Volga ?

— Non. Mais l'eau est la même partout. L'amour aussi », rajouta-t-il froidement pour sonder le terrain.

Elle était toujours aussi lointaine. Tout en lui parlant, elle laissait ses paupières mi-closes glisser le long des rangées de bouteilles du comptoir.

Soudain, un soldat polonais, ivre comme, en vertu du dicton, ne l'aurait pu être qu'un de ses compatriotes, s'approcha du couple et s'assit sur la table. Il se mit à rire, puis à parler en russe à Volga. A la réponse de celle-ci, il entra en fureur et, saisissant la femme par les cheveux, lui plaqua la face en un bruit sourd sur le bois mouillé. Il rit plus fort et se leva péniblement pour rallier le casier à cognac.

Fred, sans bouger de sa chaise, rattrapa l'homme par la hanche et le fit pivoter vers lui. Puis, à une allure toujours croissante, il se mit debout, empoigna son demi, le broya d'un coup sec contre le rebord de la table, et, à la volée, plaqua le tesson dans le cou du type. Le sang gicla jusque sur son blouson. Le Polonais poussa un hurlement d'abattoir et tomba sur les dalles, raide, évanoui net.

L'orchestre s'arrêta de jouer. Volga se relevait, saignant du nez. Les Polonais se mirent à balancer leurs bouteilles dans la foule. Des femmes hurlèrent. Et les coups de poing sonnèrent dans tous les coins de la salle. Les Américains, ravis, tapaient dans le tas. Les tables décrivaient des orbes dans l'air avant d'aplatir quelques têtes. Les siphons, projetés, éclataient en un tournoiement d'éclats de verre. Ce fut, en une minute, une trombe de chaises cassées, de barreaux employés comme matraques, de hennissements de blessés et de piétinés, de cascades cristallines de canettes pétant sur les murs. Le patron, au téléphone, tentait de parler entre deux hoquets d'épouvante.

Boutrou, Prieur, Thierry, accourus près de Fred, repoussaient avec lui, à coups de plateaux, l'assaut forcené des Polonais féroces, abrutis de cognac et de sang. Volga, elle, brandissant un revolver qu'elle venait de trouver par terre, sauta sur un guéridon et tira dans les lustres. Elle logea posément une balle dans un bras américain qui cherchait à l'atteindre.

L'arrivée d'une dizaine de gendarmes ne fit que corser la bagarre. Ce fut un envol de képis qui ressembla fort à un envol d'hirondelles effarouchées. Un pandore colossal parvint au vide qu'avait créé le quatuor, armé à présent de lattes de plancher venues d'un peu partout. Il gueula, pour se faire entendre :

« Vous êtes des soldats français, suivez-moi. »

Il empoignait délibérément Boutrou un peu intimidé, lorsque Fred, lui ramenant le bras sur les reins, le projeta d'une secousse par-dessus le zinc où il balaya des deux pieds tout un alignement de litres par miracle demeurés intacts jusque-là.

« Foutons le camp ! » cria Fred.

Il passa par la devanture démolie, suivi bientôt de ses trois acolytes. Des jeeps de M.P., des patrouilles, un car de flics débarquaient devant le bistrot. Il était temps... Les quatre gars coururent sans se retourner jusqu'à une ruelle obscure. Fred suçait nerveusement le sang de ses lèvres coupées par une soucoupe.

Ils s'arrêtèrent enfin. Thierry souffla profondément :

« Eh bien, j'crois qu'on a rigolé pour la semaine...

– Il ne reste plus qu'une chose à faire, déclara Fred, c'est de se tirer. La gendarmerie sera à Beauregard dans la nuit. Tu viens avec nous, Prieur ? Et toi, Boutrou ?

– Y a que ça à faire, t'as raison, opinèrent les intéressés en se bandant les mains avec leurs mouchoirs.

– On va rentrer à fond prendre nos affaires. Il ne faudra pas s'éterniser, hein ! » reprit Fred en plaquant tout le monde contre un portail.

Une voiture de pompiers passait en meuglant de toutes ses sirènes. Quelqu'un avait dû mettre le feu là-bas. Ils reprirent la route en courant à moitié. Fred pensait à Volga. Il ne la reverrait jamais. Commencée en fleur bleu acier, elle s'était terminée en apocalypse de banquettes brisées et d'oreilles déchirées.

Ils descendaient dans les fossés, s'y allongeaient lorsque des phares découpaient le chemin en tranches de lumière. Ils repartaient ensuite, sans un mot, chacun revivant SA bagarre, SES coups, SES victimes. Comment auraient-ils pu en parler mutuellement? Pas un d'entre eux n'avait eu un regard pour le voisin, à l'heure où les flûtes, les demis et les glaces murales s'écrasaient en poudre fine sur les boiseries du café. Chacun était occupé... A présent, ils remuaient en eux leur fuite imminente du camp le sac au dos pour la dernière fois.

Ils arrivèrent à proximité du camp.

« Je sais où il y a une brèche dans le mur. Suivez-moi... », murmura Prieur en faisant quelques pas.

Ils se glissèrent l'un après l'autre dans un trou sombre où les épaules ne passaient qu'à l'oblique. Ils se retrouvèrent à quatre pattes dans le camp.

« Fonçons à la baraque », souffla Fred.

Il faisait nuit noire. La lune s'endormait dans un sac de nuages. Les quatre hommes, se faufilant entre les baraquements, parvinrent enfin au leur.

« Pas de lumière. Pas un mot. Prenez votre sac et sortez », ordonna Fred à voix basse.

Il ouvrit la porte. Ils se précipitèrent vers leur lit, fouillèrent les couvertures pour rassembler leurs bagages.

« Maman, y m' mord! cria un rêveur agité.

– Ta gueule! » jura Boutrou en sortant le premier, serré de près par la petite bande.

Tournant vers les cuisines, ils tombèrent nez à nez avec leur capitaine, le « vieux » Parpaux qui avait toutes les apparences de tenir une méchante muflée.

« Qu'est-ce que vous foutez là, mes salauds? rugit-il en écartant les bras.

– Si on te l' demande, tu liras les journaux! » dit Prieur, en le renversant d'un coup de tête à l'estomac.

Ils coururent comme des fous vers la brèche.

« A la garde. A la garde! » hurlait Parpaux.

Un coup de pistolet éveilla tout le camp.

« Oh! la vache, murmura Boutrou. Foutez le camp, j'peux pus arquer... »

Il resta là debout, se tenant le mollet à deux mains en

serrant les dents. C'est dans cette posture qu'on le captura.

Thierry, Fred et Prieur, une fois sur la route, poussèrent un effréné cent mètres. Après quoi, marchant dans le fossé, ils progressèrent jusqu'à la route de Paris.

« Pauv' Boutrou, il a pas eu le pot, soupira Prieur en remontant son sac.

– Je préfère ma place à la sienne.

– T'as raison, Freddy.

– Regarde la jeep qui passe là-bas sous les arbres... Je l'arrête?

– T'es fou et si c'est des flics?

– Pas sur cette route. »

Ils se placèrent tous les trois sur la chaussée. La voiture freina. Un Américain à lunette braqua sur eux sa lampe électrique.

« D' you go to Pariss? » demanda Fred.

Le chauffeur, froid et blond, les regarda encore, leur fit signe de monter. A peine étaient-ils assis, la jeep filait vers les étoiles. Le vent ronflait sur les ailes, des gouttes de pluie crépitaient lentement sur la carrosserie. L'Américain tendit aux trois soldats, sans se retourner, des tablettes de chewing-gum. Comme Fred le remerciait, il dit :

« French soldiers, good. French army, good. »

Là-bas, au café des Sports, le Polonais, entouré d'agents, ahanait comme une carpe sur un tas de sable. Une belle hémorragie de sang noir trempait le verre pilé.

Un docteur arriva pour recueillir un ultime soupir.

Le toubib ensommeillé écrivit :

« Profonde blessure survenue à la suite d'un coup de verre ébréché ayant porté à ce point précis : entre l'angle de la mâchoire et le relief du sternocléido-mastoïdien. Veine jugulaire tranchée. Mort provoquée par l'embolie gazeuse résultant des profondes inspirations de la victime. »

Celle-ci fut recouverte d'une nappe à fleurs.

Les trois déserteurs relevèrent le col de leur blouson.

Ils firent arrêter la voiture au pont de Saint-Cloud.

Devant eux, le grand lac des lumières de Paris clignotait aux quatre coins de l'horizon. Minuit sonnait sur tout Paris. Thierry huma l'air :

« Vous entendez, les potes ? Il est minuit ! Pigalle se réveille. »

CHAPITRE VIII

Ils burent une fine dans un café ouvert. Prieur les quitta.

« Je vais chez ma mère. De là, je me tire à la cambrousse, chez un oncle. Salut, les gars. Le faubourg Montmartre, c'est par ici, à pinces. Salut, on se reverra bien quelque part, faut pas s'en faire. »

Il partit, en se frottant une oreille qu'il avait quelque peu froissée dans la lutte.

Thierry recommanda deux fines.

« C'est pas tout ça, faut penser à se pager. On n'l'aura pas volé, cette nuit, notre enfant do, pas vrai, vieux Freddy ?

– Alors, on va rue Coustou ?

– Pas la peine, y a personne. Rocky m'a écrit qu'il passait les nuits avec sa fille, à Grenelle. Y aura bien un divan pour nous. Allez, lève-toi. »

Fred avait mal aux lèvres. Il les cautérisa dans la fine. Cela cuisait. Il prit d'une main les bretelles du sac. Ils sortirent, remontèrent l'avenue de la Reine sans échanger une parole. Ils repassèrent le viaduc d'Auteuil qu'ils avaient franchi le mois précédent en camions à cocardes tricolores.

« Où habite sa fille, à Grenelle ?

– Dans la rue du Vél'd'Hiv, rue Nélaton..

– C'est bête d'avoir perdu Prieur si vite. Encore un qu'on ne reverra pas...

– On pouvait pas le mettre en conserve. Il a raison

de se garer. Nous, c'est pas pareil. Où je t'emmènerai, on viendra pas nous chercher. »

Il siffla une femme qui les croisait. Fred, fatigué, marchait tête baissée, s'occupant à compter sur le sol les lueurs de réverbère. Quai de Javel, quai de Grenelle... Ils furent doublés par une patrouille d'agents cyclistes à casquettes d'employés des pompes funèbres.

« On a eu chaud, soupira Thierry.

– Penses-tu ! Les gars qui s'intéressent à nous, avec ce que nous avons sur le dos, c'est les gendarmes. Ils sont couchés à cette heure-là.

– T'as peut-être raison. Vieux, on arrive... »

Ils laissèrent la Seine digérer derrière eux les noyés de la nuit et s'arrêtèrent enfin devant un immeuble. Dans leur dos le Vél'd'Hiv endormi tendait sa carapace noirâtre de poutrelles et de vitres. Thierry recula de quelques mètres, leva les yeux.

« Pas de lumière. Pourvu qu'ils soient là. On va toujours monter. »

Il leur fallut parlementer cinq minutes avec un concierge vaseux, soupçonneux et porteur d'un bonnet de nuit à pompon de laine bleu pot de chambre. Enfin, ils montèrent en se cognant aux rampes et marches obscures.

« C'n'est qu'au troisième. T'en as marre ?

– Je ne tiens plus debout.

– T'en fais pas, on va bientôt en écraser. »

Fred ressentait le malaise des « changements de vie ». Il s'adaptait aisément, mais, tant que durait le remplacement du décor, il lui prenait de sombres cafards entremêlés d'envies de tomber, de vomir, de dormir.

Il s'arrêta au deuxième. Thierry le prit par le bras, l'aida. Ils arrivèrent dans un couloir humide et noir. Thierry craqua une, puis deux allumettes et repéra la porte où il allait frapper. Il l'ébranla d'un roulement sourd accentué par un bout de chaussure.

« Répondent pas... dit-il, inquiet.

– Dis voir ton nom, il veut être seul peut-être. »

Thierry se retourna, se plia à hauteur du trou de la serrure :

« Rocky, c'est ton frangin... ouvre ! C'est moi ! »

Fred somnolait déjà, assis sur son sac, lorsque la lumière glissa en un rais, près du paillasson. On entendit une clef. Ils entrèrent. La porte se referma, plaquée par un coup de vent.

Rocky, en slip et maillot de corps ébouriffé, se mit instantanément à râler :

« Grand con... Des heures pareilles... Tu m'as coupé tous mes effets... Qu'est-ce que t'as encore fait comme connerie... Saucisse ! Patate ! Déranger les civils... Tu pouvais pas rester à la caserne... »

Il parlait toujours, immobile et intarissable. Il devait avoir dix-neuf ans. Une tête de boxeur amateur, animale, barbouillée de sourcils dépeignés et boursouflée par des cheveux frisottés plantés sans interruption du bas front aux épaules. Un corps musclé en lignes sèches, des pieds sales et semblant heureux de l'être.

Thierry s'approcha de lui, le frappa en plein estomac, mi-rigolard, mi-furieux :

« Jeune connard. J'ai déserté. Avec monsieur. Et si on t'a coupé tes effets, c'est ennuyeux parce que t'en as pas souvent, mais ça ne t'empêchera pas de nous donner un page et... c'est tout. »

Rocky se mit à rire d'un coup, d'un grand rire qui déborda la pièce.

« Sans blagues ! Tu reviens à Pigalle, alors ! On va regagner du blé comme avant ? »

Tandis que les deux frères, à présent, s'assenaient des bourrades, une petite bonne femme d'un blond dans lequel l'électricité vidait un ruisseau de bijouterie était venue, entortillée dans une blouse d'où s'échappaient à chaque pas une ou deux naissances de sein.

« Fais moins de bruit, je suis là. Ça va, Thierry ?

– 'lut Ginette. Toujours avec ce merdeux de Rocky ? Tu ferais mieux de m'essayer.

– Coupe tes bacchantes avant. Qui c'est ton pote ? »

Elle désigna du doigt Fred amorphe, assis sur une chaise et regardant le mur.

« Mon pote, c'est mon pote, voilà. Il est crevé et il a

bien raison. Nous, on s'est bagarrés toute la soirée, pas vrai, Freddy?

– Exact. »

Ginette s'émut soudain à la vue de la lèvre de Fred qui, rouverte, avait imbibé de sang le menton. Tandis qu'elle nettoyait la plaie, Thierry raconta la rixe en l'enjolivant encore.

Les blousons et culottes kaki s'affalèrent pêle-mêle sur les dossiers de chaises. Les godillots, chus d'une bonne mi-hauteur, ébranlèrent les suspensions du dessous. Tout se mit ou se remit dans les toiles.

« Dis, Thierry... hasarda Rocky en faisant craquer les boiseries.

– On causera demain! Et faites pas de bruit tous les deux... Freddy dort déjà... »

. . . .

Des figures géométriques de jour terreux et triste s'enfilaient par les fentes des volets. Fred se dressa sur son oreiller.

« T'en fais pas, t'es pas en prison », blagua Thierry.

Les deux têtes du couple sortirent d'une couverture fripée et comme humide de baisers.

Rocky se mit à asticoter son amie, afin qu'elle se lève et descende chercher de quoi déjeuner. Thierry se joignit à son frère. Poliment, Fred s'abstenait.

« Tu remonteras un litre de blanc.

– Tu demanderas un fantaisie tout chaud.

– Achète un camembert au prix fort.

– Prends des pipes au bistrot.

– Vous pouvez pas y aller, non? D'abord, moi je ne bois que du café.

– Vas-y Poulette.

– Et vous, Fred, qu'est-ce que vous voulez?

– Un journal.

– Bon, j'y vais. »

Elle se leva en jouant des cuisses, se drapa dans un peignoir et un pardessus, fouilla dans la veste de Rocky, en extirpa le portefeuille, sortit. Thierry alluma un mégot.

« Pourquoi que tu veux un journal, Freddy ?
– J'ai idée que l'on parlera de la bagarre de cette nuit.
– Tu crois ?
– C'est sûr.
– On bouffe à l'Œil de Bœuf... à midi, Rock ?
– Evidemment.
– Manger à l'Œil de Bœuf... Depuis le temps...
– Où est-ce ?
– Freddy !... Où veux-tu que ça soit ?
– Toi, avec ton Pigalle ! A croire que tu n'en es jamais sorti...
– Jamais ! »

Thierry, vexé, cuva seul son amour des trottoirs natals des IXe et XVIIIe arrondissements. Rocky se rasait, nu, dans la cuisine, après avoir branché le réchaud électrique.

Lorsque Ginette revint, Rocky hurla « A la croûte ! » en accourant, les joues emmitouflées encore de savon à barbe.

« Tu pourrais t'habiller..., s'offusqua Ginette.
– T'en fais pas, Fred en a vu d'autres. Tu as eu du fromgi ?
– Oui... »

Elle leur tailla des sandwiches qu'elle leur apporta au lit. La bouteille de blanc sauta de bouche en bouche. Fred retournait en tous sens la feuille de papier baptisée journal par une époque de mistoufle, de débine et purée. Il pinça Ginette à la fesse, sans la voir.

« Ah ! ça y est... Ecoutez ça : « Rixe dans un bar de « Versailles. Hier soir, au café des Sports de Versailles, « une bagarre d'une violence inouïe a éclaté sans rai- « son entre plusieurs groupes de militaires alliés. Un de « ceux-ci, le Polonais César Tarcelak, est mort tragique- « ment des suites d'une grave hémorragie découlant « d'une blessure à la gorge... »
– Merde... Tu l'as buté ! s'exclamèrent les deux frères en un seul élan.
– « ... les pompiers durent intervenir, l'un des « acteurs ayant mis le feu au débit. Le camp de Beaure-

« gard signale la disparition de plusieurs soldats « français. » C'est sans doute de nous que l'on parle.

– On doit déjà nous rechercher...

– Il y aura des gendarmes chez moi aujourd'hui.

– Si tu n'avais pas donné ton adresse en t'engageant, aussi. Moi c'est un de mes principes premiers. Je dis toujours que je crèche à Saint-Ouen. C'est égal, c'est donc un coup mortel ton coup du verre... »

Fred eut un geste évasif et fourra le journal sous le lit. Il s'isola dans un rond de fumée de cigarette. Un pli pensif marqua son front.

Donc, encore un mort sur le dos. Un milicien, un trouffion soûl... A qui le tour? Parole, il devenait un tueur, lui... Deux. Un vivant plus un autre vivant. Deux. Dont un tout frais avec une tête de viande hachée! Brrr... Il préféra ne point y songer. Ma foi, ce qui est fait... Cela l'ennuyait bien un peu, malgré tout. C'est une responsabilité, que d'ôter la vie. Comme il avait bien dormi, il espéra qu'il en serait de même par la suite...

Thierry faisait un tas de ses vêtements militaires, près du seau. Il se tourna vers Rocky.

« Dis, t'as des fringues, ici?

– J'ai ton costard bleu, tu peux le prendre.

– Et pour Fred?

– Pour Fred... Attends... j'ai qu'un pardessus, y pourrait le mettre pour cacher le tout.

– T'en fais pas, vieux, ça ira.

– Alors, tous debout. Va être onze heures. »

Fred, une fois habillé, se tira les doigts en les faisant craquer. C'était sa manière élégante de s'étirer. Ginette drapa le chaos des deux lits dans une couverture, ce qui est la façon la plus rapide et discrète de donner une apparence d'ordre à une chambre. Ils descendirent. L'air d'octobre avait un petit goût de pile électrique.

« On prend un taxi? s'enquit Thierry en respirant, des narines et de l'œil, le métro aérien, le Vél'd'Hiv, Paris et les passages cloutés.

– On peut. Mais pas pour longtemps, hocha Rocky en se tâtant évasivement des deux paumes.

– Taxi! lança Thierry du même ton qu'employa

Colomb pour projeter son « terre » du haut du mât d'artimon. Taxi ! »

Le chauffeur s'ornait de méchantes moustaches dont il s'enroulait certainement les mains sur le volant aux jours de gel. Et puis le clapotis du compteur, le défilé. Tous les cent mètres des trognes d'agents, et puis l'assassinat grenat des feuilles mortes et des manteaux de femmes, les petits bassins qui font pipi en se cachant derrière les statues des malabars et blanchisseuses à tétons grecs et lourds, les petits vieux traçant des cœurs du bout des cannes, ce que l'on voit à travers l'éventail paresseux de l'essuie-glace... Ginette somnolait. Rocky, lorsque Fred le fixait, lorgnait la fille avec dédain. Lorsqu'il « était seul » son regard s'enamourait candidement. Thierry frémissait sur sa portion de cuir à fesses. On approchait.

« Nom de Dieu... rugit-il.

– Quoi ?

– Freddy, tu l'as pas vu ?

– Pas vu qui ?

– Une putain, à la porte d'un hôtel. Ah ! ça fait salement du bien de voir ça. »

Thierry se dressa, se cogna le front aux parois capitonnées. Etourdi par le choc, il soupira, en pliant les épaules dans la veste de ce costume civil, si léger :

« Les potes, ça va mieux. On y est. »

La voiture avait dépassé une station de métro.

Fred lut sur le fronton le mot dont son acolyte avait bercé les soirs de garde, dans la brume de Beauregard.

Il songea qu'il n'avait jamais mis les pieds dans ce quartier. Il baissa la vitre de deux tours de manivelle. L'air sentait à présent la fleur artificielle.

CHAPITRE IX

Le défilé des touristes et des croquants, à Pigalle, présente quelque chose de grotesque et d'anormal. Visiter Notre-Dame, c'est visiter Notre-Dame. Pigalle ne se visite pas. Il n'y a rien à voir. C'est un quartier comme les autres. Quelques façades de bars en plus, les monuments en moins, et une réputation du tonnerre. On ne montre pas Pigalle aux touristes. On veut leur montrer l'âme de Pigalle et l'âme est invisible. Elle a une odeur. On commence à la percevoir après quinze jours d'aubes, de nuits et de couchants.

Pigalle vu de loin, ou de près, ce qui revient souvent au même, n'offre aucun intérêt. Des rues, une place, un jet d'eau miteux qui ne lance de l'eau qu'aux jours d'armistice, des bistrots. Comme tout coin de sous-préfecture tape-à-l'œil qui se respecte.

MAIS...

derrière, en dessous, en dedans, à la loupe, Pigalle secret avoue qu'elle est ce qui l'a fait connaître au monde : un monde. Ce ne sont pas des aveux spontanés. Il faut avoir passé des heures sur le pouf de cuir des tabourets de bar, lancé les dés en regardant les jambes, regardé les yeux en buvant le verre, avoir passé la nuit, la vraie nuit, celle que l'on ne dort pas, la nuit passée à attendre le jour bleui par les percolateurs, à le voir débarbouiller à petite eau le boulevard de Clichy; il faut avoir été cramponné par le clodo qui veut fumer, par la fille qui veut monter, par le patron qui veut fermer, par le poivrot qui veut parler, et par celui qui pleure; il faut avoir cramponné à son tour le barman qui ne comprend pas ce que vous voulez boire; il faut avoir filé en trombe devant la dame des lavabos parce que l'on n'a plus même vingt ronds à faire briller dans son assiette, il faut s'être débarrassé des œillades conjuguées de la poule et de la tante; il faut avoir été pris dans une rafle, avoir évité de justesse les petits boxeurs de l'Elysée-Montmartre lorsqu'ils sont soûls; il faut savoir supputer les prix approximatifs du rosé, du demi ou du cocktail; il faut savoir claquer sans jouer à l'épate de quoi aller au cinéma accompagné toute l'année; il faut savoir craquer une allumette sur ses dents; il ne faut pas sourciller lorsqu'un inconnu vous propose une tournée au zanzi; il faut pouvoir se taire, pouvoir parler, pouvoir marchander, pouvoir estimer et pouvoir refuser et savoir tout ça. Alors, ce n'est déjà pas mal. Le reste vient tout seul.

A Pigalle, les rues ne sont pas pavées de mauvais garçons en casquette. Les girls ne se baladent nues que sur leurs scènes. On ne passe pas des kilos de cocaïne par-dessus les comptoirs. Les putains n'ont pas toutes une mère à nourrir. Les pères de famille n'en tombent pas amoureux tous les jours. Les barbeaux ne les battent pas chaque soir. Le romantisme du cran d'arrêt déplié et du mégot collé sur la lèvre inférieure est mort. Son souvenir, pas encore, mais ça viendra.

Pigalle est un pays calme où l'on joue aux cartes, où l'on montre ses cuisses, où l'on calcule; les amours sont des capitaux; la fleur fanée bleue des tatouages n'y fait vibrer que d'éternelles rombières à retardement. C'est un quartier d'affaires, comme la Bourse. On y volerait plutôt moins, mais plus spectaculairement. Quoique le spectacle se passe plus loin. Pigalle, c'est la poésie de la nuit noire crevée par le battement d'enseigne des cœurs électriques. C'est un peu de pluie mêlée aux roulis de pianos. C'est un charivari. C'est un silence. C'est un dancing. C'est un coin d'ombre. C'est le néon. C'est le couloir.

Les gangs sont discrets. On ne s'y donne pas ces sobriquets pour concierges et journaux du soir. Le pistolet n'y part pas tout seul. Le gang, c'est un bureau-bistrot tranquille, avec les fonctionnaires du casse, les balayeurs du crime, le patron froid, l'ouvrier peinard. Sans publicité. Il y a les petits rigolos arriérés parce que trop jeunes. C'est là qu'on trouve encore les « Jo la Terreur » et « Dédé les mains blanches », les « cœur de lion » piqués à l'encre de Chine sur le front, le gibier quotidien des dépôts et des chambres correctionnelles. Et puis il y a, planqués, introuvables, modestes parce que pas fous, les travailleurs à semelle de crêpe et à bouche cousue. Ils ne font pas de bruit. Ce ne sont pas eux qui ont fait le renom de Pigalle. Ils ne font pas de tapages nocturnes à coups de revolver. Ils font autre chose.

Dans un faux cabaret, on montre en grand mystère aux touristes de pâles faux apaches de Grand Guignol et de dictionnaire Larousse. Et le bouseux normand s'éloigne, tremblotant et ravi tandis que l'Anglais typique s'apprête à parler de « Pigalle » à ses amis et connaissances. Rigolade... Et tout le monde marche.

On aurait pu faire ça tout aussi bien place Maubert. Ou à Varennes-sur-Allier.

THIERRY

« Pour moi, Pigalle, ça commence au métro « Anvers » et ça finit au métro « Blanche ». A Anvers, si ça t'amuse, tu peux voir le pâté de foie en ébonite de sucre du Sacré-Cœur. Puissamment moche. Terrine de gelée, pfft, tas de pavés, pfft, maison de Dieu, eau, gaz, électricité. Le square d'Anvers, lieu de rendez-vous des gars, à partir de quatorze ans. D'abord le pas des portes. Puis le square ou un échelon de franchi. Après, c'est le grand jeu. Là, l'Elysée-Montmartre, le Temple des coups de poing sur la poire, bal samedi et dimanche à neuf heures du soir. On connaît ses classiques. Une brasserie, un tabac, un ciné. Là, c'est chez Bruant, cabaret d'engueulade fondé en 1885. Avoue que je sais mon petit Pigalle par cœur! Une tapée de restaurants, dont

le Leprince. Le Leprince est assez marrant : une façade de roues de bois, un parapet en torsades, le tout peint à la dégueulasse avec du goudron ou du noir de fumée, et le plafond bourré à ne pas y poser une mouche, bourré de batteries de cuisine et de chaudrons en cuivre. Après, t'as la portion rue Dancourt – rue des Martyrs avec comme clous chics le Carlton's hotel, le Mikado dancing, Médrano. Encore un ciné, des restaurants. Dans la rue des Martyrs, le ciné arabe, films encouscoussés, femme à voile et tout le Mahomet. Hôtels et re-hôtels. C'est là qu'on passe du boulevard Rochechouart à celui de Clichy. La kermesse à disques! Très important! Vital! tu comprendras pourquoi un jour, Freddy... et te voilà place Pigalle.

« Le jet d'eau clôturé de grilles, des bancs, panneaux d'affichage, un cinéma, deux boîtes de nu, le café des Omnibus, la rue Frochot, la rue Pigalle, la rue Duperré avec son solarium ou salle-à-bronzer. On y reviendra. Continuons d'avancer. Le bar Aux Pierrots flanqué du Pierrot's hotel – Y s'auraient pu se fouler un peu plus pour le baptiser. Alors, en tas, un peu partout, Pigalle bar, Pigall's hotel, Pigalle restaurant, Ciné Pigalle, des bars, des bals, des bistrots, des dancings et re-kermesse à disques, après la rue Germain-Pilon. Cité du midi, l'Œil de Bœuf. Et enfin, à l'embouchure de l'immortelle rue Coustou, bagarre : trois cinés, un bar, Blanche Pigalle. Sans oublier le principal, Le Néant, cabaret tendu de noir où l'on boit sur des cercueils tandis qu'un curé vous agite des fantoches cochons sous le nez. Ça, c'est pour les touristes. Tout près tu as le Ciel et l'Enfer, même genre, avec leurs grosses décorations d'anges de French Cancan, de gueule ouverte sur un rideau de fer, de diables enfournant des damnés et de bacchantes nues mordues par un dragon. Fondés en 1890. Tu pourras me payer un drôle de pot because j'attrape soif. Après, t'as un Monoprix, et puis la place Blanche encadrée de brasseries et des rues Lepic, Fontaine, Puget qui se matraquent à coups de restaurants, de cinés... La place Pigalle, on la détaillera un autre jour... J'en ai marre... »

Pigalle, en ce mois d'octobre 1944, présentait une particularité qui n'en était, d'ailleurs, pas une puisque la guerre continuait : il pullulait d'uniformes. En écartant l'inévitable populo-toile de fond sonore que l'on peut rencontrer n'importe où, se présente la faune type, en énumération statisticienne.

Les Nords-Africains, déambulant de Barbès.

Les Arméniens (recherchés, parce que bons danseurs en général),

Les putains (contrairement aux us des Halles, ne sortent qu'à la nuit pour la plupart),

Les girls de cabarets, les musiciens nombreux et nocturnes,

Les touristes, américains, anglais et provinciaux, les trois mamelles,

Les gitans,

Les militaires : américains pour les neuf dixièmes, des russes, des polonais, de rares français. Des M.P. jaillissant de jeep radio.

Le peuple des bars : *a*) officiel : barmen et dames de lavabos. Patrons. Poivrots et fêtards, venus là pour le « Ouvert la nuit ». Un poivrot se soûle à Clignancourt, les bistrots s'éteignent cruellement, on le chasse. Il a l'idée de parachever. Il descend à Pigalle où les portes ne ferment jamais; *b*) officieux : barbeaux – pédérastes – danseurs mondains – lesbiennes – toxicomanes – Corses – Marseillais – déserteurs – beloteurs.

La faune se complète avec les jeunes gens venant à Pigalle pour (hommes) quatre raisons : la première : « ça fait bien d'aller à Pigalle »; la seconde « l'air y est libre ». (Il est de fait que l'on peut s'y permettre des fantaisies autres que sur les Champs-Elysées); la troisième : + de bals qu'ailleurs, + d'occasions de « lever » une jupe, + de cinés, + de « tout »; la quatrième, subsidiaire : « les poules ». Les trois premières raisons valables, avec variantes infimes, pour les filles.

Tout cela fait assez de monde, tout compte fait. Et ne se retrouve nulle part tel assemblage, tel jeu de cubes du rêve alcoolisé ou du mal calculé. L'exceptionnel d'un milieu le voue à l'attraction. Les sociétés adorent se dévorer entre elles, leurs réputations sont sur elles et les écrasent. La place au jet d'eau vaut publicitairement Chéops et Niagara. Elle se balade à dos d'histoires souples et de chansons par tous les continents et personne n'a l'idée d'y passer deux semaines pour s'en ériger une idée autre que cousue main.

Pigalle sous la pluie... Pigalle sur la boue...
Pigalle feu d'artifice... Fête foraine à Pigalle...
Pigalle du printemps... Pigalle de colère...
Pigalle rouge à lèvres et Pigalle bleu de zinc...

Il y a le séjour des cérémonies écrémées, il y a le jour blanc qui boit de l'éther au fond à gauche de l'hôpital de vittel-sang, et puis la nuit tombe, à fond de train, à fond de gouttière. Pigalle s'étire, le gin emplit les ampoules électriques de l'éclairage municipal. La trompette a la couleur du heaume où le garçon met les chiffons. La fille fait sa mauvaise rencontre favorite au coin d'une glace murale. « Un an de plus en une semaine, ça ne paraît pas, le temps passe vite et le rimmel est la teinte même de la nuit... » Le pique et le trèfle, armoiries des tables, tombent comme l'automne... un p'tit jet d'eau, une station de métro... tombent comme les tifs du patron... entourée de bistrots. La nuit baisée debout par les astéroïdes clouées aux bars... Pigalle...

" I went down to Saint James Infirmary... "

Déjà un Américain soûl.

" ...saw my baby there... "

Il vend son casque pour un verre, « No more » et pour un « never more ». La nuit assassinée de plein fouet par l'enseigne du dancing Quadrille. La putain se dresse, sombre statue de la liberté du travail. Son mollet fait filer une maille, son sein caressé est un accordéon. Deux agents passent. La bave dans les verres.

« La clarinette me fait uriner. » Dans les lavabos, une étoile à la lucarne. L'étoile de Pigalle qui tourne soûle tout autour des sandwiches. Le bruit des shakers, le bruit des voix, le bruit de la rayonne, le bruit de pas à quatre heures du matin, ce bruit qui fait : top-top-top-toptoptop-top, le bruit des pas mal assurés sur la rue vide. Le tango... la rumba... Le célèbre orchestre, la fameuse, l'unique... Quinze cœurs au comptoir... Cinquante à la valse... « Ne me comptez pas, j'en ai plus... »

Pigalle... Tes signaux lumineux appelant les naufragés du cafard, ceux qui, sur leur radeau de vie, on dévoré leurs mains pour être sûrs de ne plus travailler...

Pigalle... Ta dernière cigarette, tes derniers cent balles au 4-21, ton sale sourire perdu et tes yeux dans le monde et tes yeux dans le vide, dans le pareil au même, le à quoi bon et les poches pour y voir les mains à leur place...

Pigalle... Ta gueule à étages, à superpositions, à plusieurs couches, des larmes noires sur l'acajou des tables, ton rire qui va s'éteindre et puis déteindre là, pas là, là : sur l'armature en nickel du tabouret, ta gueule d'ange derviche tourniqueur, Pigalle, ta gueule...

CHAPITRE X

Le taxi roula une vingtaine de mètres sur les pavés de la Cité du Midi et s'immobilisa devant un bar crème où s'étalait en lettres rouges et cubiques : « L'Œil de Bœuf-bar-dancing. »

Thierry faillit prendre au collet le chauffeur pour une vile question de pourboire. La transaction faite non sans jurons, les quatre jeunes gens descendirent.

« Tu vois, dit Thierry, à Fred, y a un gymnase pas loin, tu pourras t'entraîner. Ah! Une minute de silence! Je fais ma rentrée à l'Œil de Bœuf. Parole! Je suis ému comme un gosse qui va le perdre... Passez devant, vous deux. »

Rocky entra, suivi de Ginette et des deux autres. Il n'y avait personne dans la salle. Derrière le comptoir, un gros garçon fourra le livre qu'il lisait sous le torchon à verres. Il ricana longuement en apercevant Thierry. Il parlait lentement, mollement.

« Te voilà revenu, t'es en perme?

– Ouais. Bruno est pas là?

– Papa est à la cave. Tu veux que j'aille le chercher?

– Remue-toi, sac à limaces! »

Le gros garçon lança un regard sur le torchon à verres et disparut péniblement par une trappe.

« Ça, c'est Gonzague, le fils du patron, un drôle de type, construit en graisse de chandelle et faux comme mes billets. T'apprendras à le connaître... »

Fred regardait autour de lui. Des vitraux rosés

ôtaient par toutes saisons à la lumière du jour ce qu'elle pouvait tenir d'agressif et de corrosif. Une dizaine de tables rouges flanquées de banquettes rouges s'en allaient en perspective jusqu'à une double porte masquée par une tenture de velours rouge. Les tabourets de même teinte encerclaient le comptoir orné d'un pommier d'amour, du téléphone et de trois verres à liqueur vides. Le crème et le vermillon se partageaient partout les faveurs de la décoration.

Placé au centre d'une étagère, un bocal d'alcool contenait un gros œil exsangue et macabre, L'Œil de Bœuf. Deux flacons sveltes d'angustura l'encadraient somptueusement. Un petit drapeau américain pendait au-dessus d'une glace, piqué là par un clou doré.

La trappe se souleva, un homme apparut jusqu'au torse. Une tête ronde et frisée, un nez busqué, une moustache fine, faite de deux virgules noires, et un large sourire.

« Alors, petit, de retour ?

– Ça va, Bruno ? »

Les jambes apparurent. L'homme se mit debout d'un coup de talon, serra la main de Thierry avec chaleur.

« T'es en permission ?

– J'ai déserté.

– Tu as déserté ! comme moi ! Ah ! en 1920, elle peut dire qu'elle ne m'a pas gardé longtemps, l'armée de l'Alphonse XIII ! C'était la nuit...

– Je sais, Bruno.

– C'est vrai, tu sais. Qui est Monsieur ?

– Fred, déserteur aussi.

– Monsieur, la main ! »

Les déserteurs, c'était le point faible de Bruno, et ses quarante-cinq ans vibraient à coup sûr devant les représentants, quels qu'ils fussent, de cette profession libérale. Il plaça des verres à toute allure sur le comptoir et les emplit de Martini.

« Salud ! dit-il.

– A la tienne. »

Tous grimpèrent sur les tabourets. Bruno, à pas feutrés, descendit l'escalier de la cave. On entendit des cris affreux et le bruit caractéristique des arrivés de gifles. L'escalier trépida et Gonzague en jaillit, larmoyant, projeté par un coup de pied de son père. Il disparut sous une table. Bruno remontait à son tour, pourpre de fureur. Il s'adressa à Fred :

« Vrai ! Vous rendez-vous compte ! Vingt-cinq ans ! Il n'a jamais vu une femme de près ! Et il se fréquente, monsieur, toute la journée. Il a des photos, des livres... Si sa mère vivait ! Vrai ! Et moi qui ai eu toute la Catalogne dans mon lit...

– Tu vois, dit Thierry, ça, c'est tout Gonzague.

– Répugnant, souffla Fred écœuré.

– Et ce n'est pas tout ! hurla Bruno en se versant un second verre, il vole dans la caisse pour se fournir en saloperies. Ah ! je donnerais cher à la femme qui le dégourdira. Si ça intéressait Mademoiselle Ginette...

– Merci bien ! dit-elle en s'accrochant au bras de Rocky.

– C'est pas tout ça, dit Thierry en vidant le verre du patron, on vient manger.

– Vous mangerez avec moi. Je vais prévenir la cuisinière. »

Il s'éloigna.

Deux clients entrèrent sans un mot. Gonzague sortit de sa cachette en reniflant. Le bar s'emplissait d'habitués à l'heure de l'apéritif.

« Fred, dit Thierry, c'est là qu'on va prendre pension. Bruno donne des chambres et la croûte aux amis. On ne viendra pas nous chercher ici. J'y pensais déjà quand on montait la garde à la soute, tu te rappelles ?

– Nous n'avons pas le sou.

– Pas pour longtemps. »

A cette affirmation, Rocky s'épanouit d'aise. Sans son frère, il n'était bon à rien et avait végété durant l'intégralité de son absence. Ils reprirent encore deux tournées d'apéritifs. Les habitués, discrets, ne faisaient guère d'autre bruit que celui des dés jetés sur le comptoir. Le poste de T.S.F., masqué par des bouteilles, chantonnait doucement. Un brouillard de toiles d'araignées s'amoncelait derrière les rideaux. Il pleuvait à petites gouttes modestes.

« Ça c'est ma famille, ça, c'est chez moi, exulta voluptueusement Thierry en faisant pivoter, avec la maestria des piliers de bars, le tabouret sur un unique pied.

– On est bien ici », consentit Fred en songeant à Passy où dormaient ses costumes, ses disques et ses cravates.

Il fit part de son souci à Thierry lequel se proposa d'office pour aller chercher le tout un de ces jours. Libéré de la perspective de passer une semaine sous un battle-dress dont le compromettant n'avait pour cache-pot qu'un pardessus civil et trop étroit, Fred termina son verre en silence.

Gonzague plaquait une nappe de papier sur une table, au fond de la salle. Fred s'aperçut que la langue du fils du patron faisait une bosse simiesque sous la lèvre inférieure, tendant la peau en une déformation proche de l'infirmité. Cette particularité n'était guère apparente étant donné l'habitude sournoise qu'avait le garçon de vivre tête baissée et regards en dessous.

« Pauvre cloche... » murmura Fred.

Il était une heure et demie. Le repas commença, servi par la cuisinière. Bruno s'installa près de Fred.

« Qu'est-ce que tu comptes faire, toi? demanda-t-il.

– Je vais voir.

– Il y a beaucoup d'affaires avec les Amerlos, sais-tu?

– Je m'en doute.

– Je t'en ferai connaître un qui vient là des fois. Vrai! un type bien... »

Bruno se leva pour augmenter légèrement l'intensité de la radio.

« On peut parler, dit-il en se rasseyant à l'adresse de Thierry, les... ça ne t'intéresse plus? »

Il fit un mouvement de presse à bras.

« Ça dépend. J'aimerais changer un peu.

– Enfin, vous verrez le type.

– Ton bistrot, ça va?

— Ça va, je suis connu, tu sais. Moi, je prends, je ne *donne* jamais... »

Ils sourirent. Thierry parla des chambres.

« J'en ai une au premier, une autre au deuxième. Les deux dernières, je les prête à des Espagnols qui n'ont pas un rond.

— Nous non plus.

— Vrai ! Vous êtes des amis, vous paierez quand vous le pourrez. »

Il leur tendit ses deux mains.

Il versa, en quelques coups de poignet, de légers jets de fine dans les tasses à café. Thierry, glissant peu à peu à une position allongée sur sa banquette, questionna encore en s'amusant à allumer puis à éteindre son briquet :

« Tu fais toujours le bal ?

— Pas souvent. Les musiciens, c'est un luxe, vrai !

— Si vous voulez, Bruno, pour payer ma chambre, je peux tenir la contrebasse.

— Moi, je veux bien, Fred. Vous êtes un chic type, vous aussi. »

Thierry s'esbaudit.

« Tu sais jouer de la contrebasse ?

— Je me défends. »

Bruno réfléchissait.

« J'ai un des Espagnols qui est clarinettiste. Je trouverai bien un Américain pour la batterie. Vrai ! Ils sont tous batteurs, ces gens-là. Je vais tâcher de mettre ça sur pied pour samedi. »

Il se leva. Un bonhomme à chapeau l'appelait au comptoir. Il resta près de lui à comploter Dieu sait quoi. Ginette et Rocky s'habillèrent.

« On va au ciné !

— M'étonne pas que t'aies plus un rond. Tu as toujours été au ciné, hein, pendant que j'étais pas là ?

— Exagère pas !

— J'aime mieux te dire que ça va changer. Au fait, et Tarin ?

— Tarin... Il travaille.

— Pas vrai.

– Si !
– Qu'est-ce qu'il fout ?
– J'sais pas... Dans une usine, j'crois.
– Bon, ça va. Qu'est-ce que vous allez voir ?
– On n'en sait rien. »

Rocky fit un petit signe à Fred et gagna la porte, suivi d'une Ginette oscillant dangereusement sur deux talons trop hauts. Thierry eut un geste désabusé, puis s'allongea de tout son long sur la banquette. Fred ne voyait plus un pouce de sa filiforme carcasse. Laquelle exhala pourtant en un soupir :

« Tu vois ! Je pars. Le frangin et l'autre claquent la caisse en une semaine. Bon. Rocky, d'abord, se colle avec Ginette. Comme s'il avait besoin d'un boulet. Ensuite, au lieu de s'occuper, il passe son temps du Paramount au Rex et du Rex au Gaumont. Quant à Tarin, lui, totalement perdu, il sombre à l'usine.

– Qui est-ce, Tarin ?

– Un bricoleur, un peu serrurier, imprimeur, maquilleur et tout ce qu'on veut. Très utile. Affligé, comme son nom l'indique, d'un blair à casser les vitrines. Un gros naïf, mais de sûreté. »

De la banquette à présent montait un filet tremblotant de fumée de cigarette. Et puis de personnelles appréciations sur la vie :

« Mon vieux, la vie, c'est un évier. Il y coule de tout. On vide les sauces. On salive. Ceux qui sont trop cossards pour sortir sur le palier pissent dedans. Moi, je suis logique. Je m'y lave les mains. Je ne vole personne. Mes faux bifetons, ça emmerdait l'Etat. Si demain, je vole les Américains, c'est comme si je volais de l'eau dans un puits. Ils sont trop riches. Si je trouve un porte-monnaie par terre, je le garde. Si une abeille me pique, je l'écrase, même si c'est une abeille. Quand on me pique, abeille ou guêpe, pas de différence. Le résultat compte, à savoir la piqûre. Merde, je m'embrouille, tiens. Ça se voit qu'il était baptisé, le pinard, à l'armée... »

Il se secoua, se remit sur ses pieds. Il s'aperçut que Bruno avait disparu. Gonzague s'approcha d'eux.

« Thierry... Laisse-moi sortir.
– Où tu vas ?
– A la librairie. Laisse-moi y aller.
– Vas-y. T'es pas attaché.
– Tu resteras au comptoir ?
– Oui. Fous le camp, gros tas. »

Le visage suiffeux s'éclaira d'un rire innocent. Gonzague ouvrit la porte, regarda la rue, détala.

Thierry s'assit près de la caisse et fabriqua deux gins à l'eau.

« Viens ! » dit-il à Fred.

Celui-ci arriva lentement et passa une seule jambe sur un tabouret. Ainsi installé, il bâilla.

« On fait une belote ? » proposa-t-il.

Thierry attrapa un paquet de cartes posé sur une planchette et les battit. Ravi, il murmura en les désignant d'une main et montrant les verres de l'autre :

« C'est ça toute la journée, ici, quand on ne travaille pas. Et tu peux m'en croire, comme ça on n'attrape pas d'ampoules. »

La radio effilochait lentement un petit slow des familles. L'œil de bœuf, au fond du local, regardait le décimètre carré qu'il pouvait entrevoir d'un ciel d'octobre où tombait déjà la suie morose du soir vaseux.

CHAPITRE XI

Deux jours plus tard, Fred, toujours en pardessus, assis au comptoir, attendait le retour de Thierry, parti avenue Alphonse XIII pour y récupérer le « trousseau ». Gonzague balayait. Bruno était encore dans la nature.

Fred regarda sa montre, soupira, grimpa l'escalier sous lequel se tenait la cabine téléphonique. Il entra dans sa chambre, se jeta sur le lit défait. Les volets n'avaient pas encore été ouverts depuis son arrivée. L'ombre était nécessaire à son être. Lorsqu'il aurait assimilé la courbe de son existence, il regarderait la rue. Aujourd'hui, Philippe était à la maison, sûr. Jour de congé. Pourvu qu'il remette le balluchon à Thierry... Pourvu qu'il ne vienne pas jérémiader sur l'intrusion récente des gendarmes, sur « ce qui s'était passé », sur les nouvelles de santé et tout le pathos dont il était capable... Est-ce que Thierry penserait aux disques ? Il se fit les ongles avec un tronçon d'allumette. Vingt-trois ans. Bonne éducation. Baccalauréat. Foutaises. Une chambre close au-dessus d'un bar. Des projets de fracturages de portes et de trafics d'eau de vaisselle. Cela, c'était la vie. Sans explications. Selon la seule donnée qu'il faut de tout pour faire un monde.

On frappa. Il se leva, ouvrit la porte.

« On peut entrer ?

– Qui êtes-vous ?

– Jean.

– Connais pas.

– Tarin.

– Ah! c'est vous. »

Il fit jouer le commutateur.

L'autre pénétra, s'assit dans un fauteuil dont un des bras tomba sur le plancher. Tarin rigola :

« C'est vermoulu, dans les turnes à Bruno! »

Fred s'allongea de nouveau sur le couvre-pied.

« Je venais voir Thierry. On m'a dit que vous l'attendiez. Et comme son frère m'a parlé de vous, je suis monté. »

Il éprouvait une visible gêne à prononcer les « vous ». Fred, dont le caractère s'était bien assoupli, le mit à l'aise.

« Tu as bien fait. La compagnie de Gonzague n'a rien d'attrayant.

– T'as raison! »

Fred le dévisagea posément. Tarin n'était pas un monstre. Ce fameux nez, quoique fort et pourvu de narines assez dilatées, ne déformait pas un visage plaisant où se lisaient une timidité certaine alliée à une effronterie non moins certaine. Il eut un sourire.

« Tu regardes mon pif?

– Il n'a rien d'extraordinaire. »

Ils rirent ensemble. Tarin reprit peu après cette énervante trépidation des jambes que Fred avait remarquée dès l'abord. Nervosité d'homme d'actes, peut-être. L'homme d'action est calme. L'homme d'*actes* ne l'est généralement pas.

« Tu as donc quitté ton usine? ironisa Fred.

– Et comment! Maintenant que Thierry est rentré, j'ai plus besoin de ça pour faire vivre ma vieille mère! »

Il s'étira mollement et, saisi d'une inspiration subite, plaça ses mains sous les yeux de Fred.

« Il ne leur manque que des douilles à des ampoules comme ça, hein? Fini! »

Fred songea combien tous tenaient à la virginité liliale de leurs paumes. Comme un idéal de manucures... L'enseigne de la vie pour eux, c'était une paire de mains blanches. Fred trouva cela bien petit. Mais Tarin s'excitait :

« Y peuvent bien faire des bulles et des contre-bulles avec leurs primes de rendement, leurs heures supplémentaires, leurs « on embauche » et leur semaines anglaises, moi, je m'en tamponne! J'suis pas un robot! »

Il s'aperçut qu'il parlait trop fort et se tut humblement. Fred fit une comparaison entre ce Tarin et Maxime. Le premier vomissait tout travail organisé. Maxime aurait vomi Tarin...

La porte claqua, poussée par un pied. Thierry apparut porteur de deux valises et strangulé par un ballot qu'il s'était attaché au cou.

« Voilà la brosse à dents et les chaussettes de Monsieur! » tonna-t-il en déposant le tout sur la carpette.

Il tendit un doigt à Tarin. Fred s'agitait autour de l'arrivage.

« Qui as-tu vu, là-bas?

– Le mec que tu m'as décrit.

– Tu as les disques?

– Je les ai laissés au Lion d'Or, rue de Lappe. J'avais à faire par là. Ils sont en sûreté, t'en fais pas.

– Ça va.

– Ton type, ton parent, quel raseur! Pour me donner un slip, il m'emmerdait cinq minutes, à me dire : « Faites-lui de la morale, sa mère n'est pas contente, « tout l'immeuble a vu les deux gendarmes ». Et patati et patata. Il me donnait un mouchoir. Alors il se mettait à gémir : « Qu'il écrive... Nous ne vivons plus... Qu'il se « soigne s'il est malade... ». Une vraie blessure un mec comme ça! J'croyais que je m'en tirerais pas.

– Tu es un ange, vieux frère. »

Fred, avec un mince sourire, extirpa délicatement un complet de gabardine gris souris. Puis une chemise blanche suivie d'une impeccable cravate de soie bordeaux. Il s'épanouit :

« Mes amis, vous allez assister à la métamorphose de la chrysalide stupide en un ravissant papillon. »

Il se débarrassa du pardessus, du battle-dress crasseux et du pantalon kaki. Cinq minutes plus tard, il était en civil, troquant à présent ses godillots contre une paire de chaussures de daim. Enfin, il se redressa.

« Un peu bath ! s'ébahit Tarin.

– Toi mon petit père, tu es fait pour porter des belles fringues comme un évêque une mitre », prononça Thierry sur un ton sans réplique de sentence.

Il ajouta :

« Maintenant, va prendre le métro, tes disques t'attendent. »

Fred rit en décabossant un impressionnant chapeau feuille morte qui avait eu à souffrir du contact de deux autres couples de souliers bas.

« Ils m'attendront bien.

– Jusqu'à midi.

– Pourquoi, jusqu'à midi ?

– Parce qu'ils sont accompagnés.

– Par qui ?

– Par ta cousine.

– Béatrice ?

– Ça se peut. Oui, ça doit être un nom comme ça. Elle est arrivée un quart d'heure après moi et quand elle a su que je venais de ta part, elle s'est roulée sur le tapis pour que je l'emmène te voir. Minute ! que je me suis dit. Les femmes ça parle. Re-Minute ! que je me suis redit. Fred ne tient peut-être pas à la voir. Alors comme mes occupations m'entraînaient vers la Bastille, je l'ai laissée là-bas. Entre nous, un beau morceau de barbaque... »

Fred haussa les épaules. Que voulait-elle encore ? Coucher ? Elle ne valait pas les sirènes de la rue Saint-Denis. Enfin, il irait. Ne serait-ce que pour les disques. Face à l'armoire à glace, il roula maniaquement les bords du couvre-chef. Il s'en coiffa.

« Tu r'sembles au Prince de Galles, souffla Tarin en retenant sa respiration.

– Je ne l'ai jamais vu. A tout à l'heure. »

Fred sortit. Avant d'entamer la descente des escaliers, il eut le temps d'entendre la voix d'un Thierry glacial :

« Toi, j'ai à te parler. »

Tarin allait passer à la savonnette...

En traversant le bar, Fred remarqua la face réjouie et

congestionnée de Gonzague. Celui-ci avait dû en terminer provisoirement avec ses jeux de mains.

« En voici un qui serait plus à l'aise dans un monastère », songea Frédéric en s'arrêtant sur le trottoir pour allumer une cigarette.

Il traversa le Pigalle diurne et sans intérêt où les garçons nettoyaient les vitres, où les ménagères tenaient le pas des portes.

Il prit le métro, changea à la Concorde et eut à subir, dans un wagon, les regards insistants d'une petite fille de dix-sept ans.

« Bien sûr, gronda-t-il, je ferais bien dans le décor de tes parents, tu me présenterais partout, tu serais trop fière d'aller voir les aventures de Buffalo Bill avec moi. Seulement imagine-toi que le beau jeune homme préfère les affreuses roulures à une boutonneuse de ton genre... »

Il ne l'honora pas d'un sourire et sauta sur le quai ensoleillé de feuilles tombées de la Bastille.

Il connaissait assez bien le quartier. Surtout la rue Jean-Beausire où des îlots de putes gravitaient tout autour du restaurant L'Escargot. Il était venu parfois également rue de Lappe, danser. Et ce n'était pas les bals qui manquaient, alternant avec les magasins de machines outils-transmissions-poulies-arbres-chaises-paliers et les boutiques d'installations de cafés où trônaient derrière les vitres, dés à jouer, percolateurs, shakers, cendriers, seaux à glace, comptoirs en étain, frigidaires et plantes vertes. Tous les bals. Le Balajo avec son titre blanc sur panneau à volets bleus et son enseigne verticale asymétrique, Bousca vermillon vingt mètres de façade et de serpentins de verre, La Boule Rouge et toute la clique des bal des Familles, Aux barreaux verts, Le Musette, Bijou Bar et enfin Au Lion-d'Or dont Fred poussa la porte après avoir parcouru la longueur de la rue.

Béatrice bâillait devant un café saccharine. A ses pieds, deux objets connus, les mallettes à disques. Elle semblait somnoler, couvée à distance des yeux par deux gouapes classiques à foulards de soie blanche. Fred s'assit sur la banquette. La cousine sursauta et lui sauta au cou.

« Oh ! Freddo, mon petit Freddo !...

– Salut.

– Comme je me suis ennuyée de toi !

– Tu voulais me voir ?

– Oui, je t'aime. »

Cette phrase, c'était toute Béatrice. Avec cette fille, on pouvait s'attendre à tout l'insensé de la terre. Elle se vandait « corps et âme » pour deux billets, on ne la voyait plus pendant des semaines et puis au bout de trente secondes, elle disait : « Je t'aime. » Fred riposta du tac au tac.

« Je suis marié.

– Juliette est partie !

– Cela se peut, je suis marié quand même. A part tes caprices, ça va ?

– Mal, Freddo, archi-mal.

– Tes parents ?

– Ils m'ont mise à la porte. Ils s'imaginent que je vais revenir. J'ai couché dans ton lit cette nuit, car ta mère m'a recueillie pour une semaine.

– Et après, qu'est-ce que tu feras ?

– J'irai vivre avec toi.

– Tu es folle ! »

Il s'en commanda un blanc vichy de saisissement. Elle riait. Toujours son rire de perruche soûle. Elle avait des dents magnifiques, d'un blanc de blanc gélatineux pour plafonds.

« Pourquoi pas ? Tu ne m'aimes pas ?

– Non ! Et même...

– Ça ne fait rien, tu m'aimeras. Je ne serai pas à ta charge, va, je travaillerai ! Tu comprends, moi, ce que je refuse, c'est la solitude. Je préférerais passer ma vie avec un boueux qui ne se laverait jamais et qui me battrait plutôt que d'être affreusement seule sur une île ou dans un hôtel. Mon petit Freddo, emmène-moi...

– Mais c'est impossible ! »

Fred en eut une sueur. Ah ! non... vivre avec Béatrice allongée sur des sachets poisseux de bonbons, avec Béatrice roucoulant, Béatrice faisant son lit à dix heures du soir et Béatrice coûtant les yeux de la tête, c'était une fantaisie de milliardaire sadique, pas un acte d'homme froid en prise avec la vie future où allait s'engrener le destin. Pas de boulet, oh! surtout pas de boulet! S'il fallait ainsi être torpillé par les femmes, mieux valait encore marcher sur les brisées du sirupeux Gonzague... Pouah!

Béatrice se faisait câline.

« Freddo... Mon chéri... Ne me laisse pas tomber ainsi. Je suis encore jolie, tu sais...

– Et alors ? Ça ne change rien du tout.

– Tu as peur de m'entretenir, dis-le!

– Ne serait-ce que ça... »

Elle eut un sourire éclatant et se pencha vers son oreille :

« Freddo bêta! Avant de partir, j'ai cambriolé papa...

– C'est le bouquet!

– Deux cent mille francs. Plein ce sac! »

Elle tapa victorieusement les flancs de son sac à main. Fred cette fois, resta sans voix. Deux cent mille francs... La fille était folle, mais avait la folie pratique. Fred songea instantanément à ce qu'aurait fait Thierry à sa place. Pas de doute, il aurait donné sans vergogne le bras à Béatrice. Du coup, il n'hésita plus et ne rechigna que pour la forme.

« Tu vas avoir des ennuis.

– Tu en aurais aussi si tu n'étais pas où tu es. Et comme j'y serai aussi... »

Le raisonnement flamboyait de logique. Béatrice pouffa et commanda l'apéritif.

« Alors c'est oui ?

– C'est oui.

– Freddo chéri, tu es un amour. »

Elle l'embrassa sur les lèvres. Allons, les amours semi-incestueuses allaient recommencer... Fred pensa que l'Espagnol non musicien était parti le matin. Bruno ne refuserait pas de louer une chambre à une fille qui serait vite le plus bel ornement de son bar.

« Je peux venir ce soir ?

– Si tu veux. Transfère tes balluchons cet après-midi.

– Garçon ! »

Il s'aperçut qu'elle n'avait pas menti. Elle entrouvrait son sac, détachait un billet neuf d'une liasse dont les sœurs masquaient le poudrier et le mouchoir. Elle laissa un impérial pourboire. Fred se réserva le droit de lui prêcher l'économie avant qu'il eût la somme en sa possession. Ils déjeunèrent au restaurant, échouèrent au cinéma, se rendirent à Passy en taxi. Fred put contempler son immeuble en toute quiétude durant le temps qu'elle employa à ramener son fourniment. Lorsqu'elle réapparut, chargée comme une mule, Fred, béat, regardait choir le soir en vol plané de nuage en nuage, de toit en toit.

Elle s'installa, ravie de l'aventure, car c'en était une pour elle :

« J'ai dit à Philippe que je partais en voyage. »

Il fit « Ah ? » et regarda passer la nuit près de lui. De temps à autre, les lumières d'une boutique ou d'un réverbère emplissaient la voiture l'espace d'une seconde, illuminant leurs têtes silencieuses. Fred, sagement, examinait la situation. Pour commencer, il décida de régler d'avance six mois de pension commune. Il partageait le restaurant avec la bande, ne se réservant qu'un minimum d'argent de poche. Ainsi, tout en dépannant les équipiers, il aurait de quoi faire le beau quelque temps. L'avenir était crépusculaire et rose, parfait ! « Ne se salissent les mains que les volontaires », émit-il en lui-même, rejoignant sans à-coups la morale catégorique d'un Thierry et d'un Tarin. Ils dépassèrent la place Blanche et stoppèrent, après le crochet classique, devant les vitres éclairées de l'Œil de Bœuf. Béatrice régla le chauffeur et, empêtrée par ses paquets, emboîta le pas à son cousin.

C'était l'heure du coup de feu. Gonzague et Bruno, campés derrière le comptoir, emplissaient des verres éternellement vidés. Les dés à poker cliquetaient sur les plateaux. La radio égrenait, indifférente et solitaire, les nouvelles du front, le communiqué, et de grosses histoires de ravitaillement. Au fond de la salle, Thierry et Tarin disputaient à la belote quelques billets de cent francs à deux types en complets beige et bleu pâle. Tous quatre s'immobilisèrent à la vue de Béatrice seule au milieu du bar et environnée de mallettes, Fred se mettant d'accord en quelques mots avec un Bruno dont les sourcils s'agitaient d'étonnement à la vue d'une telle fille chez lui.

« Monte me voir quand tu auras fini, dit Fred à son ami, tout en s'écartant pour laisser le passage de l'escalier à sa cousine.

– Entendu, répondit Thierry à voix haute, tandis qu'il finissait sa phrase entre les dents, naturellement, il faut qu'il emmène sa greluche ici. Dans une semaine on sera fait aux pattes... »

Il se fit couper un carreau bêtement, ce qui augmenta sa mauvaise humeur.

Le « Mille » terminé, il se leva aussitôt, dédaignant l'offre d'une revanche et entra sans frapper dans la chambre de Fred. Celui-ci seul, déballait ses disques et les essuyait tendrement avec son mouchoir.

« Qu'est-ce que ça veut dire? lança Thierry en se plantant des poings sur les hanches.

– Qu'est-ce que ça veut dire, « Qu'est-ce que ça veut dire? » ironisa Fred en recollant un bord d'étiquette avec son doigt mouillé.

– La souris? Elle va rester là?

– Apparemment.

– C'est bien ça! Je te planque ici et tu vas te faire piquer à cause d'une garce! Et le plus triste, c'est que nous serons tous en cabane avec toi!

– Toutes les précautions sont prises, je ne suis pas fou.

– Et comment tu la nourriras, la poupée?

– Assieds-toi là. Na. Tu veux un coussin? Tu vas d'abord m'écouter. Après tu feras des excuses. Ah! là! là! tu me connais bien mal... Tu m'écoutes? Béatrice... ce ne sera pas long, Béatrice a quitté ses parents.

– Alors tu joues les terre-neuve?

– Elle a quitté ses parents en leur fauchant deux

cent mille francs. Le fric, il est à moi. Je vais payer sa pension et la mienne pour six mois. Cela permettra de voir venir. Le reste, je le partage entre toi, Rocky et Tarin. Ce n'est pas du beau travail ?

– Pardon !!!... »

Thierry, ahuri, regarda son ami et mit un certain temps à terminer sa pensée par un coup de sifflet admiratif et prolongé. Fred reprit :

« Tu penses que si elle nous donne, comme tu dis, elle se donne avec. Elle aime trop ses bas de soie. Les sabots de la Petite Roquette, ça ne doit pas la passionner au point d'aller les essayer...

– Tu es un mec... »

Gêné, Thierry se surprit à tourner dans la pièce. Il serra la main que l'autre, magnanime, lui tendait. Il affirma :

« On fera des choses ensemble, vieux Freddy. C'est pas fini !

– Ça commence. »

Ils allèrent au premier. Fred poussa la porte près de l'escalier. Béatrice enfilait un pull-over angora d'un beau jaune soleil. Aveuglée par le tissu, elle cria presque, apeurée :

« N'entrez pas !

– Police ! » rugit Thierry en s'accoudant rapidement à la cheminée.

Béatrice surgit par l'encolure, décoiffée, rassurée, rieuse. Elle avait déjà criblé les quatre murs de photos d'artistes de cinéma. Ses robes débordaient de la penderie. Deux boîtes de dragées et un sac de bonbons au miel accaparaient la table de nuit.

« Je serai bien, ici », déclara la jeune fille en balançant avec une négligence fausse une écharpe destinée à cacher ses friandises.

Elle aurait tout donné, Béatrice, mais pas une praline.

« Tu descends ? Il faut que je te présente.

– Je ne vais pas y aller en chandail !

– Au contraire ! Tu fais très « quartier » comme ça !

— Vous croyez, monsieur Thierry ?

— C'est comme ça que vous êtes correcte.

— Tutoyez-vous donc, tous les deux ! Un peu plus tard ou un peu plus tôt... »

Fred eut un grand mouvement d'épaules et leva les yeux au lustre. Les préjugés de bonne éducation retournaient à leur poussière natale.

Ils firent une nouvelle apparition remarquée dans le bar. On entendit quelques dés rouler et ne point reprendre leur course. Une carte resta deux secondes en l'air.

Ils grimpèrent sur les tabourets. Bruno arriva, obséquieux :

« Que buvez-vous, mes amis ?

— Bruno, voici Béatrice, ma cousine. C'est encore un déserteur.

— Un déserteur ?

— Elle a déserté sa famille.

— Ah ! je comprends. Mademoiselle, mes hommages. Faites-moi l'honneur d'accepter de moi...

— Trois cocktails ! » coupa Fred en riant.

Béatrice lança un sourire par-dessus le comptoir. Bruno, tout rose, attrapait son shaker.

« Ce sera ?

— Un « Jack Rose » pour moi.

— Vrai ! Un « Jack Rose », Fred ? Je ne connais pas.

— Parlez d'un patron de bar ! Connais pas le « Jack Rose » ! Ouvre tes oreilles, Bruno : 2 jets de grenadine, le jus d'un quart de citron, deux tiers de Calvados. Voilà. Bien agiter et servir.

— Il en connaît des choses, ce Fred ! », hocha Bruno en se défrisant de la main une touffe de cheveux et en tapotant le shaker de l'autre.

Mais Fred n'écoutait plus. Il fixait un métèque à chapeau gris qui s'installait près de Béatrice et lui souriait sans hésiter de toutes ses dents mi-blanches mi-or. Fred sauta à terre et vint souffler dans l'oreille du type : « Elle est à moi ». L'autre sursauta en réduisant de trois quarts son sourire :

« On ne peut jamais dire d'une femme qu'elle est à soi.

– C'est possible quand on a une tête comme toi, mais moi je peux le dire. »

L'autre se retourna carrément sur son tabouret. Thierry serrait placidement les poings sur le comptoir. Bruno fourgonnait près des casiers à bouteilles pour y retrouver sa matraque. Quant à la fauteuse du trouble, amusée, elle grignotait une paille en relevant sa jupe d'un centimètre, à la vamp. Le métèque soupira :

« Tu m'amuses, tu es trop jeune.

– Tu te crois trop, je vais te ramollir.

– Je ne me bats jamais. Cela défait toujours, j'ai remarqué, mon pli de pantalon.

– Et que fais-tu lorsque l'on s'attaque à toi ?

– Je m'en vais à tous les coups. »

Il se leva, se dirigea verse la caisse, régla ses consommations et sortit, toujours du même pas déformé par l'abus des tangos, trop souple. Fred se rassit.

« Tu parles d'un lâche !

– Tu as tort, déclara sèchement Bruno.

– Pourquoi ?

– Il fallait le laisser ou lui rentrer dedans. Pas faire les choses à moitié, vrai ! Ce type-là tu le retrouveras un jour. Une nuit plutôt. Et tu marcheras devant lui. Et tu ne le verras pas. Aussi vrai que je m'appelle Bruno et que j'ai déserté de l'armée espagnole en 1920 !

– Tu le connais, ce type ?

– Jamais vu. Méfie-toi de lui.

– Oui, oui. Et les « Jack Rose » ?

– Je te dis de te méfier, c'est tout. Ils viennent, ils viennent ! »

Il jongla avec les bouteilles, écrasa un morceau de citron dans le creux de la main, versa le jus dans le shaker, lança, en obturant à demi du doigt le goulot, les deux jets de grenadine prescrits et versa par vagues blondes le calvados au plus profond de la grande timbale d'argent. Emboîtant celle-ci dans la plus petite, il se livra à une pantomime superbe, agitant les bras, le tronc, le tout, en de grands et spectaculaires moulinets. Le liquide émettait des « flocs » sourds à chaque allée et venue. Enfin, Bruno s'arrêta, tout rouge, emplit les verres à ras bord en s'écriant :

« Ha visto usted?... Pardon, mademoiselle... Vous avez vu ça? Moi je ne secoue pas ça du bout des doigts! C'est bon la recette à Fred?

– Ça va », acquiesça Thierry tout en songeant au métèque de tout à l'heure.

Béatrice réclama un zeste. Elle croyait au zeste comme d'autres croient au möser. Histoire de placer un mot technique...

Soudain, Rocky entra, ivre, seul. Toutes les têtes se tournèrent vers lui. Se balançant sur place et sur ses jambes, il éclata d'un rire nerveux et se raccrocha d'une main au comptoir. Hilare, il hurla :

« Les potes! J'ai du fric! »

Thierry descendit posément de son perchoir, happa un siphon d'eau de Seltz au passage et, s'arrêtant à trois pas de son frère, lui expédia une giclée superbe en plein visage. Furieux, Rocky s'ébroua, avança la mâchoire inférieure et se mit à marcher en zigzag, les poings en l'air. Thierry, sans bouger, le cueillit de deux gifles et reçut dans ses bras son cadet rigolard et pleurant à la fois. Il alla l'installer sur la banquette du fond. Il gronda tout bas :

« Con! con! triple con! Bouge pas ou je t'assomme!

– Frangin... Ginette... ca... cabinets...

– C'est ça, maintenant tu dégueules, salaud! »

Il réussit à le faire lever, et à l'introduire dans les lavabos. Sans plus s'en préoccuper, il revint à son verre.

« T'as vu comme il m'écoute! Quand il est comme ça il descendrait tout le monde. »

Fred, pratique, murmura :

« Il a dit qu'il avait de l'argent.

– Penses-tu!

– Vas-y voir.

– Ah! non, alors, il doit être frais!

– Je te dis d'y aller... »

Thierry sourit, retraversa la pièce, ouvrit la porte des waters. La première chose qu'il vit fut Rocky tout pâle, campé devant la glace et se torchant les lèvres avec trois ou quatre billets de cinq mille. Il les lui arracha des mains :

« Où as-tu eu ça ?

– Ça ? Ah ! Ah ! On me les a donnés !

– Où as-tu eu ça ? Réponds ou tu as une baffe !

– J'sais plus, j'm'en souviens plus. »

La gifle promise résonna dans le réduit. Rocky refondit en larmes en se protégeant du coude :

« J'peux pas l'dire... Vieux frangin... J'ai fait un casse...

– Tout seul ?

– Oui, mon vieux... Oh ! me s'coue pas ! tout seul... comme un homme...

– Où ? raconte...

– Tu le diras à personne ! Jure-le sur la tête de maman !

– Je le jure. Raconte. »

Rocky prit un point d'appui solide contre la porte et ricana longuement. Enfin, il parla :

« Ah ! vieux frangin... Du gâteau... Du gâteau... ça m'a pris d'un seul coup... D'un seul coup, tu m'entends... Du génie qu'j'ai eu ! Ouais, du génie ! Boulevard Richard-Lenoir... C't'après-midi ! J'regardais des costards à une devanture. Pis, je r'garde à l'intérieur. Personne. J'entre à fond. J'fonce à la caisse. J'prends un tas de billets. J'r'sors. Ça a pas duré cinq s'condes. J'l'entendais s'ramener qu'j'étais déjà dans la rue.

– Alors ?

– Alors... Ah ! marre-toi, Thierry, marre-toi ! J'veux que tu t'marres !

– Oui, j'me marre. Ah ! Ah ! Là ! Alors ?

– Alors ?... Le v'là, mon génie ! A côté, j'avais r'péré ça en un coup d'œil avant d'entrer, y avait une bouche d'égout d'ouverte. Tu sais avec la p'tit' barrière en ferraille... J'ai sauté ça en voltige, j'me suis r'trouvé pendu à l'échelle dix mètres plus bas, j'l'ai descendue au vol et j'me suis mis à cavaler en f'sant des tas d'crochets. Un vrai Ladoumègue, que j'te dis ! Des fois, je m'enfonçais dans j'sais pas quoi. Et pan ! Une autre bouche ouverte, au bout de cinq minutes de cavalcade. A croire qu'les égoutiers étaient en grève, j'en ai pas vu un... Je r'monte en trombe, j'me retrouve à l'air j'sais pas où, j'entre dans un couloir, pas d'concierge. Toutes les veines. J'ai trouvé la porte de caves et j'me suis planqué dans une, derrière un tas d'carbi. Et là j'ai attendu l'soir, sans m'biler...

– Personne ne t'avait vu sortir, de la deuxième bouche d'égout ?

– Faut croire que non... Alors, y a bientôt deux heures, j'suis sorti d'mon trou, j'ai pris un taxi et j'ai été me r'mettre de mes émotions dans un bistrot d'la place Balard. C'est pas bien joué ?

– Pas si mal. »

Rocky, un peu dégrisé par son récit, se recoiffa sous les regards attendris de Thierry. Ça, c'était un beau coup. Un coup à mettre dans les journaux. Il avait du cran, le petit, et une belle présence d'esprit... Sans conseils, sans aide, tout seul, admirablement seul. A présent, Rocky, souriant, fouillait dans ses poches, remettait docilement l'argent à son frère qui comptait :

« Quarante-trois, quarante-six, quarante-sept. Quarante-sept billets, sans parler de ce que t'as bu. Ça vaut le dérangement... Il avait dû vendre sa boutique, ton tailleur ! »

Fred, inquiet de leur absence, entra précisément à cet instant solennel.

« Pas mal, hein ! dit Thierry, fort fier de son frère à présent.

– Joli », approuva Fred sans demander d'explications.

Ils revinrent tous les trois au bar.

« C'est la mienne, lança Rocky en se demandant visiblement qui était Béatrice. On les présenta l'un à l'autre.

– Vrai ! Dessoulé déjà, Rocky ?

– J'ai mal au crâne.

– Tu veux de l'aspirine ?

– J'voudrais pas te faire de la peine, mais j'aimerais mieux une double fine pour me retaper. »

Bruno grommela que « l'animal avait un foutu

coffre » et le servit. Thierry, en deux mots, mettait le couple Fred-Béatrice au courant de ce fric-frac sensationnel. Ils furent trois à regarder Rocky avec des louanges à l'œil, sans compter Bruno admiratif également, mais pour une pure question professionnelle : la rapidité de récupération du héros de la soirée. Celui-ci riait d'une façon continue en contemplant son public silencieux.

« Ça vous la boucle, hein ?

– Tais-toi, y a des clients.

– D'accord. Mais faudra plus me prendre pour un connard, hein les amis ? »

Comme il recommandait une seconde double fine, glissant ainsi vers une nouvelle cuite consécutive, Bruno fit dresser les couverts.

Le bar fermait à deux heures du matin en semaine et à cinq le samedi et le dimanche. Il ouvrait à midi. Le lundi était jour de fermeture. Il fallait bien mettre Béatrice au courant des usages de la maison...

Gonzague, dans un coin, décapsulait des huîtres, les yeux morts et la chair affaissée.

« Tu peux y aller, Fred, c'est très difficile à réussir, un exploit comme celui de Rocky. Il ne faut rien oublier et tout prévoir. Et inventer en route, souvent. C'est un art.

– Thierry, j'en ferai autant, un jour.

– Réussis comme lui. »

« Lui » dormait sur un coude heureux, au bout de la table. Son haleine remuait les feuilles du pommier d'amour posé là.

CHAPITRE XII

Dans cette atmosphère d'aquarium rose entouré de rideaux et de douces lueurs de verreries, attiédie le soir par l'odeur des poules venues se réchauffer et piquer un badaud par une aile, Fred revécut.

Toujours le bruit de fond d'une radio éternellement en marche, éternellement en sourdine, toujours le cliquetis des dés, le coup de vent des cartes. Parfois, par la porte ouverte, le temps d'entrer, montait la voix des rues enluminées, les klaxons, les manèges de la fête, les cris des pochards et les sifflets des flics. La serre de L'Œil de Bœuf, elle, avait de vagues résonances comme de pantoufles ou de tapis de feutre. Aux tables, des types parlaient sans qu'un mot dépassât l'autre en force ou se soûlaient avec le silence énorme du cafard, ou jouaient l'argent tombé du ciel. Et Gonzague passait, presque mythologique, le plateau blanc posé sur sa main moite.

Fred revécut. Par-dessus sa réserve, il passa un vernis de familiarité, d'argot, de principes qui n'en étaient pas et d'amoralité inconsciente. Thierry déteignait sur lui. Lorsque l'intégrité de la teinture fut absorbée, il déteignit d'une nouvelle manière sur Thierry. Il le persuada que les « Quatre », eux deux, Rocky et Tarin, pouvaient mieux que des histoires de maquereautage et de vol à la tire. Tous assimilèrent l'orgueil de ce nouveau venu. Leur « gang » avait sa force vive : le partage. Deux mille francs gagnés par l'un étaient coupés en quatre avec une régularité d'horloge. Fred pensait à une étroite collaboration franco-américaine. Là, il y avait du débouché. Il rechercha une semaine le déserteur signalé par Bruno. Il ne le trouva pas. Par malchance, les Américains ne fréquentaient que très rarement L'Œil de Bœuf. Ils préféraient la place, le boulevard. L'idée de se rendre à ce bar caché au fond d'une ruelle ne les effleurait que par hasard.

Début décembre, Bruno se décida enfin à reprendre le dancing. Il loua une contrebasse pour Fred, prévint son Espagnol clarinettiste, embaucha parmi ses habitués un batteur et un pianiste.

Au repas de midi, lequel commençait à deux heures, Béatrice se mit à rire. Personne n'y prêta attention. Elle riait ainsi lorsque la forme d'un verre lui semblait drôle ou lorsqu'un courant d'air faisait bouger sa robe comme une main. Pourtant, cette fois son rire se prolongea tant que Fred le coupa net :

« Tu as encore vu une mouche enceinte, comme hier ?

– Non, j'ai une idée pour le bal. C'est ce soir, hein, monsieur Bruno ?

– De minuit à cinq heures, oui.

– Ça vous dirait, si je faisais un numéro de strip-tease ?

– C'est des marionnettes ? rigola Thierry.

– Vous ne savez pas ce que c'est ? C'est un truc de femme nue.

– Des femmes nues, ça n'intéresse personne. Tout le monde en a vu. Même Gonzague ! Alors... »

Bruno, dédaigneux, réclama les coquilles Saint-Jacques et commençait déjà d'entreprendre Fred sur la répartition de tangos et de swings au programme lorsque Béatrice s'impatienta :

« Laissez-moi vous expliquer... Le strip-tease, c'est cochon. »

Tout le monde tendit l'oreille. Gonzague en resta en équilibre sur un pied.

« Voilà, c'est un déshabillage sur la scène. On éteint toutes les lumières. On garde seulement un projecteur pâle par exemple. J'arrive tout habillée avec de longs gants de peau montant jusqu'aux coudes. Accompagnement voluptueux au piano. Je me débarrasse des gants, puis des bas, puis de la robe, puis de la combinaison. Le tout interminablement et en dansant. Bien fait, ça peut durer dix minutes. A la fin, je suis entièrement nue. Paraît que ça excite formidablement les hommes. »

Thierry fut enthousiasmé. Bruno également malgré le spectre de la Brigade des mœurs. Quant à Fred, mi-scandalisé, mi-cynique, il sourit :

« Et tu te montreras toute nue, comme ça ?

– Je n'en mourrai pas. D'abord, c'est de l'art.

– Et après, tu feras le trottoir ?

– Ah ! Freddo, pas de morale ! Si je le faisais pour toi, tu ne dirais pas non... »

La main de Fred décrivit un demi-cercle. Seule la joue de sa cousine interrompit la trajectoire. Instantanément, il y eut des pleurs. Les autres, gênés, mirent le nez dans leurs assiettes.

« Ma vieille, il ne fallait pas dire ça.

– Je l'pensais pas, Freddo...

– Je n'ai pas l'étoffe d'un mac, moi. Je vaux mieux que ça. Si ça t'amuse d'ôter ta culotte en public, fais-le, fais-le. Moi, je m'en fous. Je ne te connais plus ! »

Béatrice sanglota dans sa serviette en y poussant de petits cris de douleur. Elle hoqueta :

« Tu ne me parlais pas ainsi hier soir quand tu es venu dans ma chambre... »

Furieux de voir ses faiblesses dévoilées sans ménagement, Fred blêmit.

Béatrice se rattrapa, apeurée :

« Je ne ferai pas le strip-tease, je le ferai pas.

– Tu le feras ou je te laisse tomber !

– Je le ferai... »

Fred, ravi de la voir pirouetter à son gré, se mit, par esprit de contradiction, à vanter outrageusement cette idée de déshabillage croustillant. Il en parlerait à tout le bar durant l'après-midi afin que le bruit en courût un peu partout. Bruno fit sa remarque :

« Vrai ! ça doit être interdit, ces trucs-là...

– A New York, c'est courant. J'ai vu ça dans un magazine, riposta Béatrice qui tenait vraiment à se faire déflorer mentalement par une salle entière.

– Après tout, si un flic vient, je lui paierai l'apéro », acquiesca finalement le patron.

Tarin et Rocky arrivaient régulièrement pour le digestif, à trois heures et demie.

Là, on discutait parfois des emplois du temps, des petites combines, de la vie et du cinéma. En ce moment le quatuor suivait de près une affaire honorable de pneus de voitures à revendre au détail. Thierry baptisait cette sorte d'opérations « les affaires courantes ». Il fut rapidement convenu que l'on se mettrait en relations, par Tarin, avec des gagne-petit de seize à dix-sept ans. Un intermédiaire de plus, moins de bénéfice, mais moins de risque. Une solution de sagesse. Cela décidé, l'on parla d'autre chose.

Rocky murmura, comme pour lui seul.

« Ce qui se vend maintenant, c'est l'essence, c'est les faux tickets, comme d'habitude, et les cigarettes américaines.

– Vérités de La Palisse », ronchonna Tarin, enfonçant deux doigts dans ses narines.

Rocky pourtant suivit en lui lançant un regard noir :

« Thierry, on devrait reprendre les fausses cartes.

– Ça ne m'intéresse plus, j't'ai déjà dit.

– On végète.

– En tout cas, on est à l'air, c'est le principal. »

Tout le monde approuva cette phrase. Un type trop riche est trop exposé. Eux, à l'aise, prudents, incolores, passaient entre les trous, anguiformes, peinards, le ventre plein et les « mains blanches ».

Que demander de plus, sinon l'éternité d'un tel état ? Mieux valait la masse que les honneurs du « On recherche », les battues et le bouquet de la brigade des gaz !...

Fred s'étira nonchalamment :

« Que l'on retrouve seulement le fameux Américain ! Le reste, c'est du boulot de lycéens. Moi, je vais me balader. »

Il prit son pardessus et son chapeau à une patère.

Béatrice s'inquiéta tout en resuçant le fond de son petit verre de chartreuse :

« Où vas-tu ?

– A Minuit chansons. Il y a des nouveaux disques. Vous venez ?

– D'accord. »

Ils se levèrent. Au comptoir, Béatrice reprit une chartreuse et, ne pouvant décemment boire seule, invita la troupe qui s'entretenait ainsi toujours en chaleur, en bien-être et en rêveries. Trois ou quatre apéritifs avant chaque repas, l'arrosage de ceux-ci, au moins deux digestifs après le dessert, sans parler des hasards du jour. De quoi sourire et se tenir sur pied... De quoi chasser ces fumées de cafard qui sourdent du pavé trop gai de Pigalle... De quoi nourrir cette éternelle pensée de folie, nécessaire à ce métier ardu, inné, dangereux qu'est la condition d'hommes de rues, tout un poème...

Une centaine de mètres séparait L'Œil de Bœuf de Minuit chansons. Les cinq jeunes gens firent une entrée discrète à l'intérieur de la kermesse. Une douce température régnait dans ce temple mécanique élevé à la gloire éphémère des fins gosiers du temps et des musiquettes de brasserie. Toute une foule d'adolescents s'y pressait, filles à chatouilles, gars se trouvant mieux là qu'à l'école ou l'usine. Ça discutait, ça revendait des cigarettes, ça s'embrassait contre les appareils. Thierry, Rocky et Tarin serrèrent des mains. Fred, hautain, toisait ce tas de petites frappes à envergure de moustique, ces gamines à fesses qui s'en servaient comme d'autres d'un alphabet Morse. Ces futurs promus de 17e Chambre correctionnelle et de trottoirs. Ceux qui ne seraient pas du contingent retourneraient à la famille et parleraient d'ici vingt ans en termes voilés de leur jeunesse douteuse et en marge des lois. Tout ça pour une pipe ou une carte postale volée au Monoprix de la place Blanche.

Et le paquet jouait aux durs, les mains dans les poches, les yeux piqués par la fumée des cigarettes, l'haleine parfois lourde de deux rhums bus en grand tralala, le regard « chicago » et le rire montmartrois tout de même. Tout juste si l'on s'écarta pour livrer passage à Béatrice. Si l'on s'écarta ce fut en hommage aux vingt-trois, vingt-quatre ans des arrivants, à leurs fringues de *« parvenus »*, à leur petit air d'avoir tout vécu. Quelques murmures ricaneurs la saluèrent :

« Elle a été fabriquée chez Renault, aux roulements à billes...

– J'aimerais mieux pager avec elle toute habillée qu'avec toi tout nu...

– Si elle voulait, ça lui coûterait pas un rond, parole.

– C'est Thierry qui se met ça ?

– Non, c'est l'type qu'a l'air d'avoir avalé un cierge.

– Va lui dire en face... »

Tandis que les infectes petites souris protestaient en accusant une telle beauté de tous les artifices du maquillage, du corset et d'autres rembourrages, les yeux trouble des enfants de couloirs suivaient encore la silhouette venue à domicile leur apprendre la grâce.

Tarin sortait de la monnaie.

« Combien qu'on prend d'jetons ?

– Cinq chacun, ça suffira bien. »

Les appareils étaient ornés de deux chansons dépliées l'une à la couverture et l'autre au texte. Par une petite vitre, on voyait le disque tourner. Deux écouteurs aux tubes de caoutchouc sali pendaient le long du meuble comme deux bras étiques et las de transmettre ad æternam la poésie de foire aux puces des peuples et des bitumes.

Un pick-up branché sur la rue gueulait pour attirer le client à grands coups de Tino Rossi :

Rosita... Il aime Rosita...
Mais la fleur qu'il apporte
Fanera sur la porte
De son amour
Car les roses de velours
Ne fleurissent qu'un seul jour...

Fred sourit de mépris. Lui qui avait lu un peu de Proust sondait d'une seule oreille l'ineptie de ce qu'il entendait. Pouah! Il s'en alla solitaire dans un coin de salle et se colla aux écouteurs pour jouir en égoïste de *Perdido Street Blues* d'Armstrong, échoué là par erreur et par miracle. Il y épuisa ses cinq jetons consécutivement en lorgnant la salle. Béatrice fermait béatement les yeux en se gargarisant d'une valse de Strauss. Thierry et Rocky, se partageant un appareil, entendaient distraitement une vague ritournelle en soufflant leur fumée de tabac blond sur deux coquettes d'entresol qui les fixaient en souriant bêtement. Tarin, lui, étranger aux musiques, devisait avec une dizaine de petits « Jules ».

« Oui, mes p'tits potes. Ce soir, vous n'avez qu'à venir au bal. Vous la verrez à poil. C'est pas une attraction? »

Il désignait Béatrice du menton et tous se retournaient, avides. Il poursuivait :

« Regardez-moi ça... Quelle panthère... Des roberts à interrompre un défilé de 11 novembre... »

Et il pointait ses index sous son pardessus pour imaginer cette description de seins.

« ... Des cuisses dures comme la colonne Vendôme... »

A présent, toute la kermesse alertée déshabillait allègrement Béatrice. Celle-ci, absolument nue grâce à l'imagination ambiante, continuait, inconsciente, à avaler ses chapelets de violons viennois...

Fred vint jusqu'au groupe.

« Tarin! On s'en va.

— O.K. », répondit l'autre.

Ils prirent la cousine au passage et retrouvèrent les deux frères tuant le temps en compagnie des deux filles dont le rouge à lèvres débordait un peu sous l'effet des radiateurs.

Ils redescendirent le boulevard de Clichy jusqu'à la place. Thierry proposa une petite balade dans la rue Pigalle.

« On est des vrais petits-bourgeois, quand on s'promène, on quitte pas le quartier », se plaignit Rocky.

Ils traînaient leur désœuvrement placidement, jetant un coup d'œil léger sur les vitrines et sur le sol, remuant des pensées fluides, roulant leurs vies comme des brouettes vides, sans effort. Béatrice chantonna :

« Elle fréquentait la rue Pigalle
Elle sentait l'vice à bon marché... »

Fred réalisa qu'elle avait une belle voix à goût de pastille de menthe. Elle saurait bien toujours se débrouiller, même sans lui. N'importe quel cabaret de girls serait trop heureux de l'avoir. Elle pouvait se faire engager au Tabarin à n'importe quelle heure du jour ou de la nuit, par exemple...

Il ralentit le pas et confia à Thierry :

« Si elle n'était pas là, je m'enverrais bien une putain. Tu me connais, ça me manque...

– Tu as de drôles de goûts. Moi, si j'avais Béatrice...

– Elle n'a pas de charme, c'est une statue. »

C'était vrai qu'elle faisait un peu statue. Elle n'avait pas assez d'âge pour se rendre compte que le monde est placé sur des roulettes de sommier. Elle se gavait de paresse, de sommeil et de crottes au chocolat. Elle était froide et refroidie par les marrons glacés. Il n'y avait que Fred pour comprendre cette nature gelée, logée dans ce qui était un calorifère pour l'esprit des autres.

Ils marchaient lentement en pénétrant dans cette rue Pigalle, cette rue de femmes nues dont on voit les photos sous verre aux portes des cabarets spécialisés en froufrous de fesse, l'Eve, le Monico, le Pigall's, l'Ambiance, La Roulotte dont la façade représente une fille évidemment nue juchée sur un cheval tirant la roulotte vert pâle, et l'inévitable Tabarin, cette cathédrale de Pigalle.

Et tous les noms, secs : Le Savoy, Au Gay Relais, Le Grand Jeu, Le Cancan, Romance, Le Château Caucasien, Le Caprice Viennois, L'Heure Bleue ornée de deux cœurs énormes transpercés par des aiguilles de montre, Le Grand Duc, La Lune Rousse, chansonniers, restaurants, bars, dancings, mines de champagne, mines-d'argent, mines de sourires entortillés dans l'éclairage bleu indirect et la musique douce, sans frontières, ne s'arrêtant à aucune rue déterminée, vivant, bars, dancings, et sourires, de l'aumône publique adressée au désir de rire à tous crins, à l'envie de ne plus être seul un soir, au désir de l'amour, à la peur de l'ennui...

Plus loin, la rue Chaptal, le Hot Club de France. Parallèlement, la rue Frochot : Le Shanghaï, Le Fétiche, Venise, Le Joyau, Dirty Dick Bar, Le Silva, Le Sully. Et aux bout la place Pigalle. Et au bout l'idée de ne plus sortir de ce cercle où la vie est un symbole d'alcool et de danse et d'amour encore, même faux pourvu qu'il soit amour, même déteint, même maquillé, même pourri, doux, doux, doux à mourir.

Le petit jet d'eau de la place Pigalle, jet d'eau tari. Pourquoi laver? Pourquoi aller au ciel? Le ciel est là, par terre, paresseux, avec ses nuages pour dormir, la pluie pesante de la nuit.

Fred saisissait enfin la terreur, le degré de lumière de Pigalle. Il comprenait les papillons venus se frotter à cette lampe cruelle et muette, impitoyable et tendre. C'était les Danaïdes. Comment tout boire et comment tout aimer? Comment tout casser? C'était un peu comme si tous les disques de Minuit chansons avaient braillé ensemble. Un orteil de Tino Rossi par-ci, un morceau de Maurice Chevalier par-là, une bribe d'Edith Piaf, un glouglou d'accordéon, un râle de trombone, un magma de chanteuse réaliste, de bris de verre et de boogie-woogie... Toutes les Catacombes incommensurables d'un quartier monstrueux et tranquille... Il n'en viendrait jamais à bout...

Sur la place où la nuit descendait, à la lueur atroce de quatre lanternes à carbure, le roi de la pince, gelant sur un tapis percé, soulevait du petit doigt un poids de vingt-cinq kilos tandis qu'un compère engueulait les badauds de toute la ferraille d'un porte-voix féroce. Des marchands de marrons, de saucisses, de frites et de crêpes donnaient de la voix, effrayant les petites vendeuses de fleurs tandis que, devant les cafés, les couteaux à huîtres projetaient des écailles friables sur les tabliers bleus. Les pick-ups accrochés aux coins des vitrines, braqués sur la rue, mélangeaient leurs solfèges, les vidant comme des poubelles de coton sur la tête des gens. Aux terrasses calfeutrées sous des serres de verre, des êtres abrutis de chaleur et de tangos sirotaient leurs jus de fruit chauds, les apéritifs, les journaux, les pommes chips, la douleur et la lenteur voulue de l'heure à foutre en l'air.

Deux flics entraînaient un pochard dans leur orbe.

Les poules poussaient comme des champignons, sortant de bars crus avec un œuf dur et un blanc vichy dans le ventre. Un Nord-Africain discutaillait avec une en levant les deux bras au ciel semé d'étoiles de champagne.

Une bande de marins américains entourait, cernait d'un réseau de gesticulations, une pauvre fille qui avait toutes les peines du monde à leur faire admettre qu'elle était sage et pas à vendre, fût-ce pour toutes les Philip Moriss du monde.

Une horde de marins français leur tomba dessus, instinctivement. Ce fut, sans plus tarder, la collision. Bonnets blancs et pompons rouges volèrent au caniveau. Le boulevard s'emplit de hurlements. La fille, jetée à terre d'un coup de poing, piétinée, braillait d'épouvante. Fred et sa suite, intéressés, s'arrêtèrent à un endroit où la visibilité s'avérait assez bonne.

Consécutivement et en un grand miaulement de freins bloqués très film de gangsters, surgirent deux jeeps de M.P. et un panier à salade.

Un Américain hirsute sortit un revolver de sa poche.

« Bath! » souffla Rocky en broyant l'épaule de Tarin.

Un M.P. étala son compatriote sur l'asphalte, d'un seul coup de matraque sur la nuque.

« Ça ne vaut plus le coup », trancha Fred.

Ils s'éloignèrent tandis que derrière eux s'élevait la rumeur des jurons, des cris de douleur et des corps jetés à la volée sur les banquettes. La scène se terminait au son des pick-up et des montagnes russes. Thierry flottait dans un enchantement béat. Comme il retrouvait bien là son Pigalle... Les filles et l'alcool, les coups et les flics, les lumières et les ombres...

Las des rues, ils rentrèrent à L'Œil de Bœuf en pressant le pas. Ils poussèrent la porte et restèrent interdits devant un spectacle curieux : Bruno tenant sous son bras gauche une tête vociférante qu'il martelait du poing droit. Lorsqu'il desserra son étreinte, un long corps glissa sur le dallage et se releva précipitamment. Le type, car c'en était un, bondit vers la sortie, se retourna et, secouant sa figure ensanglantée vers le comptoir, cria d'une voix blême.

« Bruno Lechuga, je te retrouverai !

— Prends ça, fumier ! »

Un verre se pulvérisa sur la porte que l'autre ouvrit en trombe pour détaler.

Un croche-pied de Rocky le fit rouler sur le trottoir. Des beloteurs rebaissèrent la tête et se remirent placidement au jeu.

« Y a d'l'orage dans l'air, ce soir ! » ironisa Thierry.

Bruno, pourpre, mordait dans un citron pour se calmer.

« Au fait, poursuivit Thierry, ce gars-là c'est pas le patron de l'Araignée du Soir ?

— Vrai que c'est lui. Il n'y a pas deux salauds comme lui, va !

— Qu'est-ce qui s'est passé ?

— Rien. »

Et Bruno, essuyant un demi, le fit péter dans le torchon. Thierry fit la moue. Ils s'en allèrent dans leur coin.

« Ça sent jamais bon, opina Rocky, les bagarres entre patrons de bar. Qu'est-ce que t'en penses, Fred ?

— Bruno n'est pas un enfant de chœur. Il sait ce qu'il fait.

— Il n'y a pas que les enfants de chœur qui meurent. »

Sur cette phrase lourde, Thierry se cala tranquillement et appela Gonzague :

« Un Martini pour tout le monde.
– Avec un zeste ! » précisa Béatrice.

. . . .

« Moi, j'aime bien la touche de Fred quand il joue. Il regarde toujours ses pieds. Et, comme y tape la mesure avec, on croirait qu'il écrase des fourmis. »

Cette longue tirade achevée, Tarin plongea son nez conséquent dans son troisième gin-fizz.

L'estrade. La piste. Des rangées de tables. Il était deux heures du matin. Le bal avait empli la salle et le bar. On dénombrait, parmi l'assistance, les petits gars du Minuit chansons venus admirer les seins de Béatrice. Celle-ci, à une table où figuraient Thierry, Tarin, Rocky et Ginette, attendait son tour. Elle passerait sur le coup de quatre heures.

Fred sur scène, en costume beige et cravate tête-de-nègre, les yeux baissés, se dressait contre sa basse, attrapant les cordes, les pinçant, les tirant, tapotant des doigts sur le manche, jetant un regard vers le pianiste, un autre vers la salle et revenant vite à ses pieds. Il devait penser.

L'éclairage vira au rouge. La clarinette s'ébroua, suivie du piano. La contrebasse et la batterie recommencèrent leur série de petits « han ! » rythmiques. C'était une rumba.

« Une « frotte » ! J'en suis ! »

Rocky tira Ginette sur la piste. Thierry embarqua Béatrice. Tarin commanda un quatrième gin-fizz.

Les couples tournaient avec une lenteur sensuelle. Quelques-uns, lubriques, entamaient des sur-place ventre contre ventre tout en dansant, selon l'adage qui exige qu'une rumba « bien faite » se danse sur un mouchoir de poche. Quelques cavaliers, l'œil noyé dans une pampa en technicolor, roucoulaient les paroles à l'oreille admirative de leur partenaire. D'autres, en extase, occupés à se frotter, prenaient des airs ahuris assez jolis à voir. Ce grand roulis de pieds bougés dans la lumière rouge pâle ressemblait à l'ivresse, aux malaises de l'ivresse et aux matins de noce. Comme un hôpital de musiques, une morgue joyeuse ou un cimetière mobile. Toute l'atmosphère animale d'une humanité souriante plaçant son petit bonheur à sa place : au sol, pour y faire traîner et retraîner ses pieds.

C'est pourquoi Fred préférait regarder les siens plutôt que d'attraper un coup de cafard à contempler toutes ces têtes agitées du même mouvement et qui en faisaient leurs délices, alors que la danse n'est qu'une variante du « demi-tour à droite... droite ! » et du maniement d'armes. Un homme qui danse, bien. Cent hommes qui dansent ne sont plus qu'une impersonnalité.

Fred plaqua ses accords si fortement que le pianiste-ratier (il avait un museau de surmulot) en dressa des moustaches chargées d'électricité.

Bruno tapa sur l'épaule de Thierry, au passage. Le jeune homme, étroitement collé à l'abdomen de Béatrice détourna à peine la figure en grognant :

« Quoi ?

– L'Américain, tu sais, le déserteur dont je t'ai parlé, il est au bar. Grouille-toi.

– J'arrive. »

Il décida toutefois de terminer la danse. Béatrice, yeux clos, nageait à l'aise dans cette ambiance sirupeuse et trop fade. Le final la trouva moite de volupté. La lumière revint.

C'était la pause. Gonzague apportait des boissons à l'orchestre. S'approchant de l'estrade, Thierry appela Fred :

« Viens avec moi, l'Américain est là. »

Fred avala sa coupe de mousseux et sauta sur la piste. Bruno, à la caisse, leur désigna un type d'un petit coup du menton.

Placé au zinc, près du pommier d'amour, un grand blond plaqué, en imperméable et pull-over, rêvassait, la main sur un verre. Une de ses manches, légèrement remontée, laissait voir un poignet de force en cuir vert. Des taches de rousseur dessinaient comme des cartes géographiques sur son front.

Fred revint près de Bruno :

« Tu lui as déjà parlé de Thierry, avant qu'on arrive ?
– Oui, tu peux y aller.
– Il sait le français ?
– Pas mal. Il était venu en France avant la guerre. C'est pour ça qu'il a déserté ici, vrai, et pas ailleurs.
– Ça va. »
L'Américain dessinait de l'ongle dans une flaque d'eau. Il devait avoir de trente à trente-deux ans. Fred et Thierry s'approchèrent de lui. Il releva la tête et les scruta d'une paire d'yeux couleur paille de fer. Fred lui sourit, soudain timide :
« Le patron vous a parlé de nous ? »
L'autre ne broncha pas, décrivant toujours de l'index des ronds dans la flaque d'eau.
« Je ne sais pas », murmura-t-il doucement en regardant Bruno, lequel lui fit un clin d'œil peu discret. Il sourit à son tour :
« Je sais. Vous buvez avec moi ?
– Pas là.
– Oui, pas là. Assis ?
– Si vous voulez. »
Ils allèrent s'asseoir à une petite table. L'Américain se frotta le menton. Le dos de sa main fit un tout léger bruit de râpe sur une barbe de la veille.
« Vous savez à qui vous parlez ?
– Le patron nous a dit.
– Comment votre nom ?
– Fred.
– A vous ?
– Thierry.
– Je m'appelle Omer. Omer Silloway. San Francisco. C'est loin. Très. »
Il sembla se plonger dans une nouvelle rêvasserie, puis assécha son cognac d'un trait.
Brusquement :
« Voulez de l'argent ? Beaucoup ?
– Si c'est possible... » rétorqua Thierry sérieux.
Silloway eut un sourire glacial :
« Toujours possible. Moi trop seul pour en avoir. Avec vous, facile. »

Gonzague accourut, presque énergique :

« Fred ! ça recommence !

– J'y vais. Thierry, attends-moi pour discuter. Excusez-moi.

– Tout mon temps. »

L'Américain resta près de Thierry, silencieux.

« Vous ne dansez pas ? demanda le jeune homme.

– Seulement avec les femmes que je connais.

– Eh bien, vous danserez avec Béatrice.

– Je ne connais pas.

– Avec elle, vous serez tranquille. »

Ils se levèrent. Béatrice, lancée en plein slow avec un Tarin oscillant, n'en menait pas large. On supprima l'ivrogne en le replaçant devant un gin-fizz et l'Américain, correct, enlaça dignement la cousine.

Gonzague, bouche bée, plateau sous le bras, la regardait tourner, à demi camouflé par une colonne de faux marbre.

Fred fit un solo de contrebasse. Ses doigts remontaient progressivement le long de l'instrument, comme un mousse dans ses cordages. Il poussait des « Yet ! » graves et convaincus. Lorsque la clarinette le relaya, Tarin applaudit avec cœur, s'agrippant d'une main à la table, de l'autre au verre.

« Bon, votre ami, bon, approuva Silloway.

– Lequel ? le musicien ou le poivrot ? glousa Béatrice en caressant instinctivement le poignet de force de son énigmatique cavalier.

– Le musicien. J'ai joué du jazz en Amérique, avant la guerre. J'avais une guitare.

– Vous aviez des enfants ?

– Ma femme ne pouvait pas. »

Il la serra davantage, remué par des souvenirs amèrement pénibles.

A trois heures et demie, Béatrice s'excusa. Elle allait s'habiller. Tarin, hilare, alertait un par un ses petits camarades du Minuit chansons.

A quatre heures, l'orchestre s'arrêta. Fred s'avança sur l'estrade et rugit des « Silence » impératifs.

« La direction de L'Œil de Bœuf a le plaisir d'offrir à

sa clientèle une attraction typiquement new yorkaise : un numéro de strip-tease, traduction : déshabillage-tentation, exécuté par une jeune danseuse de dix-neuf ans, Mademoiselle Admira. »

Les lumières de la salle s'éteignirent. Le batteur et le clarinettiste quittèrent le plateau. Fred et le pianiste attaquèrent avec la lenteur voulue *Sentimental Journey.*

Un grand silence s'était fait dans la salle. Tarin, abandonnant son verre, s'approcha. Les clients du bar se massèrent à la porte. Gonzague, pétrifié, pétrissait entre ses doigts courts le plateau d'argent.

Un projecteur s'alluma, diffusant sur l'estrade une tendre lumière bleu-veilleuse.

Fred cria en claquant une corde avec un bruit sec sur la carcasse de la basse :

« Mademoiselle Admira. »

Béatrice monta les trois marches.

Elle apparut revêtue d'une robe du soir blanche à brandebourgs vert pomme. Elle dansa, uniquement seule, se cambrant tantôt en arrière, tendant ses seins au projecteur, tantôt de côté, glissant une hanche, saillant une cuisse, yeux clos et cheveux aux reins.

La robe, simplement montée par des épingles, perdit une manche.

Bruno changea un écran. La lumière tourna au rose. Le piano accomplit des gargouillis de source. La basse chantonnait comme une bouilloire.

La robe perdit une seconde manche. Bras nus, Béatrice tendit les mains, dressant la douceur pâle de sa chair au plafond, parlant sur la musique avec des syllabes rauques de femme en amour, douchant la salle de son émotion calculée, secouant sa tête de Vénus cafardeuse.

« Elle est fumante, la môme... », souffla Thierry en laissant s'éteindre sa cigarette à sa bouche.

Le bas de la robe tomba, jetant les jambes au fond de la lumière. Les yeux s'agrandirent.

Béatrice recula dans l'ombre, offrant au pinceau rougeâtre du projecteur ses mains gantées. Les gants churent avec une exaspérante lenteur.

Le silence oppressait peu à peu les respirations de la foule. Un type se rongeait les ongles, hypnotisé. Un autre ouvrait la bouche selon un angle de quarante-cinq degrés.

Béatrice reprit sa danse patiente. Ses jambes moulées de soie tournaient en arabesques molles, élevant de leurs piliers brillants le corps trop souple. On entendit, distinct, le bruit mat des souliers jetés sur le tapis. Sautillant, légère, la jeune fille ôta un bas. Puis l'autre.

La chair des cuisses projeta sa chaleur, loin de la tiédeur des épaules nues.

« Merde... », grogna Gonzague, livide.

Béatrice, d'une main, dégrafa le dos de sa robe et, arrachant l'étoffe, elle la lança en l'air où elle eut un vol plané lilial de papillon blessé. Comme folle, vive, précipitée, avec une hâte de contraste, la fille, se baissant, d'un envol de tête et de bras se débarrassa en un éclair de sa combinaison.

Alors, lascive, en soutien-gorge, en culotte et en cheveux, se bombant face au projecteur, elle frissonna.

Les gorges se serraient. Tout le monde souhaitait la voir nue, vite, vite, que tout soit fini plutôt que ces coups de couteaux successifs et interminables. La lumière retourna au bleu pâle, retransformant les figures en charniers de désirs, en hospices d'envie.

Béatrice dansait toujours. A la fin, quand ôterait-elle ce soutien-gorge? Jamais? C'était trop ou pas assez. Quelques hommes tremblaient, pris de malaise. Quelle fille. Au lieu d'être au moins en caleçon de bain, elle provoquait de dessous usuels et pas du tout scéniques... Elle tourna le dos. L'on vit errer sa main longuement, lentement, entre les omoplates, saisir le bouton... Le soutien-gorge tomba. Alors, droite et gelée, pivotant au ralenti sur les talons, les traits figés, elle revint de face.

Personne n'osa bouger, ni sourire. La beauté descendait sur eux avec des airs d'hostie. Le drame durait depuis près d'un quart d'heure. Une buée tiède montait de ces lèvres crispées. Les fauves serraient les crocs devant la viande. Les yeux se plissaient.

« Qu'elle finisse... Vrai, j'en deviens malade... », gémit Bruno en pinçant le bras d'un Tarin dégrisé.

Elle finit. Du menton, elle fit un signe en direction du projecteur. Bruno plaça maladroitement l'écran blanc. Provocante, elle réclamait la pleine clarté pour le final. Une houle remua le parterre.

Tendant le ventre à la lumière, extatique, se parant cette fois d'un sourire triomphant, elle arracha son slip des deux mains en tombant à genoux. Un cache-sexe de l'envergure d'un billet de cinq francs la fleurissait encore. On ne lui en demandait pas plus.

S'élevant sur la pointe des pieds, tirant ses bras au ciel pour remonter davantage ses seins, elle pencha théâtralement la tête sur une épaule. Le projecteur la captura aux chevilles, glissa mollement, tout le long des jambes, du ventre, du torse et l'aveugla en plein regard, l'assassinant dans les cheveux d'une gerbe d'étincelles dorées.

La foule poussa un « han » sourd de bûcheron pris sous un arbre et se refoula par un cri magnifique et païen.

Le projecteur déclina, détourna, pudique, son œil, s'éteignit.

Bruno s'épongea dans le noir, courut aux commutateurs en bousculant des groupes frappés de paralysie. Les trois lustres se rallumèrent. Béatrice, en peignoir, sur l'estrade, esquissa une révérence hautaine et descendit, hiératique, les marches. Elle disparut derrière une tenture.

Un immense murmure, à présent, parcourait l'assistance. Rocky s'élançait vers Thierry :

« Tu parles d'un truc !

– Jamais vu ça !

– J'en pipais pas une... »

Et les mots de « Quel corps ! », « Quel châssis ! », « Quel culot qu'elle a ! » volaient partout. L'impression générale était que la fille avait fait l'amour avec chacun. C'était un peu cela. Elle s'était donnée à cent hommes d'un coup, perverse et pure, cochonne et vierge, lubrique et dédaigneuse... Et tous la commentaient, dégelés, abasourdis, comme violés sans le vouloir.

Gonzague s'était éclipsé.

Bruno, au bar, se défendait contre un tas de types qui voulaient à tout prix revoir Béatrice :

« Vrai ! Je vous dis qu'elle n'en est pas ! C'est une artiste ! Je ne sais pas où elle est ! »

Puis la fièvre s'atténua. On retourna danser.

Le bal s'achevait dans une demi-heure. Le clarinettiste et le batteur revinrent. On reprit les choses où elles en étaient restées, avec un boogie-woggie.

Béatrice fit évidemment sensation à son retour. Elle n'accepta d'invitation que de l'Américain. Sa danse présentait un aspect indécent en ce sens que tous les couples la voyaient nue comme la main.

Tarin reprit un gin-fizz en compagnie d'un silencieux Thierry :

« Ça va Thierry ?

– Fous la paix !

– Tu penses au « tripes-tease » !

– Ta gueule ou tu bois ton verre de force. »

Tarin vexé prouva qu'il pouvait le boire tout seul.

Enfin, l'orchestre joua la retraite.

Fred, les doigts raides, reposa la basse sur une chaise, s'étira, rejoignit le groupe des amis où Béatrice trônait, rieuse et impériale. Il l'aborda :

« Pas mal, ton exercice de montre-tout.

– Je crois que ça a marché, mon Freddo ? J'ai un si beau corps...

– Il y en a quelques-uns qui sont de ton avis, maintenant. On va boire un verre ? Vous venez, Omer ?

– Je vais. »

Ils s'assirent tous à une table. Le bar, bondé, resplendissait de bouteilles sorties et de bavardages matinaux. Car l'aube pointait derrière le rideau de fer. Un trio de jeunes ivrognes commençait la journée au vin blanc.

Ginette, sur la banquette, dormait contre l'épaule de Rocky.

On commanda des cognacs. L'Américain, froid, en réclama six dans un demi. Fred se pencha vers lui :

« Qu'y a-t-il à faire ? »

Les autres se penchèrent de même, soudainement

graves. Omer Silloway regarda Fred dans les yeux.

« Cigarettes. Cigarettes américaines.

– Beaucoup ?

– Un camion. »

Fred sortit son stylo, calcula sur une marge de journal.

« Approximativement, cela en fait quelques paquets. C'est intéressant. Comment ?

– Comment ?

– Oui, ça consiste en quoi, ce camion ?

– Il part pour Reims demain soir. Cigarettes de luxe. « Pall Mall » pour un état-major. Je suis renseigné. Dedans, un chauffeur. Je connais. Avec lui, deux M.P.

– Ça change tout... »

Tous, Thierry, Rocky, Tarin, Fred se regardèrent, perplexes. Deux M.P... une sale difficulté... En supposant qu'ils soient neutralisés, qu'en ferait-on ?

Thierry parla :

« C'est un coup de force ! Du boulot... Qu'en dites-vous ? Toi, Freddy.

– Il y a une arête ! Vous connaissez le chauffeur, Omer ?

– Il m'a dit à moi l'affaire.

– Il part d'où, ce camion ?

– Du camp de Satory, près de Versailles.

– Rien à faire par là... Personne n'a d'idée ?

– Attaquons-le en cours de route. »

Rocky, convaincu par sa phrase, prit un visage de boxeur prêt à porter un coup mortel. Fred resta songeur.

« A-t-on des armes, Thierry ?

– Une mitraillette Sten, c'est tout.

– J'ai deux Colts », appuya Omer, souriant de toutes ses dents de loup traqué prêt à mordre n'importe où pourvu qu'il puisse vivre.

Thierry et Fred se concertèrent des yeux. Thierry baissa les paupières, approbateur.

« Bon, soupira Fred, on ira. On verra sur place.

– Chouette ! dit Rocky.

– O.K. ! » approuva Silloway, en vidant son demi.

Le groupe passa encore une heure à détailler le plan des lieux où se ferait le coup. Fred dessinait sur un carnet. Il faudrait cueillir le camion à la sortie du Bourget, sur la route de Flandre n° 2. On le reconnaîtrait d'assez loin puisqu'il roulerait phares éteints à ce moment, consigne qu'Omer donnerait au chauffeur. Il s'arrêterait, et alors...

« Y aura du sang, soupira Tarin.

– Il fait jour..., s'étonna Béatrice.

– Je vais me coucher... »

Fred recapuchonna son stylo. Gonzague dormait, la tête sur le zinc, au centre du torchon à verres.

CHAPITRE XIII

Ce soir, la lune, haute au ciel gris bleu, semblait une roue nickelée. La gelée blanche mordait les herbes et caparaçonnait les arbres d'un enduit métallique, artificiel et mortuaire.

Un avion ronronnait entre deux étoiles, clignant un œil rouge vers les prairies terrestres.

« Nous v'là transformés en bandits corses, gronda Tarin en se soufflant sur les doigts.

— Toi, ta gueule ! »

Thierry esquissa un geste de menace et regarda encore la route à présent patinée, luisante de givre frais. Omer scruta sa montre où les aiguilles et les chiffres phosphorescents continuaient leur ronde à l'abri de la vie et du froid extérieurs.

« Encore quinze », murmura-t-il.

Un quart d'heure...

« On se les gèle, soupira Rocky.

— Tu pouvais apporter un brasero, si ça te disait. »

Fred, étonnamment placide, comptait minutieusement ses battements de cœur. Un peu accélérés peut-être par l'étrange ivresse du mal préparé à distance, fixé à un tel moment, inéluctable. Ce toc-toc ressemblait fort au mouvement d'horlogerie des bombes à retardement...

Fred eut une pensée pour Maxime. Si celui-ci le voyait ainsi à l'affût, décidé à tout, que dirait-il ?

Il eut un petit geste d'humeur. Si Max devenait à présent un spectre de bonne conscience... S'il préférait, lui, vendre des élastiques en mangeant des sanwiches, c'était son droit. Malgré tout, l'image de son plus vieil ami, réprouvant sa conduite, l'horripilait. Il avait raison, évidemment ! Et après...

Fred cligna les yeux. Ce guet prolongé le mettait sur les nerfs.

Il eut cette réflexion rapide : « Le crime ne paie pas, disent-ils. Ceux qu'il paie ne vont pas le crier sur les toits, pardi ! »

« T'as les soufflets ? » susurra Rocky en s'approchant de lui doucement.

Fred sortit de ses poches deux petits soufflets à poudre antidoryphorique et lui en tendit un. Il garda l'autre.

Cinq minutes se passèrent encore, longues comme cette nuit sœur des nuits polaires par son aspect blafard désolé à mourir.

« Le voiture », dit Omer en se levant de la souche où il était demeuré assis durant l'attente.

On l'entendit armer son arme en deux cliquetis. Du bout de la route montait un ronflement régulier de moteur. Pas un phare ne balayait le sol.

« Rocky !

– Quoi, Fred ?

– N'oublie pas : toi à gauche, moi à droite.

– Ça va. Le chauffeur est paré ?

– Omer lui a dit. Attention... »

Le camion entamait la ligne droite. Lorsqu'il ne fut plus qu'à une cinquantaine de mètres, Thierry sauta sur la route, écarta véhémentement les bras. Et le dix roues stoppa. Thierry s'avança vers la portière. Celle-ci s'ouvrit. Le jeune homme se mit, dans un charabia incompréhensible, à demander une place pour Charleville. Les autres, passés par l'arrière, se rapprochaient en longeant la bâche. Soudain, le scénario, implacable de précision, se déroula sèchement. Thierry, se suspendant à la manche du premier M.P., s'arc-boutant du pied contre le capot, jeta l'Américain d'un seul coup sur la route. Fred, à une vitesse calculée depuis des heures, se précipita et pressa son soufflet tout contre la figure de l'homme.

Rocky, ouvrant l'autre portière en trombe avant même que le second M.P. eût réalisé ce qui se passait, l'inondait d'un nuage âcre et atroce de poivre. Le poivre était l'idée de Fred. Aveuglés, hurlant, les deux Américains furent matraqués posément par Omer de quelques coups de crosse sonnant mat sur les nuques. Essoufflé Fred rugit :

« Tarin ! Attache-les ! Vite ! »

Tarin se précipita, porteur de cordes, et entreprit hâtivement de donner aux deux militaires l'aspect classique de rosbifs ligaturés de ficelle. Le chauffeur descendit, ôtant d'un revers de main les lunettes de mica protectrices. C'était un Noir gigantesque dont les dents de lune trouèrent la face ébaubie lorsqu'il se pencha sur ses gardes du corps :

« Good work... », gronda-t-il en les soupesant du pied.

Omer l'écarta, chercha les portefeuilles de ses victimes :

« Pour papiers... », expliqua-t-il à Fred.

Il les délesta également de leurs colts qu'il distribua tout de go à Thierry et à Fred, enfonça un paquet de coton hydrophile dans la bouche de la Military Police.

Ils les portèrent au plus proche fossé et les recouvrirent de fagots trouvés près d'une baraque de cantonnier. Rocky blagua :

« Les voilà au chaud. Si on les retrouve avant demain matin, j'me fais enfant d'Marie ! »

Ils prirent le temps d'allumer une cigarette offerte par le chauffeur.

« Ça a marché comme sur des roulements à bille.

– C'était une riche idée, le poivre.

– Ce n'est pas parce qu'elle est à moi, mais vous avez vu : pas un geste. Les réflexes obnubilés par la douleur. Les aveugles ne sont bons à rien. Le tout, c'était d'agir vite. Le coup a réussi.

– Où va-t-on ?

– Voilà. Où va-t-on ? s'exclama Thierry. Et si je n'y

avais pas pensé, moi ? D'ici une heure, tout sera vendu, les pipes et le camion avec. »

Il prit Omer à partie pour expliquer la route à suivre à son compatriote noir, lequel ne savait pas un mot de français.

« Hop ! en chariot », cria-t-il en dénouant à l'arrière la bâche par laquelle il s'introduisit avec son frère. Omer et Tarin encadrèrent à l'avant le chauffeur.

Le camion démarra tendrement, tous phares allumés, laissant derrière lui deux bougres à tête lourde et yeux brûlés, au fond d'un fossé plein de frimas et que le gel allait recouvrir d'une couverture de mousseline glaciale.

Rocky craqua une allumette :

« Pas d'erreur, il est pas vide ! Y a juste de quoi se tenir debout tous les trois... »

Des pyramides de caisses s'étageaient, serrées comme des mouches sur un morceau de sucre.

Rocky ajouta, respectueux :

« Y en a pour du blé...

– Où va-t-on vendre ça, Thierry ?

– Fred, ça t'étonne ! Et les receleurs ?

– C'est vrai...

– Et tu sais, les receleurs, c'est pas comme au cinéma. C'est pas des antiquaires ou des brocanteurs. Celui chez qui on va, il est conseiller municipal. Tu vois que c'est du sérieux. J'ai téléphoné ce matin, il nous attend.

– Tu penses à tout...

– J'suis plus vieux que toi dans le métier, mais tu me dépasseras vite. Ce type-là, je le connais depuis trois ans. Il a commencé avec une charrette à bras. Maintenant, il a une usine chez lui. Tu verras. »

Le camion traversait les villes à quatre-vingts. Un cimetière, comme en pleine vitesse, fit défiler en une seconde son champ de croix par-dessus le mur et son « défense d'afficher ».

On se mit à longer un sinistre canal. Des guinguettes voilées voletaient des tronçons de valse sur les péniches floues clouées à une eau morte auréolée de mazout et de vieux bouchons. La lune, perchée sur une décharge publique, rêvait à la vanité de la terre et à son rôle, à elle, lune, de réverbère gratuit, d'éclairage à l'œil.

Un cassis abordé trop vite envoya Fred culbuter sur le corps de Rocky étalé dans l'étroit couloir pratiqué entre les murailles de caisses. Il se releva en essuyant ses mains sur son blouson :

« Ben, il a l'air heureux, le nègre! Il appuie un peu sur les pédales...

– J'aime les choses rapides. On arrive. Gare au virage... »

Après une esquisse de tête à queue, le camion se rua de plus belle dans une avenue rectiligne et déserte.

« Pourvu qu'on dépasse pas la baraque... J'sais pas si Omer m'a bien compris... » grommela Thierry en écartant encore la bâche pour hurler dans le vent.

Mais, déjà, les freins grognaient sur le bitume. L'on s'arrêta devant une grande habitation style « château de ceinture » avec tourelle, girouette et chambres mansardées.

Au cœur de la nuit, un portail grinça longuement. Une voix cria « Entrez! »

Le camion attrapa dans ses phares la silhouette d'un homme tendant le bras vers un hangar se découpant obscurément au fond d'une cour immense. Roulant doucement, le véhicule s'approcha, éraflant un arbre de son flanc. Un rideau de fer se leva en silence sur un côté du bâtiment. Un autre personnage apparut, porteur d'une baladeuse.

« Rangez-vous là », dit-il en désignant un coin nu à l'intérieur.

Le camion manœuvra, en un clapotis de ronrons de moteur et de vitesses passées. Il s'immobilisa. Les portières claquèrent, l'ouverture de la bâche s'agrandit. Les occupants descendirent les uns après les autres. Le rideau de fer se referma. Quelqu'un fit la lumière et s'avança vers les six arrivants.

C'était un homme sérieux, moustachu discrètement, corpulent, brusque. Un ruban de croix de guerre jetait la note énergique à la boutonnière du veston. Thierry lui tendit la main :

« On est à l'heure, monsieur André !

– Ça va ! Bonjour, Ranal. Vous êtes beaucoup.

– On prend pas les oiseaux à la main.

– Ça va ! C'est pas des caisses vides, non ?

– Allez-y voir !

– Ça va, j'y vais. »

Eclairé par l'homme à la baladeuse, il sauta par-dessus la ridelle et commença son examen.

Alors, les autres purent s'étonner à loisir, sauf Thierry, qui connaissait les lieux. Ce hangar anodin enfermait une douzaine de camions, une vingtaine de jeeps et, grimpant jusqu'aux poutres du toit, des caisses, des caisses, plates, longues, carrées, restangulaires, de toutes tailles et de toutes formes. Des milliers de cartons de rations individuelles américaines s'empilaient par édifices monstrueux et branlants.

« Voilà un receleur. Ce n'est pas du pipi, vois-tu ? Une vraie manufacture, un vrai dépôt. »

Thierry, admiratif, s'adressait à Fred. Celui-ci muet, contemplait ce monument de la rapine organisée.

« C'est beau... » lâcha-t-il sincèrement.

Il saisissait la splendeur d'être à la fois Conseiller municipal, discutant âprement le budget et les histoires d'égout de la commune, et trafiquant sur une échelle respectable de quelques millions de francs.

« C'est le monde moderne ». Il est vrai que « moderne » est un mot idiot. C'est le monde du « porte-monnaie », pensa-t-il en s'emplissant les yeux de ces amas discrets de haricots en boîte, de cigarettes, de chewing-gum, d'alcool solidifié, de pull-over et de carabines. Un bataillon de jerricans d'essence, méticuleusement alignés, bordait ces rues kaki et ces boulevards de bois à immeubles de huit mètres de haut.

– Ça va ! dit le Conseiller en mettant pied à terre.

– Qu'est-ce que je vous disais ?

– Suivez-moi. »

Ils le suivirent. Il ouvrit une petite porte de fer, laquelle donnait dans un bureau impeccable où, sur une table, attendaient une bouteille de fine et des verres.

« Asseyez-vous. »

Il caressa son menton parfaitement rasé, servit, trancha : « Combien ? » Thierry répondit posément, sans se presser :

« Combien de caisses ?

– Quatre-vingt-douze.

– ....officiel ?

– Va les compter.

– Je vous crois. Dans chaque caisse, il y a cent vingt paquets de Pall Mall. Ce qui en fait, attendez... ce qui fait... onze mille quarante paquets. Que mettez-vous sur un paquet ? »

Les autres, passionnés, assis, bouche bée, le verre à la main, suivaient ce langage chiffré. Le Conseiller sortit une boîte de cigares allemands, en offrit, et se retournant vers Thierry :

« Cinquante.

– J'en veux soixante. C'est des Pall Mall. Vous les revendrez quatre-vingts sans mal. Ne charriez pas... On est tout de même six.

– Si je vous les prends à soixante, je garde le camion. »

Etant donné qu'ils ne savaient qu'en faire, ils le cédèrent d'autant plus volontiers.

M. André sortit son carnet de chèques.

« C'est bien ça ? Six cent soixante-deux ? Je prélève les quatre cents balles pour la fine et les cigares, ça va ?

– D'accord.

– Bon. Je ne vous demande pas votre parole, mais j'aime les garanties. S'il y en a un de vous qui cherche à me créer des ennuis, ça peut arriver... Je vais établir un petit papier. Vous y apposerez, non vos signatures, mais vos empreintes. Je ferai un double et j'y mettrai la mienne. Régulier ?

– Régulier. »

Fred admira la présence d'esprit du bougre. Travail propre, assurances tous risques et sécurité sociale,

M. André pouvait aller loin... Le conseiller sortit d'un tiroir un bloc-notes et une de ces plaques grasses d'encre d'imprimerie que l'on voit dans chaque commissariat. Il griffonna quelques instants et tendit une feuille à Thierry qui lut pour tout le monde :

« Le neuf décembre 1944, nous avons vendu à M. André X..., conseiller municipal, pour la somme globale de six cent soixante-deux (662) mille francs, le contenu et le contenant d'un camion de cigarettes Pall Mall, camion dérobé ce jour aux armées américaines par nos soins. M. André n'est pour rien dans ce vol ».

Fred s'esclaffa sans gêne :

« Elle est bonne ! « M. André X... n'est pour rien dans ce vol ». Vous recélez, tout de même. Vous êtes complice !

— Qu'est-ce que ça peut faire, jeune homme ? Ne jouez pas sur les mots. Vous avez le double. Si je vous envoie en tôle, j'y vais. La réciproque est vraie. Ne vous plaignez pas. Mon idée d'empreintes est un gage de fidélité commune. C'est une belle invention anti-mouchards, voilà. Donnez-moi vos doigts. »

Il appuya chaque pouce sur la plaque, puis sur les feuilles. Il termina par lui, remit un papier à Thierry en disant :

« Affaire conclue. Lorsque vous aurez besoin de moi, vous avez mon numéro de téléphone. Ne m'amenez pas un stock de belles-mères en conserves, c'est tout ce que je vous demande. Salut. »

Le chauffeur qui s'était assoupi sur sa chaise, faute de pouvoir suivre le marché, s'étira et se recoiffa jusqu'aux oreilles de sa petite casquette de laine kaki tachée de sueur grasse et de cambouis. Ils se levèrent tous, retraversèrent le hangar.

M. André ouvrit une nouvelle porte de fer. Ils se retrouvèrent dans le parc alors que sonnait la demie de onze heures.

« Bonne nuit, messieurs ! » murmura le conseiller en s'effaçant devant le portail entrebâillé.

Les six hommes, après avoir fait une centaine de

mètres s'immobilisèrent sur le trottoir. Rocky tapa des semelles :

« Les potes, j'sais pas s'y fait plus chaud à Paris, mais en tout cas c'est plus gai.

– Comment qu'on va rentrer ?

– Toi, Tarin, tu rentres à pied ? Tu m'étonnes ?

– Merci... On prend le train alors qu'on a six cents billets ? Cela serait mesquin... Un taxi à la rigueur... »

Grâce aux connaissances territoriales de Thierry, ils atteignirent, après quelques crochets, la rue de Paris. Les avenues mornes et sans autres lumières que celles des filiformes réverbères étoffés de brouillard se succédaient lentement, tristement, comme honteuses de prendre source au canal, là-bas.

Ils trouvèrent un taxi, arrivés au pont.

« Vous n'allez pas monter tous les six, des fois ? s'indigna le chauffeur en faisant mine de démarrer.

– Pas d'histoires ! Tu veux qu'on t'paie d'avance ?

– J'aimerais mieux. »

Thierry sortit son portefeuille, furieux, et paya cash un prix de croisière de grand luxe.

« Montez ! » dit-il aux autres en échangeant avec Fred un sourire impromptu et significatif.

Encore un simple coup en perspective. L'un d'eux sortirait un revolver. On prendrait l'argent de la journée. On se tirerait avec le taxi en laissant le propriétaire sur une route où l'âme qui vive est ignorée, et allez donc...

La voiture descendait lentement sur Paris. Omer somnolait en jurant doucement des homélies de slang entre ses dents. Fred et Thierry se fixaient froidement, prêts à donner un signal. Les autres, loin de songer à ce qui se préparait, observaient un silence empli de la béatitude du travail accompli et de la paie touchée. La fumée d'une cigarette filait, en lignes bleues et droites par une vitre baissée, au vent glacé de la nuit.

Fred prit son colt et le plaqua entre les omoplates du chauffeur :

« Arrête ! »

Les occupants sursautèrent. Quoi ? encore une histoire ? Charmante soirée... Tout le monde se tint malgré tout à pied d'œuvre, paré à toute éventualité.

Le chauffeur rigola et dit : « Non ! » Fred, étonné, furieux, s'énerva :

« Arrête, ou je tire ! »

La comédie se poursuivit, illogique et absurde. Le chauffeur semblait fort bien prendre la chose. Il s'expliquait :

« Non, j'm'arrêterai pas. Si tu tires, on va dans le fossé. En plus, t'es pas foutu de tirer.

– Thierry, je le crève, ma parole !

– Tire pas, vieux, y s'ra bien forcé de s'arrêter.

– Peut-être mais devant la porte d'un commissariat. »

Le chauffeur, placide, après avoir lâché cette menace, égrena un rire moqueur et soliloqua :

« Comprenez, j'étais à Verdun. J'suis marié. J'ai du cran. Médaille Militaire. Vous me faites bidonner. J'suis pas vache, je vous descends place Pigalle comme convenu, devant un bazar bien éclairé, pour que vous ne soyez pas encore tentés de faire joujou. »

Fred pensa bien l'assommer, mais, outre que l'on risquait l'accident, l'aventure ne semblait plus intéresser le restant de la troupe. Dès qu'on leur résistait, à quoi bon...

D'ailleurs, le taxi pénétrait porte de la Villette. C'était manqué. Bien manqué...

Tout le monde rêvassait paisiblement, ne se souciant plus du petit coup raté, sauf Fred, blanc de dépit et de haine pour cet idiot à tempes grises qui s'était permis de le narguer sans même trembler des mains sur son volant...

Le taxi freina devant les Pierrots brillamment illuminés. Le chauffeur descendit et retint Thierry par la manche.

« Un bon conseil : si tu veux posséder un chauffeur en marche...

– Eh bien ?

– Prends-le qu'a pas été à Verdun. »

Thierry, excédé, faillit lui expédier une gifle. Il se

contenta finalement de suivre ses camarades qui se dirigeaient rapidement vers L'Œil de Bœuf. Une sale pluie battue de brins de neige passait les rues à la brosse à reluire. Les enseignes mouillées s'irisaient de halos et de couleurs déteintes. Deux putains, côte à côte, arpentaient un trottoir, refroidies par leurs imperméables, le béret sur l'oreille. Leurs talons hauts clapotaient comme des jambes de bois...

Fred poussa la porte du bar. Quelques habitués jouaient aux fléchettes à dix francs du point. C'était un truc nouveau pour perdre ou gagner de l'argent. Sans valoir la belote, cela avait son charme. C'était encore du sport.

Gonzague, écroulé à la caisse, suivait interminablement de l'œil le départ et l'arrivée mate des flèches dans la grosse cocarde de liège. Bruno, lui, commentait la partie, les poings sur les hanches. La radio susurrait mélancoliquement une leçon de russe.

Ils se hissèrent tous sur les tabourets. Bruno accourut, murmura, inquiet :

« Vrai, ça a marché ?

– Bien. Pas de sang. Plus de six cents billets.

– Fred, c'est beau, j'arrose. »

Le Noir garda la bouteille de marc près de lui après un geste évasif signifiant qu'il la payait. Il entreprit placidement de la vider. Fred lui demanda son nom :

« Pinkett. Sidney Pinkett. Floride. »

Le Noir sourit et commença une longue conversation avec Omer. Fred comprit qu'il ne savait pas où aller, qu'Omer lui proposait son hôtel, ledit hôtel étant pour ainsi dire spécialisé dans les déserteurs de l'U.S. army, ce qui prouvait une assez jolie organisation pour une armée clandestine.

Soudain Pinkett se tourna vers Fred et grogna :

« I've got money, I'want girl. »

Il nc souriait plus du tout. L'air de Paris lui montait à la tête. Il souffla plusieurs fois, vite, comme s'il cn dépendait de sa vie :

« Where ? Where ? Where ? »

A cet instant, Béatrice apparut, descendue de sa chambre en peignoir. Pinkett gloussa, tira Fred si fort qu'il l'en arracha presque du tabouret :

« O.K., O.K. ! »

Il désignait la jeune fille du doigt et, cherchant parmi son savoir, s'exclama en français :

« Tout'suite ! Here... »

Omer, sèchement, le coupa d'une phrase sévère. Le Noir, piteux, se mit à souffler bruyamment dans son verre, déçu, mortifié, en proie au gros vertige de la peau lorsqu'il étreint les militaires de toutes nations.

Fred eut pitié, sauta à terre, lui tapa sur l'épaule.

« Viens », dit-il.

L'autre comprit, passa la porte derrière lui, le suivit comme un chien, docile, réglant son pas sur celui de Frédéric. Le vent crissait comme une persienne rouillée. Des hurlements montaient d'un dancing dont les vitres, embrumées par la chaleur interne, faisaient un aquarium de verre dépoli sillonné d'arcs-en-ciel de néon.

Fred cherchait de l'œil les deux putains en imperméable. Elles n'étaient plus là. Réfugiées dans un bar sans doute, se tendant le ventre vers les radiateurs tout en glissant des pièces de quarante sous dans l'appareil à disques, histoire d'entendre le Tino... Et ce pauvre Sidney frigorifié, tout malheureux d'amour, lui grondant derrière le dos...

Fred hésita. Le Noir gémit :

« No girls ? »

Fred haussa les épaules. Il était plus facile de trouver un flic lorsqu'on venait de « casser » une boutique qu'une fille alors que l'envie des sommiers à musique vous prenait de la pomme d'Adam aux poils des jambes... Une rafale de neige grise masqua le boulevard et fit trembler les deux hommes sous son paquet glacial et âcre. Fred courut en direction d'un bar étincelant de rampes rouges. Pinkett suivit, moulé dans son blouson trempé.

Un accordéoniste en pull jaune citron, assis sur une chaise au milieu de la pièce, faisait tourner deux où trois couples. A une table, une dizaine de poules cafardaient en silence devant un thé ou un jus brûlant :

« Viens ! » dit Fred au Noir qui se dandinait déjà sur place.

Ils allèrent à une autre table, en évitant le soufflet de l'accordéon. Un couple chantonnait en sourdine *La Valse à Dédé de Montmartre.* Un poivrot piquait du nez sur une pile de soucoupes. Deux filles se levèrent et, traînant des pieds, vinrent s'installer en face des arrivants. La blonde et la brune. La forte et la maigre. La jeune et la vieille. Le duo classique. La blonde souffla sa fumée aux yeux béats de Pinkett :

« Tu paies un verre, coco ?

– Il ne sait pas le français, dit Fred.

– Il a pas besoin de l'savoir, pour ce que j'veux en faire.

– L'amour, c'est comme le sport, c'est international, ajouta la brune en sortant un bout de cuisse de sa jupe portefeuille bien garnie.

– Cognac ! » commanda Fred en jetant son dévolu sur la maigre qu'il supposait en fait fausse maigre et d'une souplesse divine de baleine de corset. Il la fit asseoir près de lui. Les prix étaient modérés. Il l'embrassa sur la bouche. Son rouge à lèvres était amer comme un péché mortel. Les mains du Noir se baladaient déjà sous la table. Il faisait chaud.

... On la danse deux'z' à deux
au son d' l'accordéon...

La brune se souleva sur une fesse et demanda :

« Y pleut toujours, Janette ?

– Y pleuvra toujours », répondit l'autre.

C'était vrai qu'il pleuvrait toujours...

Et le Noir et le Blanc et la brune et la blonde allèrent dans la rue. Les gouttières chialaient avec leurs sourdes voix de caniveaux. L'hôtel. La carpette de l'hôtel gardait en elle des empreintes humides de souliers, las, si las de marcher. La fille de Fred, en grimpant l'escalier, psalmodiait sur l'air des lampions « Y pleuvra toujours » désolé, désespérant, dégoulinant à vie le long des papiers peints déchirés dont les mains pendantes caressaient les toiles d'araignées à coups de courants d'air.

CHAPITRE XIV

Béatrice en temps ordinaire, restait au lit tout le jour, volet clos, et Gonzague lui montait ses repas, ses journaux, ses menthes à l'eau et ses petits sacs paraffinés emplis de pommes chips. Malgré cette vie de marmotte, elle gardait son charme et sa ligne. Son existence étant assurée pour de longs mois encore et les affaires de la troupe s'avérant florissantes, ses soucis étaient réduits à si peu qu'elle estimait n'en avoir plus. Elle restait là, chatte, au creux du lit, loin des heures. Un radiateur parabolique posé sur la carpette faisait mouvoir en ses cheveux de fines écailles rouges et laquées. Elle lisait Colette, *Samedi-Soir,* toutes les Brontë, qu'elles fussent Emily ou Charlotte, et la série intégrale des « Tigris ».

Noël venait sur ses bottes de neige.

Gonzague entra, porteur d'un chocolat. Son regard à palpitation erra sur les chaises, sur le parquet où trônait LE désordre. Un bas accroché à un bras de lustre tendait sa jambe sombre dans le vide. Un cornet de bonbons au miel, tari, s'agrippait au mur, aplati d'une main. Les journaux s'empilaient, dépliés, pliés en boules, en lanières ou en confetti. Béatrice leva la tête :

« Tu fais le ménage, aujourd'hui. C'est dégoûtant.

– Oui, mademoiselle, oui. »

Gonzague souleva un fauteuil, ramassa précipitamment un bigoudi de caoutchouc qu'il engloutit dans sa poche ventrale de tablier, et balaya en regardant obstinément l'extrémité des couvertures d'où dépassaient timidement deux ou trois des doigts de pied roses de la jeune fille. Celle-ci buvait son chocolat à la façon des mouches, du bout de la langue, lasse de boire du sucre, de manger du sucre et de vivre du sucre. Elle se tourna vers Gonzague et le contempla fixement. Il faisait virer ses mains moites autour du balai, du plumeau, les yeux cachés par les paupières, la bouche escamotée par l'inclinaison perpétuelle de la tête, les jambes pliées de telle sorte que l'on eût pu les croire invertébrées.

« Gonzague...

– Mademoiselle ?

– Vous avez une amie ?

– Une ...amie ?

– Oui. Vous ne couchez jamais avec une femme ? »

Il rougit de tout le sang de son corps et bredouilla.

« Femme ? ...non.

– Pourquoi ?

– J'aime pas les femmes, j'peux pas les voir.

– Même moi ?

– Pareil. J'ai des tas de femmes à moi. Des milliers. Elles sont belles. Elles n'existent pas. Je suis heureux. J'suis heureux. »

Il ricana et, automatique, ouvrit la fenêtre et secoua le tapis.

Lorsqu'il se retourna, Béatrice était devant lui, en pyjama, avec toutes ses odeurs tièdes de fille en fleur, d'eau de Cologne et de nougats de chair. Elle l'attrapa à la nuque :

« Gonzague, viens faire l'amour. J'ai envie. »

Il la fixa, exorbité. Jamais une femme n'avait dû l'attraper à la nuque comme ça... Il grogna, et, presque à quatre pattes, courut à la porte entrouverte. Il la referma sur lui. Béatrice l'entendit dévaler l'escalier.

« Il a peur », murmura-t-elle en se recouchant.

C'était vrai qu'elle avait envie de ce Gonzague, de ce mâle exceptionnel consommant sa virilité en d'atroces étreintes de photos et de libelles pornographiques, élevant des autels à des rêves de Bois de Boulogne et de maisons closes...

Gonzague... Il avait peur des femmes...

« Peut-être a-t-il raison », poursuivit-elle en songeant à l'invraisemblable scène, allongée, les yeux au plafond, les mains placées à plat sur son beau ventre chaud...

« Béatrice, c'est Fred !

– Viens, Freddo, viens... »

Il vit la tasse de chocolat et s'exclama :

« Tu bois ça à deux heures de l'après-midi ?

– J'ai horreur des emplois du temps. Ça va, toi ?

– Comme ça. »

Il s'assit près d'elle, soupira, se mit une cigarette aux lèvres et négligea de l'allumer. Béatrice se caressait sous le drap, du ventre à la gorge, escaladant ses seins lentement de ses paumes ouvertes. Elle était tiède, alanguie de tiédeur, enfiévrée doucement d'un désir fou de nonne. Fred desserra sa cravate :

« Je fais un coup, cette fois tout seul.

– Qu'est-ce que c'est ?

– Je veux refaire le coup de Rocky, tu te rappelles, sa bouche d'égout ? Moi, je trouverai autre chose.

– Fais attention.

– Je prends mes risques, ici c'est la belote à perpétuité. Des nouvelles de tes parents ?

– Hier, à la Concorde, j'ai vu la bonne. Ça se tasse. Le vieux jure toujours que, s'il me repique, c'est la maison de correction. Vieille couenne...

– Les parents, on croirait qu'ils ne se nourrissent qu'avec des hampes de drapeaux et des livres de morale. Il y a un peu de soleil dans la rue. Un soleil gros comme une lentille. L'hiver, c'est la nuit noire, c'est la saison pour nous...

– Freddo... Viens te coucher...

– Pas le temps. Le devoir m'appelle. Bébé, si j'y pense, je te ramènerai des caramels. A ce soir !

– Freddo...

– Tu deviens chaude, sur tes vieux jours ! Allez, salut ! »

Il resserra son nœud de cravate et tapota paternellement la joue de la cousine. Il lui plaqua un baiser sur l'épaule et sortit.

Bruno, à la caisse, lisait son journal en battant une

silencieuse mesure du bout des doigts sur le cadran du téléphone. Il leva les yeux :

« Tu vas au cinéma ?

– Non. Et si tu ne me vois pas revenir, tu n'auras qu'à faire tous les commissariats.

– Vrai ! Alors, bonne chance. »

Il rebaissa la tête.

Fred, dans la rue, évita de justesse une petite fille à nattes qui brandissait un tronc, histoire d'extirper des fonds, destinés à la reconstruction d'un patelin inondé. Il porta vivement la main à son cœur. Le colt à consistance de clef à mollette était bien là, tenant toute la poche. Dans l'autre, un portefeuille rembourré par l'attaque de la route de Flandres. Ce qu'il faut pour mourir et pour vivre... Il sourit. « Es la vida bella », comme aurait dit Bruno. Il suivit longuement du regard une fille de quinze ans dont le mollet était un miroir aux alouettes et capturait de son aimant les vices du boulevard.

« Y en a des belles gosses à Paname, mon pote ! » lui rigola aux oreilles un clochard se baissant pour agripper un mégot fumant.

Elles n'étaient pas pour sa pomme. Il s'en moquait. Il avait bien le droit de les voir et de les juger. Cette position sembla sympathique à Fred qui lui donna une douzaine de cigarettes se baladant encore au fond d'un étui.

Le petit soleil en question luttait tristement avec une lune blanchâtre et obstinée à occuper déjà le ciel. Fred se rendait avenue Jean-Jaurès. A pied. Rien ne pressait. Il traversa un Pigalle calme où louvoyaient quelques Nord-Africains en quête d'Allah sait-quoi.

A Anvers, un type mal rasé l'arrêta discrètement en lui montrant sa main ouverte dans laquelle se trouvaient des photos de nus en couleurs :

« Pour t'amuser... cent balles.

– Merci, très peu pour moi. »

Il le repoussa vivement et reprit sa marche. Il n'avait pourtant pas l'allure d'un externe du Collège Rollin pour que l'on se risque ainsi à lui proposer *L'amour à travers les âges, Les frasques de Lulu, fille de riches* et autres saloperies...

Le boulevard de la Chapelle résonnait du sifflement régulier des rames du métro aérien. Des peuplades entières s'écrasaient là-haut contre les vitres de leurs boîtes rouges ou bleues. Les gens et leur tristesse de tortue. Marqués au front du fer rouge de la note de la Compagnie Parisienne d'Electricité, de la lettre de rupture, ou des nouvelles du soir... le désespoir des rues asséchées par le froid, des yeux cernés, la sarabande des bouches gonflées, plissées, la joie désagréable des petits amoureux haïs, détruits d'avance par leurs mensonges...

Fred songeait à la vanité extrême des fous superbes espérant convertir ces foules minables en instruments de paix, en gibiers à bonheur... Mieux valait laisser ce monde moisir, pourrir, s'écrouler puisque le spectacle vaudrait un jour la peine que l'on s'était donnée pour y parvenir...

« Voilà que j'anarchise..., murmura-t-il entre ses dents. Il ralentit le pas. Il approchait. Il pâlit légèrement. Au travail. A main armée. Tout se passerait bien. Ou alors, voir Code pénal. Et larmes et déshonneur de Mme Fugo mère. Il se trouva très fier. Sans besoin d'argent, pour la frime. Pour le plaisir. Il s'arrêta devant la vitrine et sentit son cœur vibrer.

Il s'éloigna.

Il avait jeté un coup d'œil dans la boutique. Entre deux pendulettes, le bijoutier, un être chauve, cireux, à lunette, autopsiait une montre avec une espèce de lime à ongles. Fred souffla.

Compter jusqu'à... vingt-cinq.

« 1-2-3-4. Moins vite... Moins vite... A vingt-cinq, tu y vas. Ne soliloque pas. Tu triches. 5-6-7-8-9-10-11. Il est tout seul... 15-16-17. Ça approche. Etre plus vieux de cinq minutes...

18-19-20-21. Plus que quatre secondes. Je ne tremble pas beaucoup. 22-23-24. Alors ? Alors ? 25... Allez...

Il revint lentement sur ses pas en caressant les murs avec sa bague. C'est la devanture bleue. Il reposa la main sur son cœur. Le col battait avec lui. Il réfléchit s'il devait allumer une cigarette avant d'entrer. Il décida que non. Il eut un frisson comme lorsqu'il « montait ». Il dépassa la boulangerie, se fit craquer les doigts, refit deux pas et plaqua sa main sur le bec-de-cane.

A la sonnerie, le bijoutier se dressa comme une vipère et se retrouva précipitamment au centre de la pièce, les deux mains croisées obséquieusement sur son estomac et le sourire de confection aux lèvres :

« Monsieur désire ? »

Fred jetait autour de lui un coup d'œil circulaire.

Il sursauta :

« Pardon... C'est pour une bague de fiançailles.

– Parfaitement, Monsieur, parfaitement. Vous avez la taille du doigt de la demoiselle ? »

Fred sortit un vague bout de fil noué.

« Vous la voudriez ornée d'un seul ou de plusieurs brillants ?

– Sais pas...

– Je vais vous montrer ça, monsieur. J'ai le choix. »

Il se retourna, leva le bras pour attraper une boîte sur une étagère.

« Haut les mains ! » déclara Fred sans songer que cela était.

Il tenait le revolver. L'autre ne bougeait plus. Seule sa respiration annonçait qu'il vivait encore.

« Posez votre écrin ouvert sur la table. »

Le vieux descendit la boîte, l'ouvrit.

« Reculez-vous. »

Il recula. Fred, d'une main, rafla une douzaine de bagues, très vite.

« A présent, la caisse », ordonna-t-il.

Le vieux se dirigea vers celle-ci. Fred pensa instantanément, mais trop tard, qu'un pistolet pouvait bien s'y trouver. C'était le grain de sable mettant l'usine en l'air... Le bonhomme, rejetant là sa frousse, tirait son revolver. Avec une présence d'esprit, qui l'étonna beaucoup et lui fit entrevoir l'immensité de ses capacités, Fred vit en un éclair que le cran de sûreté était à la position négative. Il recula rapidement.

Il entendit la gâchette partir à vide.
Déjà le doigt du vieux se précipitait.
Fred tira.
Il toucha en pleine poitrine et sortit en courant.
Le bijoutier tombait sur sa caisse. Un fin crachat de sang illuminait sa chemise. Une pluie rouge et ténue éclaboussait patiemment les billets.
Une fois dehors, Fred, blanc, opta pour la fuite.
Il fit trente mètres au pas de course, se retourna au vol. Un flic se ramenait, hurlant à l'assassin, suivi déjà par deux ou trois de ces types qui se trouvent toujours dans les rues de Paris, à ne rien faire, prêts à s'amalgamer autour des accidents de voitures ou à prêter main forte à la police.
« Merde! » dit Fred, laissant là toute politesse...
Il était pris d'avance, « fait » et refait. Nom de Dieu, finir là une si jolie petite vie... Plutôt que de stopper et de tendre ses mains aux bracelets et sa figure aux coups de pieds, il décida carrément le va-tout et ne réfléchit plus.
Détalant comme un fou, suivi de cette clameur angoissante d'où peut-être partirait un coup de pétard qui l'allongerait pour le compte, il prit la rue Buret, renversa d'une gifle un môme de seize ans qui lui barrait la route.
« Arrêtez-le! Arrêtez-le! A l'assassin! » Des fenêtres s'ouvraient. Ça ne loupa pas. On lui tira dessus. Le flic sans doute. Fred zigzagua sans ralentir, tourna dans la rue de Meaux, puis dans l'avenue Secrétain où se dressa devant lui le métro « Simon Bolivar ». A la faveur de ces crochets, il avait augmenté la différence d'éloignement entre les messieurs du droit et lui.
Jetant un coup d'œil suppliant au soleil qui valait bien une Providence, il se jeta dans les escaliers, sautant les marches à la demi-douzaine. Il se rua brutalement dans le couloir, pivota sur les talons et descendit encore en trombe les marches menant au quai, bousculant farouchement les voyageurs béats. Il entendait déjà les cris de la chasse à l'homme. Empoignant au collet le préposé au poinçonnage, il l'envoya s'écrouler

sur son tabouret d'où il s'effondra près de la corbeille à papiers.

Enivré par sa course et sa rage, il atteignit le quai à l'instant même où une rame allait démarrer et se jeta dans un wagon, la main à la poche, prêt à tuer tout Paris si la nécessité s'en faisait sentir. Mais la rame ne partait pas. Rouvrant les portes, il passa sa tête. La horde était là, gesticulant près du chef de gare. Fred eut une sueur par tout le dos. Se lançant au-dehors, il piqua un sprint jusqu'au bout du quai, poussa du pied le petit portillon « Danger de Mort », descendit trois marches et se trouva courant de toutes ses forces dans le tunnel, entre les rails. Il trébucha sur une traverse et faillit s'étendre de tout son long sur le rail électrique.

Les cris, là-bas, s'atténuaient. Il fallait arriver à l'autre station avant qu'un appel téléphonique ait mis le feu aux poudres.

Il courut, trempé, livide, dans la nuit blême où scintillaient les étoiles des ampoules jaunâtres.

DUBO...

De plus en plus vite, à en mourir. Il jeta le colt, trop lourd, qui retentit sur un rail.

DUBON...

Il tenait sa chance. Là-bas, il tenterait de se fondre à une foule, la première qu'il trouverait...

DUBONNET...

Il aperçut les lumières. Au loin, très loin, une rame venait dans sa direction, DUBO, DUBON, DUBONNET, vite, vite... La rame stoppait.

Il atteignit le petit escalier, réapparut au jour. Les voyageurs descendaient par paquets à la station « Buttes-Chaumont ». Il se joignit à eux, remarqua d'un coup d'œil qu'une certaine effervescence régnait aux alentours du bureau de la gare et se laissa conduire, pousser, béat, heureux, tout amolli, vidé, par cette brave, imbécile, par cette bonne gourde de foule. Par surcroît de prudence, il se contraignit encore à jouer les pressés, poussant à son tour, se retrouvant enfin au jour décroissant de la liberté après cette interminable montée d'escaliers pointés au ciel.

Il fit quelques pas et se laissa tomber sur le premier banc rencontré où il glissa subitement en léthargie, rompu et le crâne battant tel un réveille-matin.

Lorsqu'il reprit conscience, de grosses larmes coulaient tout au long de ses joues, résultat d'une réaction nerveuse inévitable.

La chance. La chance ne l'avait point abandonné. Quelle histoire... La rame juste là. La course miraculeuse où sa jeune force sportive avait triomphé. D'un autre côté, un lamentable échec. Des bagues juste bonnes à payer les apéritifs du mois, un crime, encore un crime et quel, cette fois. Du droit commun... Etait-il mort, le vieux ? Il espéra que non. Ses maladresses à lui, Fred, ne pouvaient pas avoir d'aussi médiocres conséquences. C'eût été de l'hérésie en regard de l'intelligence du mal qu'il se supposait posséder.

Il tremblait à présent, métronome déréglé. Il remonta frileusement le col de son pardessus. Une migraine triste lui sautait aux tempes. Ses jambes lasses aux muscles raidis devenaient flasques peu à peu. Sa tête résonnait toujours de cris atroces et de cavalcades de cirque. Des mots vides l'impressionnaient, le surfilaient, l'ourlaient de leurs réseaux gelés, droit commun, assises, dépôt, bijouterie, réparations de montres, droit commun, à l'assassin...

Sa sueur glacée l'enveloppait d'une gangue de mort. Il se frotta les yeux.

La nuit, l'insidieuse nuit, venait et se posait sur l'ossature noire des arbres du parc des Buttes.

Une jeune fille s'installa près de lui, sage et les mains sur les genoux, attendant, probable, une sortie d'atelier.

Fred la regarda, l'apeura, la fit se lever.

« Je dois avoir une bonne tête », pensa-t-il. Sa deuxième pensée, car il était coutumier du fait d'empiler deux pensées l'une sur l'autre, était « que, lui, Fugo, bien qu'assassin, ne retournerait jamais sur les lieux de son crime ».

Le tourbillon des phares de voitures, des coups de sifflet, de klaxon l'environnait de si près qu'il eut la pénible idée de voir en tous ces véhicules autant de cars de police et de paniers à salade.

« Mort aux flics ! » affirma-t-il à mi-voix. Il se berça bêtement un long temps de cette affirmation plaisante. Transi, malade, il se dressa. Son aventure lui faisait une gueule de bois particulière, celle d'après la peur. Il se crut en scaphandre. Il devait boire. Il entra dans un petit café où les glaces murales lui jetèrent à la figure ses traits creusés et son teint de bougie.

Il but trois marcs comme une coccinelle se tape une goutte de rosée.

C'était fini. On ne l'aurait plus. Il rentrerait vite à Pigalle et prendrait son imperméable. Son pardessus resterait à la patère jusqu'aux temps de l'oubli. Il achèterait même une paire de lunettes à verres négatifs. Il se laisserait pousser la moustache. On ne l'aurait pas... Jamais Frédéric Fugo ne serait derrière les barreaux des fourrières de commissariats de quartier.

Il alluma une cigarette. Il frissonnait tant que l'allumette hésita longuement avant de toucher le tabac. Sept heures sonnèrent au Westminster stupide du bistrot.

Un agent de police entra, Fred frémit. L'autre tendit une main au patron :

« Bonsoir, Raymond.

– Bonsoir, m'sieur Caucat. La journée est finie ?

– Pas trop tôt. Un blanc. »

Il posa son képi sur le comptoir, but et se balaya le dessous du nez d'un coup de langue spectaculaire. Le patron revenait :

« Rien de neuf, m'sieur Caucat ?

– Si. Y a eu du vrai cinéma, à Jean-Jaurès. Un type a descendu un bijoutier et nous a filé sous les pattes. Il a réussi à se tirer dans le métro. Y cavalait dur... »

Fred sentit, prévit plutôt que ses jambes se coupaient.

Il alla s'asseoir, tout titubant. L'agent parlait toujours, inconscient.

« On aurait un type comme çui-là au crosse-country, ça gazerait. Paraît que le bijoutier va s'en remettre. Un blanc. »

Il se plongea enfin dans la lecture des courses, sans se douter qu'il loupait présentement un bel espoir d'avancement et une prime de fin d'année.

Fred trouva que son étoile personnelle, sans trop le trahir, se complaisait à le piqueter d'épingles à nourrice. Ainsi ce salarié du « faut passer qu'entre les clous » s'amenant, son histoire à la bouche...

Fred essaya de feuilleter un magazine de sports et s'endormit sur la table, la tête plongée entre ses avant-bras. Une mouche en profita pour abuser de lui, vagabondant des oreilles aux joues, ronronnante comme un ange gardien...

Lorsqu'il s'éveilla, les patrons dînaient à une table du fond, au gros rouge et aux saucisses de Toulouse, vision touchante de la paix et du commerce.

Il demanda un sandwich et partit.

La nuit était épaisse comme du vin d'Algérie, criblée par les éclats de vitres des étoiles.

Fred réalisa pleinement qu'il avait encore tué un homme à la vue cruelle du signe rouge sang de la circulation. Un homme mort, replié comme une lettre prête à partir, vidé, raide bois... Le flic avait bien dit qu'il s'en tirerait sans doute, mais la mort est un tel jeu de dames...

Dès lors, l'image du bijoutier, son grain de beauté à la joue, ses oreilles écrasées au crâne, ne le quittèrent de la soirée...

Ce fut avec eux qu'il prit le métro. Il les sentait, le grain noir, les oreilles et le bijoutier, serrés à lui, compressés par la foule. Le bruit des rames se croisant le trempait d'angoisse et de souvenirs encore fumants en lui. Il dépassa Pigalle sans s'en apercevoir et descendit à Blanche, ne pensant plus, aspiré par le vide subit de sa vie.

Le boulevard de Clichy frissonnait interminablement

sous le courant d'air froid rasant de près les trottoirs et la chaussée. Fred, dans cette nuit où papillotaient les abeilles blêmes d'une neige parcimonieuse, avançait lentement, violemment pris à partie, parfois, par l'éclairage dénué de rideaux d'un bistrot.

Les putes battaient la semelle, le nez et les fesses gelés, pensant autant à faire l'amour que sa sainteté le Pape.

Lorsque Fred entra à L'Œil de Bœuf, on se rua sur lui, Bruno en tête.

« Alors ?

– On te croyait piqué !

– T'aurais pu téléphoner ! »

Il eut un geste las de la main et escalada un tabouret. La salle était vide de clients. Il pouvait parler. Il raconta lentement son histoire devant un double gin, sans un sourire, sans un clin d'œil. Puis, il jeta les bagues sur le comptoir en murmurant :

« Le prix d'un beau cercueil.

– Ça t'apprendra à vouloir travailler seul.

– Mon vieux Thierry, Rocky avait réussi, lui...

– Il n'y a pas que la réussite qui compte dans ce métier. »

Fred baissa la tête et les lèvres à hauteur de son verre. Cet échec sanglant le mortifiait à ce point qu'il en lavait sans rémission toute une belle série de succès.

Bruno appela :

« Gonzague ! Sors ! »

Il expliqua aux autres :

« Je l'ai fait monter dans sa chambre quand Fred est entré. Vrai, je n'ai pas confiance en lui. Se méfier de son fils, c'est triste, hein ? Mais ce cochon-là serait foutu de tous nous vendre pour des photos dégoûtantes. C'est un débris, vrai. »

Le « débris », vitreux, descendait les marches, tout pâle, et se tenant à la rampe. Il bégaya :

« Pa-pa...

– Quoi, torchon ?

– Il y a quelqu'un qui pleure dans les cabinets du premier...

– Tu es fou !
– On dirait un bébé... »
Intéressés, ils se levèrent tous des chaises qu'ils avaient occupées durant le récit de Frédéric et coururent aux escaliers.
Thierry, le premier arrivé à la porte des W.C., frappa du poing. Rien ne répondit, que deux ou trois vagissements brefs. Rocky eut cette phrase atroce :
« C'en est une qu'est venue dépoter son gluant ici. »
On refrappa sans autres résultats que ces cris de rat écorché.
« J'enfonce ! » décida Bruno sans souci de son matériel.
En deux coups d'épaule, le verrou sauta.
Tragiquement assise sur l'ovale de bois recouvrant la lunette, une femme évanouie dodelinait de la tête contre le mur. Deux filets de sang coulaient de ses narines tachant la jupe à demi rabattue. Et, sur le dallage nu, un môme remuait, gros comme deux poings, blanc par endroits comme la neige qui pirouettait à la lucarne.
« On tombe dans le mélo », souffla l'insensible Tarin à l'oreille de Rocky, lequel se mit indécemment à rire.
Bruno, stupéfait, demeura sur place. Il dit :
« Madame... Madame. »
Elle ne bougeait plus.
« Descendons-les tous les deux, sans ça ils vont crever de froid, si c'est pas déjà fait », trancha Thierry en ramassant l'enfant et en le déposant entre les bras tout indiqués d'une Béatrice pétrifiée.
Bruno et Fred soulevèrent l'inconnue que Thierry saisit par les pieds.
Tarin apprécia, comme s'il eût été connaisseur :
« Elle en a dans le buffet, la fille, elle coupe le cordon toute seule et... avec ça. »
Il se baissa et ramassa une lame de rasoir.
Gonzague avait fui cette odeur forte d'accouchement solitaire où le sang se mélangeait à des espèces d'eaux sales.
On déposa la femme sur une banquette. Elle respirait tout juste.

« Elle a dû en baver », admira Thierry en faisant une moue.

Bruno, malhabile, débraillait tant bien que mal la malheureuse pour lui donner de l'air. Il s'énerva et hurla :

« Gonzague ! Fumier, saloperie, bon à rien, vas-tu m'amener la bouteille de rhum ! »

Il s'étranglait. Gonzague, affolé pour ses os en péril, revint en un éclair.

Fred serra entre ses doigts le nez bleui de la femme. Les lèvres s'entrouvrirent. La main peu sûre de Bruno y déversa, tant à l'intérieur qu'à côté, une rasade d'alcool à réveiller un type bourré de gardénal.

Béatrice, elle, regardait avec ennui son corsage que le bébé imprégnait de ronds gras à senteur forte. Elle s'en alla faire chauffer de l'eau à la cuisine pour nettoyer ce bout de viande qui devenait rose à la tiédeur des radiateurs.

La femme eut un frisson nerveux. Des larmes bleues se mêlèrent à l'alcool, lui dégoulinant sur les joues. Bruno la secoua :

« Eh ! la petite dame ça va ? »

Le rire de Tarin éclata de nouveau. Rocky ne venait-il pas de lui susurrer qu'« elle avait pissé sa côtelette... » ? Fred se tourna vers eux, impatienté :

« Quand vous aurez fini de vous conduire comme des jeunes cons de quinze ans, vous le direz ! »

Rocky, émoustillé par quelques digestifs de trop, haussa dédaigneusement les épaules et lâcha froidement :

« Toi, tu peux parler, avec tes dix bagues et ton macchabée !... »

Fred blêmit, serra les poings... Mais déjà Thierry levait les bras :

« Taisez-vous, elle ouvre la bouche... »

Elle remuait les lèvres comme de petits drapeaux :

« Lui... Lui... Mort ? »

Bruno se pencha tout près d'elle :

« Non, madame, il vit... »

Elle eut un soupir effroyable et dit, avec une vulgarité

triste dans la voix : « Il vit ? Merde... » et se remit à pleurer. Elle se redressa lourdement et s'assit, soutenue par Thierry et Bruno.

Béatrice réapparaissait avec l'enfant propre emmailloté dans une serviette-éponge. L'inconnue questionna :

« Qu'est-ce que c'est ? Tout à l'heure, j'avais si mal, j'ai même pas regardé...

— C'est un garçon, madame. »

Elle eut un rire d'inconscience et bascula dans les bras de Thierry, en proie à une quinte de toux qui semblait demeurer éternelle.

Elle devait avoir vingt-six ans. De longs cheveux blonds dépeignés rendaient encore plus pâle l'ovale irrégulier d'un visage torturé à beaux traits. Une déchirure tranchait le mantelet à la hanche, déchirure provoquée sans doute par une poignée de porte agrippée au passage. Ses bas filés et ses chaussures dénouées lui donnaient encore plus une apparence de folle crucifiée.

A présent, elle hoquetait. Des mots s'échappaient d'elle :

« Il vit... Son père est un salaud... Pardonnez-moi d'avoir fait ça dans vos cabinets... Pardonnez-moi... J'ai mal au ventre... Soutenez-moi, mademoiselle... Il faut que je m'en aille... »

De poisseux filaments de salive se tissaient sur son menton. Béatrice berçait gauchement le bébé à présent muet. Le bruit le plus net était celui que Gonzague créait en rinçant les verres du soir. La mère, enfin, se mit sur ses pieds en grimaçant de douleur. Bruno étendait déjà les mains pour la retenir, mais elle s'appuya pesamment sur la table :

« Donnez-le-moi...

— Qu'allez-vous en faire ? s'inquiéta Béatrice subitement féminine et maternelle.

— Vous en faites pas pour ça.

— Qu'allez-vous en faire ? répéta la jeune fille.

— Eh ! Que voulez-vous que j'en foute ? Son père est parti à Marseille il y a un mois. Je peux pas nourrir ce môme moi. C'est pas les allocations familiales, l'Armée du Salut et le gouvernement qui vont lui donner à manger... »

Elle s'animait. Son teint se colorait. Elle reprit, farouche :

« Et c'est un garçon ! S'il tient de son père, ce sera du propre... Je sais bien ce que je vais faire ! »

Fred s'approcha, les mains dans les poches :

« L'Assistance publique ?

– Parfaitement. »

Elle eut un sanglot qui dégénéra normalement en une seconde et fut prolongé d'une quinte de toux.

Elle souffla, entre deux tressaillements :

« Moi, je m'en vais de la caisse. S'il est orphelin à cinq ans, ça lui fera une belle jambe d'avoir eu une mère... »

Cela tournait effectivement au mélodrame classique. Mais ce mélo vivait, accablant de cafard et de ratés. Elle marcha jusqu'au comptoir en gémissant :

« Il m'a déchiqueté tout le ventre... Donnez-moi quelque chose, j'ai froid... »

Bruno, humain, lui tendit la bouteille de rhum. Elle but, reprit son enfant des mains de Béatrice et fit quelques pas, toute chavirante, avec ce paquet sur le bras. Elle gagna la porte en monologuant qu'il était très tard et qu'elle s'excusait d'avoir fait ça dans les cabinets. Ses traits se tiraient à tout coup. Elle souffrait de ce Golgotha de ventre.

Ils la regardèrent s'éloigner, immobiles et glacés, alignés, muets sur le paillasson métallique.

La neige dégringolait sur sa détresse, la caressant de son doigt de fer par la déchirure du vêtement.

Le petit cria deux ou trois fois avant le boulevard.

Elle titubait, rattrapant d'une jambe l'équilibre qu'elle avait perdu de l'autre. C'était comme une vivante et mouvante statue du Commandeur de l'injustice des sociétés et de la saloperie inextinguible des hommes. La ronde des putains de Pigalle et des chiffonniers de Pigalle et des enseignes de Pigalle l'entourait d'un chœur pitoyable où voltigeaient comme des bribes de chansons de Noël périmées.

Elle tourna au bout de la rue, petite et froide en plein vent de décembre, se dirigeant vers où...

Cette scène minable de désespoir actif avait donné le cafard le plus morne à L'Œil de Bœuf. Rocky et Tarin, eux-mêmes, gardaient le silence.

« Eh bien, vrai, c'est bête », soupira Bruno en emplissant les verres.

Il envoya Gonzague laver les cabinets.

« Ça leur apprendra d'aimer, après tout », dit Fred.

Cette histoire à goût de fin du monde les laissait rêveurs. Et Thierry eut le mot qui excuse toutes les fautes des peuples, pendant naturel du « C'est la guerre » :

« C'est la vie... »

Ils eurent tous un geste de fatalité et regagnèrent leurs chambres.

Dans l'escalier, Fred attrapa sa cousine :

« Je couche avec toi.

– Si tu veux. »

Lorsqu'elle fut au lit, elle le vit debout devant l'armoire à glace, statique et cireux.

« Freddo, qu'est-ce que t'as ? »

Il tressauta et se tourna :

« Cette nuit, je ne veux pas être seul. Si je ne suis pas avec toi, je suis avec un mort idiot. Tellement idiot que c'est le premier qui ne me lâche pas... »

Lorsqu'il fut étendu près d'elle, il la serra tout contre lui et râla :

« J'ai peur. »

Un peu de neige collée aux vitres par la seccotine du froid...

Une voiture de pompiers sur le boulevard...

CHAPITRE XV

C'ÉTAIT Noël. On fit un réveillon sympathique à L'Œil de Bœuf, entre amis. Etaient là : Bruno, Fred, Tarin, Rocky, Thierry, Béatrice, Ginette et les deux déserteurs américains, Sidney Pinkett et Omer Silloway. Gonzague servait. Une républicaine espagnole d'une trentaine d'années donnait la réplique amoureuse à Bruno. Celui-ci, de fait et durant le repas, eut en permanence une main posée, tel un oiseau sur une branche, sur un sein palpitant.

A la débauche de marennes et de belons noyées de traminer et de sylvaner avaient succédé deux canards aux marrons cuits au jus et au porto, invention culinaire de Bruno, laquelle fut applaudie en même temps que savourée.

Aux tartes à la crème, tout le monde était nettement éméché.

Une atmosphère béate engourdissait peu à peu cette troupe dorée dont les « mains blanches » attestaient à elles seules la petite réussite de l'individu. Quelques-unes mêmes s'ornaient d'une chevalière genre « poing américain » ou de bagues joyaux de la couronne.

Les parvenus du crime.

Un tableau pittoresque. Ils s'ignoraient entre eux pour la plupart, ne connaissant pas tous leurs moyens d'existence...

Bruno, patron de bar : drogues. Personne ne le savait, sauf, peut-être, le patron de L'Araignée du Soir qu'il avait « sorti » de retentissante façon lors du dernier bal.

Fred et Thierry : eux, honnêtes. Leur « boulot » et c'était tout. Une médaille d'assassin en plus pour le ressortissant de Passy.

Rocky et Tarin : même chose, plus marché noir de faible échelle portant sur des paquets de cigarettes et des faux tickets de main à main.

Ginette : générosités de Rocky ajoutées à quelques autres anonymes et voilées.

Sidney : travaille avec d'autres Noirs et en silence au déchargement de camions présumés pleins au départ.

Omer : sans grandes ambitions. Joue les maquereaux avec une WAC quadragénaire en service et entichée de sa gueule blonde à la Humphrey Bogart.

Quant à Béatrice, elle fait la planche et ne s'occupe de rien, n'écoutant pas davantage les conversations spéciales du bar qu'elle n'écoutait le cours dominical de morale de son « vieux ».

Ils formaient une tablée à odeur de faisandé. L'odeur de l'intégrale liberté varie selon l'angle sous lequel elle est comprise.

Ils s'en moquaient bien, eux, du percepteur et de l'avance de l'armée Leclerc, du coût de la vie et de la crise du logement... Leur vie était l'argent, l'argent à outrance, l'argent partout, l'argent sans mal, en un coup d'œil, en un éclair, en une poignée de main, en un coup de poing... Eux, ex-soldats pour la plupart, ne voulaient mourir désormais que pour tout l'or de la terre. Et tout l'or du monde est en portefeuilles, en coffres-forts, en camions, en sourires... Leur crime était de le savoir et de chercher à en vivre dans la faible mesure de leurs petits moyens...

Fred, merveilleux d'aisance, moucha du plat de la main le bouchon d'une bouteille de Seagram's V.O. Whisky.

« Encore une qui ne verra pas le lever du soleil ! »

Il se mit à rire, debout, pleurant de joie, monstrueux d'irraisonnée gaieté.

« A la santé des gens-z-honnêtes! » hoqueta-t-il en se permettant la liaison.

Il trinqua violemment avec un Thierry rougeoyant qui chantonnait pour lui tout seul :

Noël! joyeux Noël! Noël joyeux
De la Pro-o-vence!...

Béatrice sentait la main trébuchante et gelée d'Omer ramper sous sa jupe.

Sidney, toutes dents blanches hors des lèvres, buvait, mécanique, des verres et des verres de cognac.

« Vos gueules! Il est minuit! »

Rocky, grimpé sur une banquette, entonnait un cantique. Une main agrippa la jambe du néo-chrétien qui s'effondra sous la table pour en ressortir hilare et taché de bordeaux rouge.

Fred pensa que sa mère et Philippe étaient seuls un soir pareil et décréta que c'était bien fait. La famille est une hydre à plusieurs têtes. Devant elle, un seul salut : la fuite. Si vous restez sur place, elle vous dévore...

Une chaleur de serre où flottaient, lourds, des parfums d'eau de Cologne et de bons vins plongeait les dîneurs en un aquarium de fumées d'ivresse et de cigarettes.

Thierry s'ébroua :

« On fait une virée? » proposa-t-il soudainement.

L'idée fut adoptée sauf par Bruno, lequel préférait garder le bar en compagnie de sa voisine de table émue par le champagne.

Ils s'habillèrent. Sidney, dédaigneux des pardessus, arborait en permanence un énorme chandail rouge à col roulé rendu difforme par plusieurs épaisseurs de laine. Il parachevait son portrait par un chapeau melon noir très Nouvelle-Orléans. La plupart étaient fidèles à la gabardine ou au manteau droit. Tarin, après trois circonvolutions sur ses jambes, chut dans la sciure.

« T'es bourré? pouffa Rocky en se tenant à un bouton de l'imperméable d'Omer.

– Ça glisse », tenta d'affirmer Tarin, en ouvrant la porte après maintes recherches du bec-de-cane.

Tous emboîtèrent le pas.

Pigalle, par cette nuit de Noël, offrait un spectacle apocalyptique.

La défense passive rejetée au rang du cadet des soucis, les boulevards flamboyaient. Le néon et l'électricité, les lampes à carbure des tirs forains et les serpentins versicolores des enseignes et des montagnes russes douchaient le pavé de nappes bleues, rouges, vertes et de ronds blancs. Il y avait la clameur aiguë des filles effrayées par les chocs d'étincelles des autos-tampons, les cris de marchandes de cotillons et de saucisses, le rire inépuisable des troupeaux de poivrots allant à l'abreuvoir et le beuglement déréglé des pick-up se chamaillant à grandes gifles d'ultra-sons et de disques usés. Il y avait les freins des voitures, les klaxons réclamant le passage à une bande de fêtards installés au milieu de la chaussée, les coups de sifflet des flics, le gloussement bêta des mirlitons, les bouffées d'accordéon et de trompette crevant les murs des dancings, le gueulement rauque des porte-voix à l'entrée de baraques de boxe et celui, plus discret, quoique plus amer, des grosses caisses destinées à attirer l'attention autour de la carpette mitée des leveurs de poids.

Tu montes ? T'auras plus chaud qu'ici...

J'ai pus un rond.

Trois rouges. Je remets ça...

Arrivé à 7000, partie gratuite.

A l'occasion des fêtes de Noël...

Tu montes ? deux cents francs.

Avec une gueule comme la tienne...

Monique, on a raté le dernier train...

Vous dansez, mademoiselle ?

... Et le fameux pianiste Benny Clichy...

Monique, je connais un hôtel...

Tu montes ?

Huîtres, champagne, bal toute la nuit.

Tu vois la môme là-bas, elle m'a fait un sourire, j'ai la touche...

La carabine à bouchon : pan.

La bouteille de mousseux : poum.

Noël... Il est né le divin enfant...

Chambres à la journée.

Il y avait un clochard qui jouait sur une flûte éraillée, écaillée, fêlée, un air sans nom se perdant après une trajectoire d'un mètre dans le grésillement d'une marmite de friture; il y avait trois filles suivies par trois gars, une fille endormie accoudée à un arbre et un vieux type l'embrassant sur la bouche, un tintamarre de bagarre auprès d'une vespasienne, une cavalcade irraisonnée de jeunes gens, un chaos de vaisselle brisée montant d'un bar en folie...

Fred et Béatrice, en tête de bande, évoluaient lentement parmi cette agitation sans pareille, écartant les enfants, repoussant un ivrogne, résistant aux sollicitations des forains, les oreilles pleines de bruits et de chants, les jambes déjà lasses...

« Tu parles d'un cirque, cette nuit...

– Thierry, où qu'on va ?

– J'en sais rien.

– J'veux voir des femmes nues.

– Ça, c'est des idées à Tarin. »

Mais Tarin tenait beaucoup à sa suggestion. « Femmes nues » étant entré depuis peu dans le vocabulaire de Sidney, le Noir se montra vivement intéressé : « Femmes nioues, good, toutes nioues, very good, where, where ? » Il aurait été si déçu que l'on se rangeât finalement à son avis. Lui et Tarin se prirent par le bras tandis que l'on se dirigeait vers la rue Pigalle.

« Oui, mon pote, disait Tarin, à poil qu'elles sont. Comme la main !

– Ah ! Ah ! acquiesçait le Noir qui n'avait rien compris, toute nioues !

– Et pis, méchamment ballottées ! Comme Béatrice !

– Béatrice ? Oh ! Oh ! »

Leur amour commun du spiritueux et de l'appât sans voile les firent disparaître cinq minutes à l'intérieur d'un café. Ils rejoignirent les autres sur la place où une foule s'entassait autour du jet d'eau fonctionnant pour la deuxième ou troisième fois de l'année. Un rigolo de banlieue proposait d'aller faire danser un œuf dessus, mais quelques agents bonasses protégeaient l'attraction hors concours...

Ils entrèrent dans un des cabarets où un portier oblitéré de brandebourgs racolait sur le trottoir à coups de « plus belles filles de Paris ». On les happa aux vestiaires. Ils durent y laisser écharpes, pardessus, chapeaux. Un chasseur, affolé par l'aspect extérieur de Sidney, s'éloigna et revint avec le gérant.

Celui-ci haussa la voix en désignant le Noir du doigt :

« Monsieur ne peut rentrer ici.

– Pourquoi ? s'étonna Fred vaseux.

– La maison n'accepte pas les individus en pull-over.

– C'est Noël !

– N'insistez pas, c'est ridicule.

– Foutez-le dans un coin ou on s'en va avec. »

Le gérant réfléchit. Il pouvait les placer, effectivement, dans un lieu où la clientèle les oublierait et garder ainsi, malgré tout, huit consommateurs... Il fit un signe. La cohorte s'ébranla derrière lui.

Passant par une petite porte attenant aux W.C., ils se trouvèrent dans une salle brillamment illuminée. Un endroit où une semi-obscurité due à un jeu de rideaux règnait, leur fut assigné. Ils s'assirent à une table et commandèrent du champagne.

« Oui, dit Fred en tapotant du doigt le seau de glace embrumé de buée, si on ne se soûle pas une nuit de Noël, c'est absolument pour des prunes que Jésus-Christ est né. »

Sur cet argument péremptoire, il emplit les verres. Un orchestre languissant coulait du caramel au creuset de ses cuivres. Deux couples chics traînaient la savate sur la piste.

« C'est rupin, comme boîte », s'extasia Ginette en jetant des regards timides autour d'elle.

De grandes photographies de nus « artistiques » s'étalaient sur les murs dans des cadres de cuir repoussé.

« Mate les planches anatomiques ! » pouffa Thierry en les montrant du doigt.

Le décor, fait de fleurs en vases, de seaux à champagne, de tentures royales et de décoration modern-style, ne cédait en rien à l'assistance où se voyaient quelques habits noirs et robes du soir. Les courbettes du gérant remontaient, de temps à autre, les queues de sa jaquette à hauteur de ses fesses.

Un arbre de Noël sophistiqué dont chaque branche ployait de roses rouges et de bougies sculptées s'ennuyait au milieu d'une caisse étoffée de velours, près de l'orchestre.

« Et les femmes ? » gronda Tarin à la seconde bouteille.

Omer, pour se passer le temps, déposait sa chaussure sur le pied docile de Béatrice. Laquelle avait ses deux mains blotties dans celles de Frédéric.

Enfin, une dizaines de filles, nichons à l'air, rappliquèrent sur la piste en dansant.

« Ballet hawaïen ! » annonça poliment le gérant.

Elles avaient toutes des ceintures de plumes jaunes censées bananes. Les musiciens jouèrent une biguine accommodée à la sauce locale.

« Y en a une à droite, elle fait bien de s'tenir les seins, sans ça, elle se prendrait les pattes dedans... » rigola Rocky, en essayant de se mettre debout pour mieux voir.

Les filles dansaient toujours, tendant la cuisse, agitant la fesse à tour de bras, souriant bêtement au public et remuant la poitrine à la faire tomber.

« Elles ne sont pas toutes nues », exprima Omer qui devinait les pensées de Sidney, fussent-elles aussi peu discrètes.

Les girls s'éclipsèrent sous les bravos discrets parce que de bon ton et revinrent pour le « Ballet américain », revêtues d'un soutien-gorge et d'un tutu rayés et étoilés en vue d'imiter les couleurs alliées. Ce fut un swing suspect où se retrouvaient par hasard des bribes du « Star spangled banner » qu'elles sautillèrent allégrement.

Un major moustachu de l'U.S. Army attrapa une fille et dansa avec elle, tout en essayant de l'embrasser sur la bouche, encouragé par les sourires du public paterne.

Omer haussait les épaules, agacé.

Enfin, le gérant vint, salua les alentours obséquieusement, annonça d'une voix qu'il entendait charger d'allusions alléchantes :

« Et maintenant, mesdames et messieurs, voici le clou de la soirée, de la nuit plutôt. Voici, exécuté par la première troupe de girls de Paris, voici... » « Le ballet des filles d'Eve! »

Il eut un effet de corps ultime et s'en alla dignement.

« Cette fois, elles seront à poil! espéra Tarin.

– Si elles ne le sont pas, j'me fais rembourser », approuva Fred en happant un serveur par un pan de veste pour lui réclamer deux nouvelles bouteilles.

Ce fut sous un éclairage limpide et bleu comme de l'eau de mer que les pauvres créatures de l'art visuel firent une rentrée saluée par les grincements sensuels de trois violons.

Elles étaient bien nues et protégées par un seul cache-sexe de fleurs artificielles. Deux d'entre elles étaient revêtues toutefois de curieux oripeaux. L'une représentait un pommier. Une autre l'enlaçait, déguisée en serpent brandissant une pomme.

« C'est l'ouverture de Guillaume Tell! » s'étrangla Thierry en renversant un verre sur la robe de Ginette.

Une fille arrivait sur les pointes, mangeait la pomme avec mille simagrées dansées. Sitôt le fruit avalé, elle s'arrachait les cheveux et se roulait chorégraphiquement sur le sol.

« Elle a des coliques », supposa Fred.

Après un premier envol de seins, entrecoupés d'entrechats purement fessiers, les girls rejoignirent leur loge sous l'averse-crescendo des violons exténués. Des bravos frénétiques les accompagnèrent.

« C'est fini.

– Fred, qu'est-ce qu'on fait ?
– Quelle heure est-il ?
– Trois heures.
– On va aller dans un bal où on pourra bouger. »

Fred appela le garçon et régla l'addition. Les bouteilles se payaient au poids du radium. Ce n'était pas tous les jours Noël...

Pour sortir, ils traversèrent la salle au grand dam du gérant. Le chandail rouge de Sidney obtint un vif succès de curiosité et de désapprobation.

Tandis que tous se rhabillaient, Rocky alla faire la cour à la dame des lavabos. Ce fut là que son frère le retrouva. Il le ramena en l'admonestant ;

« Si tu veux uriner sans payer, va dehors et reste avec nous. »

Lorsqu'ils se retrouvèrent dans la rue, Fred et Tarin s'aperçurent tous les deux qu'Omer avait quelque chose de changé. Au lieu de son éternel imperméable, l'Américain disparaissait au plus profond d'une pelisse impériale.

« Qu'est-ce que c'est que ça ? » s'étonna Fred.

Omer sourit :

« Moi, numéro de vestiaire 6. Ai dit à la demoiselle vestiaire : moi, numéro 9. A pas vu. Ai très chaud. Bon. »

Le coup était simple, joli, sans risque, au culot, tout le monde l'admit. Omer avait réellement de la branche. Et tous de tâter respectueusement le poil lustré de la nouvelle acquisition du déserteur à sang-froid.

« Ça vaut du fric... » hocha Thierry.

Fred se sentait la tête lourde. De grosses bouffées de chaleur allaient et venaient sans interruption de son estomac à ses tempes. C'était un début de cuite... Il prit le bras de Béatrice pour assurer son équilibre et non par tendresse, comme elle dut le supposer.

Ils remontaient la rue Pigalle. Le quartier n'était pas calmé, loin de là. Sur la place, ravissant son public au jet d'eau, une quinzaine d'êtres de l'Armée du Salut avec leur casquette de receveur d'autobus en poussaient une où il était question du ciel et même du Saint-Esprit. L'un tapait sur une grosse caisse et trois autres soufflaient respectivement dans une clarinette, un sarrussophone et un trombone à coulisses. Des pochards et des filles s'attendrissaient près d'eux. Un libre penseur courroucé croassait en permanence, assis sur un banc et l'écume de la colère aux lèvres.

Quatre hères ramassés au hasard des courants d'air attendaient en grelottant la fin de la musiquette, les musicos leur ayant promis un charitable et saint réveillon.

« Manquait plus que ça... » grogna Tarin, tandis que Rocky ricanait méchamment.

Quelques putains à croix (les putains se subdivisent en deux catégories : les porteuses de croix sur la poitrine ou école Marie-Madeleine et celles qui ne portent rien, ne croyant qu'en leur corps et à la vacherie des hommes), quelques putains à croix, donc, devant ce douloureux spectacle de la piété rurale en butte aux moqueries des foules, regrettaient laborieusement cinq minutes de leur vie dissolue quoique laborieuse.

« On s'en va ? » râla Fred que les stations immobiles éprouvaient davantage que la marche, celle-ci fût-elle hésitante.

Passant devant le manège des chenilles, ils furent saisis par les cris affreux sourdant de ce bolide encapuchonné où des filles étaient livrées en pleine obscurité à des mains inconnues. Des pistolétades de peloton d'exécution résonnaient près des baraques de tir où l'on visait des têtes de carton représentant Hitler, Mussolini, Gœring ou Hiro-Hito.

Ce fut Ginette qui découvrit le bal. Ce n'était pas le dancing chic et redoutable, c'était le gros bal où les musiciens ont des foulards à pois et des chemises vertes, et sont réunis sous le nom de « Dédé Jazz ».

L'impression, dès la porte d'entrée, était celle d'un coup de poing sur le bout du nez. Un effrayant magma presque statique ondulait péniblement. Une valse dans le métro à six heures du soir. Emboîtés les uns aux autres par la loi du puzzle, les couples, coudes rentrés, lançaient hâtivement un pied à chaque poussée de terrain, demeuraient incrustés là une minute et relançaient un pied. Perché sur une estrade touchant presque au plafond, l'orchestre grimaçant produisait avec ardeur un paso doble. Un personnage gominé à moustaches passées au charbon de bois miaulait d'amour dans un micro trop haut pour lui.

Le tout dans une odeur conjuguée de pieds, de diabolos-menthe, de brillantine, de sueur, de femme, de parfum « Mon désir » et d'haleine à la frite.

La chemise et les chaussettes mouillées.

« Ici, ça sent l'aisselle et la vaisselle », émit Thierry à l'adresse de Sidney qui ouvrait de grands yeux effarés.

Un autre tas compact d'humains s'écrasait autour du comptoir où le patron, sa femme et ses enfants butinaient près des bouteilles de rouge, d'orangeade et de limonade, tout en rendant la monnaie ou en la prélevant aux clients jugés trop ivres pour s'en apercevoir.

Fred, que cette danse lente, cette musique et cette foule étourdissaient en s'amalgamant à l'alcool bu se sentit chavirer. Il n'eut que le temps d'écarter brusquement un pâté de consommateurs et d'aller s'asseoir sur une marche d'un escalier menant aux salles du premier.

« Ça ne va pas, Freddy ?

– Ça va très bien. J'en ai seulement un petit coup, ça va se passer.

– Je vais t'emmener Rocky. Il est archisoûl. On vous reprendra en partant, hein ?

– D'accord. »

Thierry apporta son frère qui en était presque au poids mort et le déposa sur la marche. Il s'apprêtait à repartir lorsque Fred le rappela :

« Fais-nous servir deux eaux minérales.

– J'essaierai. »

Rocky plaça sa tête sur l'épaule de son voisin et s'endormit en grommelant.

Des jambes de danseurs glissaient près d'eux. Fred se

perdit dans la contemplation béate des mollets de femme. Il en était de beaux. Il s'amusait à les toucher, au risque de s'attirer des bagarres avec d'exclusifs partenaires. Il ne provoqua que des petits cris :

« Oh !

– C'est un poivrot...

– Qu'est-ce que c'est que ces façons ! »

Etc...

Thierry revint avec deux Vichy nature et rebroussa chemin précipitamment, ce dont Fred augura bien. Thierry devait avoir une bonne fortune sentimentale dans le coin.

Rocky perdit son équilibre de dormeur et heurta sourdement le parquet du crâne, ce qui l'éveilla net.

« Putain ! déclara-t-il en se frottant, on n'est plus que tous les deux ?

– Ils sont partis ? »

Fred ne se souvenait plus des promesses de retour de Thierry et se croyait abandonné de la plus normale manière. Rocky bougonna :

« A boire ! »

Fred lui offrit le vichy que l'autre recracha, dégoûté, sur une robe qui passait.

« C'est de l'eau ! J'vais tout de même pas me laver à cette heure-ci ! »

Indigné, il se leva et empoigna Fred par le col de sa veste :

« Viens ! Je connais un bistrot sympa. Allons nous finir. »

Fred trouva par malheur l'idée parfaite. Cette sieste l'avait remonté. Ils bousculèrent une dizaine de couples et gagnèrent la sortie. Dehors, le froid leur sembla d'une pureté exquise après tant d'émanations corporelles et d'orteils surchauffés.

. . . .

« Vous ne faites pas votre âge, madame...

– Mademoiselle.

– Pardon mille fois. Mademoiselle... comment ?
– Sophie.
– Sophie... C'est gentil. Ça fait enfant. Un peu Comtesse de Ségur... Sophie... C'est charmant... »

Et Thierry, très gentleman, serra davantage la fesse de sa cavalière.

Elles avaient bien toutes deux cinquante-cinq, cinquante-sept ans. La cavalière n'en avouait que trente-huit, contre toutes les logiques. Elle n'était pas belle. L'« irréparable outrage » n'y était pas allé de main morte. Osseuse et ridée, imbécile à vue d'œil et même d'aspect catholique pratiquante.

Au troisième tango, elle s'amollit dans les bras du jeune homme.

« Vous dansez comme un dieu, j'aime les dieux. Aimez-vous les jeunes filles ?
– Je les déteste.
– Moi, j'adore les mauvais garçons. Ils sont brutaux. Etes-vous un mauvais garçon ?
– Je ne suis que ça. »

Il soupira modestement. La vieille mère Sophie avait un beau collier. Il la faisait virer entre ses bras langoureusement. Une vieille, cela pouvait avoir un coquet appartement et des bons du Trésor... Il serait ravi au lit, gâté, bordé...

Il la serra très fort, très mâle, et souffla, jouant le tout pour le tout :

« Allons chez vous. Je vous apprendrai tout de l'amour... »

Elle le pinça en roulant des yeux blancs comme ses cheveux s'ils n'avaient dérobé aux salons de coiffure des reflets acajou :

« Oui, mon ange... »

Thierry se retourna et rit deux secondes en silence. C'était trop drôle... Il allait coucher avec la préhistoire... Et la préhistoire paierait le taxi, lui offrirait un verre de crème de prunelle, lui sauterait au cou comme une légion d'honneur...

Il l'embrassa sur la bouche.

Par veine, elle avait encore toutes ses dents.

. . . .

Lorsque Fred et Rocky ressortirent du « bistrot sympa », ils se tenaient étroitement enlacés et chantaient à tue-tête. Ils avaient perdu leurs chapeaux et les avaient remplacés par des couvre-chefs de cotillon en papier. Fred ne possédait plus, par quel miracle, qu'une chaussette et une poche de son pardessus s'ornait d'une gibbosité due au renflement d'une bouteille de pelure d'oignon encore aux trois quarts pleine.

« Vieux, gloussait Rocky, je t'aime comme j'ai jamais aimé Ginette.

– Rock t'es un pote, et si tu m'suis, c'est qu'tous les potes irons! »

Sur cet effrayant calembour indigne de lui, Fred s'assit au milieu du ruisseau et parla d'y passer la nuit à attendre le prochain cargo. Rochy restait planté devant lui, oscillant et s'acharnant à allumer une cigarette rompue en deux. Quelques fêtards dansèrent une ronde hurlante autour d'eux et repartirent en courant sur le boulevard.

« Lève-toi, Fred, on va s'achever à L'Œil de Bœuf. »

Le jeune Ranal ne se jugeait jamais fini. La cuite, selon lui, c'était l'étalage pur et simple, les bras en croix, sur la chaussée, ou le somme de plomb au creux d'une poubelle.

« J'attends le bateau. Tu n'entends pas les sirènes?

– Tu es fou. Viens ou j't'aime pas. »

Fred s'agrippa au pantalon de son coéquipier et se mit sur ses pieds.

Deux putains fondirent sur eux, seins en avant.

« Alors, les poulets, vous êtes gais?

– Ah! Ah! Fred, v'là des putains : Ben alors, c'est vrai que c'est des putains!

– Excusez mon ami, il est ivre.

– J'suis ivre! Ben et toi qu'entends des sirènes! »

Les filles s'impatientèrent.

« Alors, vous voulez ou vous voulez pas?

– Quoi qu'on veut ou qu'on veut pas ?
– Faire l'amour bien sûr !
– Jamais entre les repas, trancha Fred gravement en entraînant Rocky déjà occupé à tirer une fermeture Eclair.
– Paumés ! Tordus ! Impuissants ! crièrent les poules, hors d'elles.
– Les péripatéticiennes se font toujours excessivement familières les jours de fête », tenta d'expliquer Fred à Rocky, lequel mollissait de minute en minute à son bras.
On fit une nouvelle halte au premier banc. La foule ne tarissait pas. Elle n'était plus guère composée que de poivrots solitaires ou en troupes, de bandes éméchées, de filles en chasse et de danseurs prenant l'air.
« Noël ! Joyeux Noël ! » Des lurons de rue embrassaient plus ou moins de force les femmes et les mômes sous le plausible prétexte de leur souhaiter la bonne année, puisqu'ils ne les verraient pas avant le premier...
Un bonhomme triste s'assit sur le banc. Il avait l'aspect souffreteux d'un employé de bureau ponctuel sans amis ni famille. En fait, il ressemblait à un Hamlet de quarante ans auquel il ne manquait qu'un crâne à la main. Rocky l'interpella, pris de pitié :
« Vous vous ennuyez ? »
L'autre leva des yeux de crème fouettée et se força au sourire blême :
« Non...
– Vous voulez boire un coup ?
– Merci.
– Vous êtes seul ?
– Oui.
– Vous ne voulez vraiment pas boire un coup ?
– Je ne bois pas. »
Il souleva son chapeau et s'éloigna à petits pas, sans femme ou éternel cocu, puis disparut lentement dans une mer de rires où il n'avait même pas la pensée de pleurer un bon coup. « Pauvre vieux... », soupira Fred attendri. Rocky commença à donner des signes de « vin mauvais ». Ses yeux s'allumèrent. Il faillit se jeter sur

un passant ayant effleuré du pied le bout de sa chaussure. Il se mit debout et s'avança vers la vitrine d'un magasin de modes fermé. D'un coup de poing terrible, il brisa la vitre et s'enfonça dans le vide jusqu'à l'épaule. Il revint vers Fred en secouant une main dégoutante de sang.

« Fais-en autant », dit-il avec un tel ton de supériorité que Fred, inconscient, releva aussitôt le défi.

Se levant à son tour et s'approchant de la vitrine, il lui décocha un direct où tout le poids du corps était placé. Le fracas fut encore plus cristallin que tout à l'heure. Fred se retourna vers Rocky, la main déjà emmaillottée dans un mouchoir.

« Tu vois ? Maintenant, foutons le camp. »

Ils firent une vingtaine de mètres à petite allure, l'un laissant derrière lui de grosses gouttes rouges et l'autre se serrant le poignet. Arrivés à la hauteur du Cinévox Pigalle, ils furent rejoints par trois agents cyclistes.

« Arrêtez ! »

Rocky leur jeta un regard haineux et continua sa marche. Fred s'était déjà assis sur le bord du trottoir en ricanant bêtement. Un des flics mit pied à terre et rattrapa Rocky :

« Viens avec nous, et rouspète pas.

– Ta gueule ! »

Le môme jeta un coup de pied superbe en direction du tibia de police. L'agent recula, prit au vol le pied entre ses deux mains et tordit. Rocky s'écroula lourdement en grondant et s'endormit aussitôt allongé.

« Va chercher le car, Maurice ! » dit celui des trois qui avait du galon à l'un des deux autres qui n'en possédaient point.

L'interpellé s'éloigna à toutes pédales.

« C'est intelligent de démolir les devantures, hein, le grand ? déclara un flic à l'adresse de Fred toujours assis et pas encore dégrisé.

– Cela ne manque ni d'humour ni d'intérêt, grommela celui-ci.

– Ils sont soûls, trancha le galonné en haussant les épaules et en reprenant :

– Soûls ou pas, ils sont bons pour le dépôt, ou pour une nuit au quart, au moins. »

Rocky ronflait sur le bitume gelé; sa manche de pardessus, décousue, le parait d'un troisième bras.

Le panier à salade arriva au bout d'un quart d'heure. Le chauffeur gueula :

« Après ces deux-là, je suis complet. »

Ils réveillèrent Rocky à coups de pied et le poussèrent avec Fred dans la voiture classique déjà emplie, où une collection d'ivrognes et d'apaches garnissait à bloc les banquettes. Un flic paré d'une mitraillette se tenait près de la porte. D'autres, à l'intérieur, accompagnaient leurs prises.

« Je vais avec eux », dit le galonné en enjoignant aux cyclistes de poursuivre leur ronde.

La porte se reverrouilla. Le car s'ébranla et entreprit de quitter Pigalle par les plus courts chemins.

« Et voilà... » murmura Fred en fourrant ses mains dans ses poches.

Il étouffa un cri de douleur et ressortit avec précaution la main bandée.

« Nous voilà gentillets », soupira Rocky, réalisant enfin la situation.

Ils avaient tous deux la même pensée. Etre dans les pattes de la police pour si peu, cela pouvait passer, mais les suites, à savoir la vérification des identités, des domiciles, l'enquête, risquaient logiquement d'être catastrophiques...

Autour d'eux, le spectacle valait par un pittoresque certain. Alignés sur une banquette, prostrés, livides ou endormis, des poivrots mâles apparemment liés d'amitié dans la vie courante digéraient Dieu sait quel méfait et cuvaient leur vin. Une putain au maquillage délayé par les larmes sanglotait, trop jeune pour être déjà endurcie. Deux gouapes à face allongée regardaient d'un œil battu la paire de menottes dont ils étaient affublés par faveur spéciale. Enfin, une grosse bonne femme, type Rubens écroulé, rêvassait dignement en jouant avec ses bagues.

Le jour se levait, tirant le rideau de cette nuit de Noël.

« Qu'est-ce qu'on va dire ? souffla Rocky, anxieux.

– Tu as des papiers sur toi ?

– Non, jamais.

– Bon, moi non plus. Ne plaçons pas un mot. On tâchera d'avoir une occasion de les agiter. »

Ils se turent, le galonné commençant à prendre une face de moins en moins aimable.

La voiture roulait doucement, sans bruit, comme le corbillard de la justice. Par les hublots grillagés se voyait Paris s'étirant, le beau Paris des gueules de bois rituelles...

Fred démaillota sa main. Une croûte de sang caillé l'entourait d'un gant sale. Ça ne pissait plus. Simple coupure.

La blessure de Rocky, moins profonde, était propre, le garçon l'ayant sucée sans arrêt.

« On aurait pu drôlement s'esquinter..., dit-il.

– Silence ! gronda l'un des flics.

– Mince, on a pas l'air d'être bien vus, dans cette roulante... », songea Fred en bâillant.

La voiture s'arrêta. La porte fut déverrouillée et s'ouvrit.

« Allez ! » ordonna l'agent à la mitraillette.

Ils descendirent tous, les poivrots d'un pas bègue, la fille en reniflant, les gouapes en fronçant les sourcils, la grosse en soufflant et les deux briseurs de vitrine d'un air détaché.

Ils étaient au commissariat assurant la permanence en ce jour de Noël pendant que les autres avaient mis la clef sous le paillasson.

Quelques flocons de neige tourbillonnaient sur les rues voisines.

Les délinquants traversèrent la petite salle publique où ronflait un godin bourré de boulets rouges. On les fit se rasseoir sur des bancs et ce fut tout. Les quarts d'heure, les demi-heures, les heures se mirent à tourner, à passer... Il fallait attendre le commissaire. Il viendrait peut-être aujourd'hui, s'il en avait le temps...

Les flics jouaient aux cartes, près d'un litre de rouge.

Le fumet des chaussettes à clous, du tabac gris et du pinard endormait les prisonniers avec lenteur et sûreté.

Il y avait le buste de la République, d'une République crasseuse entortillée d'une lingerie de poussière tricolore. Pensive et abrutie, elle surplombait la scène.

Fred et Rocky remuaient en silence, côte à côte, à la pelle, leurs idées d'un beau noir d'anthracite... C'en était fait de la belle vie. A cause d'eux, L'Œil de Bœuf allait couler comme une paire de tenailles jetées en haute Seine... Tous arrêtés, jugés, en tôle, les avenirs barrés du trait rouge des casiers judiciaires. Et pour quoi ? Pour une misérable vitrine qui avait eu le tort de servir de punching-ball... Et pas moyen de prendre une fuite éperdue... Avant même d'atteindre la porte de la rue, ils eussent été plaqués au sol, tels de vulgaires joueurs de rugby...

Un jeune flic bouffant à même un bifteck extirpé d'un casse-croûte vint leur adresser la parole, la bouche pleine.

« Pourquoi que vous êtes là, vous deux ?

– On a démoli une devanture, répondit humblement Rocky.

– Pourquoi ça ?

– On était soûls.

– Vous ne savez plus vous amuser maintenant. Si j'avais cassé des carreaux toutes les fois que j'ai eu ma pistache, je vous jure qu'il y a un moment que les vitriers m'auraient fait construire une statue... »

Il entreprit de les moraliser et termina son laïus en les assurant qu'ils étaient bons pour la correctionnelle.

Fred, impatienté, lui demanda si on allait les laisser crever de faim. Il était midi bien sonné.

« Ça j'en sais rien, répondit l'autre en s'éloignant pour terminer son bifteck.

– J'ai la dent », dit Rocky à voix haute.

Cette exclamation éveilla des crampes d'estomac sur tous les bancs. Les têtes se tournèrent vers la table des agents qui se garnissait de gamelles et de saucissons à l'ail.

Le jeune flic palabra cinq minutes avec le galonné, puis revint vers Fred :

« Si vous voulez des sandwiches, donnez-moi de l'argent, je vais y aller. »

Tous, les poivrots, la grosse, la fille, sortirent leurs portefeuilles ou leur porte-monnaie. Les gouapes, désespérés de ne pouvoir atteindre leur poche, regardaient leurs menottes et n'osaient souffler mot. En tendant son billet, Fred dit :

« Prenez-en deux pour eux, faut qu'ils mangent... »

Les gouapes, stupéfaites, lui lancèrent un coup d'œil fraternel. Le flic compta l'argent, fixa le nombre de casse-croûte à acheter et fila.

Le brigadier, sur un coin de table, rédigeait un rapport en tirant une langue de tamanoir destinée à happer l'orthographe.

Quelques mouches d'administration tournoyaient autour du col sale et ranci des vareuses de drap.

La neige heurtait tendrement les vitres mouillées de buée. Le jeune flic rentra, muni d'un paquet de sandwiches enveloppés dans du papier journal, et de quatre litres de blanc.

A deux heures, le commissaire entra.

« Fixe ! » brailla le commissaire.

En un vacarme de godillots et de verres précipitamment reposés, la police parisienne se mit au garde-à-vous.

« Joyeux Noël, les gars ! »

L'arrivant ouvrit une porte et disparut au fond d'un couloir. Fred cligna des yeux brutalement intéressé ! Où avait-il vu cette tête ? cette bonne tête d'obèse à lunettes d'acier ? Dans le métro ? Au cinéma ? Sûrement pas dans une église... A Passy ? A Passy... Chez sa mère... Oui, c'était avenue Alphonse XII... Mais pourquoi, pourquoi ? Un espoir subit l'envahit. S'il reconnaissait ce gros plein de soupe, lui le reconnaîtrait. Ils pourraient traiter à l'amiable et lui, Fred, serait sauvé. Avec Rocky. Il ne confia rien de ses doutes à celui-ci. S'il s'était trompé...

Les flics firent lever la tribu de poivrots et la conduisirent au bureau directorial.

Les fêtards étaient accusés, Fred l'avait appris entre-temps, d'avoir refusé de payer une bouteille de champagne dans un cabaret, d'avoir giflé le garçon et retourné leur table...

Rocky, en pensant au destin qui attendait, non seulement lui mais son frère et ses amis, s'humectait les paupières de détresse. Il y avait de quoi.

Les deux gouapes, ayant repris leur assurance, ricanaient entre elles. Elles avaient été « piquées » grâce aux cris courageux d'un type auquel la vue d'un pistolet n'avait annihilé en rien la puissance vocale.

« Ça manque de magazines, souffla Fred.

– Silence! rebrailla le galonné.

– Quel con! » répondit in petto l'interpellé en serrant les dents de fureur.

Les poivrots ressortaient déjà du bureau. Ils regagnèrent le poste, attendant le résultat des vérifications d'identité.

« Venez, vous deux », intima le planton aux deux habitants de Pigalle.

Ils se levèrent. Les genoux craquèrent en même temps que les chaussures neuves. Fred s'étira nonchalamment.

« Grouillez-vous! » s'énerva le gardien « de la paix ».

Ils se retrouvèrent au centre de la pièce recouverte, du mur aux fauteuils, du drap vert passé de l'administration. Le commissaire, assis dignement derrière son bureau, continua d'écrire. Il rumina simplement :

« La porte! »

Zélé, le flic fit un saut de carpe pour la refermer.

Fred et Rocky se dandinaient sur place, les mains ballantes.

Une photo encadrée du général de Gaulle menaçait directement le cuir chevelu du poussah.

Deux tableaux rongés par les mites, la rouille et la marche du temps, s'obstinaient à représenter des scènes héroïques du passage de la Bérésina.

Le commissaire leva enfin les yeux sur les nouveaux

venus. A la vue de Fred, il eut un bref geste de la main. Lui aussi se souvenait... Fred eut un petit soupir de joie. L'obèse fouillait avec un croc l'intérieur de sa mémoire. Il jugea cet effort superflu et demanda :

« Quel est votre nom, à vous ? »

Fred songea instantanément qu'il se devait de dire son vrai nom sous peine de perdre le bénéfice de cette coïncidence qu'ils pressentaient tous deux.

« Frédéric Fugo. »

Rocky sursauta. Le commissaire s'auréola d'un sourire enchanteur qui mit une compresse fraîche aux tempes de Freddy.

« Vous êtes le petit Fred ? Vous ne me reconnaissez pas ?

– Je vous ai déjà vu, oui.

– Je pense bien ! Je suis un vieil ami de votre père, de Guillaume ! M. Larable !

– Monsieur Larable ! C'est trop marrant... »

Ils se serrèrent puissamment la main en riant sous le regard également béat du flic et de Rocky. Le commissaire passa au tutoiement :

« Tu ne te rappelles pas ? Je venais souvent voir Guillaume avant guerre. Nous jouions au rami une fois par semaine, le vendredi soir, jusqu'à minuit et plus, ce qui faisait grogner ta mère, Fernande. Je devais même, bien avant, être ton parrain ! Mais comme entre-temps j'avais lu Voltaire, le fait de te tenir sur les fonts baptismaux m'avait paru incompatible avec ma libre pensée, ah ! ah ! »

Il s'étranglait de joie. Sa bonne balle tournait à la tomate. Fred s'assit sans vergogne. La vie redevenait rose. Le père Larable ne pouvait plus rien contre lui. Il se souvenait parfaitement à présent de ce petit inspecteur qui, sous le prétexte d'être un camarade de régiment du mari, tentait d'embrasser la femme derrière le dos des fauteuils... Il avait sacrément changé et doublé de volume. Soudain, il s'inquiéta :

« Mais qu'as-tu fait pour être ici ? »

Fred raconta l'histoire en l'agrémentant de détails burlesques qui n'avaient jamais existé. Le commissaire souriait, promis à l'indulgence. Il secoua la tête : « Jeunesse ! Tu es bien le galopin que j'ai toujours connu. Naturellement, Monsieur était avec toi ?

– Naturellement.

– Je vais arranger ça. Je ferai porter la note de la vitrine chez toi. Tu y es toujours ?

– Toujours.

– Et ton père, bonnes nouvelles ? Il revient quand ?

– A Pâques, peut-être.

– Vieux Guillaume... »

Rocky, à son tour, s'assit. Il reprenait ses couleurs et ses aises.

L'obèse, la tête entre ses mains et le sourire écartant ses grosses lèvres, faisait revivre un passé apparemment sympathique. Il s'ébroua :

« Vous êtes libres. Je prends sur moi les suites. Petit Fred, ne recommence pas. Sois sage.

– Oui, monsieur Larable.

– Et passe me voir lorsque tu viens dans le quartier.

– Comptez sur moi. »

Ils se serrèrent chaudement la main. Rocky bafouilla un merci.

Le flic ouvrit poliment la porte et les reconduisit jusqu'à la sortie.

A peine sur le trottoir, Rocky soupira :

« Une veine comme ça, c'est du vol.

– Si je m'attendais à ça... »

Encore tout éberlués, ils rejoignirent le boulevard Saint-Germain.

« Fred, ce n'est peut-être pas l'heure, mais on va faire un petit gueuleton pour fêter ça. Je te paie la croûte au Prince en haut du Boul'Mich. »

Ils se congratulèrent fraternellement et commencèrent par s'offrir deux apéritifs au premier café du chemin.

« Dis donc, souffla mystérieusement Rocky, tu ne sais pas que j'ai un souvenir palpable de ce Noël au poste ? »

Ce disant, il découvrit la paume de sa main droite où reposait la montre de M. Larable.

Sans le moindre remords à l'adresse du commissaire, Fred s'épanouit et soupesa l'objet :

« Ça ne vaut pas cher... »

Un monôme d'étudiants passait en braillant vainement. Même les jours fériés, ils éprouvaient la nécessité de clamer leur ignorance de la vie...

Fred haussa les épaules à leur vue, la montre collée à son oreille pour en constater l'état de marche et la main sur son verre plein.

CHAPITRE XVI

Fred était content de lui. De cette fillette de Béatrice, il était parvenu à tirer, en si peu de mois, de quoi faire une amante très acceptable. L'embrasement de ses sens ne parviendrait jamais à maturité sans doute, son caractère amolli par le sucre d'orge ayant nui à coup sûr à son développement sexuel, mais toutefois, son ancienne indifférence avait cédé la place à un émoi raisonnable, charmant et assez excitant pour un garçon tenant les femmes pour de logiques seconds plans.

Il avait eu des difficultés à lui faire admettre que les ustensiles d'hygiène intime ne doivent pas forcément se placer sur une carpette ou sur la cheminée mais peuvent être rangés dans un quelque part que la vue n'atteint pas. Ce point et le fait de toilettes accessibles à l'œil le choquaient, contre toute vraisemblance. Etait-ce aussi délicat rue Saint-Denis ? Mais, en ce qui concernait Béatrice, son optique s'était trouvée faussée par le sentiment de propriété inhérent aux hommes. Les négligences en question de la cousine eussent tué en lui sinon l'amour, sinon le désir, mais la fierté qu'il retirait de cette beauté à son service entière.

Il l'embrassa sur la nuque pour l'éveiller. Il passait la nuit avec elle trois fois la semaine. Béatrice secoua la masse éclairante de ses cheveux blonds pour chasser une possible mouche. Fred sourit en lui caressant les hanches du dos de la main :

« Cousine... Les coqs chantent... On a déjà sorti les vaches. Tu entends les vaches, cousine ?

– Les vaches...

– Réveille-toi, on est arrivés.

– Quelle heure est-il ?

– Dix heures. »

Elle se mit sur le dos, les doigts devant les yeux. Fred eut un souvenir :

« Te rappelles-tu de ce que tu m'as dit rue de Lappe, le jour où tu es venue ici ?

– Quoi ?

– Tu m'as dit que tu m'aimais. C'est vrai ? C'était vrai ?

– Non. C'était pour que tu me prennes avec toi.

– Qu'est-ce que tu fais aujourd'hui ?

– Je vais au coiffeur. »

Il lui prit une pointe de sein entre le pouce et l'index. Le coucou sonna effectivement dix heures.

« Tu me fais mal.

– Toute caresse est un mal.

– Lâche ce sein.

– Je prends l'autre... »

Gonzague entra, porteur du petit déjeuner.

« Tu me monteras aussi le mien, hein ?

– Bien, Fred.

– Et ne regarde pas Béatrice comme ça si tu ne veux pas ma main sur ta binette ! Compris ?

– Je ne la regardais pas...

– Ça va, file ! »

Il sortit en baissant la tête et balançant ses bras d'anthropoïde. La cousine ricana :

« Tu es jaloux de lui ?

– Non, mais c'est un sous-homme. Il devrait être aveugle. Il salit les choses qu'il voit. C'est un vomitif. Tu sais ce que l'on fait, ce soir ?

– Qui, moi ?

– Non, nous. On fait un casse.

– Un casse ?

– Un cambriolage. Le premier. Rue Pierre-Charron, près de l'Etoile.

— Pourquoi ?
— On veut aller à Cannes, cet été.
— Tu m'emmèneras ?
— Oui. Mets-toi dans mon bras. »

Il l'embrassa. Des baisers semblables, c'était comme les cloches de Notre-Dame au baptême du roi de Rome... Il la prit vivement sans qu'elle ait eu le temps de se faire prier...

Gonzague entra. Froid, Fred serra plus fort Béatrice pour qu'elle ne se dégage point et dit calmement :

« Pose ça là. Et si tu veux rester, ne te gêne pas pour nous, assieds-toi. »

Gonzague, les yeux hors de la tête, se mit à trembler. Ahuri, lentement, il sortit, blanc comme un de ses plastrons lorsqu'ils venaient en ligne droite de l'armoire à linge.

Béatrice se mit à pleurer :

« Tu aurais dû me lâcher, me lâcher... »

Enervé, Fred termina sans fioritures ce qu'il nommait « le gros bourdon de Notre-Dame » et se leva. Il but son café, prit sa robe de chambre, descendit au bar. Il marcha droit sur Gonzague, le gifla deux fois à poing fermé, lui fit craquer le bras d'une pression de doigt sur la jointure du coude et l'acheva d'un coup de pied aux fesses.

« Lorsque tu voudras cent francs pour t'acheter des photos, tu me les demanderas ! Ceci pour t'apprendre à frapper aux portes. »

La chiffe gémissait en sanglotant.

Bruno remonta de la cave.

« Qu'est-ce qui se passe ?

— Je viens de lui flanquer une toise. Tu ne connais pas sa dernière invention ?

— Dis-la-moi, je le cognerai à mon tour.

— Il regarde Béatrice.

— Ah ! tu regardes Mlle Béatrice... »

Bruno décrocha le martinet et poursuivit son fils aux quatre coins de la pièce. Il le laissa mijoter dans ses larmes sous une table et revint au comptoir.

« A part ça, c'est ce soir, le... »

Il fit un bruit de clefs en remuant une de ses poches.
« C'est ce soir.
– C'est du tout cuit ?
– C'est du nougat de Montélimar. Un boulot pour types genre Gonzague. Alors, tu vois !
– De qui est la combine ?
– J'ai tout préparé.
– Bonne chance. »

Fred s'attabla devant son premier Martini de la journée et parcourut les journaux. L'hiver 44-45 en ce mois de janvier, atteignait le paroxysme de sa rigueur. Les gens gelaient en se nourrissant d'abnégation patriotique et de victoire finale.

Et dans leurs bars capitonnés à aspect extérieur d'alcôves surchauffées où la femme, l'alcool et l'argent étaient les seules joies et les soucis uniques, les honorables du marché noir, de l'usage de faux, de la main armée et de la grande affaire se reposaient longuement des nuits blanches, noires ou rouges de leur vie...

Thierry entra suivi de Tarin. Ils s'installèrent le dos tourné à un radiateur.

« Je suis allé examiner l'attirail de Tarin. Il ne manque pas un passe-partout. Si seulement on avait l'empreinte de la serrure, on ne s'embarrasserait pas d'une musette.
– Je l'ai.
– Bravo. Montre-lui ça. »

Fred sortit un morceau de carton de son portefeuille. Tarin l'examina soigneusement, conscient de l'importance de la tâche qu'on lui avait confiée. Il murmura :

« J'ai ce qu'il faut. J'irai donner un petit coup de lime après la croûte, et tout sera au point. »

Fred ironisa :

« Thierry ! Et grand-mère Sophie ?
– Sophie va bien. Elle a pris sa première gifle hier. Elle m'a filé deux billets pour la peine. Sais-tu qu'elle a vraiment des sous ?
– Une veuve de colonel, ça ne me surprend pas. L'Etat a toujours fait des rentes à ses vaches d'élites.

— Je la foutrai sur la paille... »

Il réfléchit :

« ... Ou à l'asile de vieillards. »

Ils rirent tous. Thierry commanda trois pastis à boire à la santé de la Jouvence de l'Abbé Soury. Il réclama également les cartes et les battit pour la première belote d'un laps de temps qui, jusqu'au soir, en permettait plusieurs.

Les relations de Thierry et de Sophie avaient tourné dès le second jour à l'avantage écrasant du jeune homme. La vieille avait compris aisément qu'à son âge il s'agissait inéluctablement de son ultime gigolo juvénile. Pour le garder, elle se perdait en concessions déshonorantes... Il ne la prenait même plus. Il se faisait caresser. C'était bien bon pour la « taupe ». Il avait exigé tous les habits et toutes les chaussures du mari défuncté, lequel était à peu près de sa taille. Il avait proclamé aussitôt que son alcool favori n'était ni la crème de prunelle, ni la liqueur de cassis, mais bel et bien, à elle de s'en procurer, le Booth's Yellow Gin. Il réclama de même, puisque aussi bien il couchait dans son lit, qu'il entendait également être couché sur son testament. Enfin, il commençait à la battre. Le tout en moins de deux semaines.

Sophie l'adorait, lui offrait chemises, cravates, cigarettes, repas et cinéma.

Thierry déclara gaiement en abattant un volet, puis un neuf d'atout :

« Je crains que dans six mois elle ne soit forcée de mettre au clou ses bas noirs et son faux chignon. Une vieille, les potes, il n'y a que ça de vrai ! »

Tarin, qui en pinçait pour les filles de seize ans, haussa dédaigneusement les épaules. Thierry, équivoque, parla évasivement de « certains connards » qui s'y connaissaient en femmes à peu près comme lui en astronomie.

A midi, le bar ouvert, se répéta la cérémonie quotidienne de l'apéritif. Le comptoir se garnissait éternellement des mêmes clients, des mêmes filles. Bruno discutait avec certains d'entre eux à voix basse, chaque jour.

Passaient parfois le marchand d'huîtres et la vendeuse de fleurs...

C'était l'heure du zanzi, du poker d'as et du 4-21. Le zinc résonnait alors de « Rampot ! » de « Deux fiches ! » de « Full ! » ou de « Brelan au roi ! » Gonzague se trimbalait, les bras chargés de bouteilles, cassant un verre de temps à autre, diminuant ou augmentant la puissance du poste de radio selon un désir exprimé, laissant choir son tire-bouchon aux pieds d'une femme pour créer une occasion de se baisser, courbant la tête lorsqu'il rencontrait l'œil réprobateur de son père, passant, blanc et noir, morne et déchu entre ces rangs de gavés méprisants...

« A propos, dit Thierry, les fausses cartes d'identité dont je vous ai parlé, on les aura demain. Ça peut être utile un jour.

– Comment m'as-tu appelé ? s'amusa Fred.

– Thomas Vaudoux. Tu es aide-comptable. Tarin sera Jean-Claude Cornudet, serrurier, Rocky répondra au doux patronyme de Claude Créteur, étudiant, et moi à celui de Pierre Lecerf, employé aux pompes funèbres.

– On aurait pu garder nos noms, Rocky et moi, insinua Tarin. Personne ne nous recherche.

– D'accord, mais je te dis que ça peut servir. Tierce ! »

Rocky entra, étrangement sombre. Le duvet qui remplaçait chez lui la barbe frissonnait de givre sur son visage ignoré du gant de toilette depuis deux jours au minimum... Il y en avait trois qu'il était porté manquant à L'Œil de Bœuf et il ne revenait que par conscience professionnelle, au jour fixé pour le « casse ».

« Qu'est-ce que tu foutais ? » s'enquit Thierry en époussetant sa veste saupoudrée de cendres.

Il poursuivit, méchamment ironique :

« Ah ! tu es propre ! Tu t'es battu ? Regarde un peu ta gueule ? Paie-toi un rasoir ! Tu sais à quoi ça sert le savon ? Pas seulement à faire des bulles ! »

Rocky eut son petit regard cruel, s'accouda au comptoir et ricana :

« J'ai fait du bon boulot.

— Quoi ?
— J'ai foutu une trempe à Ginette.
— Pourquoi ?
— Elle est à Lariboisière.
— Tu es fou ! »

Thierry se leva, la main levée. Rocky rit plus fort :

« Avance pas ou je te bute ! »

Il avait un bras caché par un pan de son pardessus. Il s'expliqua :

« La salope me trompait avec une dizaine de vieux cons. Je lui ai cassé deux côtes. J'l'ai conduite après à l'hosto. On a raconté qu'elle s'était mise en l'air dans un escalier. Voilà. Et ça fait deux jours que je picole et que je vais la voir.

— Et si elle te vend ? et nous avec ?
— Pas mèche.
— Pourquoi pas mèche ?
— Parce que je ne suis pas dingue. Je pourrais en dire autant sur elle qu'elle sur moi. Tu piges ? »

Il but le verre de son frère, s'assit, calmé et soupira :

« Ça va pas. J'ai le cafard.

— Nous casse pas les rouleaux. Avec quoi tu voulais me buter ?
— Idiot, c'était ma boîte d'allumettes. Je joue ?
— Mets-toi avec Fred. Tu te laveras avant de manger. »

Thierry, dans le fond, se montrait satisfait : les Ranal n'étaient pas hommes à se laisser posséder par les femmes. Pas contente ? Vlan ! Pas contente du tout ? Paf ! Et voilà comment on fait les bonnes amours...

. . . .

Après la dizaine de parties de belote, après la petite balade apéritive sur le boulevard, après le repas du soir, ils s'attardèrent à table devant une bonne bouteille de kirsch authentique.

Le vent secouait à coups d'épaules le rideau de fer. Le café susurrait des romances dans le ventre brillant du percolateur. La radio effilochait désespérément les derniers cours de la bourse. Béatrice épuisait un faisceau de cure-dent en sifflant doucement un tango.

Les hommes, perdus au creux bleuâtre des fumées de cigarettes, digéraient doucement en se chauffant les tripes d'alcool. Seul Rocky donnait encore des signes d'agitation fiévreuse. Il se levait, marchait, regardait la rue, piétinait un mégot et grondait en sourdine.

« T'énerve pas, tu seras bon à rien tout à l'heure », murmura son frère en se taillant les ongles en pointe avec un couteau à dessert.

Rocky étouffa un gros mot de lassitude et s'effondra sur une banquette.

Bruno se penchait vers Fred :

« C'est chez qui, rue Pierre-Charron ?

– Un fourreur. J'y étais allé pour ma mère.

– Ce n'est pas une boutique ?

– Non, c'est l'appartement du type.

– Et le type n'est pas là ?

– Il rentre demain à midi. J'ai téléphoné il y a une semaine, pour une commande, en lui demandant s'il était là tous les jours. Il m'a dit qu'il partait en voyage pour quarante-huit heures. En ce moment, il est parti.

– Méfie-toi.

– Rien à craindre. Cet après-midi, lorsque je me suis absenté, j'ai filé là-bas avec une gerbe de fleurs, comme si je les livrais. La concierge m'a dit de les laisser ou de revenir demain. Je les lui ai laissées. La confirmation du renseignement valait bien ça.

– Pas mal calculé, vrai ! Et pour entrer dans l'immeuble ?

– La porte ferme par une espagnolette placée à ras du sol. Et il y a deux escaliers qui se font face, le A et le B. La loge donne sur le A. Le fourreur habite dans le B. Pas moyen d'être seulement entrevus.

– Et les voisins ?

– Eh ! les voisins ! On ne fera pas de bruit, voilà tout.

– Du fric !

– J'espère. »

Fred but à la bouteille et regarda sa montre. Il se tourna vers les autres :

Il est onze heures et demie. On part bientôt.
« Ça va. »
Tarin faisait une réussite de cartes à Thierry. Celui-ci avalait béatement les bons présages de la dame de cœur et les mauvais augures du roi de trèfle... Il ramenait toutes les prévisions au cas de Sophie.
Béatrice monta se coucher. Elle eut le front de recommander aux néo-cambrioleurs le silence lorsqu'ils rentreraient au cœur de la nuit, fussent-ils cousus d'or. Fred remua sa chaise.
« Debout », dit-il.
Ils se levèrent et allèrent décrocher leurs canadiennes. Fred avait fortement conseillé la canadienne parce que plus pratique en cas de fuite précipitée que les pardessus.
« Le coup de l'étrier », annonça Bruno en emplissant les verres.
Il promit d'attendre leur retour. Fred passa la revue. Il s'adressa en premier à Tarin :
« Tu as la clef ?
– J'en ai fait deux. Si l'une cloche, l'autre ira.
– Bon. Thierry, tu es armé ?
– Le colt.
– Toi, Rocky, tu portes la valise. Moi j'ai du poivre, comme d'habitude. Toutes les godasses sont à semelle de crêpe ?
– Toutes.
– Allez. »
Il se baissa et passa par la petite porte du rideau de fer. Les autres le suivirent. De longues rafales glacées les accueillirent à la sortie. D'un bal lointain des triolets musette montaient, tristes comme l'amour.
Les quatre jeunes gens gagnèrent rapidement le boulevard où ne vivait, toute existence étant recluse à l'intérieur des asiles de nuit-bars, des cinémas et des dancings.
Ils aperçurent bientôt un taxi en balade et l'appelèrent à eux à grand renfort de cris et de coups de sifflet. « Rue François Ier ». Le chauffeur déclara qu'il habitait Vincennes et allait se coucher. Il fallut y mettre une fois

de plus le prix... Ils s'installèrent sans un mot et se turent. C'était la minute de concentration. A Saint-Lazare, Fred dit :

« Ça va ?

– C'est déjà l'heure où les braves gens sont endormis.

– Thierry, n'oublie pas que tes braves gens travaillent demain.

– Laissez-moi rêver, tous les deux ! »

Rocky, agacé, recommençait à s'agiter. Il devenait impossible. Fred regretta de l'avoir emmené. S'il piquait une crise là-bas, ce serait charmant... Un type tarabusté par l'amour ou ses dérivés perd vite la presque totalité de ses moyens, c'est bien connu.

Tarin jouait avec ses clefs, sérieux comme un vieux chat.

Thierry baissa la vitre pour jeter un mégot.

Le taxi filait à travers les buissons d'étoiles des réverbères. L'œil vert des signaux papillotait au long des rues. L'essuie-glace, avec son bruit régulier de mouche close en un verre, balayait les gouttes de neige fondue, métronomiquement.

La voiture stoppa.

« Voilà. »

Fred paya et descendit. Ils attendirent que la bagnole se soit éloignée et reprirent leur marche hâtive. Ils s'étaient fait transporter à une centaine de mètres de la rue Pierre-Charron, par prudence. Fred, grave, tâtait sur sa poitrine la rondeur de sa lampe électrique. Il allait jouer, cette fois, une autre carte des vies interdites : la cambriole, art vieux comme le monde, un des plus difficiles dans la perfection. Tarin suivait posément, dix mètres plus loin, comme pour protéger les arrières.

Ils tournèrent, firent encore cinquante pas avant que Fred s'arrêtât.

« C'est là », murmura-t-il en se baissant pour faire jouer l'espagnolette.

Il poussa lentement la porte. Ils entrèrent tous, en un souffle. Fred referma, aussi précautionneusement. Sur la pointe des pieds, ils parvinrent à l'escalier de gauche. Ils l'escaladèrent rapidement en pleine obscurité, sans heurter une seule marche. Tarin sortit ses clefs et se dirigea vers la porte.

Ils retenaient tous leur respiration. Le bruit de la serrure chatouillée discrètement leur apparaissait comme celui d'un autobus s'écrasant contre un arbre. La seconde clef fut nécessaire. On sentait Tarin se dominant pour ne pas proclamer un « Nom de Dieu ! » sonore. On entendit le petit « clac » significatif. La porte s'entrebâilla. Ils se glissèrent à l'intérieur, félins.

« Ça a bien été, souffla imperceptiblement Fred, allons dans le bureau. »

Il alluma sa lampe en se gardant de diriger le faisceau vers les rideaux des fenêtres. Leurs cœurs battaient au-delà de toute mesure. Cet énorme silence était épouvantable. Un silence de morgue. Les meubles avaient des apparences de monstres assoupis. Un pardessus jeté sur une chaise fit faire à Fred et à Tarin un bon de deux mètres en arrière. Seule, une horloge chantonnait, indécente et menaçante, entre deux clubs de cuir crème. Les salives s'asséchaient dans les gorges. Les cœurs battaient toujours plus fort. Thierry prit son colt à la main pour se rassurer... Ils n'avaient pas bougé d'un pouce depuis les paroles de Fred. Cette salle à manger déserte, obscure, où semblaient être cachés des policiers sous la table, les impressionnait à ce point qu'un cri de frayeur de l'un d'eux les eût précipités dans l'escalier... c'était la peur des catacombes et du mal mort s'éveillant en cercueil...

Thierry se surmonta et fit trois pas.

« Venez, voyons, c'est ridicule... »

Il ouvrit une porte et se trouva dans le bureau.

« Viens avec ta lampe. »

Ils le suivirent et se mirent à parler, à voix basse, mais à parler pour casser cette glace qui avait été si près de les enrober pour de bon, au cœur du but.

« Il n'y a rien à piquer, disait Tarin.

– On s'en va, ajoutait Rocky.

– Et ça ? »

Fred désigna un petit secrétaire du type confidentiel qui sentait la liasse de billets destinés aux achats du fourreur.

C'est alors que Thierry renversa une chaise. Ils restèrent pétrifiés cinq minutes, guettant les moindres soupirs de l'immeuble...

« Tu crois qu'il y a quelque chose là-dedans ? souffla Tarin si bas que Fred dut le faire répéter.

– Essaie toujours... »

Tarin sortit un fil de fer recourbé de sa poche et fourgonna dans une serrure miniature. Il tirait la langue d'application. Un nouveau déclic se fit entendre.

« Je suis en forme... » se félicita le jeune homme en amenant à lui le tiroir vide.

Il crocheta ainsi les deux autres serrures. Les tiroirs apparurent tour à tour emplis de factures et carnets à souche vieillis de poussière.

Fred, assis dans un fauteuil à vis, trépignait. Thierry fouillait partout, soulevant un tampon-buvard, écartant une chaise, murmurant à l'échec... Rocky avait disparu. Il devait explorer d'autres pièces.

« Attaque le bureau », conseilla Fred.

Tarin se dirigea vers le meuble et ce fut, une fois de plus, le petit gargouillis métallique du fil de fer.

« Fred ! Thierry ! Là... Là... »

Tarin épanoui, tendait un doigt impératif, ouvrait une paire d'yeux écarquillés. Derrière la porte fracturée, sur une planchette, s'étalaient deux paquets conséquents par leur épaisseur, deux paquets de billets neufs frais émoulus d'une banque.

« Vive la France ! » s'ébahit Thierry en sifflant d'admiration.

Fred dégrafait sa canadienne et enfouissait rapidement le magot tant cherché.

Tarin reprit son fil de fer et attaqua les autres portes, croyant au père Noël. Il ne découvrit rien, que la désolation des éternelles factures ou des poèmes de jeunesse du fourreur. Fred susurra en hâte :

« On va filer, hein ? On laisse peut-être des trucs intéressants, mais ne lâchons pas le bifteck pour la moutarde. Tout ce que je sais, moi, c'est qu'on a gagné de quoi rembourser le taxi. Allez!

– Où est Rocky? » s'inquiéta Thierry.

Comme on ne pouvait l'appeler fortement, ils visitèrent au trot les pièces, y compris la salle de bain où Tarin, par pur instinct, déroba une savonnette et quelques lames de rasoir. Rocky demeura introuvable.

« Ce salaud-là est parti. Quel fumier!... gronda son frère en serrant les poings.

– Vite! Vite! pressait Fred, impatient d'être libéré de cette pesanteur de silence et de cette tour de nerfs à vif.

– Ordure... Poubelle... tout à l'égout... pleurnichait Thierry que cette désertion en pleine bataille écœurait, indignait, soulevait.

– Allons, sors, tu lui diras tout ça à L'Œil de Bœuf », trancha Fred en le poussant violemment vers la porte que Tarin avait déjà franchie.

Ils aperçurent Tarin dans le couloir et un doigt affolé sur la bouche. Ils le rejoignirent d'une enjambée.

« Quoi?

– Y a quelqu'un qui monte!

– Bon. Descendons. »

A mi-hauteur de l'escalier ils croisèrent un type à œil flambant qui transportait ses chaussures à bout de bras. Le pochard classique réintégrant la traditionnelle bobonne à balai...

Le personnage les héla bruyamment en agitant un litre :

« Vous en voulez un coup, les gars?

– Ta gueule! » souffla Fred en l'écartant du bras.

Mais il songea aussitôt que l'ivrogne, si on ne lui donnait satisfaction, était fort capable de révolutionner la maison. Donc se ravisant, il saisit la bouteille que l'autre lui tendait toujours avec des larmes sur les joues et l'accola. Les deux autres firent de même et ils plantèrent là précipitamment leur hôte.

Celui-ci avait laissé la porte d'entrée grande ouverte. Ils furent aussitôt dans la rue, se mirent à courir et s'arrêtèrent aux Champs-Elysées.

Ils pénétrèrent dans le premier bar. Il était une heure

et demie du matin. L'établissement puait le quartier snob et la dorure des murs influait fâcheusement sur les prix des cocktails.

« Six « Alexandra », deux chacun! commanda Fred en grimpant sur le tabouret avec l'élégance suprême des habitués.

– Eh bien, dit Thierry, ça n'a pas mal tourné. Si seulement cette lope de Rocky ne s'était pas tiré comme le dernier des malpropres! Encore heureux qu'il n'ait pas été chercher les flics! Ah! quand on voit ce qu'une jeune fille peut faire d'un type, c'est à jouer du saxophone à la Garde Républicaine...

– Laisse tomber. On est encore parés pour un moment. Nos vacances à Cannes sont prêtes. Buvons ce coup à la Méditerranée! »

Fred prit un verre dans chaque main et les but l'un après l'autre, pondérément, avec un clin d'œil qui se voulait canaille et satisfait. Les autres l'imitèrent sans hésiter.

« Six Alexandra, au trot! » clama ensuite Thierry.

Puis ce fut le tour de Tarin d'affermir sa voix pour réclamer les six Alexandra.

Echauffés, ils jouèrent une demi-heure à l'appareil à sous de service.

A deux heures et quart, Fred fit remarquer que Bruno les attendait là-bas. Il alla le rassurer d'un coup de fil et ils sortirent en se tapant sur les épaules, par fraternité.

Le taxi qu'ils trouvèrent à la Concorde seulement les déposa en bonne et due forme à l'orée de la Cité du Midi.

Quoique le bar fût fermé, il y avait de la lumière à L'Œil de Bœuf. Ils cognèrent leurs bagues sur la vitre. Bruno vint ouvrir d'un pas pressé.

« Alors?

– Alors quoi?

– Ça a roulé?

– Ben... Oui... Mais Rocky?

– Il n'est pas avec vous?

– Non! On croyait qu'il était là... »

Thierry, perplexe, se gratta l'oreille. Tarin se tira le nez. Et Fred explosa :

« Ce petit con a été se soûler quelque part ! Ou il joue des sérénades devant Lariboisière ! Si nous étions comme lui, on casserait des cailloux, on ferait des chaussons ou on vendrait des moules ! Moi, s'il recommence, je l'éjecte de la bande... C'est un danger public ! Pire qu'une gonzesse ! »

Thierry n'essaya pas de défendre une seconde son cadet. Bien au contraire. Il lui casserait la figure quelque chose de soigné et l'enverrait ramasser des betteraves en Haute-Vienne !

Lorsque la bourrasque de jurons s'apaisa, Bruno se fit narrer l'opération de A jusqu'à Z.

« Et, ça a rapporté combien ?

– Attends, on n'a pas eu le temps de compter. »

Ils s'installèrent tous quatre à une table. Fred desserra la ceinture de sa canadienne. Les billets s'étalèrent sur ses genoux :

« Alors, s'écria-t-il en riant et en reculant sa chaise, comme vous n'avez pas des bobines d'honnêtes gens, je préfère m'écarter ! »

Ils sourirent, mais leurs yeux avaient le reflet jaune du temps des monnaies-or.

Fred fit des tas de dix mille francs chacun. Lorsqu'ils recouvrirent la table, il les remplaça par des tas de vingt mille.

Il laissa tomber une à une les dernières coupures en comptant d'une voix haute où frémissait l'accent de ce pays ignoré des géographies, Le Fric :

« Deux cent vingt-neuf, deux cent trente et... deux cent trente et un ! Messieurs, garde à vous ! »

Ils se levèrent comiquement, mais respectueusement tout de même.

Bruno parla :

« Voilà du boulot, vrai. Vous êtes bien, vous. Je vous admire, vrai. Et j'en profite pour vous féliciter. Vous ne fréquentez personne. Vous n'avez pas de rivalités avec d'autres bandes, partant, pas d'histoires. Vous ne faites pas de bruit, vous ne vous attaquez pas à de trop gros morceaux, vous êtes sages, partant, pas de flics. J'ai rarement vu des petits gars s'en tirer si intelligemment.

– On est modernes... »

Cette réplique modeste de Thierry ne retarda que de quelques secondes le cri de Bruno :

« Champagne !

– Minute ! On partage ! »

Ils se rassirent sans se faire prier, comme un seul homme. Fred réfléchit.

« Deux cent trente divisés par quatre, ça fait très exactement cinquante sept mille cinq cents. Thierry, je te donne la part de Rocky. Tu lui donneras si ça te chante. »

Le seul bruit des billets froissés suffit sans doute à réveiller Béatrice puisqu'elle apparut peu après, en peignoir et le sourire aux lèvres.

« Tu arrives pour le champagne, ma cocotte ? C'est gentil à toi, ironisa Fred qui s'assombrit soudainement en s'adressant à Bruno :

– Excuse-moi, vieux, mais on t'a même pas demandé si tu avais besoin de pèze... Si tu en veux, hein, ne te gêne pas. »

Les deux autres firent chorus.

L'Espagnol passa ses deux mains sous ses bretelles en s'arrondissant d'aise et de béatitude personnelle. Il rit trois fois et s'exclama :

« Vrai ! Vous pensiez sérieusement que je me contentais de vendre de la limonade et des apéros ou de tricher aux cartes ? Vous n'êtes tout de même pas si naïfs, non ? Gardez vos sous, mes enfants, vous êtes très gentils et ça me fait plaisir, mais vous en avez plus besoin que moi... »

Ils hochèrent tous la tête amusés. Ce Bruno... eh bien !... était un sacré Bruno !...

Jusqu'à cinq heures du matin, les bouchons de champagne se relayèrent pour cogner au plafond. Une belote à cent sous du point accompagna l'absorption du liquide. Personne ne trichait par convention amicale, générale et observée scrupuleusement. Lorsque l'un d'entre eux se livrait machinalement à un tour de passe-passe, son « pardon ! » vexé soulevait les rires.

Cette fois, ce fut Béatrice qui offrit l'hospitalité de son lit tiède à Frédéric. Honneur aux vainqueurs... Lorsqu'ils se séparèrent, sur le palier, Thierry eut une moue inquiète :

« Où peut bien être passée cette andouille ? »

Fred eut un grand geste empli de fatalisme. Et Thierry prit sa brosse à dents pour aller chez Sophie.

CHAPITRE XVII

Rocky, laissant aux trois autres le soin de visiter le bureau et celui non moins délicat de fracturer les meubles, se mit à explorer l'appartement à l'aide de son briquet.

Il avait le cafard. Ginette, cette Ginette qu'il croyait à lui, rien qu'à lui, couchait avec des sales vieux de cinquante ans, en cachette, par lucre et par vice peut-être... Il avait cogné cette tête si souvent couverte de baisers sur le plancher. Il avait projeté ses deux poings de petite brute sur tout ce corps fragile. Il avait frappé des deux pieds malgré les cris, les pleurs et la crise de nerfs, fou de rage, inconscient, ivre de coups faciles...

Elle... qu'il n'aimait pas, bien sûr, mais qui était à lui, qui ne faisait si bien l'amour qu'avec lui, qu'avec Rocky!

Il grinça des dents en pleine obscurité. Il ralluma son briquet. Il était dans un petit salon.

C'est alors qu'il aperçut le bar.

Se penchant sur la table de verre biseauté, il vit, entre des pots de fleurs artificielles, un paradis de bouteilles vierges.

Armagnac, cognac, gin, pernod, whisky, martini, jus d'ananas, eaux minérales, porto, citron... De quoi chasser les ennuis intimes de cent contribuables.

Les yeux de Rocky s'agrandirent de surprise sincère et de fervente convoitise. Il eut une seconde l'idée d'aller faire partager ces nouveaux sentiments aux copains, mais entrevit en une autre seconde que tout cela ne les intéresserait pas et qu'au contraire ils le retiendraient auprès d'eux pour chercher la célèbre aiguille des meules de foin.

Il pensa ensuite que ces flacons tueraient son désespoir mieux que tous les encouragements du monde.

Se glissant dans la chambre, il se dissimula derrière la penderie et attendit, sa patience stimulée à merveille par le délicat projet d'une cuite solitaire et carabinée.

Il entendit les recherches hâtives que l'on faisait de lui, les jurons de son frère, quelques heurts de meubles et celui, final, de la porte d'entrée refermée.

Il soupira. Evidemment, il se conduisait mal. La recette, s'il y avait recette, devait normalement lui passer sous le nez. Ensuite, ne serait-il pas déshonoré, voire honni de la bande ? Il se buta, sortit de ce réduit naphtaliné en haussant les épaules.

Une seule chose lui importait, le fascinait. Il s'y rendit. Rallumant son briquet, il se chargea du litre de martini, d'eau gazeuse et de gin. Il rebroussa chemin et se dirigea vers la cuisine. Il déposa son butin sur le carrelage, tira les doubles rideaux de la fenêtre, s'évertua laborieusement à boucher les jours à grands renforts de torchons et de tabliers. Lorsqu'il jugea le camouflage parfait, il ferma la porte et fit la lumière. Il retourna prendre quelques citrons et s'installa commodément sur une carpette rapportée de la chambre.

Il prit une dizaine de verres dans le buffet et se mit au travail, minutieusement et sans relâche.

Il se fabriqua ainsi trois Martini-gin avec zeste, deux Martinis purs et cinq gin-fizz parce qu'il plaçait ce breuvage au-dessus du ciel, de la tour Eiffel et de lui-même. Il but le tout en moins d'une heure et s'endormit, un citron pour oreiller, une paille aux lèvres comme périscope, et ses cheveux sur les yeux en guise de couverture.

. . . .

Lorsqu'il s'éveilla, il se demanda par un phénomène naturel où il se trouvait et le pourquoi de la chose. Puis il réalisa sans transition que le jour était venu, que lui, Rocky, courait enfin un certain péril à demeurer là et qu'il tenait une gueule de bois de forte envergure.

Un pâle rayon de soleil traversant les rideaux lui caressait le nez.

Rocky restait étendu sur sa carpette. Il n'avait plus la force de bouger. Si l'on venait bientôt, il serait capturé sans plus de difficultés qu'un escargot sur une feuille de chou. Il se rappela que Fred avait annoncé l'arrivée du fourreur pour midi. Il regarda nonchalamment sa montre. Elle marquait midi.

« Bon Dieu, grommela-t-il, je suis cuit... » Il s'accorda toutefois un instant de repos supplémentaire. Un poisson rouge clos dans son aquarium l'observait fixement d'un regard presque humain. Rocky se leva lourdement, fila vers le cabinet de toilette. Il en revint porteur d'une fiole de savon liquide qu'il vida méchamment à l'intérieur de la prison maritime.

« Un de moins! » soupira-t-il en portant la main à son front et en se rallongeant sur le tapis pour reprendre davantage ses sens... Cela ne carburait vraiment pas du tout, mais alors pas du tout, du tout. Il se demanda même comment il était parvenu à se mouvoir jusqu'à la salle de bains et cette interrogation le rendit perplexe jusqu'au moment où il entendit avec effroi le bruit d'une clef dans la serrure de la porte d'entrée.

« Putain! pensa-t-il, ça y est... » Il fit le mort. Il entendit quelqu'un marcher dans le corridor. Il s'aperçut que les pas se précipitaient en direction de la cuisine.

Entrouvrant un œil sur une largeur d'un demi-millimètre, il vit s'ouvrir la porte et apparaître le fourreur médusé. Celui-ci resta interdit. Ce spectacle inusité d'un personnage étendu sur un de ses tapis, dans sa propre cuisine, à côté des bouteilles qu'il avait toujours cru siennes et pleines le frappait de stupeur. Il y eut certainement une association d'idées dans sa tête. A savoir que l'inconnu semblait hors d'état de nuire et que toutefois son physique apparaissait plus apte à la boxe française que le sien. Il tourna précipitamment les talons.

Rocky l'écouta s'éloigner et ne se leva que lorsqu'il le jugea dévalant l'escalier.

« Ça chauffe »... dit-il en pâlissant. Le type allait revenir avec le concierge, cela coulait de source. Rocky entra en courant dans la salle à manger, cherchant d'un œil égaré ce qui pourrait lui tenir lieu de planche de salut.

Il n'en trouva point, mais tomba sur la serviette du fourreur que celui-ci venait de déposer près de sa gabardine. Il la ramassa machinalement. Les pas remontaient, sonnant l'hallali.

Rocky, hagard, alla se réfugier dans la penderie. Il entendit entrer les deux chasseurs. Il les « sentit » ouvrir la porte de la cuisine.

Alors, mû par l'inspiration du va-tout, il fit un bond de cerf traqué, traversa l'appartement comme une flèche et eut le temps précis de repousser la porte d'entrée dans les bras du concierge écumant. La clef était à l'extérieur. Il en donna deux tours avec une promptitude de moustique échappant à une tape féroce.

Hors d'haleine, il s'appuya une seconde à cette porte ébranlée par les coups d'épaule et les hurlements des deux emprisonnés.

Reprenant son souffle, enfourchant la rampe, il atterrit en boulet sur le paillasson du rez-de-chaussée. D'un direct au foie, il expédia la concierge et son balai effectuer une glissade prolongée et bruyante sur le parquet trop ciré de la loge. Satisfait, réjoui même de la tournure exceptionnellement belle des événements, il atteignit au trot l'avenue des Champs-Elysées. Avec la précipitation commune aux habitués de la S.T.C.R.P., il sauta au vol sur la plate-forme d'un bus.

Il s'assit en souriant angéliquement à l'anonymat rassurant des voyageurs assoupis.

Singeant Napoléon dans ses rôles célèbres de mots historiques, il soupira un « Ouf » à fendre un cœur d'adjudant de service...

Il posa soigneusement la serviette sur ses genoux et, deux arrêts plus tard, éprouva le besoin pressant de l'inventorier. Il dégrafa les deux boules et pencha un visage interrogateur sur les compartiments multiples.

Il y avait de tout. Un roman policier, des paperasses, des brochures professionnelles, un appareil photographique évalué d'instinct dix billets, et encore des paperasses.

Rocky fouillait avec l'impétuosité de son âge. Dérangeant sans la moindre vergogne l'ordonnance parfaite de ces factures, traites et notices classées et ficelées, ligaturées de trombones ou d'élastiques.

Une enveloppe immaculée sur laquelle était calligraphié à la ronde le mot « Espèces » le fit tressaillir.

Il fut coupé dans son émotion par le receveur lui réclamant ses tickets.

Il se cala brusquement dans un coin, jeta un regard haineux à une vieille bonne femme qui le dévisageait, et en deux coups d'ongle déchira l'enveloppe. Il eut un petit pli heureux des lèvres. Il y avait là six billets de cinq mille rassemblés selon le même procédé.

« Pauvre fourreur... Ça au moins, c'est un type qui n'a pas de veine... », soupira Rocky en refermant la serviette d'un geste délicat.

Il ne regretta plus les transports d'ailes des gins-fizz. Sa gueule de bois lui parut plus douce qu'une caresse alanguie de Ginette. La vieille bonne femme de l'autobus lui sourit.

Il descendit au premier arrêt et se dirigea d'un pas tranquille vers le plus proche café, farouche partisan de l'homéopathie.

CHAPITRE XVIII

Pigalle florissait de ces petites bandes individualistes en cheville avec les patrons de bar et les Américains. Les journaux parlaient, attendris, du Chicago-sur-Seine. Et ce Chicago transplanté avait ses sources au cœur de la désertion, ses revenus au sein de la guerre et ses dérivés, vie chère, marché noir, laisser-aller du monde.

La mentalité du port d'armes recommandé type résistance enrôlait à la pelle pour la clientèle des bars « louches » d'aimables zigotos en rupture de principes qui s'étaient trouvés un beau jour au milieu d'une rue avec le pétard du réseau, le droit à la continuité de la belle vie, le mépris de l'homme et la tête échauffée, enflée, brûlée, perdue et retournée.

D'anciens parachutistes, d'ex-anges mitrailleurs, effrayés par la vue de ces existences piètres qui furent les leurs, rejoignaient en silence les rangs du faux, de l'illicite, du « pèze » et du mal, aux fins d'y retrouver le goût de citron du risque.

D'autres jeunes, encadrés de chewing-gum, de « Lucky », d'appareils à sous, de cartes à jouer, de filles émancipées par un Noir, un soir aux quatre coins d'un trottoir, entraient dans la ronde dorée d'un monde où la facilité des vies découlait de l'euphorie trop riche de cette guerre d'arrière qui n'était qu'une après-guerre avant la lettre. Trafic d'armes dans les bistrots, faux papiers, L.V.F. maquillés, déserteurs travestis, combattants blasés, inadaptés, déracinés, avalanches de « pipes », déluges de liberté, flots d'essence, tractions avant, devises, louis d'or...

Libération. La Libération avait surtout libéré, comme d'une fourrière on entrouvre les portes, une nuée de types las du « travail honnête ne payant plus ». La ruée fut telle que les graphiques de la brigade des mineurs crevèrent les plafonds du Quai des Orfèvres pour tracer des éclairs bleu pétrole dans le ciel de Paris.

« Le travail honnête ne paie plus. » Des journaux accumulèrent les enquêtes pour prouver cette vérité nouvelle. On chanta une chanson intitulée « Moi je n'aime pas travailler » ... La flemme devint de mode. L'impôt sur les oisifs fut invention du jour.

L'Apocalypse, Babylone et tout ce qu'on voudra étaient en route.

Le monde allait périr faute de bras.

Le tribunal pour enfants vivra un sacré moment sur les vestiges de l'occupation et les caisses vides de la Libération. Un crâne de seize ans ne tient pas sur ses pattes. Les zéphirs de la faim, du vol et de la mouise le font virer à coups de gifles, en feuille morte.

Tout ce que Paris, l'armée américaine, la province, les transplantés de toutes nations (ruines de l'organisation Todt et des armées polonaises, russes, italiennes, locales) comptaient d'hommes voulant boire un grand coup, pour de bon, à la fontaine du lieu-dit des Bras Croisés, se retrouva à Pigalle, à la Bastille, au faubourg Saint-Denis et dans une mesure plus sélecte sur les Champs-Elysées.

Le bon temps des jeeps-radio et de la brigade des gaz...

Les Corses et les Marseillais traditionnels sombrèrent dans la masse.

Et le Pigalle honnête, l'éternel oublié... Son côté bon enfant, parisien, charmant... Avec, en gros plan, ses baraques foraines des jours de fête, le jet d'eau et les leveurs de poids. Ses cafés-tabacs, ses restaurants caducs d'un autre siècle, ses cabarets centenaires ou presque, sa promenade d'arbres courant d'Anvers à Blanche, et tout le petit peuple normal de Paris que l'on retrouve de la rue de Bercy à la porte de Bagnolet... Le Pigalle honnête ignorant son ver solitaire...

Ver solitaire combattu par le vermifuge Lune de la police et de ses indicateurs.

Les indics... Les mouches... Bzzz... Bzzz... Les relégables (condamnés six fois. A la septième exhibition devant Monsieur le Juge, on l'envoie au diable. Pour éviter cette septième, il se tient à carreau et rend des « services ») et les interdits de séjour. Ceux-ci, pour rester à Paris, en passent par là. L'indicateur est à la police ce que la pierre est au briquet. Sans lui, pas d'étincelles...

La soi-disant « régularité » du milieu n'étant qu'un mythe inventé pour éblouir le touriste, l'indicateur serait roi s'il n'y avait eu ces bandes autonomes de jeunes frappes. Les jeunes ne sont pas connus à la « maison » (Quai des Orfèvres). S'ils se taisent et se montrent peu voyants, s'ils travaillent par petites équipes, ils sont difficilement décelables. Quoique dénués d'expérience, leur intelligence innée du mal les sauve du filet. La prudence de Fred et de ses collègues était le point fort de cent troupes en apparence futiles.

Pour elles, Pigalle s'offrait, contre vents et poucettes, *in extenso*, ouvrant ses comptoirs, ses hôtels et son cœur vite refermé par le courant d'air de la « grande vie »...

*

Le jour de la Saint-Béatrice, la cousine y alla de sa tournée générale.

Rocky, absous par ses pairs, étrennait un costume bleu canard dont la longue veste arrivait à hauteur des genoux. Il se dut d'arroser son acquisition. Gonzague, à la surprise et à l'inquiétude générales, revint des courses muni d'un bouquet d'œillets rouges qu'il offrit à Béatrice. Fred lui tapa sympathiquement sur l'épaule.

Seul, Bruno restait sombre et d'une humeur de passe-boules. Il ne songea même pas à payer un verre, ce qui était contraire à sa nature.

« Ça va pas, Bruno ? s'enquit Thierry.

– Mal. Très mal. Plus que mal.

– Pourquoi ?

– Parce que je vais commencer et finir l'année en prison, vrai de vrai.

– En prison ?

– Je vais être forcé de recasser la gueule du patron de L'Araignée du Soir et cette fois-ci, je ne pourrai pas faire moins que de le laisser sur le bitume. »

Il empoigna rageusement un verre à pied et le plaqua sur le comptoir avec une telle force que des éclats de verre voltigèrent sur une belle longueur de zinc.

« Vrai ! Voilà ce que j'en ferai du patron de L'Araignée du Soir ! De la farine de moutarde, de la crotte de bique et de la poule au pot ! »

Là-dessus, il grinça des dents et courut s'enfermer une demi-heure dans la cabine téléphonique. Il en ressortit abattu et grave, un pli terrible au front. Il fit un signe à Fred et à Thierry.

Ils allèrent dans la cuisine. Bruno s'épancha :

« Je vous connais assez pour vous confier un secret. Je m'occupe de drogue. Je ne le crie pas sur les toits. Le patron de L'Araignée du Soir est espagnol, catalan. Un salaud. Il s'occupe de drogue. Il m'a roulé une fois. Je l'ai eu deux fois. En plus, je lui ai foutu une volée. Hier, j'ai failli y passer, moi. Un type m'a lancé un couteau dans la rue Victor-Massé. Je m'en suis tiré avec un accroc à une manche de pardessus. Aparicio, c'est le nom du patron, m'envoyait ses vœux. Aparicio mourra, ou moi, à la rigueur. »

Il reprit haleine. Fred et Thierry observèrent le silence. Bruno continua :

« Dans le milieu des stupéfiants, plus que partout ailleurs, les rivalités sont féroces. C'est la seule branche où il y ait concurrence. Dans ce coin de Pigalle, il y a Bruno Lechuga et il y a Ramon Aparicio. Nous nous supportons depuis deux ans. A présent il faut un mort. Nous autres Espagnols... »

Il se lança dans un débat sur la mort en Espagne, sur

les courses de taureaux, etc... en s'appuyant sur la barre de la cuisinière où ronronnait le bœuf bourguignon. Il baissa la voix :

« Je viens de téléphoner à un copain qui a un revolver payable à tempérament. Pour le payer, il s'en sert, dans les grandes occasions... Il est en voyage. J'ai tenté d'avoir une autre adresse, impossible. Alors j'ai pensé à vous. Si ça ne vous plaît pas, dites non, nos relations seront les mêmes qu'auparavant. Je sais que ce n'est pas un boulot propre, mais cela me rendrait service. »

Il baissa la tête en se mordant nerveusement les lèvres. Fred regarda Thierry :

« Qu'est-ce que tu en penses ?

– Pas grand-chose.

– Tu le ferais ?

– Ça dépend. »

Bruno, croyant que l'on allait parler argent, les coupa :

« Vous ferez votre prix.

– Il n'est pas question de ça. Thierry ?

– Quoi ?

– Je marche. Pour Bruno.

– Ça va, moi aussi. Mais ça ne m'enchante pas. »

Bruno leur serra la main. Fred réfléchissait; il dit encore :

« Ce sera discret. J'ai une idée. Tant pis pour Aparicio. Cela lui apprendra à chagriner mes amis. »

Il ricana et pirouetta sur les talons pour revenir au bar. Thierry avait pris sa plus belle tête d'enterrement. Jouer les tueurs, c'était de la haute école...

Bruno discuta du prix avec eux, dans un coin de la salle :

« Cinquante chacun.

– C'est trop.

– Non. Si le boulot est bien fait, je les retrouverai en deux semaines. Ça vaut ça. Vous avez des risques. Vrai, vous avez des risques...

– Pour ça oui, soupira Thierry.

– Ne t'en fais pas. D'accord Bruno. »

Fred alluma une cigarette et se perdit au cœur de ses pensées.

Thierry interrogea, timide :

« Et comment tu vois ça ?

– C'est mes oignons. »

Il plissa les yeux. Le bijoutier s'en était tiré. Béatrice l'avait revu dans sa boutique. Le milicien et le Polonais jouaient aux dominos sous terre arable. Il s'en moquait bien, à présent. La vie, c'est la vie; la guerre, c'est la guerre; quand on est mort, c'est pour longtemps, etc... Il se frotta doucement les mains. Du baccalauréat, il avait glissé jusqu'aux Pompes funèbres... Il se trouva très fort d'avoir ainsi laissé l'avenue Alphonse-XIII si loin, si loin derrière lui en quelques mois. Il but son verre à la santé de L'Araignée du Soir. Son sourire était l'image du bien-être. La veine était sienne. Jamais d'ennuis. Jamais de ratés. Les coups les plus difficiles réussissaient toujours.

« Et vive la Sainte-Béatrice ! » cria-t-il en riant, allègrement, légèrement, de toute une jovialité qui l'envahissait de jour en jour à toute réussite l'ancrant progressivement à cette idée fataliste de la chance éternelle.

« Vive la Sainte-Béatrice ! » reprit-on au comptoir.

Thierry marmonnait dans sa moustache, hagard et nullement heureux de la tâche qui l'attendait. Un voile de meurtre venait de s'abattre sur les affaires passées... Bruno restait sérieux à sa caisse, mais rêvassait en jubilant intérieurement... Béatrice alla rejoindre Fred sur sa banquette.

. . . .

Ils allèrent jouer au billard tout l'après-midi. Fred, qui faisait équipe avec Tarin, battit de douze points les frères Ranal. Béatrice les regardait en buvant des pralinés chauds.

. . . .

Fred s'absenta une heure avant le repas. Lorsqu'il revint, la table était mise.

Il prit Bruno et Thierry à part.

« Voilà. La meilleure combine est encore le système américain, méthode Chicago : le mitraillage du bar, type règlement de comptes classique. La police n'insiste jamais dans ces cas-là. Elle sait que les auteurs rentrent dans le rang sitôt le coup fait. En plus, c'est spectaculaire, c'est dans ma nature. Je suis allé voir Sidney. A minuit, Thierry, nous irons à son hôtel. Il y aura une jeep. Nous la prendrons et nous filerons à L'Araignée du Soir qui ferme, je crois, à une heure...

– C'est ça.

– Toi, Thierry, tu mettras en état de marche ta mitraillette et le colt. D'accord ?

– Oui.

– Bon. A la grâce de Dieu et à table. »

Le repas fut gai. Tarin, en verve, narra des morceaux choisis de sa vie d'usine et fit courir des frissons d'émoi le long des échines présentes à l'exposé de ces semaines de bagne rémunéré... Des images de cubilots en feu, de contremaîtres exécrables et de fumées noires coulaient de sa bouche ironique qui avait connu les poussières, les limailles, les copeaux.

« Moi un jour, sur les quais, acheva-t-il, j'ai acheté un bouquin qui s'appelait « Dante n'a rien vu ». Je croyais qu'il parlait des usines !

– Dans le fond, trancha Fred habitué des aphorismes, les ouvriers, au lieu de mettre leur espoir dans des syndicats d'impuissants, feraient mieux de suivre en bloc l'exemple intelligent de notre ami Tarin...

– Sûr. »

Et Tarin, satisfait de sa condition sociale à l'abri des fluctuations du barême des prix et des salaires, s'étira voluptueusement en étendant en direction du lustre ses mains vouées désormais à toutes les manucures de Paris.

L'ombre de Maxime passa une seconde devant les yeux de Fred. Il devait être encore avec Amande. Il devait avoir fait une dizaine de métiers depuis ce dimanche d'octobre où il l'avait vu pour la dernière fois. Et exclusivement des métiers honnêtes, sans doute. Maxime... Ce n'était pas un idiot, pourtant il travaillait. Il y mettait même de la flamme. Fred ne comprenait plus...

Thierry s'éclaircissait. La confiance éclatante de Fred déteignait sur lui. Après tout, ce serait vite fait... Une pétarade en pleine lumière et la route à tombeau ouvert !... Puisqu'il avait accepté, il se devait de mener le boulot jusqu'à son terminus, par « conscience professionnelle ».

Rocky avait de bonnes nouvelles de Ginette. Elle sortait de Lariboisière le surlendemain, plus amoureuse et surtout plus fidèle qu'avant, dressée. Rocky comptait se l'attacher corps et âme à jamais par la vertu de son complet bleu canard dans lequel il avait l'aspect d'un vicomte désabusé.

Bruno servit la fine. Il en remit à Fred et à Thierry. La radio jouait un slow.

« On danse ? » dit Fred à Béatrice.

Ils se levèrent et s'enlacèrent. Rocky soufflait dans ses mains refermées pour imiter la trompette bouchée. Le couple tournait doucement. Le communiqué de l'O.N.U. l'interrompit sans crier gare. Fred ne se rassit pas :

« Debout, Thierry.

– Où allez-vous ? » interrogea Tarin surpris.

Ils avaient promis le secret à Bruno. De toute façon, il valait mieux que cette histoire restât entre eux. Fred avait prévu la question.

« On va chez Sophie, sa nièce est arrivée d'Angoulême. C'est son anniversaire. Thierry m'a fait inviter pour le pousse-café.

– Tu vas me tromper ? s'inquiéta Béatrice.

– Sûrement pas, si elle est comme sa tante ! »

Le tonitruant éclat de rire de la communauté fit rougir Thierry jusqu'aux racines. Vexé, il monta dans sa chambre et en revint porteur d'une mallette.

« Allez, Fred, ramène-toi. Tu ne connais rien à

l'amour. Une vieille, parfaitement, une vieille. Il n'y a que ça. Pas de mariage ! Pas d'enfant ! Pas de serments !

– Ça va, ça va, sors. A tout à l'heure si vous n'êtes pas couchés... »

Il eut un geste élégant du bout des doigts et poussa Thierry devant lui.

Lorsqu'ils furent dans la rue, Fred prit un visage sérieux adapté aux circonstances imminentes :

« C'est les pan... pan... que tu as là ?

– 'videmment. Tu sais où demeure Sidney ?

– Près de la Madeleine. Rue Cambon. On y va à pied, hein ! On a une demi-heure devant nous. D'ailleurs, même si on perd du temps, n'oublie pas que cinq minutes de perdues, dix de retrouvées... »

Ils se mirent en route, descendirent la rue Pigalle...

Thierry, qui se mettait depuis peu au vin blanc, contre ses goûts personnels, mais pour la bonne raison qu'il ne pouvait en tenir le litre, ce qui le désespérait, s'arrêta plusieurs fois avec Fred dans ce qu'il appelait désormais des « salles d'entraînement » et qui n'étaient que des cafés.

Malgré ces contretemps, prenant la rue de la Chaussée-D'Antin à la Trinité, ils arrivèrent rue Cambon à minuit dix, par le boulevard des Capucines.

Le blanc avait gonflé Fred qui ne parlait plus d'Aparicio qu'avec l'emphase d'un matamore de carrière.

« On va le bousiller... Tripes au soleil..., grommelait-il.

– Soleil de minuit...

– Père Lachaise..., reprenait l'autre.

– Oui, oui, stop ! C'est là. »

Ils s'arrêtèrent devant un petit hôtel éclairé par une dizaine d'étoiles, l'hôtel de Champagne où au troisième, brillait une lumière.

« C'est la chambre de Sidney, expliqua Fred, celle d'à côté est à Omer.

Il siffla très fort et trois fois. La lumière s'éteignit.

« Il vient... »

La rue était déserte. Un chat la traversa au vol, poursuivi par un rayon de lune. La température était douce.

« Beau temps pour crever », dit encore Fred.

La porte s'ouvrit et Sidney apparut, son melon sur le crâne. Il leur tendit la main et se mit à parler à Fred. Thierry s'ennuya un instant à l'audition de syllabes volubiles chez l'un, hésitantes chez le Français. Enfin Fred se tourna vers lui :

« La jeep est dans un garage à côté. Sidney se doute que, si l'on en a besoin, ce n'est pas pour faire des ronds de fumée. On ne l'a ramènera pas par ici. On la déposera chez un pote à Sidney qui vit avec une bonne femme à Montreuil. Voilà ! Il va chercher la bagnole et nous retrouve sur le boulevard. O.K. ! » dit-il en s'adressant au Noir.

Celui-ci eut un large sourire et s'éloigna d'un pas hâtif en chantonnant un air qui était devenu pour lui une antienne sempiternelle depuis quelques jours :

If you see my baby tell her to hurry home
I ain't had no lovin' since my baby's been gone...[1]

Fred s'émut :

« C'est le bon gars, ce negro...

– Tu sauras conduire une jeep, toi ?

– Bien sûr. »

Ils rebroussèrent chemin jusqu'au boulevard des Capucines. Une étoile s'éteignit là-haut, comme soufflée par un coup de vent.

« L'étoile d'Aparicio », ricana Thierry en posant sa mallette sur le trottoir.

Deux agents passèrent en rigolant.

« Bonsoir », leur cria poliment Fred.

Ils sursautèrent, méfiants, peu accoutumés à de telles démonstrations de sympathie. Ils firent dix pas et l'un d'eux, soucieux sans doute de ne pas manquer de correction, dit également « Bonsoir ».

« Oh ! les cons »... pouffa Fred.

Une voiture arrivait en trombe au bout de l'horizon.

1. *Si vous voyez ma bien aimée, dites-lui de rentrer vite*
Je n'ai pas eu d'amour depuis qu'elle est partie...
(*EVIL BLUES*)

Ses phares jouaient au miroir aux alouettes sur les passages cloutés. Elle ralentit à la vue des deux garçons et s'arrêta net devant eux en un soubresaut souple de cheval stoppé à l'obstacle.

Sidney descendit en voltige. Il leur serra la main une dernière fois en les accablant de recommandations et de « Montreuil! Montreuil! » réitérés. Thierry fit un grand salut à l'adresse du Noir.

Le vent gonfla comme une voile le toit de toile verte du véhicule. Fred releva d'une main son col de pardessus et appuya progressivement sur l'accélérateur. A cette heure de la nuit, le sens interdit n'avait plus cours. Le champ était libre, ce qui permettrait une fameuse fuite à pleins gaz, tout à l'heure...

« Ralentis ! hurla Thierry.

– Pourquoi ? répondit Fred tout en obéissant.

– Parce qu'il y a un point à mettre au clair. Comment est-il foutu cet Aparicio ? Si on dégomme un client à sa place, on aura l'air fin !

– J'ai vu une photo. Il est très maigre, porte une moustache en pointe et a une cicatrice de bonnes dimensions sur le front. Un type à reconnaître dans un tunnel, quoi !

– Dis donc, si quelqu'un se rappelle de nous ?

– J'ai prévu. On nouera nos cache-nez autour de nos figures. Compris ? On peut y aller ?

– Vas-y ! »

Et Thierry recommanda sa pauvre âme au vin blanc tandis que la jeep, secouée par un nouveau coup d'accélérateur, reprenait sa course vertigineuse dans le no man's land des étoiles du ciel et des lumignons de Paris.

Fred faillit accrocher un taxi roulant en père tranquille et tous feux allumés. Il donna un coup de volant magistral et reprit la chaussée en un léger cahot. « Beau », apprécia Thierry.

Pigalle, à présent, se précisait. Ils remontèrent la rue Pigalle à quatre-vingts, tournèrent devant Tabarin encore illuminé comme une crèche de Noël, pénétrèrent ensuite dans la rue Frochot.

L'Araignée du Soir se tenait là, avec sa devanture rougeâtre où était peinte en blanc une espèce de grand faucheux.

Fred arrêta à vingt mètres et se tourna vers Thierry :

« Alors, vieux, pas trop émotionné ?

– Puisqu'il faut le faire, allons-y, mais vite. »

Fred entendit les deux déclics de la mallette.

« Tu prends la mitraillette ? demanda Thierry.

– Oui, passe-la discrètement. Je la tiendrai sous mon manteau. »

Il prit l'arme par la crosse et la glissa sous un pan de son pardessus. Le chargeur dessinait une bosse à hauteur de ses poches. Fred dénoua son foulard et le renoua sous ses yeux, tandis que Thierry procédait à la même opération.

« Debout, vieux. On sera revenus d'ici trente secondes », murmura Fred en mettant pied à terre.

Ils se dirigèrent calmement vers L'Araigné du Soir.

Fred sortit délibérément la mitraillette, appuya sur le bec-de-cane.

Aparicio était au milieu de la salle occupé à donner du sucre à un chien.

Quatre joueurs de belote disputaient autour d'une table parée de litres.

Fred fit deux pas rapidement, suivi de Thierry. Le chien s'enfuit. Les occupants de la table se retournèrent d'un bloc. Et Aparicio restait là, figé, tenant son bout de sucre entre deux doigts.

Fred braqua d'un coup de poignet le canon et pressa fortement la gâchette.

Un tonnerre de bruit et d'éclairs retentit en un nuage sombre et rouge. L'odeur de poudre régna instantanément.

Aparicio s'écroula comme un sac de charbon, le nez sur le dallage. Les beloteurs avaient déjà les bras levés.

Thierry, livide, s'approcha, se pencha, et estoqua le mort d'une balle en pleine nuque.

Fred rouvrit la porte. En un clin d'œil, ils furent dans la rue. Des volets claquaient, des fenêtres s'ouvraient, des lumières jaillissaient des murs.

« Au sprint ! » beugla Fred.

D'un bond, ils atteignirent la jeep et s'y assirent au vol.

Fred embraya aussitôt, passa les vitesses, et pesa des deux pieds sur l'accélérateur. La voiture prit un départ de fusée interplanétaire, « chassant » des quatre roues, partant en flèche pour la grande sauvette... Ils arrachèrent leurs écharpes.

« Boulevards extérieurs ! » cria Fred pour rassurer Thierry cramponné à la banquette.

La jeep déboucha place Pigalle et fonça droit devant elle. Fred, pour dépister les éventuels pourchasseurs, accumula les crochets, virant de la rue des Martyrs à la rue d'Orsel, de la rue d'Orsel à la rue de Clignancourt, fonçant dans celle-ci, tournant dans la rue Ramey, dans la rue du Baigneur, etc... etc... Le jeu dura cinq minutes, le temps de gagner le boulevard Ney.

Fred se retourna. Pas un phare à l'horizon. La nuit. Il sourit, mais n'en ralentit pas pour si peu l'allure style Indianapolis. Une petite pluie glaciale leur zébrait le visage. A cette vitesse, la lune elle-même semblait bouger, là-haut. Les deux jeunes gens étaient entrés dans le domaine du silence forcé. Ne pouvant converser, ils restèrent seuls avec leur tête, Thierry affalé sur sa banquette recroquevillé sous sa canadienne, Fred transi et calme, les yeux fixés à l'éternel tapis roulant des routes crevées en trois parties sombres par les deux phares jaunes, les mains à plat sur le volant. Ils gardaient brûlante la vision grotesque du morceau de sucre tombant et rebondissant au sol, les traits d'Aparicio n'ayant pas eu le temps matériel d'aller de la bonhomie à la terreur.

Boulevard Macdonald... Boulevard Sérurier... Les boulevards extérieurs, défilé lugubre d'immeubles noirs et comme vidés d'âmes... Terrains vagues... Parfois la clarté d'un petit « guinche » de quartier. Désolation infinie de l'habitation à bon marché, des poubelles de nuit, des rues à vie aspirée par les pompes du sommeil bien gagné, des becs de gaz momifiés de halos brumeux...

La jeep, poursuivant sa courbe autour de Paris, dévala le boulevard Mortier, obliqua sèchement à la porte de Bagnolet. Là, Fred ralentit enfin.

Un bal modeste où clignait en façade le nom de Chez Pierrot égrenait sur un rythme de moulin à café une java sympathique et typique.

Fred serra les freins, soupira.

« On va boire un coup », murmura-t-il, abattu.

Ses nerfs le lâchaient à temps. Thierry dut le prendre par le bras pour le descendre de la jeep.

Ils entrèrent Chez Pierrot. La java continuait ses rangées de perles. Ils se laissèrent choir sur deux chaises. La salle n'était guère occupée que par une dizaine de couples. Le patron, en tablier bleu, bâillait sous le calendrier de *L'Humanité.* L'inévitable et solitaire accordéoniste à foulard blanc roupillait à demi sur sa chaise en jouant.

Une serveuse pourvue de graisse superflue s'apporta :

« Qu'est-ce c'est pour ces monsieurs ?

– Une bouteille de cognac, grogna Fred.

– Deux cognacs ?

– Une bouteille, vous dis-je.

– Mais c'est qu'on fait du détail, ici.

– Une bouteille, grosse gourde. »

Fred, blanc de rage, se fit si menaçant que la bonne affolée alla se réfugier vers son maître en tenant ses cotillons à deux mains. Le patron arriva conciliant :

« Vous voulez deux cognacs ? »

Thierry, prudent, devança l'explosion de son ami.

« Apportez une bouteille, vous nous la compterez ce qu'il vous plaira.

– Pas du tout, monsieur, je suis un commerçant honnête. Je vais calculer ce qu'une bouteille contient de petits verres.

– Ce qui fait que nous la boirons dans une semaine...

– Soyez tranquilles, je ferai mon calcul avec une autre ! »

Il claqua des doigts. La bonniche accourut avec l'objet de tant de controverses.

Thierry servit. Ils étaient seuls, tous deux, entourés par ce cercle sonore de piano dépravé, par ces fumées lentes, par ces gens intoxiqués de danse au point de se voler des heures de repos... Ils burent. Ils parlèrent enfin.

« Ça a foncé, dit Fred.

– Tu crois qu'on est sauvés ?

– C'est sûr.

– Pauvre Aparicio, gémit Thierry.

– Il n'est pas à plaindre, va. Il a quitté cette vallée de larmes. Il est à la droite du seigneur.

– Tu es rosse...

– Pour ce que la vie est belle... D'ailleurs, c'est toi qui l'as tué. Tu n'as pas manqué de culot d'aller lui filer le coup de grâce.

– Il était déjà mort.

– Tu penses ?

– Une rafale à faire tomber un mur de cimetière, que tu lui as envoyée... »

Ils burent en silence. Lorsque la bouteille fut à demi vidée, ils restèrent encore un instant à rêvasser.

« Et... ça t'a fait quelque chose ? demanda Fred.

– Je suis catholique, moi, répondit l'autre.

– Tu es catholique ?

– J'ai été baptisé. Sers-moi.

– A part tes salades, est-ce que tu as ressenti un coup au cœur ? Es-tu torturé par ton mort ?

– Ce qui est fait est fait. Je prie pour lui. »

Laissant Thierry à des délires métaphysiques nouveaux qui seraient oubliés à la fin de l'heure, Fred s'attaqua sauvagement au fond de la bouteille.

« Dis, c'est toi qui conduis !

– Et alors ? Des amis comme nous, c'est fait pour être unis jusque dans la mort. »

L'accordéon pleurait toutes ses « Perles de Cristal » pour un seul couple romantique voué à la nuit blanche des trottoirs, des chats noirs, de la lune et des flics, ces héros modernes de rondes et de nuits préfectorales... Fred se leva pour payer. Le cognac chauffait mieux qu'un cataplasme à la moutarde. En payant, Fred ne pouvait détacher les yeux d'une guirlande tricolore suspendue tout autour de la glace murale. Le bleu... du vin d'Algérie au fond des verres. Le blanc... le blanc... du pantalon de Béatrice! Ah! Ah!... et le rouge... le gros rouge de litre cassé du sang, de tout le sang d'Aparicio pressé dans la sciure comme une éponge...

« Tu viens? » s'énervait Thierry à la porte.

Fred n'attendit pas sa monnaie et sortit. La nuit lui parut exagérément froide. Il eut un hoquet piteux et grimpa sur son siège. Comme il allait embrayer, il entendit Thierry grouiller derrière lui en pestant.

« Qu'est-ce que tu as perdu? ta brosse à dents?

– La mallette, idiot! On nous a piqué la mallette avec les joujoux!

– Sans blagues?

– Oh! tu peux venir voir, c'est pas si grand...

– Les gens ne sont plus honnêtes... Enfin, qu'est-ce que tu veux y faire? On va pas aller au commissariat... Tiens-toi, je démarre... »

Il poussa un petit rugissement satisfait et appuya, avec une fougue menaçant de devenir habituelle, sur le « champignon ». Thierry faillit passer par-dessus bord.

Ils traversèrent Bagnolet au galop. Fred se rappela, à la sortie de la ville, que la rue des Messiers était à la limite de Montreuil, tout contre les carrières. La rue des Messiers, lieu de livraison de la jeep et dernière étape de cette étourdissante randonnée...

Là-bas, rue Frochot, ce devait être le cirque habituel. D'un côté Aparicio recouvert d'un drap, les beloteurs atterrés et muets; de l'autre les inspecteurs ensommeillés dont les manches de pyjama sortaient du veston, et entre eux, la mare rouge ou lavée à grandes eaux, comme à la Villette. Et la confidence de l'inspecteur Gabet à l'inspecteur Crosland : « Drame du milieu... On ne saura jamais rien... ou dans dix ans... » Le tout en buvant une fine « remontante » sur le compte de Ramon Aparicio, sujet espagnol né le...

Fred fit le tour complet des carrières où mijotaient, comme dans de cyclopéennes marmites, des reflets de lune et des regards d'étoiles. Il atteignit la rue des Messiers alors que l'église de Montreuil, tel un arbitre de boxe, comptait jusqu'à deux.

Il s'arrêta devant la maison où le numéro indiqué par Sidney tenait lieu de ligne d'arrivée. Thierry poussa un soupir soulagé.

Fred klaxonna deux fois. La porte s'ouvrit. Une voix de femme posa une question qui n'en était pas une :

« C'est vous ?

– C'est nous », répondit Fred sur le même ton.

Une lampe électrique clignota dans leur direction.

« Une minute, j'ouvre le garage. »

La porte claqua. Les deux garçons allumèrent une cigarette. La pluie de compte-gouttes continuait de voiler d'un grillage morne les lampadaires épars.

Il y eut le bruit de tôle d'un portail métallique glissant sur un rail.

« Entrez ! » reprit la voix.

Fred remit les phares en route. La jeep, lentement, par petites secousses, prit place dans sa nouvelle niche, entre quelques caisses déclouées et une dizaine de jerricans. Le portail refit le même bruit de rideau de fer. Fred coupa le contact et mit pied à terre. Thierry descendit à son tour en claquant des dents.

« Suivez-moi... », dit la voix.

Fred s'éclaira de son briquet. Devant lui, le dos d'une petite bonne femme. Au bout du couloir, une porte sous laquelle passait un rais de lumière. Thierry buta dans un paillasson et ne reprit son équilibre qu'en s'accrochant au bras de son ami. Il murmura :

« C'est la Tour de Nesle, ici.

– Tiens-toi convenablement, nous nous allons présenter à des personnes qui ne nous connaissent pas... »

La femme poussa la porte et, d'un geste poli, invita les arrivants à pénétrer les premiers.

Un nègre ventru revêtu d'une ample chemise de nuit blanche à fleurs roses et coiffé d'un bonnet de coton brodé fumait un cigare, vautré sur une chaise, les deux pieds placés sur une brique chaude. Il se leva en prenant garde à ne pas s'écarter de sa brique et sourit.

« Amis de Sidney?

– Oui...

– Assis. »

Il ne se rassit que lorsqu'ils furent installés sur deux chaises tendues par la femme. Celle-ci avait amplement dépassé la trentaine. Epaisse, nourrie de soupe, propre, elle paraissait maternelle et gentille, type de brave femme du populo.

La cuisine, où ils se trouvaient, trahissait instantanément l'intérieur ouvrier lavé à la serpillière.

« Vin? » interrogea le gros Noir en tripotant sa brique à coups d'orteils.

Thierry acquiesça du menton. La femme apportait des verres. Le Noir se rapprocha frileusement de la cuisinière. Il se débrouillait en français, assez convenablement. Il dit, en examinant la couleur du vin :

« Bien voyagé?

– Pas mal, hocha Fred.

– Froid, dehors, hein? brrrou...

– Très froid. »

La femme, sans façon, courut s'asseoir sur les genoux du nègre et se mit à parler, volubile :

« Ça, c'est Archibald. Moi je m'appelle Thérèse. Thérèse Pouzet. Pouzet, c'est le nom de mon mari qu'est mort prisonnier. Archibald, je l'ai trouvé près des carrières, il y a trois mois, dans la neige. Des Américains blancs l'avaient passé à tabac. Depuis, il n'a pas bougé d'ici. Il n'y a que la nuit qu'il sort, pour son travail, vous comprenez. C'est un amour. Moi, je voudrais être négresse... »

Elle s'interrompit pour embrasser le nommé Archibald qui n'avait cessé de rigoler sous son bonnet à l'audition de ces confidences.

Fred sourit à ce touchant spectacle de la communion des races. Après tout, cela valait mieux pour Archibald que d'être l'objet du mépris et des matraques de ses frères d'armes à peau claire. Quant à la Thérèse Pouzet, le fait de pleurer à vie son mari défuncté derrière une série de barbelés lui eût peut-être valu l'estime du voisinage et la reconnaissance du pays, mais celui d'aimer et de cajoler un vivant était plus méritoire au cadastre humain.

Fred, d'emblée, les sacra sympathiques, trinqua et poussa la familiarité jusqu'à chanter, avec Thierry, une chanson poissarde fameuse du siècle dernier qui leur plaisait par sa naïveté : « Du gris que l'on prend dans ses doigts et qu'on roule ».

Archibald s'épanouit et réclama à Thérèse, tout en posant ses mains de cirage noir sur ses cuisses, du « champègne ».

On en but deux bouteilles. Thérèse, gaie, se révélait charmante hôtesse. Elle retint les deux garçons anxieux de savoir où coucher par l'appât d'un lit d'amis. Archibald ôta son bonnet, plaça méticuleusement sa brique sur la cuisinière et disparut avec la légèreté spectrale d'un fantôme en noir et blanc.

Thérèse se pencha, confidentielle :

« C'est mon gros bébé. Il est gentil... Il ne reviendra jamais dans l'armée, jamais. Vous savez ce qu'il vend, avec d'autres copains noirs ? Des préservatifs ! Des caisses, des tonnes de préservatifs américains. Ils vendent ça à des pharmacies, à des maisons spécialisées, à des bordels, même. Hein, vous ne croyiez pas que l'on pouvait gagner de l'argent avec ça ?... Lorsque la guerre sera finie, nous achèterons une épicerie-buvette dans le Midi. Et les gens l'appelleront Monsieur Spooner, poliment... Il ne voyagera plus en wagons pour nègres, le chérubin... »

Elle eut un sanglot attendri et se leva pour constater l'état de la chaleur de la brique.

Le « chérubin » aux bras d'haltérophile revint porteur d'un phonographe et d'une vingtaine de disques. Il embrassa dame Pouzet derrière l'oreille :

« Theresse, Theresse, gâteaux petits...

– On dit petits gâteaux, grosse bête... »

Il sourit et prit un disque. Son visage devint grave. Il dit à Fred en le regardant fixement :

« Disque... « On the sunny side of the strette ». Comprenez ?

– Oui, c'est « Sur le côté ensoleillé de la rue », je connais.

– En Amérique, l'été, chaud, très chaud. La rue... La rue... des fois, un côté sombre, un côté soleil. Blancs côté ombre, noirs côté soleil. Moi, jamais aller en Amérique. Ecoutez disque... »

Et ce fut, dans la nuit de Montreuil, dans la nuit des carrières de Montreuil, les grosses larmes qu'Armstrong versa sur sa trompette pour enregistrer cela, les grosses larmes et toutes les sueurs de tous les nègres marchant avec leur désespoir sur l'éternellement ensoleillé côté de la rue.

Archibald s'essuyait l'œil avec son bonnet. A la fin, Thérèse dit : « Les blancs sont des salauds », et grimpa derechef sur les genoux du pauvre nègre...

Lorsque Fred et Thierry montèrent se coucher, le jour poissait aux vitres. Fred ouvrit la fenêtre. La pluie sale de fumée de trains luisait sur les trottoirs. Les étoiles blanchissaient, faisaient long feu comme des pétards mouillés. Thierry délaçait une chaussure. Il soupira, accablé :

« C'est le premier jour qu'Aparicio ne verra pas... »

Fred bâilla, ferma les volets, et dit finement :

« T'en verras d'autres. »

Dans la chambre d'à côté, les baisers de Thérèse avaient le bruit de la pluie sale de fumées de trains.

CHAPITRE XIX

Deux mois passèrent l'éponge sur tout ceci. La mort d'Aparicio avait bien soulevé quelques commentaires dans les quotidiens et les magazines policiers, mais, une fois ce drame hors d'activité, personne n'en reparla. Bruno avait tenu à suivre le corbillard, afin d'être certain, peut-être, que son ennemi, une fois recouvert de terreau, ne franchirait jamais plus le seuil de L'Œil de Bœuf.

La petite troupe vécut dans une totale inactivité. Les opérations passées suffirent amplement à son entretien durant cette période de nonchalance tacite.

Le printemps apparu donnait à l'apéritif un petit goût de fraîcheur et de pastille de menthe. Les douces nuits permettaient aux poivrots la belle étoile et aux putains rendaient la vie nocturne idyllique et moins farouche... Pigalle s'épinglait de fleurs bleues. Les bandes d'adolescents discutaient, tard dans les squares, du championnat de football, du cambriolage de la cave de l'épicier ou des seins d'une nouvelle bonniche du Dupont-Blanche. Des kermesses à chansons déversaient sur le boulevard des vagues d'harmonies populaires. Les bourgeois de Montmartre montaient au Sacré-Cœur après la soupe du soir, se tapant les fesses sur tous les bancs. Le dimanche, venue des trains de banlieue et des quatre coins de Paris, se ramenait la jeunesse dansante, froufroutante ou foiridonneuse. Sur la place, à côté du jet d'eau, un peintre barbouillait sur une toile les murs, les enseignes, l'extérieur de Pigalle, appliqué, besogneux alors qu'il eût été si simple d'aller chercher l'âme vive du quartier au plus noir d'une chambre à mites où les robinets repoussent du goulot ou au fin fond d'un verre à pied... Le soleil faisait du ciel une immense pellicule de technicolor où tournaient l'hirondelle, l'avion et l'ange... Et là-dessous coulait toujours l'éternel ruisseau de la belote, du zanzi, de la coco, des femmes, des cigarettes, des mouchards, du « knock-out cocktail », du « dynamite-cocktail », du rouge à lèvres suintant comme une plaie ouverte, et du clin d'œil sujet à la hausse des prix.

Les roses à cent francs, les égouts, les roses, les poubelles, les roses, la Basilique, les roses à cent francs, les égouts...

. . . .

Après avoir fait croire à Sophie qu'il l'aimait et après lui avoir révélé que ce n'était qu'un poisson d'avril, Thierry lui réclama de l'argent. Il n'en avait nul besoin, mais les principes sont les principes, et à quoi aurait fichtre bien pu servir une maîtresse canonique si ce n'avait été à « raquer »? Sophie larmoya, ce qui eut pour résultat direct de faire saillir ses rides et pour résultat indirect d'égayer son amant :

« Mais, mon coco, tu sais que je n'ai que la retraite d'Alphonse qui était colonel...

– Comme s'il n'avait pas pu être général, ce con-là !

– Mais, mon chéri, si tu peux attendre, j'hypothéquerai un peu la maison d'Angoulême.

– Tu devrais même la vendre, si tu m'aimais un peu...

– Mon séraphin... »

Elle l'entoura de ses bras. Elle l'épousseta. Elle lui apporta un verre de gin. Elle alluma sa cigarette.

Thierry regardait avec une morgue nuancée de pitié cette vieille femme stupide à genoux devant lui, sa petite bouche sèche, ses yeux d'oie morte, sa poitrine plate, ses cheveux teints. Il eut envie de la tuer et haussa les épaules. Il la tuerait plus sûrement, à son heure, en partant, en la laissant avec son souvenir, avec le chat gris, le service à thé, l'horloge, les robes de taffetas et les œuvres complètes de Paul Bourget...

Le soir descendait sur la rue Lecourbe. Les rideaux en filet des fenêtres s'obscurcissaient déjà. Thierry les écarta du bout de la chaussure. Il regarda la rue. En face se profilaient les croix anguleuses et mornes du cimetière de Vaugirard. Thierry fit la moue :

« Marrant ton quartier, y a pas à dire.

– C'est là qu'Alphonse est enterré, mon coco.

– Avec sa légion d'honneur ?

– Et sa médaille militaire, mon chou.

– Il a raison. Ça doit le protéger des asticots... »

Il prit son pardessus.

« Tu pars ? s'exclama Sophie alarmée.

– Et les potes ? » dit noblement Thierry en gagnant la sortie.

Il ne se tira des doigts adhésifs de la vieille qu'en l'embrassant avec fougue, tout en lui vantant l'énorme intérêt des hypothèques bien faites...

Fred, à L'Œil de Bœuf, soufflait dans sa paille pour provoquer des bulles dans son orangeade. Il trouvait la saveur de l'orangeade convenablement rehaussée lorsqu'on y adjoignait celle de deux petits verres de kirsch. Les bulles l'enchantaient. Cet exercice poétique fut interrompu par l'arrivée d'un type qui s'immisça félinement à la même table. Fred souffla une dernière fois et leva les yeux.

Il avait devant lui le métèque avec lequel il avait failli se battre, un soir, pour Béatrice, et dont Bruno lui avait recommandé de se méfier. Il arborait le même sourire que voici des mois.

« Bonjour... C'est amusant, n'est-ce pas ? » dit-il en désignant une ultime bulle venant crever à la surface.

Fred se demanda s'il devait être aimable ou hargneux. Il opta pour la sociabilité.

« C'est assez plaisant. Essayez. Orangeade et deux verres de kirsch...

– Garçon ! Pareil que monsieur. Vous fumez ?
– Merci.
– Ditez-moi... J'ai oublié notre ancienne discussion. Mais je n'ai pas oublié la jeune personne qui était avec vous. A votre santé... »

Il sourit encore davantage, pour la plus grande joie de ses dents en or ravies de prendre le frais. Fred s'énerva :

« Qu'est-ce que ça peut vous faire qu'il y ait une belle fille ici ?
– C'est un peu mon métier, les belles filles. Ecoutez. Je m'appelle Dominique Benedetti. De Malte. Vous êtes Frédéric Fugo, déserteur.
– Pas mal. Et après ?
– Ce qui m'intéresse, c'est la traite des blanches.
– On s'en doutait.
– La personne vaut cher. Fifty fifty.
– Pour l'Argentine ?
– Nous ne sommes plus à cette époque, mon ami. Les voyages forment la jeunesse, dit-on chez vous. Nous n'avons plus le temps de former la jeunesse. L'Afrique du Nord offre des débouchés. »

Le métèque parlait avec une assurance foudroyante. Fred le dévisageait. Il avait donc devant lui un représentant de la célèbre traite des blanches. S'il s'en vantait, c'était parce qu'il avait cette arme, pêchée on ne sait où, l'acte de désertion du soldat Fugo. Fred eut un geste évasif :

« Et si ce n'est pas fifty fifty, c'est les gendarmes ?
– Mais non ! Si je vous dénonçais, vous me rendriez la monnaie... Si je nous dévoile un peu, c'est entre nous, pour la confiance...
– Béatrice ne marchera jamais.
– Evidemment, nous ne lui dirions pas : « Mon « amie, tu pars à Casablanca demain pour ce que tu « sais. » Je suis plus adroit.
– Ecoutez mon vieux. Je ne dis pas non. C'est à réfléchir. Je vous préviendrai en temps utile.
– Je ne suis pas pressé. Excusez-moi si je ne figure pas sur le Bottin mondain... »

Il eut un rire de musicalité recherchée, se leva :

« A bientôt, j'espère, Fugo. C'était ma tournée. Je ne suis pas souvent à Pigalle... les affaires... »

Il rit encore et tendit sa main. Fred, décontenancé, la serra.

Thierry entra pour voir ces marques d'une intimité ahurissante. Il s'approcha de la table. Benedetti lui sourit :

« Thierry Ranal, sans doute? déserteur aussi! Pardonnez-moi... rendez-vous... »

Il pirouetta, s'en fut payer, passa la porte avec un petit signe désinvolte de manchette. Thierry s'assit, les yeux ronds comme des cachets d'aspirine :

« Qu'est-ce qui t'arrive? Tu es pote avec ce gars-là, maintenant? On aura tout vu... »

Fred, qui possédait à un degré peu commun le penchant de faire partager ses goûts au monde, réclama deux orangeades accommodées à son style et consentit à expliquer le sérieux de la proposition. Thierry s'émut :

« Tu vas pas faire ça?

– Pourquoi pas? minauda Fred.

– Parce que tu serais salaud, pardi!

– Non, je ne le ferai pas, non pas parce que je serais un salaud, mais parce que Béatrice m'est utile. En tout cas, motus. Juré?

– Juré. »

Gonzague leur apporta les dés. Le pauvre type s'ornait à présent d'une fluxion superbe recouverte d'un bandeau cerclant la tête comme s'il se fût agi d'un tonneau.

« Alors, hydroméduse, ça va?

– Oui, monsieur Fred.

– Eh bien, va laver tes verres en pensant à Béatrice. »

Il pouffa et lui prit le cornet des mains. Gonzague rebroussa chemin en dodelinant du chef.

Rocky et Tarin firent leur entrée. Durant ces deux mois, ils s'étaient convenablement entrelardés. Tarin surtout avait engraissé. Mais, alors que son visage n'avait point changé, son nez, lui, semblait avoir doublé de volume, ce qui mettait en liesse tout L'Œil de Bœuf.

Rocky s'assit, attrapa un journal. Il dit, en mâchonnant un ninas :

« Vous avez vu ? La guerre se termine.

– Fous-nous la paix avec ta guerre, ronchonna Thierry en cherchant un dé chu sous la table.

– Ben quoi c'est intéressant...

– T'es un môme.

– Tu n'a jamais considéré la guerre au point de vue sportif. Non, bien sûr. Voilà : Allemagne bat Hollande. Au moins du 6 à 0. Allemagne bat Belgique. Au moins autant. La grosse surprise du tournoi : Allemagne bat France. Disons 5 à 1. Ici, mi-temps. D'autres matches commencent. Au blitz, l'Allemagne mène l'Angleterre d'au moins 2 à 0, et...

– Ta gueule avec tes conneries ! Rampot ! »

Rocky, vexé, appâta Tarin par un martini et lui fit subir durant un bon quart d'heure la fin de ses comptes rendus footballo-militaires.

Une voix résonna au comptoir :

« Jésus-Christ, messieurs, était le premier turfiste. Avec sa croix pour alezan, il enleva brillamment le Grand Prix du Mont des Oliviers. Disqualifié, crucifié par le public, il encouragea malgré tout les soldats à jouer au dé ses fringues. Il eût vécu de nos jours, il eût joué sa tête. »

Ce discours, qui présentait des accents assez insolites et inusités dans un bar, souleva l'attention générale.

Celui qui l'avait tenu était droit au zinc, grand, filiforme, coiffé d'un béret basque et vêtu d'une houppelande pourvue d'abondantes et très soignées reprises. Le personnage tourna sa figure vers la salle. Porteur d'un monocle fêlé et d'une mouche de barbe au menton, il avait l'aspect, malgré sa mise sobre, d'un poivrot distingué. Il paraissait étonnamment ivre et très digne pourtant. Ses yeux, son œil plutôt, l'autre étant caché par cette étoile de verre, jetait des flammes de gaz oil. Content sans doute de remarquer l'intérêt qu'il commençait à susciter, l'être poursuivit, de la même voix tenant le juste milieu entre l'ocarina et le galoubet :

« L'homme qui vous parle va mourir au cours de cette nuit. Vous dormirez, vous ferez l'amour, vous vous lèverez, vous vous retournerez dans vos draps. Moi, Tristan Samovar, citoyen de Pompadour, Seine-et-Oise, je serai déjà plus raide que la colonne Vendôme, sous un drap des hôpitaux de Paris. Ainsi est faite la vie qu'il faille vite la trancher... »

Il eut un tic douloureux et réclama un demi à bière empli jusqu'aux bords de marc. Il le vida d'un trait en soutenant son monocle de sa main libre. Bruno en ferma les yeux d'effroi.

« C'est un dingue... ricana Rocky.

– Moi, je le trouve impressionnant », souffla Fred qui ne perdait pas de vue le nommé Samovar.

Mais celui-ci n'entendait pas laisser la bride aux parlotes particulières. D'un geste énergique du doigt, il exigea le renouvellement de sa consommation et releva la voix :

« Car la vie n'est qu'un mythe. On mange, on boit, on fume, on travaille, on dort, mais quelle action concrète désigne le mot vivre ? »

Il eut un geste de triomphe qui faillit renverser un siphon d'eau de Seltz et attraper au vol la fluxion de Gonzague. Vidant son verre à la même force, il s'accouda au comptoir et prit le ton badin d'un poète de salon :

« La mort des hommes a ceci de terrible qu'elle n'est pas voulue. Le suicide, c'est la liberté de soi-même. Dieu, si Dieu il y a, n'y est pour rien. L'homme se supprime pour insulter ses père et mère. Les plus heureux sont les fœtus chus à la Seine par une belle nuit. Ils flottent, voguent entre deux eaux, s'échouent sur une plage, les enfants jouent avec, les nourrices défaillent. Donc, l'homme retournant sur lui-même le rôle destructeur appris à l'âge du printemps dans une caserne, accomplit ainsi le geste sublime de l'anti-créateur. La lâcheté de vivre pèse un gramme auprès du kilo du courage de mourir. Il est permis de supposer que la mort est un paradis où le turfiste défunt retrouve des chevaux éternellement placés, où le percepteur trépassé rançonne avec aisance de souriants contribuables, où le coureur de femmes couche chaque soir avec les sociétaires des Folies-Bergère et le reste à l'avenant. Il est plus sage de croire au vide total et au néant intégral, au sommeil de plomb prolongé, au coma perpétuel. Cette situation manque de confort ainsi que d'amusements. C'est l'immense plénitude de la paix revenue après ce trait d'union entre le spermatozoïde et le retour à la terre. La Paix. »

A présent, les clients faisaient cercle autour de Tristan Samovar, futur mort. L'heure de l'apéritif se rehaussait du charme étrange de ces mots fluides comme sortis de l'œil que nul ne pouvait voir...

De l'œil visible, Samovar exigea de Gonzague le plein du verre.

« Déjà trois demis de marc. Sans compter ce qu'il a bu avant... » murmura Tarin suffoqué.

Bruno béat contemplait l'étonnant personnage que Fred admirait ouvertement en silence. Samovar vida d'un mouvement sec son demi :

« Pourquoi l'homme boit ? reprit-il. Preuve formelle de son besoin d'échappatoire. L'ivresse est une vie bleue et un début de mort. Avant de pénétrer dans ce bar qui sera ma dernière étape, j'ai bu une bouteille de fine. Au goulot. Ma capacité d'absorption, messieurs, se trouve littéralement décuplée par mon idée fixe qui est ma mort ce soir et mon enterrement d'ici trois jours. Je me suicide à l'alcool. Tout à l'heure, après avoir bu les deux bouteilles de calvados que je vous prie, patron, de mettre à ma disposition, je sortirai d'ici. Cette nuit d'avril est fraîche. N'importe quel médecin vous assurera qu'en mon cas une congestion paraît inévitable. C'est la vérité pure. Je claquerai sur une envergure de pavés. Je vous disais que ma capacité d'absorption était une dizaine de fois accrue par cette pensée de fin finale qui m'attend de mon plein gré. Si vous étiez dans ma peau, vous n'auriez nulle peine à vous convaincre de ce survoltage de tout mon corps roulant aux berges de l'Achéron. Je précise, pour tous les ignares, que l'Achéron est le fleuve des Enfers. Mon corps est survolté, disais-je. Mon esprit cogne aux quatre coins de mon crâne avec la force que vous emploieriez sur une porte fermée derrière laquelle une fortune vous tendrait les bras. Rassurez-vous, je suis seul. Ni parents, ni femme, ni enfants. Je suis passé intelligemment au travers des responsabilités dont le monde est sursaturé. Je ne laisse que ma maison de Pompadour où j'ai compris l'inanité des heures et la vanité des minutes. Cette maison, en voici l'acte de donation. Cet endroit laissé en blanc se parera du nom de l'homme qui paiera mes consommations. »

Personne ne bougea : croyant à une mystification, les assistants sourirent. Fred s'avança, décapuchonna son stylo et le tendit à Samovar.

« D'accord, dit-il.

– Vous agissez clairement, jeune homme. Quatre pièces. Cabinets au fond du jardin. J'ai payé la note d'électricité la semaine dernière. Epelez-moi votre nom. »

Fred murmura les lettres de son nom. Samovar écrivit et lui tendit la feuille.

« Tout est en règle avec mon notaire. J'oubliais... Depuis un mois, un merle venait chaque matin. Laissez-le mourir de vieillesse... »

Il ôta son béret, souffla dessus, le reposa sur ses cheveux et but une bouteille de calva sans respirer. Les yeux s'agrandissaient autour de lui. Lorsqu'il eut terminé, son œil avait le reflet de l'incendie de Rome et celui du soleil se levant au-dessus du Mont-Blanc... L'on vit ensuite Samovar flageoler, s'abaisser jusqu'au ras du sol. Parvenu là, il se redressa avec la même lenteur, ayant surmonté le terrible coup de buis qui avait dû le saisir derrière les oreilles. Il se tapa sur la poitrine.

« Bronches fragiles, précisa-t-il, foie réduit à des proportions ridicules. Ce corps n'aura tenu que par la seule vertu de l'horrible instinct de conservation. Demain, amidonné par les glaces de mort, il commencera son périple solitaire, libéré d'une âme vouée peut-être aux guéridons... Il n'y a que deux choses au monde qui vaillent les frais d'accouchement : l'espoir d'amour et l'amour. La première de ces allégories prime la seconde, par le principe reconnu de la différence de grandeur entre le songe et le réel, le ciel et la terre; l'espoir d'amour est une vraie raison de vivre, l'amour est une raison de doute, de méfiance, de désespoir. J'avais, à vingt ans, une passion pour la fille d'un architecte. Je me nourrissais de sa vue, du rythme de ses pas, de la couleur de ses robes. Je ne fis rien pour lui parler, j'étais heureux. D'après mes amis, j'avais mes chances. Je ne tentai jamais la moindre approche. Qui sait? Noús nous serions aimés, peut-être, et ainsi, l'espoir d'amour se muait en amour. C'eussent été alors les serments, le maire et monsieur le curé, la lune de miel en papier d'étain, la fin du beau silence, la mort de l'isolement fleuri. Or, l'aparté est la meilleure forme de la communion parfaite : je ne me suis jamais engueulé. »

Samovar tourna le dos à son public et observa un mutisme total. Ce fut le moment que choisirent la plupart des consommateurs pour s'esquiver en haussant les épaules.

Gonzague commença à dresser la table. Sans se retourner, d'une voix fatiguée, Samovar repartit sur un thème désabusé :

« J'eusse préféré décéder à la guerre. C'est la mort promise, applaudie, officialisée. C'est surtout la mort la plus naturelle, depuis quelque temps. Alors que, simplement, je mourrai d'un tas de trucs, se combinant d'un coup : mes bronches, mon cœur, l'alcool, la fraîcheur des étoiles... Coup de sang pulmonaire ou congestion, embolie ou apoplexie... Finis pour moi, le jardin de Pompadour, l'apéro avec le facteur, la tonnelle aux roses, la sauce poivrade et le merle siffleur. Je me suis condamné sans espoir de grâce présidentielle. Les bons côtés d'une vie sont des à-côtés. Je m'en retourne au minéral. Je serai heureux comme les pierres. Le dernier mot que j'entends prononcer de ma vie sera celui-ci... »

Il ôta de nouveau son béret et murmura :

« Vertige... »

Sur ce mot mystérieux, il fit claquer ses dents d'un coup sec pour signifier qu'il s'en tiendrait là à jamais. Il prit son monocle et l'essuya avec les gestes mesurés d'un petit rentier propre. Son œil, dévoilé, avait la fixité d'une prunelle de statuette.

Samovar, dans ce silence, avait l'aspect peureux d'un employé de bureau fautif. Les reprises de sa houppelande le rapetissèrent brutalement. Il était là, fini déjà, puéril, triste, grotesque, touchant. Une averse crépitait dans les rues, comme du sel au feu. La nuit s'alourdissait de vêtements mouillés. Samovar mit les mains dans ses poches, doucement. On voyait battre ses tempes. Les veines de son cou se gonflaient par saccades, soumises à l'intermittence chavirée, déréglée du cœur. Il eut un afflux de sang aux joues. Fred crut qu'il allait tomber discrètement au sol et que ce serait tout. Le bar sentait l'odeur de neige de la mort...

Au milieu de ces lumières, de ces verreries miroitantes, Samovar s'érigeait terne, gris, trop sobre, trop insignifiant... Il eut un regard d'une tristesse accablée qui contrastait avec l'élégance de sa main replaçant le monocle.

Tarin, Rocky, Bruno, Béatrice, Thierry, Gonzague, Fred, tous se taisaient, tous alignés derrière le comptoir, pétrifiés, pour voir de plus près ce messager de la lassitude... Pas un ne levait le doigt pour contrecarrer le déroulement de ce destin volontaire. Ils attendaient le dénouement de cette corrida à un seul personnage.

Samovar saisit la dernière bouteille de calvados. Il se reprit trois fois pour la boire. A la dernière goutte, il eut une contraction des nerfs faciaux telle que sa grimace parut un arrachement atroce de la peau. Ses mains devinrent d'un beau violet. Il se congestionnait tout seul. L'air du dehors n'aurait pas grand-chose à faire pour l'assommer net. Samovar eut un sourire douloureux, entreprit de marcher vers la porte en s'accrochant à cette ligne droite constituée par le rebord du zinc. Il s'arrêta à dix reprises, repartit. Sa nuque tournait au bleu. Les glaces murales se rejetaient l'image d'un Samovar mourant...

Son œil avait perdu toute finesse. Il fixait, tragique, le bec-de-cane. Derrière le verre grossissant du monocle, l'autre devait avoir de lourds battements d'aile de papillon de nuit...

Samovar, lâchant enfin la rampe du comptoir, trébucha jusqu'à la porte qu'il ouvrit brusquement en poussant un grognement de bœuf voyageant par voie ferrée.

Il aspira l'air comme un poisson posé sur une touffe d'herbe et sortit.

Tout le monde suivit et s'arrêta dans l'encadrement. La Cité du Midi, vaguement éclairée par un lampadaire, était balayée par un petit vent frais. Une averse laissait aux pavés des lueurs grasses réfléchissant quelques étoiles.

Fantomatique, Samovar trottinait, les bras en croix, cherchant son équilibre. Transformé en volcan, l'être de rêve brûlait vif sous la lune. On vit ses jambes se brouiller. Il stoppa net et, lentement, raide comme un tuyau de poêle, il tomba, la face en avant.

Ce fut un bruit mat et sans prolongement dans ce silence de cave de l'impasse. Un chat traversa la chaussée en trois bonds affolés. Les pieds de Samovar raclèrent le sol en un tremblement sourd. Il ne resta plus, après cette secousse, qu'un pantin écroulé encore coiffé de son béret.

Fred s'élança et avec lui tout L'Œil de Bœuf. Il prit entre ses mains la tête du bougre. Les dents grinçaient. Les yeux étaient clos. Le monocle brisé luisait sur le pavé. La bouche se tordait convulsivement.

« Prends-le avec moi », dit-il à Bruno.

Celui-ci attrapa les chevilles. Fred empoigna les épaules. Le cou se gonflait de nœuds durs comme des os. Et toujours ce grincement de dents mordant la nuit et s'agrippant au vide.

Quand Samovar, ainsi transporté, fit sa réapparition dans le bar, la mort tournait autour de lui à la façon des araignées, pour le glacer de fils ténus.

On le plaça sur une banquette après l'avoir dépouillé de sa houppelande. Il était là, blanc, en chemise, et ses bretelles retenues par des épingles à nourrice divisaient son corps comme les pointillés sur les manuels de boucherie.

Thierry courut téléphoner à l'hôpital Bretonneau, afin d'éviter les complications et de permettre à Samovar une mort dans les règles sociales et médicinales.

Il revint ensuite auprès du moribond que Fred assistait de près avec un miroir de poche, terni pour l'instant.

« Alors ?

– Passera pas la nuit. S'il tient deux heures ce sera beau. Pauvre vieux... Lui qui croyait que l'on cane en une minute...

– On ne peut rien faire ?

– Si tu veux lui donner un cognac, ça le remontera peut-être... »

Sur cette plaisanterie opportuniste Fred plaça sous la nuque du malheureux quelques torchons pliés en quatre, en guise d'oreiller. Il se releva et alla boire un verre d'eau. Tarin et Rocky étaient assis, silencieux. Bruno arpentait lentement la salle. Gonzague, les bras croisés, demeurait abruti, le dos au comptoir. Béatrice suçait une pièce de monnaie.

Thierry demeurait près de l'agonisant, étudiant sur ses traits les subtiles retouches de la mort en action.

« C'était un drôle de type, dit-il à Fred revenu près de lui.

– Un type admirable... » hocha celui-ci en tâtant les mains grises de Samovar.

L'ambulance arriva. Deux infirmiers entrèrent avec une civière. Par la porte entrouverte se distinguait le corps pâle de la camionnette. Bruno désigna la banquette. Les infirmiers firent glisser le mourant sur la toile blanche. Bruno leur paya rapidement un marc, par politesse. Ils ne purent ainsi refuser la demande de Thierry et de Fred d'accompagner jusqu'au bout l'homme de Pompadour.

Celui-ci sortit une ultime fois de L'Œil de Bœuf, les pieds en avant.

La grosse croix rouge de l'ambulance prenait des reflets sanguins sous l'éclairage rose du bar. La civière fut engouffrée à bout de bras. Fred s'assit aux côtés d'un infirmier. L'autre lui faisait face avec Thierry. Une ampoule voilée diffusait une clarté de morgue.

Samovar gémissait comme un bébé aux portes du sommeil.

La voiture démarra avec la douceur d'une rame de métropolitain.

« Les morts baignent dans l'huile », songea Fred. Un infirmier bâilla longuement.

A la même allure caoutchoutée, l'ambulance remonta le boulevard de Clichy, prit les rues Caulaincourt et de Maistre. L'hôpital Bretonneau possédait pour voisin direct le cimetière du Nord. « Libre concurrence », repensa Fred incorrigible. L'ambulance entrait dans une cour. On la gara près d'un mur. Le chauffeur descendit et se dirigea à pas lents vers un lit de camp assurément proche.

Les infirmiers reprirent les brancards. Ce fut alors une promenade lugubre à travers les couloirs chichement parsemés de veilleuses bleues. Des courants d'air se donnaient rendez-vous à chaque tournant. Une infirmière menait la danse. Fred et Thierry avaient déjà l'impression de suivre un corbillard. Samovar était retourné au silence. S'il avait encore quelque vestige de raison, il devait jubiler d'être ainsi transporté, pédestrement peut-être, aux frais de la princesse malgré tout... Les odeurs d'éther combattaient celles des draps matriculés. Il flottait de vagues relents de pistolets vidés, d'âmes rendues, de chloroforme et de souffrances atrocement muettes.

Enfin, l'infirmière ouvrit une petite porte. La pièce contenait un seul lit. Tout était blanc, le lit, les murs, la table de nuit, la feuille de température, le plafond. L'infirmière murmura :

« Couchez-le. D'ici un quart d'heure le docteur Perruchond viendra le voir. »

Elle s'éclipsa. Les deux employés déshabillèrent Samovar avec une facilité de tous les jours et le bordèrent paternellement. L'un d'eux ricana :

« Il a la cuite mauvaise, petit père. Vous le gardez un peu, s'il vous plaît ? On voudrait bien se repieuter.

– Allez-y. »

On entendit leurs pas décroître hâtivement. Fred s'assit. Thierry prit le poignet de Samovar.

« Il vit ?

– Au ralenti. »

Samovar prenait à présent des teintes allant de l'œuf du jour au cachet d'aspirine. Sur le dossier de la chaise, ses bretelles pendaient, à bout de souffle, merveilleusement ridicules et sublimes.

Une demi-heure se passa. Le docteur Perruchond devait réintégrer son pantalon. A moins qu'il ait jugé stupide de se déranger pour un poivrot.

La demi-heure écoulée, Samovar ouvrit les yeux, ses grands yeux de philosophe habitué au sandwich et au coup de rouge en guise de petit déjeuner. Il eut un rot, tendit une main pour happer l'ampoule électrique et retomba sur l'oreiller, de son poids mort.

Thierry se courba sur le lit.

« Fin, dit-il.

– Tu parles comme un film », murmura Fred.

L'âme de Samovar salua poliment son enveloppe charnelle et prit un départ de flamme de bougie. Elle alla s'installer dans une étoile vacante, là-haut. Samovar, décontracté, se crispait à nouveau, au creux inconfortable de la mort. Ses mâchoires relâchées allaient se geler de néant. Les bretelles tombèrent sur le plancher avec un petit bruit d'épingles à nourrice entrechoquées. Les yeux de Samovar, grands ouverts, fascinaient un morceau de lune, par la fenêtre, l'empêchaient de bouger. Fred, de l'index, lui baissa les paupières, l'expédiant à jamais au royaume des taupes, des ombres, des aveugles.

« Il est tranquille, dit-il en hochant la tête.

– Il l'a voulu, grommela Thierry.

– Il est en paix.

– Qu'en savons-nous ? »

Sur le seuil de la porte, Fred se retourna et donna à Tristan Samovar domicilié à Pompadour (Seine-et-Oise) un coup de chapeau des plus aristocratiques.

Ils repartirent. Les mêmes odeurs, éther, pistolets,

lavements, couraient dans les couloirs, au gré des vents, des courants d'air, des haleines.

Le portefeuille de Samovar contenait suffisamment de pièces d'identité pour l'état civil, les registres de l'hôpital, la mise en bière, la mise en terre. Ils croisèrent un malade en chemise de nuit qui se dirigeait d'un pas spectral vers les plus proches W.C. Le fantôme parlait tout seul.

« La nuit, j'étouffe, le jour, j'ai froid. Si la nuit pouvait être jour et le jour nuit, je partirais au soleil. Le soleil, c'est le soleil, y a pas à dire... »

Il leur jeta un regard indifférent et continua sa route inexorable en raclant ses savates.

« Vivement qu'on soit dehors, je vais devenir dingue », approuva Thierry en se tapant le front.

Ils se perdirent deux fois et ne retrouvèrent la cour que grâce à un prêtre en veine d'extrême-onction qui se promenait par là.

Ils entrèrent dans le premier café rencontré. Il y régnait une chaleur douce et une atmosphère de vie. Le fils du patron apprenait sa leçon d'histoire. La patronne tricotait. Un vieil habitué à moustaches blanches, un peu pompette, rugissait d'une voix terrible qui n'émouvait personne :

C'était un gars de l'infanterie d'marine,
Un brav' marsoin, mais un cerveau brûlé!
Quand il mettait les pieds à la cantine,
On était sûr qu'il allait se saouler!...

Ils restèrent au comptoir, devant deux « chauds à la blanche », alias cafés arrosés. Fred eut un soupir :

« C'est égal. J'aurais aimé mieux le connaître.

– Il est mort comme un chien.

– Un chien n'aurait jamais l'idée de mourir comme ça. Rappelle-toi de ce qu'il disait : la lâcheté de vivre pèse un gramme auprès du kilo du courage de mourir.

– Je reconnais que c'était un homme.

– Le seul homme que j'aie vu. »

Samovar à l'heure présente, recevait la visite du docteur Perruchond. Il lui souriait finement, fier, immensément fier d'avoir au moins réussi sa mort. Le docteur Perruchond pensait qu'il allait pouvoir retourner se coucher.

Fred haussa désespérément les épaules. Il savait que l'exemple de Samovar influerait sur toute sa vie. Lui ne se tuerait sans doute jamais, mais aurait toujours présente l'image de l'homme pur, insoucieux des hommes, de Dieu, du ciel et de la terre, l'image qui n'arrivait plus à ternir les miroirs...

Il prit Thierry par la manche. Ils sortirent et rejoignirent Pigalle. Là-bas, la ronde des putains, des cloches, des flics, des marchands de frites, des chasseurs d'étoiles, des musiciens, des ivrognes, des amoureux édifiait son sempiternel décor d'« Opéra de Quat'sous » boulevardier comme une gigantesque toile d'un Chagall qui aurait été maquereau...

CHAPITRE XX

La porte s'ouvrit, poussée par une main hésitante.

« Fred... »

Frédéric gronda, la tête enfouie sous l'oreiller.

« Quoi ?

– C'est Max...

– Hein ? »

L'oreiller se souleva. Il était onze heures du matin. Maxime entra tout à fait. Fred se mit sur son séant, béat, en se frottant les yeux.

« Fichtre !

– Tu n'as pas l'air content de me revoir.

– Si... Si... Mais comment ?

– Comment je t'ai retrouvé ?

– Prends une chaise, vieille couenne ! »

Max s'assit, essuya lentement ses lunettes dans un coin du drap. Ils ne s'étaient jamais revus depuis ce dimanche d'octobre, depuis la seule permission de Fred. Ils s'étaient même quittés en froid... Fred regarda son si vieux copain. Il avait l'air vieilli, abattu. Sa tonitruante et chaude exubérance semblait s'être écoulée à l'instar des « peignes incassables », comme des petits pains.

Maxime remit ses lunettes, marmonna :

« Comment je t'ai retrouvé ? Il y a longtemps, je suis allé à ton régiment. Comme tu me l'avais prédit, tu étais foutu le camp. Tu m'avais dit : j'irai à Pigalle. J'ai une petite copine d'atelier qui a fini putain par ici. Je lui ai montré ta photo et voilà.

– Je suis donc connu dans le quartier ?...

– Ça t'ennuie ?

– Je n'y tiens pas, voilà tout. Ta visite me fait plaisir, vieux machin. Par contre, toi, tu as une drôle de figure... Ennuis d'argent ?

– Même pas.

– Bon Dieu, je n'y pensais plus, tu dois être marié à présent !

– Armande m'a quitté.

– Non ? »

Maxime baissa la tête. Fred, ennuyé, se rallongea, rêveur. La voix de Max se fit sourde. Ses mots défilaient avec la gravité de soldats accompagnant un général aux Invalides :

« Elle m'a quitté, il y a eu quinze jours hier. Ce bel amour a duré sept ou huit mois... Pauvre Armande, que peut-elle devenir, sans moi ? Comment a-t-elle pu rayer ainsi tant et tant de souvenirs communs ?... »

Fred, apitoyé par un chagrin qu'il trouvait idiot, mais qui devait être bien fort pour que ce pauvre Max l'extériorisât si doucement, Fred soupira :

« Elle reviendra peut-être.

– Penses-tu... On dirait que tu ne connais pas les femmes. La petite rosse a dû trouver un type à blé, voilà tout. J'avais pourtant fait un peu d'argent à Noël, avec les jouets. C'était à gauche pour les frais de la noce... On devait s'épouser courant avril. Ma vie est foutue par terre.

– C'est toi qui parles comme ça ?

– Je l'aimais drôlement, tu sais.

– Eh bien, comme ça tu ne recommenceras pas. A quelque chose malheur est bon, hein ! Et d'abord, ce n'est pas un malheur.

– Ça se voit que t'as jamais été amoureux...

– Ah ! pas de grands mots... Si ça te tient, soûle-toi une bonne fois, ça fera le joint. Tu as du boulot en ce moment ?

– Tout me dégoûte.

– Alors ?

– Alors je vis sur l'argent de la noce, en attendant d'en arriver au stade du hareng saur classique...

– Idiot... »

Ils se regardèrent. Max embuait une nouvelle fois les verres de ses lunettes, à l'aide de grosses larmes roulant à fleur de paupières. Fred souriait, ironique, supérieur... Ah ! il en reviendrait bien vite, le Maxime, de ses amours de cœur, de ses travaux de mains...

« Tu as quelque chose pour moi ? interrogea Max.

– Evidemment. Il y a toujours quelque chose à faire, pour un débrouillard comme toi...

– Dans quelle maison ?

– Comprends pas.

– Tu bosses où ?

– Mais... nulle part... Tu t'imagines peut-être que je suis au Comptoir d'Escompte ? Ce que tu peux être naïf, nom de Dieu... Mais, mon vieux, la vie, la vie ce n'est pas la dame de cœur ! Tu sais ce que c'est que la vie ? C'est l'as de pique !

– L'as de pique ?

– Oui, du verbe « piquer ».

Il fit le geste de rafler un objet quelconque. Max se leva, indigné.

« Et c'est de ça que tu vis à présent, toi !

– Pardi ! Je ne pique pas les mégots. Je ne vends pas des lames de rasoir inusables. Je n'achète pas les journaux pour leurs petites annonces. Mais je suis sapé ! Mais je suis heureux ! Ça durera ce que ça durera, mais je les fais valser ! Et comment !

– Tu as déjà réfléchi à ce que tu faisais ?

– C'est tout réfléchi : je me les roule.

– Tu n'as pas honte ?

– Ça m'aurait étonné si tu n'avais pas éprouvé le besoin de jouer les pères nobles... et tu les joues sans un rond en poche, ce qui me fait rigoler.

– Il me reste cinq billets.

– Pauvre bougre... »

Fred devenait caustique, méprisant. Allons ! Ce crétin-là ne se rendait-il pas compte que « le travail honnête ne payait plus »? Cela devenait agaçant cette persistance dans la probe médiocrité...

« Pauvre bougre... Sois de ton temps, enfin... C'est très gentil de faire le camelot sur les boulevards. Je t'accorde même que c'est pittoresque, mais c'est tout. Réagis un peu... Je peux te faire écouler quelques cartouches de Camel pour commencer et pour te dépanner...

– Ça va, Fred! Ça va! Ferme ça! Tu me dégoûtes! »

Max, rouge, leva la main, rageur. Fred souffla :

« Arrête tes conneries, Max! Tu es fou! »

La main s'immobilisa en l'air.

« Je ne sais pas ce qui me retient de te foutre une gifle. Je voudrais être ton frère pour en avoir le droit... Voilà où tu en es, toi, toi! Tout me trahit... Armande, toi, l'amour, l'amitié. J'ai aimé une salope et une gouape.

– Je t'en prie...

– Ta gueule! J'aime mieux crever, tu m'entends, crever en vendant de la naphtaline que bouffer deux biftecks par jour qui ne passeraient pas parce qu'ils auraient un petit goût de pourri, de pas propre! »

Max s'animait, de plus en plus écarlate. Fred, yeux clos, pâle, l'écoutait en silence. La bonne conscience... L'ange gardien... La justice poursuivant le crime... La voix de la raison...

« Une gouape! Une sale petite gouape! Tu me répugnes autant que les types qui vous regardent dans les pissotières. Et tu as ton bac! Tu pourrais avoir un métier sympa! Moi qui ne sais rien, je vis au grand air, au moins. Je n'ai pas la trouille lorsqu'on frappe à ma porte!

– Moi non plus...

– Et naturellement, tu joues les durs! T'en fais pas, Fred, je serai là, quand tu passeras en correctionnelle. Ou plus haut. Car tu peux aller plus haut dans la saloperie, petite tête.

– Tu me les casses avec tes veillées des chaumières!

– Bon, je me tire. Je ne suis pas près de te revoir, mon gros. Tu me débectes!

– Tu vas aller me dénoncer, sans doute ? »

Fred, reprenant son aplomb, souriait d'un sourire très apprêté. Max se retourna.

« Pas la peine. Tu n'y couperas pas, va, à la paire de bracelets...

– Si ça me va bien... Où vas-tu ?

– Garder les vaches à la campagne ! J'ai besoin de vous oublier un peu, tous les deux.

– Maxime...

– Quoi ?

– Tu as besoin de ronds ?

– Pourquoi pas ? »

Fred, d'une main, fouilla dans la table de nuit.

« Je n'ai que six billets...

– Donne toujours. »

Max attrapa les coupures, les déchira en petits carrés, les balança sur le lit où ils atterrirent en pluie de confetti. Fred fut debout d'un bond.

« Sale con ! Fous le camp, fous le camp ! Six sacs ! Ma parole, tu ne sais pas ce que c'est que l'argent !

– Si, justement.

– Sors d'ici ou je te rentre dedans, pauvre type, pauvre con, pauvre mais honnête.

– Ordure... »

Max eut une moue. Un crachat vint maculer le pyjama de Fred. La porte se referma. Fred entendit Max descendre tranquillement les escaliers.

Alors il s'écroula sur le lit et se mit à pleurer de fureur et de haine...

CHAPITRE XXI

PIGALLE doit beaucoup à la drogue. Les paradis artificiels, où l'on voit tourner des soleils, où l'on couche avec Marlène Diétriche, où l'on navigue sur des flots de confiture de roses, c'est de la frime. L'intéressant, c'est le commerce. C'est l'argent.

« Je vais te faire un petit cours pratique sur une petite question que je connais un peu. Je m'en occupe depuis un moment. C'est mon boulot, quoi. Le bar, c'est un passe-temps.

« Le port de la drogue, c'est Marseille. La drogue vient de Macédoine, de Turquie et d'Orient. Tu te doutais qu'elle n'était pas originaire de Fontenay-sous-Bois ou de Jouy-en-Josas.

« L'opium, l'héroïne, la morphine sont des dérivés du pavot blanc. La cocaïne est tirée des feuilles de coca.

« L'opium se prend par pipes ou solutions, la morphine par solutions, l'héroïne et la cocaïne par prises ou solutions. Les quatre peuvent donc s'ingurgiter par piqûres. D'où l'extension et la vulgarisation des seringues.

« De tous ces stupéfiants, l'héroïne est le plus recherché. Je t'en donnerai la preuve. Il s'agit d'une mode, d'un snobisme. L'héroïne se porte beaucoup... La cocaïne est assez connue des non-initiés. Apparence de sucre cristallisé, ou de neige. D'où les surnoms : « neige », « coco ». Elle a ceci de particulier qu'elle n'implique pas d'*accoutumance.* Alors que les autres drogues empoisonnent les volontés, celle-ci, plus souple, laisse sa liberté d'âme au toxicomane.

« Avant guerre, l'Allemagne en était, avec les U.S.A., le premier producteur. Ce qui nous promet de beaux jours lorsqu'une nouvelle occupation commencera là-bas. Je prévois un fort trafic par la voie militaire.

« A présent, voici quelques prix, approximatifs, car les cours qu'ils soient du café, du coton ou de la drogue marchent avec les inflations, les coups de bourse, les gouvernements, etc... En cet avril 1945, voici ce qu'il t'en coûterait pour culotter la pipe ou te transformer les deux cuisses en passoires à thé :

« L'opium brut vaut de 35 à 40000 francs le kilo en gros. Il atteint au détail 60 à 70000. La cocaïne – admire la différence ! – vaut 350 billets le kilo. Au détail, 900 francs le gramme. Enfin, l'héroïne, vue sa vogue, atteint les 400000 au kilo et se balade aisément aux alentours de 1000 à 1200 francs le gramme. Il y a des types qui s'en tapent de 4 à 8 grammes par jour. Tu me diras qu'il vaut mieux faire ça que d'allumer ses cigarettes avec des billets de 5000, mais tout de même...

« A part ça, il y a tous les satellites, le haschisch et le dawasesk, qui est un mélange de haschisch et d'opium et est de nationalité égyptienne, prix moyen au kilo : 88400 francs, la marijuana, etc... La marijuana se présente sous forme de cigarettes. C'est un produit neuf. Il y a dix ans, inconnu en Angleterre. A présent cultivé en grand à Liverpool. Pays consommateurs : Angleterre, Amérique. La cigarette coûte 40 francs. Avec mille balles, on parvient au stade de l'obsession sexuelle. La France n'est pas encore touchée par cette nouvelle conquête de l'homme, qui en est encore au plan local.

« Voici, grosso modo, les matières premières d'un commerce qui fait peut-être vivre autant de gens que les courses de chevaux, les chemins de fer ou le football professionnel, d'un commerce qui descend, serpente, tourne, évolue par la vertu d'un monde de marins, de contrebandiers, de gros patrons invisibles, de personnels de bars, de dames de lavabos, de petits commissionnaires, de revendeurs, d'intermédiaires, de maigres et de gras. C'est organisé comme des réseaux de résistance, ça marche, ça paie, c'est du gâteau. »

Bruno alluma sobrement un panatellas, parachevant sa conférence d'un rond de fumée bleu ciel, Fred, les coudes sur la table, resta songeur. Il eût bien bâti sa vie sur des collines d'opium, eût volontiers construit des igloos dans la « neige » rêveuse... Il s'y orienterait peut-être un jour... Bruno, ses confidences taries, levait le nez en l'air, en proie sans doute à de pratiques songeries que ne hantaient pas les fantômes des morts-par-voyage-au-Nirvâna... Son ventre paisible de retraité des Ponts et Chaussées avait des faux airs de portefeuille ministériel. Ses cheveux frisés grâce à un début d'interlignage, lui prêtaient un aspect volontiers sérieux. L'argent avait calmé les bouillons trop rouges de son sang... Il comptait bien, un jour, acheter quelque chose aux Martigues, ou près de la frontière...

Fred rêvassait toujours. Il y avait devant ses yeux comme un grand fleuve jaune qui passait, un fleuve de louis Napoléon, de ces louis dont le marché noir se nourrissait et se bourrait... Ensuite, c'était un gigantesque automne de billets où tourbillonnaient et roulaient et volaient les feuilles mortes de la Banque de France... Le fric... Tout ! Après le temps du fric. Le veau d'or, non content d'être toujours debout, se sentait pousser des cornes, fonçait dans les décors... L'argent. Par ses bras, par sa tête, par ses pieds, par ses mains qu'importe : en avoir. Par la drogue, par l'industrie lourde, par le « casse », par le mariage par la paix ou la guerre, le faux-fuyant ou la violence, le corps à corps ou le téléphone... Par la vente du vent dans les églises, par la vente de pneus dans les garages, par la vente des nuits roses de la seringue, le jour, dans les bars...

Fred s'endormit sur la table.

Il rêva à Maxime. Il le voyait gardant des vaches, perdu au milieu d'une forêt de vaches. Et l'une d'elles avait sa tête à lui, Fred. Et Maxime crachait dessus tout le jour en criant : « Tu me dégoûtes ! Tu me dégoûtes ! » Cette voix emplissait le vallon. Des échos la reprenaient au vol... « Tu me dégoûtes... me dégoûtes... me dégoûtes... »

Il fut éveillé par l'animation de l'apéritif de midi. Thierry, en provenance de la rue Lecourbe, s'assit près de lui en soupirant :

« Cristi ! La vie est plus bête que la mort... »

Sur cette insondable pensée, il réclama deux martinis-gin :

« Tu roupillais ? Tu rêvais au gros lot de la Loterie ?

– Presque...

– Belote ?

– Ah ! non, merci. Laisse un peu ça au café du Commerce. Que l'on ne foute rien, passe pour le moment, mais s'encroûter des semaines entre trente-deux cartes, c'est de la bureaucratie. Thierry ?

– Ouais ?

– Je veux de l'argent.

– Je peux t'en prêter...

– Non, ce n'est pas ça. Je veux de l'argent. Des quintaux, des tonnes, des châteaux, des bagnoles, des bataillons de costumes, des régiments de larbins...

– Fais de la politique.

– Idiot... »

Omer entra. Il passait de temps à autre pour prendre le vent et savoir les opérations futures, pour les suggérer parfois.

Ce midi, il portait beau. Rasé, coiffé, ses cheveux blonds coupés par une raie, vêtu d'une gabardine toute neuve, il fumait élégamment une vaporeuse Lucky en exhibant son éternel poignet de force vert.

« Vous avez l'air bien, Omer... dit Fred.

– Très. Affaires bonnes.

– Pourquoi ?

– Mon dossier... Mon dossier...

– Votre dossier militaire ?

– Oui. Etait à la C.I.D., Criminal Investigation Division. Dossier parti. Volé par camarade. Bon. Très bon.

– Bravo...

– Mon amie... la W.A.C. est enceinte. Le colonel pense que c'est de lui... »

Il poussa un éclat de rire proche de la puissance vocale de Caruso brisant les verres de cristal. Thierry s'épanouit. Fred sourit en tirant une chaise.

L'Américain s'assit, encore tout hilare. Il reprit son sérieux glacial pour chuchoter :

« Rien nouveau ?

– Peut-être une histoire d'essence pour bientôt. Pour l'instant repos... »

Fred eut un geste agacé en prononçant ces mots. Les accalmies prenaient à ses yeux figure de renoncements... Et lui-même, amolli par cette paresse collective, n'osait travailler seul. Ce qui donne le courage, c'est le pluriel...

Béatrice arriva, venant en ligne brisée des grands magasins et des pâtisseries. Elle portait encore aux cheveux un diadème de lumière que l'éternelle lumière artificielle du bar effaça brusquement. Son soutien-gorge la tendait en avant.

Elle se plaça aux côtés d'Omer.

« Ça va, poupée ? grinça Fred.

– Il fait très beau. Pour le premier mai, je décorerai de muguet L'Œil de Bœuf tout entier. J'en mettrai partout. Partout !

– Bucolique...

– ... de cheval ! » s'étrangla Thierry en sautillant sur la banquette, tant sa mauvaise plaisanterie le ravissait.

Un rayon de soleil tombant droit sur un verre de pastis avait créé sur le comptoir une boule de feu immobile.

Le bruit d'amorces des dés sur les plateaux s'amalgamait à la chanson sempiternelle du percolateur et de la radio.

« Rocky et Tarin ne sont pas là ? demanda Bruno au passage.

– Ils ont embarqué Ginette et une autre putain pour aller bouffer à Fontainebleau, expliqua Thierry.

– Qu'est-ce qu'on va bien pouvoir foutre cet après-midi ?

– Rien, Fred, rien. Heureux sont ceux qui n'ont rien à faire...

– Tu me dégoûtes, Thierry. Moi, je vais finir par crever d'inertie. »

Thierry haussa les épaules. C'était si simple de se laisser vivre... Lui n'avait pas de folie des grandeurs. Tant qu'y a de l'argent, y a d' l'espoir. Quand il n'y en a plus il y en a encore... Ces maximes suffisaient à tracer dans le champ de sa vie un sillon doré. Alors...

Gonzague, placide, se ramena avec quelques assiettes. Il attendait parfois un quart d'heure avant que l'on consente à s'écarter pour qu'il puisse dresser les couverts. Fred lui jeta un regard sec et se leva, restant appuyé contre sa chaise pour souligner son désir de voir l'opération rapidement menée. Les autres l'imitèrent. Gonzague se hâta, la tête encore plus rentrée dans les épaules à coulisse, semblant redouter à toute seconde une imaginaire paire de gifles. Omer, pour se hisser au niveau du diapason de mépris professé par ses pairs envers le bougre, grondait des jurons inintelligibles et hargneux.

Gonzague se retira sitôt la table mise. Il mangeait à la cuisine en compagnie de la cuisinière, une petite vieille terne de soixante ans, « l'amour de sa vie » selon les dires ironiques du bar.

« Oui, dit Fred en se rasseyant, ici il y a une mouche.

– Une mouche ? Ici ?

– Pas à la table. Dans le bar.

– Où ça ? s'enquit Thierry.

– Près de la caisse. Avec le cache-nez bleu marine. »

Ils le regardèrent furtivement. Le type, apparemment plongé dans la lecture d'un prospectus de chiromancie, possédait indubitablement cette allure trouble, mi-figue mi-raisin, d'être mangeant au moins à deux râteliers, allure vague et indéfinissable de douanier pédéraste en civil. Fred interrogea aussitôt Bruno qui s'installait près d'eux :

« Qui est le mec là-bas ?

Bruno jeta un coup d'œil et sourit :

« Un indicateur.

– Et tu trouves ça normal ?

– Evidemment. Il en vient toujours deux ou trois par semaine. Vous ne les remarquez même pas. Celui-là, c'est autre chose, il porterait une pancarte que, vrai, ce ne serait pas pire...

– Il est dangereux ?

– Penses-tu... les indics, ce sont d'abord des malins. La préfecture les paie, mais les primes sont restées ce qu'elles étaient avant guerre, cinq cents, mille balles. Ils préfèrent se faire verser des rentes par tous les patrons de bars.

– C'est drôle...

– Celui-là, il s'appelle Raymond. Vu sa gueule, c'est un défavorisé de la profession. Si on l'achète un peu, c'est par pitié. De temps en temps, il vend un petit corniaud de bas étage, et puis c'est tout.

– Il ne ferait pas de mal à une mouche, quoi ! » sourit Fred en se déridant devant ce nouvel aspect de la guerre du bien et du mal...

Le nommé Raymond gagna la sortie d'un pas fatigué. Bruno rigola :

« Vrai ! Là, vous le voyez content : il n'a pas payé son apéro... »

Gonzague apporta un plat de charcuterie entremêlée de betteraves rouges à la vinaigrette. Chacun savait que lorsqu'il servait Béatrice sa grande joie était d'accumuler les maladresses, afin de rester le plus longtemps possible dans la ligne de mire de la poitrine de la jeune fille. Mais chacun en avait pris son parti. C'était l'os balancé au chien de la maison...

Omer parlait jazz avec Fred. Entre le guitariste de San Franscisco et l'amateur contrebassiste, c'étaient des digressions infinies sur les valeurs comparées du jeu de main gauche au piano d'Earl Hines ou de celui de Fats Waller, sur les mérites respectifs de Sidney Bechet ou de Mezzrow à la clarinette... Bruno, tenant du fandango, s'empourprait à la cinquième minute de ces conversations, jetant aux têtes de ses hôtes, des toros, des Carmen Amaya, des Greco et des descriptions des bas quartiers de Valladolid et d'ailleurs... Depuis vingt-cinq ans qu'il avait quitté le pays, il n'en était resté, en son souvenir, que les côtés visuels d'opérette du Châtelet...

Fred tapa du poing sur la table, en riant :

« Bruno ! Assez d'espagnoleries ! Nous parlons sérieusement. »

Sa fourchette tomba. Il se baissa et vit le pied de Béatrice posé sur celui d'Omer. Il remonta à la surface, cramoisi.

Le visage des deux coupables ne reflétait qu'une immense innocence. Omer, d'ailleurs, poursuivait son idée sans se soucier de sa bonne fortune :

« Je n'aime pas les sonorités de Mezzrow. Trop sèches. Beaucoup cœur, beaucoup. Technique comme ci, comme ça... »

Fred, intrigué, le regardait en face. Avait-il bien vu ? il projeta habilement son couteau au sol.

« Tu as la tremblote... » ricana Thierry.

Fred se baissa une seconde fois et vit le pied d'Omer sur celui de Béatrice. La voix d'Omer lui parvenait toujours :

« Bechet, lui, grand homme. L'ai vu à Carnegie Hall, avant l'armée. Marvellous... »

Fred reprit sa place, intérieurement scandalisé. Ainsi, ils jugeaient même inutile de déplacer leurs pieds lorsqu'il était en mesure de les voir ? ... Omer dissertait toujours calmement, Béatrice découpait posément son escalope de veau... Fred, ébahi, les contemplait tour à tour. Il fixa également Bruno et Thierry. Ceux-ci, visiblement ne s'apercevaient de rien. Et toujours cet accent rauque d'Omer disséquant un disque d'Ella Fitzgerald...

Fred eut alors un pincement au cœur. Bien sûr, il ne l'aimait pas. Il ne pensait pas non plus que Béatrice pût l'aimer. Mais elle était à lui depuis toujours. En se piétinant sous la table, ils se moquaient de lui... Il vit ensuite la main d'Omer effleurer, maligne, celle de sa voisine. Il craignit que les autres ne s'aperçussent du manège qui l'eût déshonoré, et attira l'attention sur lui en racontant une histoire de fous, les couvrant magnanimement, se réservant le droit ultérieur de talocher Béatrice lorsqu'ils se retrouveraient seul à seule...

Il se leva au dessert.
« Où vas-tu ? demanda Thierry.
– Au Moulin-Rouge. Il y a un film de gangsters.
– Je vais avec toi.
– Si tu veux. »
Il but sa fine au comptoir. Ils partirent au complet, le soleil n'étant pas mal du tout, là-haut. Ils prirent la direction de la place Blanche. Trois hères donnaient un concert public à l'aide d'un accordéon et de leurs gosiers assemblés, à l'angle de la rue Fromentin. A cette heure, Pigalle digérait.
Omer et Béatrice, eux, occupaient L'Œil de Bœuf. Bruno était parti faire la sieste dans sa chambre. Gonzague s'était réfugié à la cave.
« Vous êtes belle, chantonnait l'Américain.
– On le dit, minaudait l'autre.
– Après guerre, vous venir Amérique. Un cousin moi fait le cinéma...
– Et Fred ?
– Fred s'en fout », affirma-t-il en jetant d'un seul coup tout son argot français dans la lutte.
Il prit son fameux sourire à la Humphrey Boggart pour capturer les deux mains de la jeune fille entre les siennes. Son poignet de force palpitait sous la fréquence du pouls.
Omer tendit les lèvres. Telle la mouche allant à l'attrape-mouche, la bouche de Béatrice frôla celle de l'ancien G.I.
« Encore, murmura-t-il.
– Je ne veux pas faire de bêtises.
– Why ?
– Parce que vous me plaisez, sourit-elle, très fière d'avoir saisi le sens de la question.
– Je vous aime », affirma-t-il, avec l'assurance d'une voix de films doublés.
Elle arrondit ses lèvres. Celles d'Omer papillonnèrent à leur tour sur le rouge baiser. Avec l'orgueil de tromper Fred, enfin, elle serra doucement l'Américain sur sa poitrine.
Gonzague remontait de la cave, abêti. Lorsque le cou-

ple se retourna vers lui au premier bruit qu'il fit, Béatrice tressauta, Omer eut un pli ennuyé du front. Gonzague riait silencieusement comme s'il eût trouvé la poule à pondre les œufs rouges des bistrots. Béatrice marcha vers lui et, dégrafant la broche qu'elle portait au corsage, elle le menaça de la pointe :

« Si tu dis quelque chose, je te crève les yeux ! »

L'autre descendit précipitamment trois marches en geignant :

« J'ai rien vu, mademoiselle Béatrice, j'ai rien vu, je vous jure...

– Si tu ne dis rien, je te donnerai ce qui te fera plaisir. Qu'est-ce que tu veux ? »

Gonzague, ému, eut le courage de chevroter :

« Votre mouchoir, mademoiselle Béatrice. »

Effrayé de son audace, il redescendit une marche. Béatrice, impatientée, lui jeta son mouchoir :

« Tu ne diras rien ?

– Non, mademoiselle Béatrice. Merci bien, merci bien... »

Il sortit de son trou et disparut à la cuisine.

Omer enlaça brusquement la jeune fille et lui dit :

« Venez promener.

– Où ?

– Où je peux vous aimer, chérie. »

Elle préférait qu'il prononce « darling », par couleur locale. Son infidélité l'apeurait toutefois. Omer voudrait un jour dormir auprès d'elle. Elle n'aimait pas ça. Son rouge à lèvres n'était qu'un appât pour poissons. Derrière, il n'y avait rien, que du fer ou du marbre.

Et tout cela n'empêchait ni la terre de tourner, ni les trois hères de chanter à l'angle de la rue Fromentin, ni les appareils à sous de tintinnabuler la messe de la Veine, ni le jet d'eau de servir de perchoir à un oiseau de Paris...

Et, aussi vrai que l'amour est à la fois la plus belle lâcheté et le plus grand mensonge du temps, aussi vrai que l'argent et peut-être l'ivresse puissent être les seules choses comparables à un matin de printemps, Pigalle riait de toutes ses dents cassées, cariées, plombées, en or, à la chanson des rues grimpant aux réverbères, domestiquée.

Bruno dormait. Béatrice s'ennuyait déjà. Le poste de radio, abandonné, tombait dans l'opéra-comique...

Avant de prendre les billets, au Moulin-Rouge, Fred soupira :

« C'est pas beau les femmes... »

Thierry, soit qu'il eût compris, soit qu'il ait pris la phrase pour une banalité, Thierry hocha la tête et dit, en fouillant dans son étui à cigarettes :

« Les hommes non plus... »

La flamme du briquet argenta ses moustaches d'une lumière vive.

CHAPITRE XXII

Le 7 mai, à son réveil, Fred eut la surprise de trouver une lettre de Guillaume, son père, parvenue jusqu'à lui par le canal de l'avenue Alphonse-XIII, la bonne de Béatrice qui voyait celle-ci de temps à autre, et Béatrice elle-même.

C'était la première fois que le père Fugo donnait un signe de vie, depuis les sept années qu'il buvait le pastis de Laghouat (Algérie). Fred contempla d'un œil ahuri les timbres représentant les burnous et les palmiers classiques. Il déchira lentement l'enveloppe...

Laghouat, 28 avril

Cher Frédéric,

Le sable est chaud. Le pastis frais. J'ai une barbe de dix centimètres. Je m'en sers de buvard pour t'écrire ces lignes. Que devient ta vache de mère? Et toi? Penses-tu parfois à ton père voué à l'alcoolisme pour la grandeur de la maison Citroën? Je prends mon congé en France au mois de juin. Tu viendras m'attendre à la gare de Lyon, au jour indiqué par ma prochaine lettre. J'aurai des picaillons à bousiller. Tu m'y aideras. La vie c'est un verre. Bien que je pique, je t'embrasse.

Guillaume, ton père.

La fantaisie du style amusa Fred. Le père Fugo n'était donc pas le pauvre mal marié, taciturne, fatigué, accablé, qu'il avait connu aux temps de ses quinze ans? Les Fugo ignoraient la veine, en mariage. Fred ne se souvenait qu'avec terreur du sien, de ces deux mois d'assiettes sales, de dimanches en famille, de sa belle-mère aquarelliste appointée par la Samaritaine, des nuits d'amour passées à se tourner le dos, des budgets à équilibrer, des précautions anticonceptionnelles, des commissions et de la triste Juliette lorsqu'il émettait la prétention d'aller au cinéma sans elle... Il eut un frisson et se cacha sous le drap, pour se souffler de la chaleur sur la poitrine. La lettre tomba sur le tapis.

Ce sacré Guillaume... Pote du commissaire... Inspecteur principal... Boit-sans-soif... Vivant... Il allait le revoir.

Sans transition, il rumina l'amertume que lui causait l'entente par trop cordiale Omer-Béatrice, qui durait toujours, masquée, voilée, tamisée. Il supportait mal ce discret déshonneur, mais qu'y faire? Il ne pouvait décemment se lancer dans une problématique bagarre avec l'Américain, celui-ci étant avant toutes choses un compagnon de lutte, avec toute l'estime que ce qualificatif impliquait. Flanquer une volée à Béatrice n'eût avancé à rien. Il s'était finalement rangé à l'espoir d'une vengeance prochaine sur celle-ci. Cela l'aidait à tempérer son agacement devant le spectacle, plus deviné qu'aperçu, des pieds sous la table et des pressions de mains. L'amour seul est un mobile de folies. Le simple sentiment de propriété peut se permettre d'attendre son heure...

La brusque entrée de Thierry interrompit ce raisonnement minutieux.

Thierry était blême. Lorsqu'il s'assit pesamment sur le lit, son soupir s'allia au soupir du sommier. Fred s'appuya sur un coude :

« Qu'est-ce qui se passe? Le martini a augmenté?

— J'ai failli étrangler Sophie. Ah! mon vieux, un peu plus ça y était... »

Il eut un tremblement prolongé qui secoua le sommier. Fred s'émut :

« Raconte un peu et calme-toi.

– Ah! mon vieux... Ah! mon vieux... T'aurais vu sa sale gueule de fouine devenir verte, et ses yeux sortir à mesure que je serrais...

– Qu'est-ce qu'il y a eu?

– Elle disait que si je la laissais choir un jour, elle me donnerait aux flics... Je te l'ai empoignée... Si tu veux voir de baths empreintes digitales, tu pourras regarder son cou, même dans un mois...

– Un danger de plus, quoi! Grâce à toi, l'homme qui se méfiait tellement des femmes!

– Je vais la crever.

– C'est ça! Et rendez-vous à la Santé!

– Ah! la salope, la salope, la salope...

– Marie-toi avec, on sera tranquille.

– Tu parles! Elle pourrait être mon arrière-grand-mère...

– Et si elle te met un détective privé aux fesses pour voir si tu ne la trompes pas, ce sera charmant...

– Alors?

– Alors épouse-la. Pourquoi pas? Elle claquera bien un jour. Tu hériteras. Et tu revendras l'appartement.

– Tu parles sérieusement?

– Je tiens même à être ton témoin. »

Thierry, abasourdi, se mit à fasciner le bout de ses chaussures. Se marier avec cette vieille peau empestant la cretonne et le retour d'âge, c'était une idée non dépourvue de nouveauté... Fred se faisait persuasif, s'animant, ponctuant ses paroles de coups de poing sur l'oreiller :

« Voilà. Tu te maries en province, because ton identité. La Sophie folle de joie. Pense autant à te dénoncer qu'à disputer la Coupe de Noël à la nage...

– C'est pas con... »

Thierry sourit béatement. Les choses s'arrangeaient. Ce n'était pas le décès escompté de la vieille qui allait l'importuner. Elle avait l'âge d'y passer. Et elle mourrait femme Ranal, son rêve. Pourquoi lui refuser cette joie dernière?...

Pour remercier Fred, il le vida du lit. Ce fut, durant cinq minutes, une lutte digne des chambrées du camp de Beauregard, avec envol de couvertures, jet de pantoufles, aspersions à l'aide du doigt collé sous le robinet grand ouvert.

Après quoi Fred, essoufflé, joyeux, s'habilla vivement. Il était encore midi. Pas moyen de se lever avant... Ils partirent faire un tour sur le boulevard, entre deux rayons de soleil et deux brins de muguet. Pigalle avait sa figure diurne de sainte-nitouche que la lumière épure.

Ses filles dormaient. Ses musiciens dormaient. Ses bistrots bâillaient, brasseries à musique, dancings. D'Anvers à Blanche, c'était l'accalmie après la nuit, avant le soir.

Fred et Thierry allèrent prendre un premier apéritif Aux Moineaux sur la place. Ils y rencontrèrent Sidney accompagné par deux Noirs. Il s'élança vers eux en boitant lourdement. Fred le questionna. Sidney lui apprit que, la veille, Omer s'était disputé avec lui en le traitant de « sale nègre », au sujet de la grandeur des Etats-Unis, que, lui, Sidney, jugeait compromise par les préjugés raciaux... Omer, « whiskité », à bout d'arguments, avait fini par planter son couteau dans le mollet du Noir. Sidney avait terminé la séance en cognant la tête de son compatriote contre un mur. Fred traduisait l'explication à Thierry qui siffla :

« Il a le vin gai, le grand blond... Ce n'est pas moi qui le pousserai à la boisson ! »

Toujours boitant, le Noir les entraîna au comptoir où ils trinquèrent avec ses camarades, ces grands enfants nègres riant doucement comme des petites filles et en permanence. Ce café avait la réputation d'être un des lieux de rencontre des trafiquants de drogue. Fred eut beau regarder, il ne vit rien d'anormal, ni paquets mystérieux, ni sachets éloquents, ni faces patibulaires pour albums à colorier... Voilà qui démontrait une fois de plus l'absurdité des légendes sur la « pègre » et les « truands » tatoués pour films d'atmosphère au rabais. Les clients avaient des figures ni plus ni moins honnêtes que dans les bistrots du boulevard Diderot ou ceux de la porte Champerret...

Thierry et Fred sortirent, non sans avoir salué amicalement leurs hôtes. Ils regagnèrent à pas de badaud la Cité du Midi, contents de tout, de leurs vêtements, de leurs chaussures, du soleil, de leurs cravates...

« Dans le fond, soupirait d'aise Thierry, le monde nous ignore... Nous partons pour une belle carrière de parfaits malfrats.

– On sera bien piqués un jour, va.

– Et pourquoi ?

– C'est le destin. Il faut en profiter jusqu'à ce jour-là.

– Tu disais pourtant que, dans les journaux, on ne parlait que des hors-la-loi arrêtés, et que, puisqu'on ne parlait jamais des autres, c'est qu'ils étaient à l'air. Pourquoi ne serions-nous pas ceux-ci pour l'éternité ?

– Et pourquoi le serions-nous ? Profites-en, te dis-je. Et regarde le soleil tant que tu peux. »

Le pessimisme de Fred rembrunit instantanément l'influençable Thierry qui ne put se décider qu'en admirant à la dérobée le sang-froid placide et satisfaisant de son copain résigné à tous les aléas d'une existence faussée, forcenée, teintée de ce cannibalisme sauvage de l'argent à toute force.

A L'Œil de Bœuf, la table était mise. Gonzague crasseux. Béatrice belle. Tout était à la norme.

Bruno vitupérait Franco à haute voix, sur un rythme de litanie. Personne n'y prêtait attention. Le repas fut calme. On reparla de Samovar, le génial bohème mort d'alcool. Thierry s'étonnait encore qu'il fût venu mourir précisément à L'Œil de Bœuf. Béatrice affirma sagement :

« S'il voulait mourir dans un bistrot, pourquoi pas ici plutôt que dans un autre ? Il en fallait bien un.

– T'as raison, après tout. Tu n'as pas envie d'aller à Pompadour, toi, Fred ?

– C'est au diable. La banlieue, je déteste ça. Quand on y demande un gin, ils te servent un quart Perrier. Et les rues ne sont même pas pavées. »

Soudainement, telle une apparition de la Vierge, un crieur de journaux moustachu fit son entrée dans le bar à une allure de balle de revolver, freina des deux talons, hurla des deux poumons : « L'armistice est signé! » Fred, glacial, murmura, faisant preuve d'un manque de tact absolu : « Vive Pétain... » Mais les réactions n'étaient pas les mêmes pour tous. Dans ce milieu qu'on ne pouvait accuser de patriotisme délirant, l'émotion eut prise malgré tout. Les trois ou quatre clients qui se trouvaient là se mirent à exulter. L'un d'eux, un ancien parachutiste, entonna même *La Marseillaise*. Bruno, Thierry, Béatrice abandonnèrent la table. Gonzague monta le champagne. Fred, assis, ricanait méchamment :

« Et voilà morte la vache à lait. Tout le monde est content. Lorsqu'elle sera mangée, ils suceront les os. Finie la guerre, adieu marché noir, adieu Américains, adieu l'anarchie interne... »

Il se leva néanmoins pour le champagne. D'ici une demi-heure au plus, Paris aurait quarante de fièvre... Paris, la banlieue, la France, le monde... Une tuerie de moins, cela comptait encore. Fred eut un regard triste pour l'ex-parachutiste empourpré de victoire et dans les yeux duquel flambaient des arcs de triomphe...

Gonzague, abusant de l'oubli total dont il était l'objet, vidait coupe sur coupe en rigolant sans bruit. La radio hurlait la nouvelle mille fois rabâchée. On apprit ainsi les détails de la reddition faite en une petite école de Reims. Le Grand Reich tombait comme une maison de dominos, à bout de souffle, touchant terre des deux épaules, avec le son mat d'une louche de purée s'écrasant sur un dallage.

Les hymnes nationaux anglais, russe, américain et français déferlaient du haut-parleur avec un éclatement d'orage et de tempête en mer. Bruno rythmait à coups de poing sur le zinc, rouge, violant délibérément sa neutralité. Fred épluchait une banane. Béatrice et Thierry dansaient en fox-trot *La Marseillaise*, cette *Marseillaise* qui allait connaître aujourd'hui une de ses plus fastes journées. Les quelques clients se congratulaient de plus en plus chaudement, sous l'influence du champagne et des communiqués de victoire où passait le souffle des

« Debout les morts ! », des « On les aura ! », des « A Berlin ! », des « Jours V » et des « Cessez le feu ! » au clairon et ron petit patapon... Gonzague, nettement gris à présent, se permit de se hisser tant bien que mal sur une table et de participer à l'allégresse générale en tambourinant, hilare, sur un plateau. Tout le monde en resta figé. Bruno, éberlué, ouvrait un maximum les yeux afin de les convaincre de la stupéfiante réalité : Gonzague se faisait remarquer... Il comprit enfin et jura :

« Vrai ! L'animal est soûl ! »

Il lui attrapa les deux pieds et tira violemment. Gonzague décrivit un arc de cercle et s'affala sur le sol, de tout son long, la tête heurtant la première. Il rigolait toujours, insensible. Bruno le poussa du pied jusqu'à la cuisine et fit jouer le loquet. Il piquait une colère lorsque la porte s'ouvrit en grand, et qu'une horde cosmopolite, beuglante et survoltée, fit son apparition. Il y avait des filles, des Américains, deux officiers russes, des civils échevelés, voyageant à dos de folie et de cris. A la queue de cette farandole se trouvaient Rocky, Tarin et Ginette. Béatrice suivit Bruno derrière le comptoir afin de l'aider à servir cette foule assoiffée de gloire et de spiritueux. Rocky happa Fred et Thierry :

« Venez sur le boulevard ! C'est fantastique ! »

Ils ressortirent en bousculant les nouveaux venus. Un soldat anglais, égaré dans le tas, couchait de force une fille sur une table, lui relevant sa robe aux cuisses en poussant des « V day ! » convaincants.

Fred, agrippé de droite et de gauche par ses amis descendit avec eux la Cité du Midi au galop. Un océan humain se formait de minute en minute, roulant pêle-mêle sur le boulevard de la Chapelle au boulevard des Batignolles, en un tohu-bohu de tonnerre et d'immeubles dynamités. De ce magma émergeaient des drapeaux, des têtes de militaires portés en triomphe, des chapeaux hissés sur cannes, des fleurs montant au ciel et retombant en pluies légères sur les épaules. Des jeeps recouvertes de jupes, d'oriflammes, de types exubérants accrochés aux roues, montés sur les pare-chocs, allaient, poussées en avant par la foule. Les cafés, les cinémas, les boîtes de nuit, les brasseries et les dancings, clos tout à l'heure, s'ouvraient à la volée, prêts à la bonne affaire. De ce roulis apocalyptique montaient d'immenses clameurs faites de chants et de hurrahs assourdissants où les mots de « Victoire! », « Vivent les alliés! » prenaient des inflexions d'éruptions volcaniques et de batailles navales.

Et toujours, telle une inexorable marée, cette foule s'enflait, se gonflait, par les rues adjacentes, par les métros, descendant des maisons, accourant de tous les horizons. Les fenêtres s'ouvraient grandes sur cette journée de mai, s'étoilant de drapeaux et de têtes serrées. Fred et Tarin furent séparés du groupe par une poussée sans raison qui renversa une dizaine de personnes. Malgré leurs efforts, ils ne purent rejoindre Thierry, Ginette et Rocky entraînés implacablement par ces centaines de coudes et d'épaules, entraînés de force à la Concorde, peut-être, ou encore plus loin...

Tarin prit la main de Fred. Au moins, ils ne se lâcheraient pas.

« Quels dingues! souffla Fred.

– Ça fait du bien aux gens d'être contents ensemble... »

Cela dit, Tarin protégea son nez contre toutes ces mains se dressant au ciel, deux doigts en fourchette figurant le V de la gloire... Il songea ensuite à s'occuper d'une petite que les mouvements de masse lui collaient au corps avec une persistance émouvante. Fred, moins bien partagé, repoussait avec amertume un vieux bonhomme décoré qui se payait des gueulantes pour le reste de sa vie.

« Vive Churchill! Vive de Gaulle! braillait le vieux poilu d'une manière continue, ininterrompue et puissante.

– Ça va, ça va, j'ai compris... s'énerva Fred.

– Monsieur, si vous étiez Français, vous seriez ému par l'allégresse de tout un peuple!

– Espèce de vieux con! »

Il le retourna d'un coup d'épaule et faillit lui-même se

faire renverser par une jeep où deux Américains barbouillés de rouge à lèvres n'en menaient pas large devant l'assaut hystérique d'une vingtaine d'individus tentant de se caser tant à l'extérieur qu'à l'intérieur du véhicule. C'était comme une réplique, en plus violent peut-être, de la Libération. En plus violent parce qu'il n'y avait aucun danger de tireurs de toits, parce que cette paix regonflait l'espoir perdu depuis...

Une bande tonitruante de jeunes gens se jeta dans la mêlée, munie de drapeaux des quatre pays. Elle provoqua un ressac qui colla aux murs d'autres patriotes exacerbés. Cela tenait de la boîte à sardines, du métro à six heures du soir, de la foule sortant de Colombes un jour de finale et de la densité de cinquante kilos de pommes de terre enfermées en un sac.

Si seulement cette joie avait été la joie de la paix, elle eût été bonne, chaude, immense, fraternelle, mais ce n'était guère la joie de la Victoire. Sur les calendriers, l'armistice de 1918 n'est pas la « Fête de la Paix ». C'est la « Fête de la Victoire ». Le mot le plus vain du langage parlé.

Le monde était content d'avoir gagné, tout en espérant faire mieux la prochaine fois.

. . . .

A sept heures du soir, après des tribulations variées au cœur de cette cacophonie gigantesque qu'était devenu Paris tout entier, ils se retrouvèrent tous à l'Œil de Bœuf. Omer et Sidney étaient là depuis un moment, le premier blême de nervosité et de petits verres bus de l'Etoile à la Bastille. Le bar n'avait pas désempli. La viande soûle régnait dans la cabine téléphonique, occupait l'escalier, la salle de bal, rugissait sous les tables au milieu de drapeaux en papier, de vomissures, de portraits de chefs d'Etat, de confetti, de cravates arrachées, de guirlandes et de mares de vin blanc.

Pigalle redevenait le dépotoir de la liesse, la poubelle officielle de la gaieté. L'extraordinaire animation des boulevards venait s'écraser en clameurs et en lueurs soufrées de pétards sur les vitres du bar. Fred, désemparé, étranger à cette atmosphère inhabituelle, observait d'un œil torve cette forme de folie qu'est la joie du peuple.

Assis sur un tabouret reculé jusqu'au mur, il sirotait mélancoliquement un extra-sec, les oreilles cassées, la bouche amère, figé en une attitude de mépris total.

Tarin, au fil des libations, avait évolué de l'indifférence au plus cocardier des patriotismes. Il poussait les choses jusqu'à brailler *La Madelon.*

« Tu ne peux pas la fermer un peu, non ? l'interrompit Fred sévèrement.

– Crie « Vive la France ! » avec moi, mon vieux. C'est un grand jour, un grand jour.

– Les grands jours ne dépassent jamais vingt-quatre heures, gros nez !

– Crie tout de même « Vive la France ! »

– Allez, va boire un coup, tu l'as bien gagné. »

Il s'amusa mélancoliquement à contempler le spectacle discret du flirt Omer-Béatrice. Ils avaient la figure en partie cachée par les rameaux de l'éternel pommier d'*amour.* Fred ne voyait que les mains de l'Américain se promener sur les hanches de la jeune fille. Et du pommier d'amour montait, comme d'une forêt d'été, le bruit fluet de voix basses, comme des gazouillis d'oiseaux de boîtes à musique.

Cette idylle, au milieu des éclatements de verres cassés par maladresse, des rires, des hoquets, des agitements convulsifs de drapeaux pour cartes d'état-major de « grand café », ne manquait pas de charme. Fred eût voulu pouvoir arracher ces épingles de jalousie bête qu'il se plantait en pleine peau malgré lui. Il se reprochait cette faiblesse de romantique, mais qu'y faire ?...

« La tournée du patron ! » annonça fièrement Bruno, prenant ses risques devant la cinquantaine de clients occasionnels qui se tassaient là ce soir. Les nouveaux patriotes rappliquèrent tous, le verre à la main. Les poivrots s'entre-réveillèrent pour ne point louper l'aubaine.

If you see my baby tell her to hurry hom
I ain't had no lovin' since my baby's benn gone...

Sidney, cafardeux, venait de s'asseoir près de Fred. Ils unirent leur tristesse en un petit sourire respectif.

« Qu'est-ce qui ne va pas, vieux ? demanda Fred.

– La tête.

– Moi, c'est le cœur.

– Buvez un verre. »

Ils se firent apporter une bouteille de fine. Sidney, les yeux clos, chambrant son petit verre dans le creux de sa grosse main noire, reprenait en sourdine son inlassable *If you see my baby.*

À côté de ce recueillement énigmatique, la furie du bar et de la rue prenait un aspect obscène et insolite. Fred murmura, en fixant le bocal glauque où reposait l'œil de bœuf offert par un boucher de la Villette :

« Ça vous rappelle quelque chose, cette chanson ?

– Ça me rappelle Boully.

– Une fille ?

– Oui. Ma mamma. Elle chantait ça pour calmer papa lorsqu'il mourait. Il avait reçu un arbre sur le ventre. Et mamma lui chantait de l'amour pour chasser de lui les ombres blanches. »

Fred ne chercha pas à savoir ce qu'étaient ces ombres blanches et sentit une larme imbécile aller mouiller sa lèvre. C'était le coup de lune...

Ceux qui n'ont jamais passé une nuit seul dans un lit d'hôtel, alors que la lumière des autos joue aux ombres chinoises sur les volets, ceux qui n'ont jamais tressailli au bruit de sang des robinets coincés, ceux qui n'ont jamais rêvé la douceur des deux mains de la femme inconnue s'aplatissant tendrement sur leurs joues, ceux-là n'ont jamais été seuls au monde. Qu'ils en remercient le cours mollasse et trop sucré de leur vie. Cette impression de détresse, c'est le cafard énorme de Pigalle. C'est son cafard particulier, où la lueur trop folle touche au silence des tapis, où la bouche trop facile fait regretter aux larmes la tartine beurrée de l'amour difficile... Pigalle... Femme... Le quartier femme... Le rire, la nuit, le pleur, la danse, la souffrance, le septième ciel, la folie...

Fred eut froid. Le gel des dés de glace cognant dans le shaker. Ces gens gueulant la guerre finie ne dégageaient pas une calorie humaine. L'image d'Epinal flambe plus vite que le bois dont on fait les jours et les jours.

Fred se leva et se dirigea vers Thierry :

« Je vais danser.

– Bonne idée, on y va tous ! »

Ils rallièrent rapidement la troupe. Seul, Tarin refusa obstinément de partir, ayant trouvé, par chance, un type prêt à perdre sa chemise et ses supports-chaussettes au 4-21. Les deux Américains, Rocky, Ginette, Béatrice, Fred et Thierry sortirent donc, bras dessus, bras dessous.

Pigalle brûlait vif, comme un punch. Des avions, dans le ciel noir, traçaient des pages de « V » rouges, jaunes, blancs. Les jeeps passaient toujours, à des allures de corbillards, encore chargées de filles dont la blancheur des cuisses froufroutait au vent des drapeaux déployés comme des draps de lit. Tous les pick-up, tous les micros, tous les orchestres donnaient à fond, à pleines portes ouvertes, braillant l'alléluia, le boogie, la motion d'honneur de la Chambre, les cris, les chatouillis, les bégaiements, le champagne, les valses, les nuits blanches. Les cloches du Sacré-Cœur poussaient le tout et se faisaient entendre, majestueuses, lentes, bénissant le péché d'orgueil, l'orgie nationale, la fesse tricolore reflétant les étoiles.

Les guirlandes de jeunes courant sur les boulevards en chantant croisaient les couples lascifs d'un soir écroulés sur les bancs. Les putains blêmes riaient à cet afflux de vie. Les putains roses baissaient les prix, mettaient les bouchées doubles. Les gars de Barbès songeaient à profiter du bruit et des maisons vidées pour faire « un casse avec une plume[1] ». L'Armée du

1. Un cambriolage avec une pince.

Salut remerciait Dieu. Les bons bourgeois, à un coin paisible de terrasse, admiraient et retenaient, afin de décrire un jour aux enfants...

« Dans le fond, ça ne vaut pas celui de 1918, soupirait un habitué d'armistices.

– C'est fou, ce monde! » s'extasia Béatrice, en s'engluant les lèvres d'une portion de « barbe à papa » achetée à un forain.

Fred prit la jeune fille par le bras. Ils devancèrent un long moment le trio. Fred, subitement, allant à l'encontre de ses plans de non-agression, lança :

« Tu sais que je sais!

– Tu sais quoi?

– Que tu t'envoies Omer.

– Je ne me l'envoie pas, comme tu dis.

– Vous êtes bien ensemble.

– Tu es jaloux, toi?

– Je n'ai pas à être jaloux. Je n'aime pas qu'on se foute de moi, c'est tout.

– Dis-le-lui.

– Non, mais je t'aurai au virage. Je t'ai prévenue.

– Je suis libre.

– C'est le facteur qui t'a dépucelée, peut-être? »

Furieux, il la repoussa si sèchement qu'elle en heurta un arbre. Thierry mit sa main sur l'épaule de son ami :

« Laisse glisser...

– Ça va, ça va! »

Thierry eut une moue fataliste. Omer, soupçonneux à son tour, devint encore plus pâle.

Sidney s'auréola d'un soleil pyrotechnique.

Ils allèrent à La Cigale, où l'on dansait, comme partout ce jour-là. Il y avait bien des bals en pleine rue... Les pieds raclaient sur les pavés au son d'un accordéon et d'une batterie et le tour était joué. Les ivrognes voyaient valser le boulevard, pour de bon...

A La Cigale, quelques Américains, frappés au cognac, soufflaient et tapaient dans et sur les instruments de l'orchestre. Un musicien français frustré de sa guitare soupirait :

« C'est toujours pareil. Ils ont tous fait partie de l'ensemble Benny Goodman. Et ils jouent comme des pieds... »

Qu'importe! Les armistices veulent de la couleur locale, il y en avait. Des préservatifs gonflés comme des ballons-réclame voletaient au plafond avant de se disperser bruyamment au contact d'une cigarette allumée. Sur la piste se bousculaient une centaine de couples. Beaucoup de filles portaient des robes aux trois couleurs, ou étoilées, ou rouge sang brodées de faucilles et de marteaux. A la mode précise... Le *It's a long way to Tipperary* rajeunissait les birbes égarés et les parents perdus.

« Tu danses? dit Fred.

– Si tu y tiens... » répondit Béatrice.

Ils partirent pour un tango. Lorsqu'ils passèrent près de la porte, il la fit sortir promptement. Elle devint rouge de rage :

« On s'en va déjà?

– Je dirai même qu'on rentre à L'Œil de Bœuf. J'en ai marre de la binette de tes séducteurs.

– Tu m'ennuies!

– Tu veux une gifle? »

Elle s'inclina. Lorsqu'ils dépassèrent la place Pigalle, ils s'aperçurent que des duos, escaladant les grilles du petit square, s'en allaient consommer leur amour sur les plaques de verdure galeuse. Un camion gouvernemental muni d'un fort pick-up dévidait du *Chant du Départ*, pour la plus grande joie d'un groupe de militaires conscients de leur héroïsme. Un tas de fesses féminines bayaient d'admiration. Un soldat anglais, ivre mort, piétinait son calot en pleurant de satisfaction, tout en hurlant : « Hitler is dead! Vive la France! » Et toujours les drapeaux et les fleurs...

« Where's Béatrice? » râla Omer en pinçant le bras de Thierry.

Celui-ci, endolori, cria :

« J'en sais rien, cave! » et s'éloigna, ayant repéré une petite fort à son goût nocturne.

Les deux Américains restèrent seuls, debout, bousculés, tiraillés, privés du prestige de l'uniforme à une heure où tous les honneurs lui revenaient de droit, sans femmes ni compagnons. Sidney fit des reproches à l'autre :

« Si tu n'avais pas fait tant d'histoires avec la femme de monsieur Fred, personne ne nous aurait quittés.

– Si tu n'étais pas noir, toi, vieux nègre, nous aurions des filles.

– Tu n'es qu'un sale cochon. Je vais boire tout seul. »

Il partait vers le bar, lorsque Omer, livide, les yeux exorbités de gin, le rattrapa :

« Qu'est-ce que tu as dit ?

– J'ai dit que tu n'étais qu'un sale cochon. »

Ils furent soudainement repoussés d'une dizaine de mètres par un mouvement de foule dû à la chute de deux couples pris de vin. Omer, le nez crispé, avait entre-temps sorti son couteau, l'avait ouvert dans sa manche et en avait porté un coup à Sidney, en plein ventre. Le Noir se plia lentement et souffla :

« Qu'est-ce que tu as fait ?

– Rien. Je vais au bar. »

Les deux couples se relevaient. Toute la salle riait. Omer en trois enjambées fut dans la rue. Sidney s'adossa au mur, en respirant à grands coups. Il entendit une voix au micro. Cette voix s'exprimait dans sa langue. Elle disait que l'aigle hitlérien était tombé, que l'on en ferait une soupe et que les oreillers faits dans ses plumes berceraient à l'avenir les rêves d'amour de tous les peuples. Elle l'invitait également à la joie universelle.

Sidney glissa la main sous son pull-over rouge. Son maillot de corps était déjà tout trempé. Sidney eut peur. Il aurait fallu qu'il voie un médecin. Mais on le conduirait sans doute à l'hôpital. A l'hôpital, on lui demanderait son nom. Et il serait pendu. Quel idiot, cet Omer. Il le savait qu'il n'était qu'un sale cochon... Pourquoi s'être vexé ? Pourquoi l'avoir blessé soudainement d'un tel coup de couteau ? Il eut envie de pleurer. Sa vue se brouilla. Il décida d'aller aux cabinets, pour se laver. Ce n'était rien. Une écorchure. Omer n'avait pas voulu le tuer, non ! C'était un ami, Omer, un ami... Il marcha. Il vit un garçon tout en blanc. Celui-ci le regarda, sembla rigoler, et lui dit « On the left ». A gauche... Il croyait que le « sale nègre » était soûl, que le « sale nègre » avait envie de dormir, et le « sale nègre » était prêt à crever...

Sidney ferma les yeux. Le pull-over aussi était mouillé. Le sang pouvait couler, la laine rouge cachait tout. Regarde le négro, qu'est-ce qu'il tient ! Je n'ai jamais vu un négro plus soûl... Sidney plaqua une main sur son ventre. Une serveuse, apitoyée, prit le Noir par un bras et le conduisit. Elle ne voyait rien, elle non plus. Elle ouvrait la porte marquée W.C. Sidney, une fois entré, tira le verrou. Etait-ce possible que, cinq minutes auparavant, il ait été en train de traiter Omer de sale cochon ? Il ne lui avait rien fait, à Omer, rien...

La fraîcheur du lieu le surprit. Il y avait le siège, le lavabo, une glace... Cette glace le renvoyait à lui-même, comme un souvenir. Il se laissa tomber sur le siège et s'adossa à la tuyauterie. Les robinets eau chaude eau froide du lavabo coulaient doucement avec un bruit de source dans les grands bois. La lampe nue, là-haut, était l'éclairage cru des supplices.

Sidney essuya ses mains sur les murs. Son visage perlait de sueur, comme un couvercle de marmite où bout le pot-au-feu. Ce trou dans le ventre était une nouvelle bouche. Il lui semblait que, par là, il eût pu respirer et parler d'une voix inconnue. Le sang coulait, inlassable, comme les robinets eau chaude eau froide. Il tombait sur une jambe de pantalon, glissait, roulait au sol où il faisait des taches, des ronds et des étoiles.

Sidney baissa la tête. Il savait que, par ce trou ridicule d'un centimètre, s'écoulait sa vie, comme des robinets du lavabo. S'épanchait sa vie de bon gros garçon noir de Floride. Il se mit à pleurer. Il se pleurait. Il allait à son enterrement. L'orchestre qui perçait la porte à coups de cuivres, l'entraînait à la mort, une grosse caisse attachée aux pieds, allègrement, l'accompagnant en fox-trot à l'un de ces proprets et tout blancs

« american cementery » où les croix à l'infini représentaient autant de chewing-gum inachevés.

Ses grosses larmes lavaient sa bouille noire. Lorsqu'il serait mort, il serait blanc. Il ressemblerait à un artiste de cinéma. Au ciel, où il retrouverait mamma Boully, il prendrait le train des blancs, le train avec des coussins.

Il se recroquevilla. Son menton touchait ses genoux. Il ne souffrait pas. Il se vidait comme une lessiveuse percée d'un trou d'épingle. Et ce beau sang rouge devenait tout noir, tout noir, sur les petites dalles bleu pervenche. Quelqu'un vint ébranler la porte.

« Y a du monde ?

– Oui. Oui », répondit-il.

Il n'y aurait plus personne, tout à l'heure. Sidney s'essuya la bouche sur sa manche de pull-over. Il bavait... Il chantonna en s'appuyant sur les mots comme sur des béquilles :

If you see my baby tell her to hurry home
Il ain't had no lovin'since my baby's been gone...

Il demanda pardon à papa Dieu du mal qu'il avait fait en volant des camions, en couchant avec des mauvaises femmes, en buvant du cognac jusqu'à ce que sa tête eût la figure d'un potiron pourri. Papa Dieu descendit jusqu'aux water-closets et promit à Sidney une jeep neuve pour caracoler toute sa mort dans l'Indianapolis des nuages roses comme des poitrines blanches...

L'orchestre joua *Saint-Louis Blues,* avec une lenteur canaille de convoi funèbre où les messieurs de la famille seraient soûls. Une clarinette à gorge emmitouflée traînait les notes sur le sol en un raclement sourd d'éclaircissement de voix. Un souffle immense de cafard balayait les drapeaux, les confetti, les rues, les baisers, ridant la face des mares d'alcool renversé, affaissant les indéfrisables de poules endormies... Un chœur de soldats américains gonflait les paroles d'un désespoir de fête terminée... C'était comme l'accompagnement à la marche hésitante d'un aveugle ivre traversant en zigzag le gigantesque pont suspendu de la Porte d'Or de San Francisco...

Sidney, les yeux fermés, tendait son dos à la caresse brutale de la musique natale qui le prenait dans ses bras pour lui faire passer la rivière. Il allait passer la ligne. Des bulles de sang glougloutaient à ses lèvres. Il se leva et tourna doucement une dizaine de fois à l'intérieur de ce cagibi, les mains croisées derrière la nuque, bombant son ventre au vide. L'air sifflait dedans... Il semblait danser au son des grands couteaux de la trompette reprenant le riff en suraigu...

Comme s'il avait glissé, Sidney s'étendit de toute sa longueur sur le dallage bleu. Son nez ne sentait plus la fraîcheur de la pierre. Ses jambes se glaçaient. Un papillon de nuit posait un nœud de velours crème au crâne de la lampe.

Sidney rentrait à la maison. Mamma Boully ajoutait son couvert.

Les robinets eau chaude eau froide tendaient leurs cous nickelés pour l'extrême-onction. La glace ne voyait plus rien. Sidney se releva, luttant encore. Il flageola, se rattrapa à la chasse d'eau et retomba comme une masse. Il eut un hoquet puéril. La trombe de flotte coulait dans la cuvette comme un torrent des Alpes. Le type qui attendait derrière la porte fut soulagé :

« Pas trop tôt. Il a fini », dit-il à son copain.

CHAPITRE XXIII

La mort de Sidney jeta un pavé de glace sur le groupe. Omer eut beau accommoder l'histoire à sa sauce, l'on fut unanimement indigné, écœuré. On considéra le Blanc comme un salaud doublé d'un lâche. Mais il tenait tout le monde à sa main...

C'est là le drame de ces bandes. Tous les membres sont accrochés au même silence. Les paroles sont des menottes...

Omer, éternellement sarcastique ne quittait plus L'Œil de Bœuf. Tout seul, il s'ennuyait dans son hôtel. Il venait chaque jour à présent s'attabler devant ses cognacs. Parfois, souriant, il chantonnait *If you see my baby...* en imitant la voix du Noir. Béatrice s'asseyait près de lui.

Fred s'assombrissait. Tant de morts, Aparicio, Samovar, Sidney, baladaient leurs fantômes dans le bar qu'un climat de peur gelait jusqu'aux petites branches du pommier d'amour.

L'inactivité se poursuivait. Rocky et Tarin fournissaient à tous l'argent de poche, ayant repris, sous la direction désabusée de Thierry, un régulier et monotone trafic de devises comme il y en avait, à l'époque, à la portée de tous. Cette combine sans gloire assurait le lendemain. Fred s'empâtait totalement. Il glissait à la belote permanente... Il s'agrippait encore à l'idée d'un beau coup futur, mais en parlait de moins en moins.

Pigalle connaissait pourtant des suites fastes. Le début de l'occupation en Allemagne se traduisait par une recrudescence de marché noir due à l'anarchie qui régnait en maîtresse, là-bas. La cocaïne, ainsi que l'avait prévu Bruno, arrivait dans tous les blousons, dans toutes les poches. Trafic d'appareils photographiques, d'instruments d'optique, trafics chimiques, machines à écrire, traite des fräulein via Marseille et sous couleurs alsaciennes, etc...

Fred et Thierry, sourds, engourdis, abattaient les tierces et les dix de der...

Fred, un soir, annonça à table qu'il passait la nuit dehors, sans autres précisions.

Il revint à trois heures du matin. Thierry l'accompagnait. Ils s'étaient retrouvés au Dupont-Bastille, par hasard, et avaient décidé de rentrer se coucher, l'atmosphère de Paris la nuit les ayant pour une fois accablés d'amertume. En traversant à pied Pigalle, Thierry murmura :

« C'est marrant que tu sois venu à la Bastille.

– Je voulais passer la nuit avec une poule. Je n'en ai pas trouvé de potable... »

L'Œil de Bœuf était fermé. La Cité du Midi n'était plus éclairée que par l'ampoule de la porte d'entrée de La Rumba, le dancing à demi endormi. Thierry suggéra :

« On va danser cinq minutes ?

– Vas-y, moi j'en ai marre.

– Si tu n'y vas pas, rentrons. »

Ils passèrent par le couloir. Ils se séparèrent sur le palier. Fred resta un moment dans le noir sans bouger. Quelle lassitude... Quelle vie... Il eut mal à la tête. La baraque était d'un calme de tombeau. Fred eut un grand mouvement fatigué des épaules et ouvrit la chambre de Béatrice. Il fit la lumière et s'arrêta net.

Béatrice, dans le lit était assise et blême. A côté d'elle, sous les draps, remuait une forme. Fred eut un sourire nerveux. Allons, ça y était. A peine annonçait-il qu'il découchait qu'il était remplacé... Il mit une main dans sa poche et referma la porte. Les yeux de Béatrice le fixaient bêtement. Il avait mal à la tête. Ce silence était merveilleux, reposant. Fred s'adossa au mur. Cocu. Il se découvrait tangiblement cocu. Il n'y avait donc pas entre eux que des pressions de mains, mais tout. Il ricana. Son rire avait quelque chose de blasé, d'indifférent, d'épuisant. Tout s'écroulait en lui, même la haine. Il rigola encore et appela doucement :

« Omer ! Omer ! Vous pouvez sortir... Ne jouez pas les amants en caleçon, voyons. Omer ? »

Plus rien ne bougeait sous les draps. Fred regarda alors Béatrice. Elle tremblait... Il comprit brusquement, fit deux pas rapides vers le lit. Il s'arrêta encore et dit à la fille :

« Qui est avec toi ?

– Freddo... Freddo...

– Oui, ça va, ça va ! »

Il arracha les couvertures. A côté de Béatrice nue se trouvait Gonzague nu, pelotonné, livide, et dont les dents claquaient à un rythme de fièvre de cheval. Il était là, tout replié, les yeux fous, avec son ventre blanc de graisse, ses trois poils sous les bras, sa peur atroce et ses frissons partout.

Fred eut une commotion de rage. Gonzague ! Trompé par Gonzague... son mal de tête fut chassé par un afflux de sang. Sa fatigue tomba, lourde comme un pardessus. Il tenta de se maîtriser. Gonzague ! C'était bien lui. C'était incroyable. Il hoqueta : « Les fumiers... » et décocha un coup de botte terrible dans les reins du crapaud. Gonzague gémit et se mit à pleurer. Béatrice grelottait. Fred replaça un autre coup de botte, à la volée.

« Tais-toi, ordure. Tu vas me le payer cher... »

Il fit des efforts pour allumer une cigarette.

« Reste là, Gonzague. Si tu te tires, je te tue. »

Il sortit doucement et courut à la chambre de Thierry. Il y avait de la lumière sous la porte. Il entra. Thierry, en pyjama, lisait un roman policier. Il se dressa sur sa couche :

« Qu'est-ce qu'il y a ?

– Je viens de trouver Béatrice au lit avec Gonzague.

– Avec Gonzague ?
– Oui. Viens tout de suite.
– J'arrive. »

Il fut d'un bond sur la descente de lit. Il ne réalisait pas encore très bien, mais comprenait malgré tout l'inhabituel de la situation. Il passa une paire de sandales et suivit Fred en courant.

Béatrice s'était cachée sous les draps. On entendait clairement ses sanglots. Gonzague, terreux, nu, était debout près de la fenêtre. Les rideaux tremblaient avec lui, faisant avec leurs anneaux un bruit ténu de grelots.

« Merde... » émit Thierry stupéfait pour de bon.

Fred, pâle, dit :

« Thierry ? Tu n'as jamais connu de vétérinaire, toi ?
– Non...
– Moi, j'en ai connu un, tu ne sais pas ce que c'est que le bistournage ? »

Thierry crut que son copain devenait fou. Comment ? Il trouvait sa môme avec le dernier des types que l'on aimerait voir dans un lit aux côtés d'une femme et il parlait de vétérinaire... Mais Fred poursuivait, blanc de fureur et de cruauté :

« Eh bien, nous allons bistourner cette saloperie. Tu vas m'aider. On va aller à la cave. Avance, Gonzague. Et si tu dis un mot je te crève. »

Gonzague marcha. Il était devenu inconscient. Ainsi vont à la guillotine les condamnés drogués... Ses pieds plats avaient des sonorités d'éponge mouillée.

*

« C'est horrible... murmura Thierry.
– T'as raison... Il faut le laisser là jusqu'au matin.
– Il va crever...
– Non. En le laissant mijoter jusqu'au jour, il attrape une gangrène du scrotum localisée. S'il refait l'amour de sa vie, je veux bien prendre sa place !
– Et les flics ?
– Quels flics ?

– Ça va se savoir...

– Impossible. Demain il va partir à l'hosto. Il en a pour deux mois. Il racontera qu'il s'est cassé la gueule sur un tréteau ou sur une rampe d'escalier. C'est des choses qui arrivent. Allez, on remonte. »

Ils eurent un dernier coup d'œil sur le pauvre corps martyrisé, foudroyé dans ses cordes comme une mouche fly-toxée.

Il resterait étendu sous la lampe jusqu'à ce que le soleil se soit montré au soupirail. Sur le matelas, les gouttes rouges tombaient.

Dans le bar, Fred se servit un double rhum. Thierry restait pensif. Fred ricana :

« Qu'est-ce que tu penses de mes idées ?

– Je vais en rêver toute la nuit. C'est du Grand-Guignol.

– C'est de la science. On fait une belote dans ta chambre ? Un cinq cents ?

– Ce n'est pas de refus. J'ai pas envie de dormir.

– Y en a un qui dormira pour toi, en bas. »

Fred choisit une bouteille de brandy et la fourra dans sa poche. Thierry prit un jeu de cartes.

Ils montèrent à la chambre. Au passage, Fred remarqua qu'il y avait toujours un rai de lumière sous la porte de Béatrice.

Thierry, une fois chez lui, passa une robe de chambre, débarrassa une petite table. On posa dessus les cartes et la bouteille. Ils jouèrent longtemps sans parler d'autre chose que du jeu tout en se versant mutuellement de temps à autre un petit verre. Le silence de la maison pesait sur leurs épaules comme un drap trempé. Parfois, une voiture klaxonnait sur le boulevard proche. Par la fenêtre entrouverte montait la tiédeur douceâtre de la rue...

Fred perdit sans arrêt. Lorsque la partie fut achevée, il sourit :

« Il y avait du Gonzague, dans les cartes...

– J'ai presque envie d'aller voir ce qu'il devient.

– Pas la peine. Tu ne peux plus rien pour lui.

– Et Béatrice ?

– Quoi ? Je ne peux pas la châtrer, elle !
– Tu vas lui foutre une dérouillée ?
– Même pas. J'attends mon heure. Thierry, dors bien.
– Toi aussi.
– Et rappelle-toi de ce soir. Il n'y a que deux choses qui fassent vraiment plaisir dans la vie : l'argent et la vengeance. Bonne nuit. »

Il sortit. La férocité de son acte l'enivrait. Il comprenait l'état d'esprit des S.S. et des bourreaux chinois... Il se dirigea lentement vers la chambre de Béatrice et entra doucement. Il s'assit sur le lit.

Béatrice, assoupie, se dressa vivement et se remit à pleurer, très fort, comme une petite fille. Fred soupira :

« Pourquoi as-tu fait ça, cousine ? »

Elle parut rassurée par le ton bénin de sa voix.

« J'avais envie de lui... Pardonne-moi, Freddo, pardonne-moi.
– Pourquoi avais-tu envie de lui ? poursuivit-il sur la même intonation monotone.
– Parce qu'il était vierge. Mais Freddo...
– Ne t'excuse pas tout le temps. Il t'a prise ?
– Oui... Il ne savait même pas...
– Combien de fois ?
– Une seule. Ne me frappe pas... Freddo !
– Je ne veux pas te toucher, j'allume une cigarette. Tu es folle... C'était bon ?
– Non. Je n'aime que toi, mon Freddo, que toi.
– Et Omer ? »

Elle sanglota. Fred souriait. Ses lèvres prenaient l'épaisseur d'une lame de rasoir. Il lui prit la main.

« Calme-toi, je ne t'en veux pas.
– C'est vrai ?
– Oui, c'est vrai.
– Tu recoucheras avec moi ?
– Pas plus tard que tout de suite.
– Tu es bon... »

Elle étendit timidement le bras et prit une poignée d'amandes grillées qu'elle se mit à croquer en veillant à ne point faire trop de bruit. Ses seins dévoilés se soulevaient encore, agités par un fond de larmes.

« Va te laver, tout de même. Les restes des copains, ça ne me tente pas tellement. »

Elle rougit jusqu'aux oreilles et se leva. Fred eut une lueur méchante aux yeux. Ce corps était désormais profané. Toute l'eau de la Seine eût pu le baigner sans le moindre résultat purificateur... Béatrice était perdue pour lui. Elle paierait un jour, elle qui s'imaginait que les pardons pouvaient tomber sur elle aussi aisément que des feuilles mortes.. Fred entendit des pas sur le palier. Il sortit vivement. C'était Bruno. Il le mit au courant franchement, craignant malgré tout un sursaut des fibres paternelles. Bruno fit la moue :

« Cela m'ennuie un peu. Tu dis qu'il reviendrait dans deux mois de l'hôpital ?

– A peu près.

– Alors, vrai, je n'aurai pas de barman pendant tout ce temps-là ?

– Je t'en paierai un autre, si tu veux.

– Là n'est pas la question. Tu as agi selon ta haine ?

– Oui.

– Alors tout est très bien. Gonzague est une saloperie. J'aurais dû l'étouffer au berceau. Mais, tu sais, les enfants, on ne peut pas prévoir. Fred, bonne nuit. Si tu te réveilles avant moi va le détacher.

– Entendu. Dors bien. »

Bruno mit son doigt à son chapeau et s'éloigna, pesant, puissant, ensommeillé.

Fred rentra dans la chambre. Tout s'arrangeait. Bruno aurait été plus mécontent si l'on avait pissé dans la salle de bal...

Béatrice s'était recouchée. Fred se déshabilla et vint se pelotonner contre elle.

« C'est vrai, dis, que tu ne m'en veux pas ?

– Ne m'en parle pas toujours, fais-toi oublier.

– Tu es gentil, Freddo... Prends-moi.

– Je veux dormir.

– Prends-moi, s'il te plaît... »

Elle l'enlaça, sinueuse comme un spaghetti. Sa poitrine était douce, infiniment soyeuse sur le cœur froid de Fred.

A la cave, Gonzague, évanoui, restait immobile, sur le matelas bleu. L'ampoule blanche illuminait le fil électrique noué autour d'un monde révolu. Un rat courut. La nuit coulait, fluide, au soupirail.

CHAPITRE XXIV

FRED acheta au guichet deux billets de quai. Thierry suivait des yeux une petite banlieusarde qui relaçait une de ses chaussures en pointant une croupe sympathique. La gare de Lyon, ce matin-là, n'offrait qu'une animation bien réduite. Le rapide de Marseille arriverait dans un quart d'heure.

Les deux jeunes gens gagnèrent tranquillement le quai. Une famille traditionnelle trottinait, surchargée de valises, la mère engueulant le père, le père injuriant les enfants.

« Tu crois que c'est un rigolo, ton paternel ?

– D'après ses lettres, oui.

– Il y a longtemps que tu l'as vu ?

– Sept, huit ans... »

Guillaume Fugo allait faire sa rentrée parisienne, attendu par son fils et un ami de celui-ci. Fred se trouvait même un peu ému. Il s'imaginait portant le sac de voyage d'un colonial barbu et fort en gueule qui pesterait après le pastis de la métropole. Et ce colonial serait l'auteur de ses jours... Thierry ouvrit la bouche pour parler, puis la referma, hésitant... Fred s'aperçut du manège :

« Si tu ne veux pas me le dire, va téléphoner.

– Ne te moque pas de moi, c'est sérieux.

– Allez, confie-toi à ton grand frère.

– Sophie et moi, on a fixé la date du mariage.

– Bravo ! c'est pour quand ?

– Tu vas en tomber sur les fesses : c'est pour après-demain.

– Et les bans, qu'est-ce que vous en faites?

– Ils sont déjà publiés à la mairie de Hiersac, Charente, près d'Angoulême.

– Quels cachottiers! félicitations!... En souhaitant qu'elle claque prochainement, bien entendu... Pour après-demain, dites-vous... Je n'ai que le temps de t'acheter le service à porto... Ou une douzaine de langes pour le cher petit à venir...

– J'ai pas fini d'en écouter...

– Et soyez heureux, partagez vos joies et vos peines, n'offensez pas le ciel...

– Voilà le dur. »

Les porteurs se ramenaient, poussant leur diable. Quelques êtres à casquette plate et étoilée accouraient : chef, sous-chef de gare, etc... Au loin, comme un cigare mobile, se mouvait lentement le convoi emmitouflé de fumée blanche. La locomotive poussait des soupirs de soulagement. Elle vint se ranger doucettement au bout de la ligne. Les portières se mirent à claquer comme une série de pétards. Et le défilé commença.

Mères giflant leurs enfants, solitaires fatigués munis d'une serviette, personnages suant sous le poids d'une valise plombée, trébuchant à tout mètre, s'arrêtant à tout décamètre, petites vieilles affolées gémissant de timides « Porteur! », militaires farouches et crapoteux, etc... etc... Le tout dans un fond sonore de cris, d'appels, de pas traînards, d'excusez-moi, de baisers de bienvenue, d'enguirlandages.

Fred, sur la pointe des pieds, scrutait tous les mentons. Celui qui serait pourvu d'une forte barbe blanche serait sans doute le bon.

Thierry poussa du coude son camarade.

« C'est pas lui? »

Fred regarda. C'était lui. Papa Fugo, couvert de poils, coiffé d'un casque blanc, vêtu d'une espèce de burnou crème, avançait gravement, pittoresque, balançant une mallette, se retournant pour exhorter un porteur herculéen chargé d'un coffre large comme une armoire, et jetant des coups d'œil circulaires entre Tartarin de Tarascon et l'adjudant de spahis.

Fred eut un petit coup au cœur. C'était drôle... Il marcha vers son père. Celui-ci l'aperçut, posa sa mallette, faillit être culbuté par le porteur, ouvrit les bras en un envol de manches et gueula :

« Salut à toi, jeune Frédéric ! »

Il avait une voix à refermer les portières. Et sa bouche, trou de vie perdu dans les broussailles d'une barbe de sapeur-pompier, s'ouvrait aussi amplement que ses bras. Fred sourit et se jeta dans ceux-ci qui se refermèrent sur lui.

Après quelques effusions démonstratives, le colonial fronça les sourcils :

« Au fait, es-tu bien mon fils ?

– Je suis toujours Frédéric Fugo. Si je ne suis pas ton fils, je n'y suis pour rien.

– Sacré pirate ! Allons boire un pot. Porteur ! A l'Européen ! Qui est monsieur ?

– C'est Thierry, un copain.

– Salut, Thierry ! En avant ! »

Le père Fugo empestait l'anis comme une bouteille de pernod cassée dans le métro. Il se déplaçait par grandes enjambées, semant autour de lui un vent de sable saharien, d'alcool, de joie de vivre et de sans-gêne total. Fred, amusé, le contemplait discrètement. Thierry, abasourdi par ces éclats de voix, suivait à dix pas.

Ils sortirent de la gare. Le soleil frappait de front les fresques crasseuses de la façade. Le porteur vieillissait à vue d'œil sous le coffre.

L'entrée du groupe à L'Européen frappa de paralysie les garçons et la caissière.

« Pose ça là, mon gros, conseilla Guillaume au porteur en lui fourrant un billet dans la poche. Sacré pirate ! » poursuivit-il en renversant presque son fils d'une bourrade amicale.

Ils s'assirent. Le gérant arriva.

« L'haricot, tonna le père Fugo, l'haricot, as-tu du pastis ? et du vrai ! »

Le gérant, interloqué par cette familiarité sans réplique, bredouilla qu'il en avait.

« Eh bien, apporte! »

Le colonial se carra sur sa banquette et rit longuement :

« Alors, me revoilà à Paris! Et j'ai le fiston près de moi! Et le copain du fiston! Et un soleil qui n'est même pas foutu de chauffer! A part ça, jeunot, qu'est-ce que tu fais dans la vie?

– Pas grand-chose...

– Pas grand-chose de bien, hein? T'as raison. C'est ça, votre pastis? Garçon? C'est ça le pastis?

– Oui, monsieur...

– Qu'est-ce que c'est que ça? De la limonade, de la neige fondue, du pipi de diabétique, du jus de mimosa ou du lait de poule, mais jamais du pastis! Vous n'avez jamais vu de pastis de votre vie! Je vais vous en montrer, moi, du pastis! Et tout de suite! »

Il se leva, apoplectique, se rua sur le coffre, ouvrit les deux cadenas, souleva le couvercle. Devant tout le personnel et toute la clientèle atterrés, il se mit à balancer sur le sol des chaussettes, des tricots, des porte-monnaie arabes, des livres... Au fond du coffre, alignées avec soin, une douzaine de bouteilles reposaient sur une couche de paille.

Guillaume prit le garçon par une jambe de culotte et le tira à lui :

« Regarde, haricot! Regarde! Voilà du pastis! »

On faisait cercle autour de lui. Il se calma soudainement, ramassa tout ce qu'il avait sorti et l'empila pêle-mêle. Il referma le coffre et se rassit. Il dit d'une voix douce :

« Foutez-moi votre piquette aux cabinets et donnez-nous du martini, puisqu'il n'y a rien à boire. »

Il ferma les yeux et, sans transition, se mit à sommeiller.

« Tu parles d'un zèbre... souffla Fred.

– Il est du tonnerre... approuva Thierry. On l'invitera à mon mariage, hein?

– Je l'espère bien. Laisse-moi veiller sur le repos

de mon père... Observe un silence respectueux... »

Guillaume dormit une demi-heure. A son réveil, il murmura :

« Je ne suis pas à Paris pour roupiller. Frédéric, ne me laisse plus jamais roupiller, c'est compris ? Ta mère t'attend pour le déjeuner ?

– Je ne vis plus avec maman. J'habite Pigalle.

– Tu as quitté Fernande ? Tu vis seul ?

– J'étais soldat, j'ai déserté.

– Tu as déserté ? C'est grave, tu sais... Je suis peut-être un vieux connard, mais, à ton âge, je n'aurais jamais osé faire ça.

– On évolue... murmura Thierry qui ajouta : j'étais avec lui.

– Et de quoi vivez-vous ?

– On a des combines. Il faut du fric...

– C'est pas mes oignons, mais il finira par vous arriver des histoires. A votre âge, moi je ne pensais qu'aux filles et qu'au tutu. Vous ne pensez qu'au fric, comme tu dis. Enfin, moi je suis venu pour rigoler, et après tout je m'en fous de ce que vous faites ! Vous êtes majeurs. A part ça, je vous invite tous les deux. Où mange-t-on ?

– Chez Coquet, place Blanche, c'est pas mal...

– Marchons pour Coquet. Faut d'abord que je trouve un hôtel. Puisque tu habites Pigalle, j'aimerais être dans le coin.

– Qu'est-ce que tu vois, toi, Thierry ?

– Y a les Pierrots sur la place. On pourrait toujours y aller.

– Bon. En route. Prenez le coffre, il y a des poignées sur les côtés. Et ne faites pas de casse. »

Guillaume s'essuya les lèvres dans un coin de son espèce de burnous en hurlant des « Taxi ! » impérieux. Un chauffeur, impressionné par l'aspect de sultan du père Fugo, gara sa voiture le long du trottoir. Il donna un coup de main pour hisser le coffre sur le toit.

Puis le taxi démarra. Guillaume restait collé à la vitre. C'était Paris... Il y avait rêvé quelquefois, là-bas sous les sales palmiers... Fred lui souriait. D'avoir retrouvé un père le comblait d'intérêt. Il se demandait toutefois comment lui, si calme et si froid, venait en droite ligne de ce bonhomme si exubérant, explosif, tonitruant et enfant. Que dirait-il, malgré toute sa largesse d'esprit, s'il apprenait les occupations auxquelles se livrait son fils ? A tout hasard, il valait mieux les lui cacher.

« Ça devait avoir une drôle gueule, Paris plein de Boches... s'étonnait Guillaume.

– Question d'habitude, répondit Fred.

– Je n'aurais pas résisté à la tentation d'en descendre deux ou trois tous les jours, moi ! » fulminait le barbu.

Le taxi gagna Pigalle par les grands boulevards et le faubourg Montmartre. C'était une belle journée de juin. Les marchandes des quatre-saisons vendaient la cerise nouvelle. Les flics se chauffaient au bon soleil. La première édition des journaux du soir sortait. Il était midi passé, les restaurants s'agitaient. Les églises se défiaient à coups de cloches graves, un bicot vendait des tapis, un clochard s'épuçait sur un banc.

Au Pierrot's hôtel, Guillaume eut une chambre avec vue sur la rue Houdon. Il veilla à la montée de son coffre et ne redescendit qu'après avoir rangé son pastis dans l'armoire et en ayant eu soin d'emporter la clef de celle-ci.

« Allons croûter. Je picole, mais je bouffe aussi comme un moine ! » cria-t-il en se frappant la poitrine.

Ils allèrent à pied à la place Blanche, Guillaume s'étonnant de tout, trouvant tout transformé, modifié, chamboulé. Les prix le suffoquaient. Il regardait les devantures avec stupéfaction. Il se tirait la barbe en poussant des vociférations sonores.

Thierry profita d'un de ses rares silences pour l'inviter à son mariage.

« Et comment que j'irai ! Même que je chanterai des saloperies au dessert ! Mais pourquoi te maries-tu, grand couillon ? »

On lui expliqua l'histoire. Fred lui parla de son mariage à lui. Guillaume se tordait de joie, faisant se retourner sur leur groupe tout le boulevard de Clichy.

« Sacrés pirates! On va bien rigoler pendant quinze jours... »

Chez Coquet, on eut bien du mal à le persuader qu'il serait malin s'il trouvait une seule huître dans tout Paris au mois de juin. Là-bas, à Laghouat, il avait tant rêvé d'une douzaine de portugaises toutes fraîches qu'il en avait oublié les mois en R...

Déçu, il commanda toujours les citrons et le vin blanc...

« Putain de ville, grommela-t-il, ni pastis, ni huîtres. Y a-t-il des femmes, au moins? »

Ses grands yeux de gosse giflé étaient prêts à pleurer...

. . . .

Lorsque Thierry sortit de l'église de Hiersac (Charente), son bras muni de sa femme devant Dieu et les hommes, Sophie Ranal, ex-Béranger, née Maloux, il eut un doute affreux.

« Et si elle ne claquait jamais? »

La tête joyeuse de ses deux témoins Fred et Tarin, l'allure dégagée de Rocky et du père Guillaume, le rassurèrent un peu. Son père racontait des gaudrioles à la cousine de Sophie. Béatrice, en robe vert d'eau, supportait malaisément les avances d'un campagnard boutonneux, neveu de la même Sophie. Guillaume, déjà vermouthé, scandait avec ardeur des deux pieds la marche nuptiale et grotesque de Mendelssohn que les invités chantonnaient, « pom! pom! pom! pom! » tenant lieu de paroles.

Thierry eut un regard navré pour cette alliance parant son doigt et un autre encore plus navré pour cette mariée chenue barbouillée de rouge, de bleu et de fond de teint qui devait, en principe, partager sa couche pour l'éternité... Il eut un geste empreint de désolation et continua la descente de l'escalier. Les cloches tintinnabulaient au-dessus de sa tête. Il donna un coup d'œil à sa montre-bracelet. Onze heures. Mairie, église, tout était emballé... « Vous déclare unis par les liens du mariage... »

« Tu es heureux, mon amour ? insistait Sophie.

– Pas mal, et toi ?

– C'est le plus beau jour de ma vie... Tu n'as pas l'air à l'aise...

– C'est le manque d'habitude. Toi, c'est la deuxième fois. »

Rien ne manquait, pas même le photographe des noces... La troupe s'aligna en rangs d'oignons. Tous comptes faits, l'on était vingt-quatre. Sur le cliché traditionnel, on le vit par la suite, Guillaume, en complet blanc, pinçait la fesse d'une sœur de l'épousée.

Un car était prévu au programme. La mère Sophie faisait bien les choses... Le repas, commandé à un restaurant d'Angoulême, devait lui-même rester dans toute mémoire, aux dires de la vieille. Le cortège prit place dans le véhicule tout fleuri. Thierry s'assit près d'une vitre. Il aurait au moins la ressource d'admirer le paysage... Il sentait tout contre lui la présence béate de Sophie aux anges et buvant du petit-lait.

Fred et Guillaume entonnèrent *Les Moines de Saint-Bernardin* dès que la voiture eut démarré. En l'espace de quarante-huit heures, le père et le fils avaient fraternisé on ne peut plus étroitement. Fred était en forme. Tout marchait bien. Bruno l'employait de plus en plus dans son commerce de cocaïne allemande. Il reprenait goût au « travail ». Gonzague, hospitalisé, se guérissait lentement. Il ne retrouverait jamais ses forces de mâle. Il tournait déjà au stade de l'eunuque parfait et engraissait encore.

Thierry regardait filer la campagne. Toute ces verdures et ces étendues de terre lui portaient au cœur. Fils de pavés et de bitumes, il s'étiolait à la vue de ces kilomètres carrés privés de bars, de taxis et de cinémas.

« Vous m'rapp'lez une dame qu'j'ai vue au cinéma y a pas bien longtemps... marivaudait à Béatrice son cavalier aux mains courtes.

– Qu'est-ce qui pousse, dans ce champ-là ?

– Du blé, mademoiselle, du blé. On fait le pain avec.

– Ah! Je croyais qu'on en faisait des bandes molletières... »

Et Béatrice, horripilée, jetait des yeux suppliants à Fred. Le chauffeur sifflait *Quand allons-nous nous marier?*

« Tu m'aimes? reprenait Sophie.

– Oui, ma pépée.

– Fort? Pour toujours?

– Je veux bien... grinçait-il en pensant que les « toujours » ne dureraient pas tant que la tour Eiffel... »

On fut à Angoulême pour midi.

Le gérant de la Caille Angoumoise attendait devant sa porte. Vingt-quatre couverts, on a beau dire, cela n'arrivait pas dix fois par jour... Il se précipita, la jaquette au zéphir d'été, le compliment à la bouche.

Thierry bouillait d'être ainsi le héros de la fête. Perdu dans le tas, il eût pu se soûler et peloter les femmes à son gré. Tenant le rôle du marié, il était rejeté aux grands silences de l'amour exaucé... Les souliers vernis du colonel lui broyaient les orteils. Sa cravate sobre l'attristait comme un crêpe épinglé à un revers de pardessus.

La table était dressée, couvertes de roses rouges, de carafes, de serviettes coniques, de porte-couteau en émail et de menus enluminés.

La fenêtre grande ouverte donnait sur un jardin péniblement disposé à la française. Deux canards y circulaient avec la componction de députés conversant dans les couloirs de la Chambre. Le soleil se baignait dans un petit bassin cerclé de graviers roses.

« C'est bath, ici! » brailla Guillaume, en s'effondrant sur une chaise.

Rocky ôtait sa veste, la collait dans les bras d'un extra. Thierry louchait désespérément en direction d'une fille pas trop mal que Tarin entreprenait en se grattant le nez. Sophie embrassait pour la vingt-quatrième fois les membres de sa famille. Le gérant et son sourire compris dans la note plaçaient les invités selon le cérémonial abstrait du savoir-vivre et du protocole des hostelleries. De la cuisine invisible vola une bordée d'insultes. Le gérant s'y rendit d'un air grave.

« J'aime pas les mille-feuilles! s'exclama Guillaume parfaitement naturel, en agitant le menu.

— Assis! Assis! » réclama Rocky probablement affamé.

Tout le monde prit place. Divers apéritifs furent servis.

Fred, avec un sourire en coin, porta un toast :

« Chère Sophie, cher Thierry, en ce jour qui marque un nouveau tournant de bonheur dans vos vies, soyez assurés que vos amis qui vous entourent ne formulent guère d'autres vœux que ceux, classiques, de la prospérité, de l'union sacrée et de l'amour à outrance fleurissant sous votre toit. Soyez heureux, ayez beaucoup d'enfants. Que votre grâce et votre jeunesse soient témoins de votre éternelle lune de miel. A la vôtre! »

Des applaudissements multiples saluèrent cette péroraison ironique.

Fred faisait face à son père. Leurs clins d'œil malicieux les remplissaient de contentement. La chaleur du père avait dégelé la glace du fils.

Après les hors-d'œuvre vint le poulet rôti. On s'empiffrait entre deux éclats de rire. Thierry, « la corde au cou », restait morose et regardait toujours ce doigt dépaysé, enserré dans cet anneau de rideau en or, solide comme un maillon de chaîne.

Sophie roucoulait. Reteinte de la veille, elle arborait une magnifique chevelure allant du bleu à l'acajou. Elle tenait enfin son amant, « pour le meilleur et pour le pire ».

Guillaume, déjà rougeoyant, couvrait aisément de sa voix le bruit des couverts et des conversations particulières.

« Au Sahara... beuglait-il, la soif est le plus terrible fléau. On se lave avec sa salive! »

L'auditoire, vaincu, écoutait docilement. Il y eut un son de cristal brisé. Papa Fugo poussa un sonore :

« Madame, vous avez renversé un verre de vin sur mon froc!

– Mon Dieu !

– Et ce n'est pas pour le froc que c'est dommage. Pensez ! Un si bon vin... »

Une petite fille de six ans, égarée dans la noce, courut au jardin pour y vomir. Sa mère avait dû lui recommander de manger comme quatre, puisque ça ne coûtait rien...

Soudain, des places d'honneur où se tenait le couple nuptial, partit un bruit sec. Thierry venait de gifler Sophie. Celle-ci tentait d'emplir son assiette de larmes en se tenant la joue.

Un ange passa, qui se transforma en un grand silence gêné. Les proches parents de Sophie se levèrent pour la consoler. Cet esclandre inattendu produisait l'effet d'une grenouille trouvée au fond d'un bol de mayonnaise. Thierry, pâle, reprenait sa fourchette.

Une bonne femme se pencha vers son voisin :

« C'est point quelque chose de bien d'la battre ainsi un jour pareil... »

Fred, amusé, réprimait un sourire.

« Qu'a-t-elle fait ? susurra-t-il à l'adresse de Rocky.

– Je crois qu'elle lui a demandé s'il l'aimait. Comme elle ne sait dire que ça depuis ce matin, ça a énervé le frangin... »

Se dévouant, avant l'arrivée du plat de viande, Guillaume se leva pour rompre le brouillard de stupeur qui pesait sur la table.

Il chanta in extenso *Le père Dupanloup*.

Thierry embrassa Sophie.

Tarin se dévoua pour aller cueillir la jarretelle.

CHAPITRE XXV

TERMINÉ par le départ de Guillaume, cet intermède de foirés nocturnes avec son père dans tous les bistrots de Pigalle, le mariage grotesque parachevé par le déménagement de Thierry rue Lecourbe, Fred se retrouva seul. Il s'était fait à la présence du barbu et à sa sempiternelle bonne humeur. L'absence de Thierry lui pesait encore davantage. Le nouveau marié venait, malgré tout, chaque soir à L'Œil de Bœuf mais, délivré pour un temps du besoin d'argent, il avait planté là tout travail sérieux.

Fred restait donc avec Tarin, Rocky et le couple clandestin Omer-Béatrice. La jeune fille, enhardie par l'apparente clémence de son cousin lors de l'affaire Gonzague, ne se cachait même plus. Omer devait la ramener à la discrétion, se méfiant des eaux dormantes... Fred se renfrognait. Tous ces vides l'aigrissaient. La mort du noir Sidney, le détachement de Béatrice, le bref séjour de Guillaume, la demi-perte de Thierry, cela faisait une belle suite de contrariétés ou d'ennuis.

Paradoxalement, ne plus voir traîner tout le long du bar la silhouette du gluant Gonzague le chagrinait presque... Il en avait parfois des nouvelles grâce à Bruno. Le pauvre type s'abêtissait davantage chaque jour. Il était question de l'envoyer dans une maison de santé.

Fred n'eut, pour se divertir utilement, qu'à se tourner vers un aspect de Pigalle qu'il avait toujours négligé : il fréquenta les putains. Ce lui eût été difficile s'il n'avait pas été présenté. Les filles sont des êtres méfiants et à cheval sur l'intérêt. Pour parer à leurs complexes d'infériorité, elles jouent les vaches. En fait, ce sont de pauvres mômes, les plus cafardeuses de la terre parce qu'éternellement, affreusement seules.

Il les avait connues physiquement, il les connut moralement. Ses manières leur en imposaient. Elles ne tentèrent jamais d'en faire un pigeon. Il avait, par excellence, ce qu'il fallait pour être un maquereau splendide : la rosserie, la séduction tranquille, l'abattage, le sang-froid. S'il n'en profitait point, c'est qu'il s'estimait davantage.

Ce fut un copain de Tarin qui lui présenta un soir Annie, Carmen, Marinette et Henriette. Ils firent une petite nouba où les dames payèrent. Il s'amusa de leur naïveté, de leur fleur bleue idiote, de leurs rêves noirs où la tôle et l'hosto tenaient la quote-part. A elles quatre, elles tenaient quarante mètres de trottoirs. Quarante mètres de Pigalle... Elles étaient d'ailleurs toujours prêtes à se voler dans les plumes et à s'arracher les joues. Maltraitant le client fauché, buvant sec les nuits de bourdon, détroussant le type à galette, elles formaient une volière sombre de crapules de cuisse et de bonnes filles inconvaincues de l'horreur crue de leur vie trop ouverte.

Fred apprit des détails qu'il ignorait après neuf mois passés dans le quartier : que l'injure de ces filles était « Tu couches à l'œil » – qu'alors, c'était un « paillasson », même déshonorant le métier en y cherchant du plaisir, honte suprême d'un marlou... – qu'elles se refusaient à faire des passes à trois cents francs, ce qui les eût esquintées, qu'elles jouissaient parfois, mais d'une certaine façon, qu'elles jouaient les hirondelles, s'en allant sur tuyau de copine, à Rouen, à Marseille, en Belgique, ou qu'il leur arrivait d'entretenir leur homme en prison pour le lâcher à sa sortie...

Ce monde bizarre enchantait Fred. Il y découvrait qu'après tout les femmes sérieuses ne sont que des « paillassons » de série et que leur âme recèle moins de pureté que celle, simple et nue, de ces filles payées, mais courageuses. Une Béatrice, par exemple, eût été trop fainéante pour cette vie de nuits blanches à la belle étoile par toutes saisons, pour ces marches hésitantes d'une rue à l'autre, enfin pour cet acte d'amour répété mille fois sans joie, contre tous les dégoûts...

Il était neuf heures du soir. Fred, seul, rentrait du cinéma. Des clameurs sortaient de l'Elysée-Montmartre où se déroulait une réunion de boxe. Une musique douce endormait la Brasserie du Tango. Fred regardait d'un œil indifférent la longue plantation des poules échelonnées par deux ou trois devant les portes des cafés et des hôtels, jusqu'à Blanche. Il y en avait pour tous les goûts, du type « collégienne vierge » à l'espèce « canaille », en passant par la négresse, la mafflue, la vieille, la collante, la discrète, la jeune fille candide, l'obscène, la douce, la dure...

Sur la place, il y avait toujours l'astronome fantôme et son télescope braqué vers la lune. Pour la somme de dix francs, on se payait les cratères. Si votre tête revenait au petit vieux à cheveux gris taillés à la poète, il vous montrait Saturne... Fred dépassait la rue de l'Elysée-des-Beaux-Arts lorsqu'il se sentit retenu par le bras.

« Tu dis plus bonjour ? »

C'était Annie, sa relation du Café Ramuntcho. C'était une blonde froide au sourire d'allumette et aux yeux d'eau de Javel. Son « Jules », un Corse rabougri, devait être occupé à piloter quelque pédéraste étranger dans les lieux de plaisir. Elle rit nerveusement :

« Tu deviens fier.

– Je ne t'avais pas reconnue. S'il fallait vous regarder toutes sous le nez, je n'aurais pas fini. Ça marche ?

– Comme ci, comme ça. Hier, j'ai passé la visite.

– Pas un gonocoque ?

– Parle pas de malheur ! Avec quoi que je mangerais s'il m'arrivait une tuile ? Tu es beau, ce soir.

– Pour ce que ça me sert... La journée a été bonne ?

– Je me paierai pas une Packard avec.

– Tu viens boire un coup ?

– Où ça ?

– A L'Œil de Bœuf.
– C'est trop loin.
– C'est moins loin que le paradis. Viens donc, ça m'ennuie de rentrer tout seul. »

Elle rit et l'embrassa légèrement sur la bouche. Egayé, il voulut recommencer.

« Fred ! Si Paoli te voyait...
– Je m'en fous de ton Paoli. Il ne tient pas sur ses pattes. Alors, je t'emmène ?
– Si ça se trouve, je vais rater un client pour la nuit...
– Avec des si, tu serais pucelle.
– Bon, j'y vais. »

Elle lui donna le bras. Fred savait la valeur qu'elles attachaient toutes à ce geste : il les sacrait femmes normales, ne fût-ce qu'une minute. Elle faisait de petits signes aux copines. Elle était toute fière. Sous sa veste, elle lui tâta les muscles :

« Tu es plus costaud que Paoli.
– Heureusement pour moi. Pourquoi restes-tu avec ça ?
– C'est un enfant.
– Tu parles d'un enfant ! Un enfant qui se rase tous les jours...
– Ça t'intéresserait de prendre sa succession ?
– C'est une proposition ?
– On ne sait pas, avec les femmes.
– Non.
– Tu me trouves toc ?
– J'aime mieux gagner mon fric tout seul. Si je me mettais avec toi, il me semblerait trouver des poils de chose dans mon assiette.
– Méchant... »

Elle lui serra le bras. Ils arrivaient Cité du Midi. Les pavés montaient la petite côte achevée en impasse. Fred ne les revoyait plus sans songer à des tas d'images : la fille-mère descendant la rue, son bébé sur les seins, dans la neige... Samovar titubant, s'écroulant comme un empire, le nez en avant... Aparicio projeté au-dehors par le pied de Bruno... Annie était redevenue sombre.

Ses gaietés avaient des intermittences de lampe électrique.

Ils pénétrèrent à l'intérieur du bar. Bruno enseignait à son nouveau barman, un nommé Richard, l'art du cocktail. Richard était un humble voyou au front bas que Rocky avait déniché dans une kermesse à chansons. Omer, Tarin et Rocky jouaient aux dés sous l'œil alangui de Béatrice. Celle-ci se leva d'un bond devant l'apparition du couple. Elle s'élança sur Fred :

« Qu'est-ce que tu fais avec cette roulure?

– Roulure! Roulure! Et toi, peau de fesses?

– T'occupe pas de ça, Annie. »

Il saisit sa cousine par le petit doigt et la fit se mettre à genoux d'une simple torsion. Elle hurla. Il la fit basculer d'une gifle terrible. Il se tourna vers le comptoir :

« Deux Martinis. »

Se penchant sur Béatrice, il dit :

« Ça t'apprendra à être jalouse, bébé! »

Omer, placide, triompha : « 4-21! »

Béatrice se releva, rouge de rage, et monta dans sa chambre en courant.

« Rien de neuf, Bruno?

– Rien, Fred. Le secteur est calme. Il n'y a même pas de clients, ce soir.

– Ça viendra.

– C'est ta souris, la fille que tu as tabassée?

– Si l'on veut, Annie...

– Elle n'est pas mal. Elle vaut du fric.

– Oui... On me l'a déjà dit.

– Il faut que je rentre, l'amour m'attend.

– A bientôt... »

Il la raccompagna poliment jusqu'à la porte, qu'il ouvrit.

« Bon, disait Tarin. On fait « Les petits, les gros ». Je commence. 18, les petits.

– 102, larmoya Rocky.

– 17, renchérit Omer. A moi! 106, les gros en un coup... »

Fred se posa sur un tabouret. Le ron-ron nébuleux d'une pièce de théâtre jouée à la radio le berçait. Il perdait son regard au fond de son verre, la tête placée juste au-dessus. Il y avait des jours comme celui-ci où il s'ennuyait plus que jadis, avenue Alphonse-XIII... Richard, le barman, l'épiait à la dérobée. Lui, le môme enviait le ténébreux « caïd » aux mains pâles. Fred le savait. Et il savait aussi que tous ses rêves d'arsènelupinades, à lui, avaient sombré tristement dans une vague de paresse et d'incapacité... Vrai, il se sentait trop seul, à présent. Rocky et Tarin n'étaient que des comparses. Thierry était perdu pour de longs mois.

Fred, sans se l'avouer, avait besoin d'autre chose. D'amour, peut-être... Il lui eût fallu vibrer, mentir, s'angoisser, s'exalter... Son calme d'horlogerie le tenait à l'écart de la vie...

Richard dressait la table.

Fred reprit un apéritif. Il eut un coup d'œil vers la glace murale. Il se sentait vieillir et se parer de cheveux blancs moraux. Sa jeunesse était privée de la fraîcheur de la jeunesse... Ce printemps, cet été n'avaient que des tonalités de papier peint, passaient comme des cartes postales.

« Taisez-vous ! » ordonna brusquement Bruno.

Tous tendirent l'oreille. Un dé roulait bruyamment sur le sol.

Pigalle se hérissait de coups de sifflet et de bruits de voitures entrecoupés de cavalcades.

« Merde ! C'est une rafle ! » comprit Bruno.

Ils se levèrent tous, ahuris. Ils n'eurent pas le temps de bouger. La porte s'ouvrit. Deux inspecteurs, suivis d'une douzaine d'agents armés de mitraillettes, pénétrèrent dans le bar. Sur le seuil, quelques casques blancs de M.P. bouchaient l'accès.

« Haut les mains ! » dit un inspecteur.

Bruno plaisanta :

« Tout ce monde pour un seul bistrot ?

– Fermez-la. Papiers ! Toi, Maurice, va voir dans les chambres. »

Le second inspecteur fit signe à deux flics et s'engagea dans l'escalier. Fred baissa les bras pour prendre son portefeuille. La soudaineté de la rafle le stupéfiait un peu. Quelle rapidité!... A l'heure H, tous les cars de police avaient dû démarrer en un grand froufrou de pèlerines, à toute vitesse, comme une descente de corps francs... comme un vol de poulets... Tous les cars, précédés ou suivis par les jeeps et les motos des M.P., par les voitures-radio et les tractions-avant des hauts fonctionnaires... Tout un bataclan, toute une pompe de grand-messe... Et à l'arrivée, tout le monde à terre! La fuite piailleuse des putains poursuivies vaillamment par la police parisienne emplie de l'espoir d'attraper un sein... L'effroi des maquereaux sans couverture et des interdits de séjour... L'ébaubissement des promeneurs...

L'Œil de Bœuf en était encore tout pantois. Hop, on entendait des coups de sifflet. Hop, les flics étaient là!

Bruno exhibait les papiers du bar, la patente, les quittances. Fred, Rocky, Tarin, la conscience tranquille, sortaient les cartes d'identité fournies par Thierry, tout en bénissant celui-ci du fond du cœur. L'inspecteur saisit les trois carrés de carton :

« Vaudoux Thomas, aide-comptable?

– C'est moi, dit Fred.

– Qu'est-ce que tu foutais là?

– Je buvais l'apéritif. On a plus le droit?

– Discute pas, ça va. Jean-Claude Cornudet, serrurier?

– Présent, murmura Tarin.

– Tu n'as pas beaucoup d'ampoules, pour un serrurier.

– Ben quoi, j'suis pas électricien.

– Pas d'esprit. Claude Créteur, étudiant?

– Ici, grommela Rocky.

– Dans le fond, je ferais aussi bien de vous embarquer pour une petite vérification de domicile, mais il n'y aura pas assez de place dans les paniers, vous seriez forcés de courir derrière. Mais... il y avait un quatrième type, dans ce bar? »

Omer s'était éclipsé.

La vue des casques blancs avait dû l'émouvoir. L'inspecteur fronça le sourcil et rugit :

« Gardien Vignal !

– Chef ?

– Allez voir un peu aux cabinets ! »

L'autre touchotta son képi et fila d'un air décidé. Au même instant, Béatrice apparut sur le palier, poussée par le second inspecteur et encadrée par les deux flics.

« On n'a trouvé que cette fille !

– Approchez, mademoiselle. Vous vivez là ?

– Et après ? J'ai mes papiers, je suis en règle, je ne suis pas une poule !

– Vous énervez pas. Montrez ça !... »

L'agent Vignal revint en tenant Omer par la main. L'Américain était blême. Il était fasciné par le seuil où ses compatriotes attendaient en riant, où ses compatriotes l'attendaient... Il s'assit sur une chaise, les bras ballants. Béatrice le regardait anxieusement, aux abois. L'inspecteur la délaissa, soudainement intéressé. Il se campa devant Omer :

« Que faisiez-vous aux cabinets ?

– ...

– Votre nom ?

– ...

– Vous ne savez pas le français ?

– Oui.

– Qui êtes-vous ?

– Je peux pas dire. »

Son accent le trahissait à chaque mot. Il se tassait de plus en plus sur son siège. Il devenait loque, chiffon, mollusque. Fred en fut dégoûté. C'était bien ça le type qui avait assassiné Sidney... Béatrice, elle, avait des yeux de folle. L'inspecteur comprit sans mal. Il se retourna et cria : « Hello ! » Comme mus par un mécanisme, trois M.P. entrèrent, la matraque à la main. L'un d'eux qui portait les galons de sergent se pencha sur Omer. Fred suivit la conversation, accoudé au comptoir.

« Vous êtes Américain ? questionnait le M.P.

– Oui.

– Vous avez une permission ? »

Ah ! ce « Have you a pass ? », terreur du militaire en goguette... Omer ne bronchait pas. Il n'essayait même pas de nier. C'était un vaincu. Un de ces vaincus que l'on trouve au Dépôt et qui tremblent...

« Non, répondit-il d'une voix lasse.

– Vous êtes déserteur ? » reprenait le sergent.

Les deux autres M.P. s'approchèrent, n'attendant plus que le « enlevez, c'est pesé » traduit en anglais par leur chef. Omer se résigna à l'inéluctable. Il bredouilla un « Oui » morne. Le sergent hocha la tête. Quatre mains tombèrent sur les épaules d'Omer et le soulevèrent. Béatrice se rua sur les Américains en hurlant :

« Lâchez-le ! Laissez-le-moi... il est à moi ! Lâchez-le ! Il est à moi... à moi... à moi... »

Repoussée, elle s'écroula sur une banquette, en proie à une affreuse crise de larmes.

Fred soupira. Passe encore d'être cocu, mais en public... Rocky et Tarin souriaient bêtement. L'inspecteur se tourna vers eux :

« Ça m'ennuie de vous laisser là, tous les trois. Enfin ! »

Il donna le signal du départ. Les policiers repassèrent la porte avec leur butin : Omer et Richard. Ils avaient embarqué celui-ci à tout hasard, sur sa mauvaise mine. La porte se referma.

Tout était fini.

Dehors, les sifflets et les trompes des cars poursuivaient leur concert de soir d'émeute. Fred aurait bien voulu assister au spectacle. Il était plus prudent de s'en tenir là.

Bruno, fataliste et calme, emplissait nonchalamment les verres en sifflotant :

« Allez, buvez un coup. Ce n'est pas la première, ce n'est pas la dernière. Pour une fois, il n'y a pas trop de bobo. Pendant l'occupation, je m'en souviens, en une seule rafle, ils avaient embarqué le bistrot tout entier, et moi avec ! Quelle histoire... »

Béatrice écumait de sanglots, sur sa banquette. Elle lacérait son mouchoir de coups de dents, en poussant des cris et des grognements d'épileptique. Sa jupe relevée montrait ses jambes folles qui battaient l'air. Fred se tourna à demi, méprisant :

« Hystérique perdant son Amerlo », dit-il solennellement, comme une légende de gravure.

Il ajouta :

« Je vais lui flanquer une avoine pour la calmer.

– Laisse-la, elle ne peut rien casser.

– Toi Bruno, tu es un type pratique.

– Vrai, laisse-la. Tout le monde a été cocu. Moi le premier. Ma tête, on pourra l'empailler et l'accrocher dans un musée de chasse, va ! »

Il vit la table mise, étendit le bras vers elle :

« Vrai, ça ne vous coupe pas l'appétit, des bêtises de flics ? Asseyez-vous... »

Béatrice, effondrée, hoquetait.

« Fred, aide-moi, on va la coucher », proposa Rocky.

Tarin se joignit à eux. Ils la hissèrent jusqu'à la chambre et la jetèrent sur le lit. Personne n'osa la déshabiller. On la couvrit d'un manteau et ils redescendirent :

Ils commencèrent à dîner. Fred lâcha :

« Omer arrêté, ce n'est pas bon signe.

– Pourquoi ?

– On n'est pas loin d'avoir les bracelets.

– Tu crois ?

– On dirait que vous n'avez pas vu sa tête ! Il puait la peur comme une cour de ferme sent le fumier. Ce type-là, c'est un lâche. Pour se sauver de la corde, il donnera tout Paris. Nous en tête. Bruno ?

– Vrai, c'est possible...

– C'est certain...

– Alors ? demanda Tarin dont le nez se dilatait.

– Solution classique : prendre l'air. Mettre la voile pour quinze jours, pour un mois. Bruno nous tiendra au courant. Et départ demain matin.

– On va où ? A Marseille ?

– Il y a un coin où on sera plus en sûreté qu'à Marseille, c'est à Pompadour. Il faut bien qu'elle serve à quelque chose, la bicoque de Samovar. Qu'en penses-tu, Bruno ?

– Je dis comme toi. Qu'on est plus souvent à l'abri à dix kilomètres qu'à mille. En plus, j'ai une idée. Où crois-tu qu'ils vont mettre Omer ?

– A la caserne Mortier, sans doute.

– Parfait. J'y ai un pote. Par lui, je saurai si l'autre a parlé.

– Très bien ! Très bien ! Rocky, après le dessert, tu fonces chez ton frangin. Rancard à huit heures gare de Lyon. Pas la peine qu'il dise à la vieille où l'on va.

– D'accord. »

Ils réfléchirent tous sur la vanité des emplois du temps. Voici une heure, ils ne songeaient certes pas à s'installer dès le lendemain dans la maison de Samovar. Et ça y était... vite les valises, vite le train... Quelle vie...

Au dessert, Bruno tint à faire une partie de touté, jeu de cartes espagnol qu'il avait appris au quart de Pigalle. Tarin et Fred acquiescèrent, tandis que Rocky partait en grande hâte rue Lecourbe.

« Vous emmenez Béatrice ? interrogea Bruno en coupant.

– Oui. Elle fera la cuisine.

– Ça promet des nouilles sans sel, grinça Tarin.

– On ne va pas aller se faire voir dans les restaurants. Si seulement il y en a un... Et puis, ici, elle ferait des conneries. Elle serait foutue d'aller à la caserne demander le soldat Silloway au poste de garde... »

A onze heures et demie, Fred se leva et monta se coucher. Il entra brusquement dans la chambre de Béatrice. Celle-ci, debout, en peignoir, la figure rouge et boursouflée de larmes, mit vivement une main derrière son dos. Fred lui retordit le petit doigt d'un bond.

Une dizaine de cachets blancs roulèrent sur le tapis.

« Gardénal ? dit-il.

– Oui. Et si ça me plaît, de mourir ?

– Pauvre connasse... »

Elle fut vexée et trépigna :

« Je ne veux plus vivre ! Je ne peux plus vivre !

– Ne crie pas comme ça. Tu me fatigues. Couche-toi, on se lève tôt.

– On se lève tôt ? »

Il lui expliqua la décision prise.

Béatrice s'indigna. Comment ! Ils n'avaient pas confiance en Omer, un garçon si bien...

« Un garçon si bien qui a tué Sidney...

– Tu parles ! Pour un nègre... »

Il eut sincèrement envie de l'étrangler. Bah ! tout viendrait à point... Il se déshabilla. Béatrice replaçait sagement les cachets dans le tube. Le suicide était remis à plus tard...

Ils se mirent au lit. La jeune fille, à présent, pleurait doucement, continuellement. Fred, glacial, l'enlaça :

« Tu le reverras bien un jour...

– Oh ! je l'aime... je l'aime tant...

– Oui, petit bébé, oui... »

Il la consola tendrement, une heure durant. Puis elle s'endormit. Il alluma la lampe de chevet et la contempla. C'était donc ça qu'il casserait bientôt comme un verre de cristal... Ça... Il eut un pâle sourire. L'étrangler, c'eût été bête... Il y avait mieux à faire. Il éteignit la lumière.

CHAPITRE XXVI

Les deux taxis dépassèrent Maisons-Alfort. Une chose à laquelle Fred n'avait pas songé, c'est qu'il n'y a pas de gare à Pompadour... Ils apprirent ce détail à la gare de Lyon. Ils se tassèrent avec leurs bagages à l'intérieur de deux taxis. Fred et Thierry dans le premier, Béatrice, Tarin et Rocky dans le second.

« Et, malgré le Code civil, Sophie ne t'a pas suivi? Goguenarda Fred en écartant du pied un carton à chapeau.

– Il aurait plus manqué que ça... Pour une fois que je vais passer un moment sans sa sale gueule! Elle m'a fait promettre de lui écrire chaque jour. Tu parles... »

Sur leur droite filaient un trottoir cyclable défoncé, des voies ferrées, des champs. Sur leur gauche, loin, des villes, des prairies en proie au rhume des foins. Par-ci par-là, des cheminées d'usine poussaient leurs geysers de fumée noire dans la Méditerranée du ciel. Un coin de banlieue désertique, calme, angélique, qu'enluminait le soleil, peintre en bâtiments.

« On va bien rigoler par ici, s'effrayait Tarin, dans l'autre taxi.

– Bah! on s'organisera », répliqua Rocky en baissant la vitre.

Toute la matinée de ce début de juillet entra dans la voiture fraîche, avec des veloutés fades de Montbazillac et des aigreurs d'engrais chimique.

« Val-Pompadour! cria Fred à la vue de la pancarte bleue et blanche. Rue Pasteur! »

Le chauffeur, qui n'était jamais venu là de sa vie, ralentit, prêt à dévisager les rues. C'était la première.

Les deux taxis s'y engagèrent, roue dans roue. C'était un chemin pourvu d'un vieux goudron fendillé, la pierraille à l'air. Une dizaine de villas branlantes et ouvrières les bordaient de leurs linges pendus aux fils et de leurs poubelles de pas de porte.

L'on s'arrêta devant le n° 25, à proximité d'une décharge publique.

Fred sauta sur le sol et contempla la bicoque de Samovar. C'était une maisonnette de parpaings. Rez-de-chaussée, premier étage, grenier, eau dans le jardin, par une pompe. Au toit, à première vue, il manquait deux tuiles. Des arceaux de vigne vierge couraient sur la façade, accompagnés de liserons. Une tonnelle éclairée de rosiers rouges s'adossait à un mur.

Les exilés débarquaient, entassant sacs et valises sur le trottoir. Thierry paya les taxis. Ceux-ci quittèrent promptement cette banlieue et regagnèrent la route, emportant avec eux l'ultime image de Paris.

« Et voilà! soupira Tarin.

– Ça n'a pas l'air si mal.

– Quoi qu'il en soit, ce n'est pas pour la vie. Tu as les clefs, Fred?

– Non... »

Thierry fit deux pas en avant et glissa la main dans la boîte aux lettres. Il la ressortit armée d'un trousseau de clefs.

« C'était à prévoir », triompha-t-il.

Une bonne femme apparut, intriguée sur le perron d'en face.

« Qu'est-ce que c'est? » rugit-elle.

Ils se retournèrent tous. De quoi se mêlait-elle, celle-ci? Urbain, Fred ôta son chapeau :

« Je suis le nouveau propriétaire, madame. Vous n'ignorez pas le décès de M. Samovar?

– J'sais qu'il est mort, c'est tout.

– J'ai un acte de donation signé de sa main. Nous sommes des étudiants. Nous venons passer nos vacances ici. Nous étions des amis de ce pauvre M. Samovar.

– Ben, excusez-moi. Vous savez, on ne sait pas. Avec tous ces cambrioleurs... »

Elle rentra chez elle et les épia derrière ses rideaux.

« Comme ça, dit Fred à ses compagnons, ce soir tout Pompadour saura que nous sommes des lycéens en vacances. Ouvre la lourde, Thierry. »

Un petit sentier cimenté traversait le jardin abandonné. Ils se rechargèrent de leurs bagages et suivirent Thierry. Deux marches de bois accédaient à la porte du rez-de-chaussée. Celle-ci s'ouvrit sur une cuisine peinte à la chaux, meublée d'une table et de tabourets. Une impeccable batterie de casseroles traçait une ligne brillante sur un des murs. Un évier fictif, d'où l'eau, transportée de la pompe, retombait au dehors, contenait une pile d'assiettes sales.

« Voilà de la vaisselle pour Béatrice, sourit Fred. Je vous emmène faire le tour du propriétaire. »

Ils passèrent à l'autre pièce. C'était un joyeux capharnaüm où feu Samovar devait prendre ses repas et ses cuites tout en feuilletant des piles d'*Illustration* atteignant par endroits le plafond. Une barque de pêche échouée là par hasard avait été aménagée en couchette. Un gramophone à saphir était à terre, entouré de vieux disques de 30 centimètres de la Garde Républicaine, de *Werther*, de *Manon* et de *Madame Butterfly*. Une collection d'haltères rouillés incurvait le plancher, près d'un fauteuil Empire démantibulé recouvert de satin broché et de traces de godillots boueux. Un escalier de bois menait au premier étage. Une corde tenait lieu de rampe.

« Quel bordel! s'extasia Béatrice.

– C'est pittoresque », affirma Fred en attrapant la corde.

Sur le palier, ils se trouvèrent nez à nez avec un mannequin de couturière. Samovar avait orné celui-ci d'un cœur peint au ripolin rouge transpercé d'un coupe-papier de bronze. Cette statue barbare devait ravir sa vieille misogynie... L'une des deux chambres était remplie à en déborder de paille. La présence de ce tas de paille suffisant pour assurer le fourrage à la monte d'un escadron de dragons resta pour les arrivants un éternel mystère. L'autre pièce avait la sobriété d'une cellule de moine : un lit-cage, un broc d'eau.

« ... Et c'est tout, murmura Thierry.

– Ça manque de plumards, réfléchit Thierry. Un mec ici, un autre dans la barque, un courageux dans la paille, ça en fait deux condamnés à roupiller sur l'herbe.

« On verra ça d'ici la nuit, reprit Fred. Moi, ça me plaît, cette baraque... »

Ils redescendirent en riant. Leur jeunesse leur ferait prendre à la bonne cette nouvelle situation. Fred reprit la parole :

« On arrangera ça cet après-midi. D'abord, on va faire le tour du patelin. Il y a peut-être un billard, qui sait ?... »

Ils accueillirent la proposition avec joie et sortirent, en bras de chemise. Il était déjà dix heures.

Pompadour, sis en face des lignes stratégiques du P.L.M., avait tant et tant dérouillé, sous l'occupation, que les trois quarts de ses pavillons étaient à présent rangés le long des trottoirs, reconvertis en briques et en pyramides de plâtras. Les maisons préfabriquées étalaient un peu partout leurs façades de gravier blanc collé sur papier goudronné. Les jardins phtisiques luttaient contre la mauvaise herbe à coups d'œillets et de salades.

Les jeunes gens longèrent la ville, toute en bordure de la rue de Paris, ce qui faisait une distance de deux cents mètres, en gros. Ils dénombrèrent : un salon de coiffure, un tabac, un café-hôtel de la Terrasse, un arrêt de cars, une épicerie, une autre épicerie-librairie, un beau garage jaune à étoiles bleues de l'E.C.F. (essences et carburants de France) construit selon les idéologies du modern style et Le Corbusier réunies, enfin, une boutique de « Fruits-Crémerie-Primeurs ».

La ville s'en tenait là. Ils prirent la rue de gauche. Ils trouvèrent encore : une boucherie, une épicerie-charcuterie, un café-épicerie-bal, une église basse de plafond, un terrain de boules...

Tarin, abattu, s'assit ostensiblement sur un pan de mur ramené à une hauteur de trente centimètres par la vertu d'une bombe soufflante et se mit à geindre :

« Quel pays, grands dieux, quel pays... Pas un cinéma, pas une kermesse, pas un billard, pas un appareil à sous, pas une fille, pas une auto... Vous voulez ma mort ! Je repars... Qu'est-ce qu'on va s'emmerder... ou la la !

– Ça nous reposera, long nez ! On n'est pas ici pour se faire remarquer, on est en vacances, tu comprends, dis, gros pif ?

– Toi, Fred, tu vivrais dans un poulailler...

– Je ne t'y verrais pas, au moins, tout-en-blair ! »

Ils reprirent leur marche. Les fenêtres des pavillons s'entrouvraient de curiosité sur leur passage. La vue de Béatrice en pantalon d'homme et les cheveux battant les reins médusait en particulier, *a priori*, les indigènes.

Ils s'attardèrent à contempler la décharge publique qui aurait pu porter le n° 27 de la rue Pasteur, eux habitant au 25, bien entendu.

Il y avait là un beau choix de vieilles boîtes de conserve et de croquenots défunts. Un seau hygiénique sans fond, une voiture d'enfant sans roues, un balai sans poils émergeaient encore des tessons de bouteilles et des collines de suie. Au bout d'un instant, Rocky grogna :

« Vous cherchez la lune ou un complet veston ?

– Des fois qu'on trouverait un sommier... » rigola Thierry en fourrant ses mains dans ses poches d'un air béat.

Ils rentrèrent tous au 25. Dans le jardin, Fred dit :

« C'est pas tout ça. Il faut baptiser cette masure, puisque Samovar n'y a pas pensé. »

La suggestion intéressa tous ces grands gosses.

« Domicile adoré, en notes de musique, proposa Béatrice.

– En notes de musique ? s'éberlua Thierry.

– Oui : do-mi-si-la-do-ré !

– Atroce ! beuglèrent-ils.

– Tu nous prends pour des fonctionnaires à la retraite ? trancha Fred sévère.

– Ici ou ailleurs, insinua timidement Tarin.

– C'est mieux. Encore un effort...

– Appelons-la « Pigalle », c'est le plus simple », osa Thierry.

On mit aux voix. « Pigalle » l'emporta avec quatre, Béatrice tenant toujours à ses notes de musique. Ils allèrent s'asseoir tant bien que mal dans le bureau de Samovar.

« On va s'emmerder, reprit Tarin.

– Si tu n'étais pas toujours seul avec toi-même, tu ne t'emmerderais pas comme tu dis, murmura Fred.

– Si je... avec moi-même ?

– Tu es bouché ? Je veux dire, plus clairement, que tu n'as pas de vie intérieure.

– Qu'est-ce que c'est que ça ? »

Fred eut un geste désespéré et ouvrit la fenêtre qui donnait sur le derrière de la maison. Là-bas, des villes, des tas de cubes, Créteil, Saint-Maur, La Varenne, s'étageant, se bousculant en une ronde immobile autour de la Marne... Entre, des champs, des routes, des coquelicots, des fumées de train, de l'été, du vent et des linges qui séchaient au soleil... Fred eut un frisson. Lui, habitué des éternelles lumières électriques, des ventilateurs, des nuits d'alcool, des jours de chair, rongé aux os des acides de l'or, il s'enrhumait spirituellement au contact d'une brise de nature, d'un bouquet de vert.

« On fait une belote ? bâilla Rocky.

– Quelle heure est-il ? demanda Fred.

– Bientôt onze.

– Béatrice, tu sais ce que tu fais à bouffer, pour midi ?

– Non...

– Faudrait le savoir. Tu as pu constater qu'il n'y avait pas de restaurant. Va voir dans le buffet. »

Samovar avait un stock de petits pois en boîtes. Et trois saucissons secs.

« Bon, coupa Fred, tu achèteras des biftecks, du pain et du rouge. Viens toujours à l'apéro avec nous. »

Au moment de partir, ils s'aperçurent que Rocky n'était plus là. Ils l'appelèrent. Une voix répondit du premier.

« Qu'est-ce que tu fous là-haut?

– J'ai trouvé de quoi nous distraire pendant tout notre séjour. Venez! »

Ils se précipitèrent sur l'escalier et découvrirent, à plat ventre sur le palier, la tête entre les mains, un bol d'eau verdâtre sous le nez, une paille à la bouche, Rocky tout souriant entouré de bulles de savon. Elles étaient de toutes tailles. Le soleil découpait sur leur peau, des fenêtres d'azur. Rocky soufflait soigneusement, doucement, sa jeunesse au ciel...

. . . .

Comme l'avait prévu Rocky lorsqu'il disait : « On s'organisera », leur vie se disposa, s'assit même, au fil des jours.

Fred et Béatrice partaient se coucher chaque soir à leur chambre de l'hôtel de la Terrasse, les deux frères Ranal dormaient dans la barque et Tarin avait gagné le lit-cage à pile ou face.

Tarin avait même manifesté des dons culinaires certains. Fred l'avait bombardé caporal d'ordinaire, tout en rabaissant Béatrice au rang de marmiton. Tarin était le seul à savoir confectionner un café qui n'ait pas l'aspect d'eau de pluie noircie d'encre. L'essuyage de la vaisselle fournissait l'enjeu de la plus acharnée partie de belote de la journée.

Thierry, ingénieux, s'était fabriqué un hamac en utilisant cinq pelotes de ficelle comme matière première. Il en accrochait une extrémité à un piton planté dans un mur et nouait l'autre à un prunier étique et totalement stérile. Il y passait sa vie, entre une bouteille de limonade et quelques romans de la collection du Masque. Comme il y séjournait le plus souvent torse nu, il en redescendait quadrillé par les cordes comme une page de cahier d'écolier.

Fred et Tarin jouaient aux billes dans le jardin.

Béatrice ne se séparait plus des haltères de cinq kilos qui lui valaient de conserver sa ligne.

Quant à Rocky, immuablement, interminablement vautré dans le grenier, renouvelant, poétiquement le mythe du tonneau des Danaïdes, il soufflait des bulles de savon au nez du soleil.

« On deviendra tous dingues! » lançait Thierry à chaque fin de chapitre.

« Mon cher Tarin, vous trichez si ouvertement, que si vous m'affirmiez le contraire, votre nez en tomberait de honte! ironisait Fred en disposant une nouvelle pyramide de billes.

– Un. Deux. Trois. Quatre. Cinq. Six. Sept, ahanait Béatrice en soulevant ses haltères.

– La belle... » murmurait Rocky en écarquillant les yeux.

Parfois, ils étaient pris d'un coup de sang et filaient ébaucher une cuite à l'Hôtel de la Terrasse. Le patron avait empli sa cave de casiers de martini, flairant une clientèle hors concours.

Un soir, ils s'en allèrent à pied à Villeneuve-Saint-Georges et se soûlèrent en compagnie de l'équipe locale de football, au Baromètre, situé en face à la gare.

Mais tout cela ne présentait qu'un caractère occasionnel. Ils demeuraient le plus souvent cloîtrés à l'intérieur de cette cabane qui n'avait de Pigalle que le nom.

Fred téléphonait tous les deux jours à Bruno. Aucun tuyau valable n'était encore parvenu de la Caserne Mortier. Aux dernières nouvelles, Omer n'avait pas même été interrogé...

Une fois, pourtant, Fred revint en courant. Ils se levèrent tous à son irruption essoufflée.

« On rentre? hurla Tarin.

– Quoi de neuf? implorait Thierry.

– De grâce, laissez-moi respirer, répondit Fred en faisant son petit Figaro, on ne rentre pas, mais il y a du neuf.

– Quoi? insistèrent-ils.

– Gonzague est devenu fou.

– Sans blague... »

Ils observèrent tous un mutisme gêné qui pouvait passer pour une minute de silence.

« Raconte... murmura Béatrice.

– Voilà. Il était guéri. Eh bien, si physiquement il était foutu, mentalement, il ne l'était pas du tout.

– C'est-à-dire ?

– C'est-à-dire que Gonzague a fini comme il devait finir, en fou sexuel.

– Affreux !

– Il ne doit pas être joli à voir...

– Bruno m'a dit qu'il l'avait vu. A son avis, la société devrait l'abattre. Il bave, il se mord les bras, il se caresse le corps et puis il se griffe...

– Tout ça, grâce à nous deux, Fred, soupira Thierry.

– Grâce à nous trois, plutôt », interrompit Fred en regardant Béatrice.

Celle-ci disparut sans un mot derrière la maison. Fred et Thierry eurent le cafard jusqu'à la nuit. C'était encore un crime sur les épaules. Se méfier des vengeances. Elles sont comme des flèches. Le vent les emporte parfois bien plus loin que la cible.

Cet exil durait depuis déjà deux semaines. La chaleur tombait comme un brouillard, avec ses mouches et ses rosées de sueur. Fred et Rocky, nageurs invétérés, allèrent bientôt se jeter à la Seine chaque après-midi, à Maisons-Alfort. Ils en revenaient les yeux brûlés par le mazout des remorqueurs, fatigués d'avoir tenté de rivaliser de vitesse avec les péniches.

Tarin, Thierry et Béatrice jouaient aux boules, non loin de l'église provoquant parfois quelques retraités de la S.N.C.F. auxquels ils opposaient la résistance de leur jeunesse...

Le groupe ne se couchait jamais avant une heure du matin. Rocky sortait son harmonica. Béatrice chassait le papillon de nuit. Fred et Thierry examinaient toujours à voix basse un futur projet de « grand coup », ce « grand coup » qui devait leur apporter la fortune à perpétuité. Tarin, magnifique, en pyjama bleu marine, cherchait, pieds nus, des vers luisants dans le jardin. Il n'en avait jamais vu.

« Un ver luisant, lui affirmait Rocky, c'est comme une porte de bordel, ça porte une lanterne rouge. »

Les étoiles en étaient à la série des sprints de leurs Six-Jours nocturnes. Elles se relayaient, se bousculaient tout autour de la lune en lui mendiant son sourire d'argenterie de famille...

« Le rêve, ce serait une banque, soupirait Thierry.

– Et pourquoi pas ? » grondait Fred farouche d'audace.

Tout près, sur la décharge, un chat errant s'asseyait sur un vieux pouf crevé pour miauler à la mort. Une braise d'étoiles éclaboussait d'or la bouteille de vin mise à rafraîchir sous la pompe.

. . . .

« A qui as-tu téléphoné ?

– Ça te regarde ? » répondit aimablement à Béatrice un Fred tout souriant.

Le patron de l'hôtel de la Terrasse remit deux blancs.

« Beau temps, dit-il.

– Ça peut aller. Dites-moi, il y a des cars pour Paris, cet après-midi ?

– Ça manque pas. Trois heures un quart, quatre heures un quart...

– Tu vas à Paris ? s'étonna Béatrice.

– Ouais. Je te ramènerai des bonbons. Mettez les blancs sur la note, patron.

– Entendu, monsieur. »

Le couple sortit. Béatrice arborait un short de velours rouge et un corsage blanc. Fred, en pantalon gris perle et en chemise tête de nègre, sifflotait dédaigneusement.

« Mais qu'est-ce que tu as ce matin, s'énerva la fille, tu es tout bizarre, tu fais des mystères ?...

– Et je t'aime, ma grande.

– Tu parles ! Depuis que nous sommes ici, tu ne m'as pas touchée.

– C'est un amour platonique, ma beauté. »

Elle haussa furieusement les épaules, et marcha sur

l'autre trottoir. Fred, à présent, riait silencieusement.

Elle arriva avant lui à Pigalle. Il la suivit à dix secondes. En caleçon de bain dans le jardin, Thierry, Rocky et Tarin se douchaient à coups de seaux d'eau en poussant des cris de gamins.

« Un seau pour Fred! hurla Tarin ruisselant.

– Ta gueule! Je suis sapé... »

Tarin allait passer outre lorsqu'il glissa et s'affala sur la terre transformée en bourbier. Un éclat de rire salua cette chute spectaculaire.

Thierry se frottait violemment avec une serviette. Il tendit un doigt mouillé à Fred :

« Ça va, Fugo de mon cœur?

– Je vais à Paris après la croûte.

– Pourquoi?

– Affaire sérieuse.

– Ne va pas traîner à Pigalle. On ne sait jamais...

– Sois tranquille. »

Thierry le contempla d'un œil envieux. Il eût encore préféré vivre à « Paname » avec Sophie qu'à Pompadour avec tous ses amis. La voix des métros aériens manquait à son sang.

Rocky entra dans la maison en courant et en ressortit avec une couverture qu'il étala sur un coin de gazon éloigné de la pompe. Aspirant l'air, il fit saillir ses muscles et brailla :

« Avec qui voulez-vous lutter? Une tournée d'apéro au gars qui me tombe! »

Thierry, hilare, fut sur lui en trois bonds. Fred suivit le combat d'une fenêtre du premier en clamant ses encouragements au plus faible. Ce fut tantôt l'un tantôt l'autre. Mais, au moment précis où deux épaules allaient toucher le tapis, leur propriétaire redressait la situation d'un coup de reins. La voisine d'en face qui allait poser sa poubelle devant son portail laissa choir de surprise l'objet de son déplacement.

Thierry, rageur, mordit son frère au bras et fut, devant la tête stupéfaite de son adversaire, pris d'une telle crise de joie que Rocky n'eut qu'à le retourner pour le vaincre.

Rocky, très fier, posa son pied sur la poitrine de son aîné, poussa un hululement de triomphe inspiré des aventures de Tarzan.

Fred, dans la chambre, se dépouilla de ses habits et descendit, en slip, l'escalier.

« A moi ! cria-t-il en sautant à pieds joints sur la couverture.

– Pas de judo, posa Rocky en condition.

– D'accord ! »

Se basculant les jambes en avant, Fred enserra le cou du garçon entre ses cuisses. Ils tombèrent souplement.

« Beau ciseau », apprécia Tarin.

Les joues de Rocky s'empourpraient. Sans insister, il frappa trois fois le tapis du plat de sa main. L'étreinte se relâcha. Rocky suffoqua une minute et gémit...

« Tu te défends... »

Fred sourit et s'en alla se rhabiller.

Cet entracte de délassement clos, tout le monde retourna à sa léthargie, Thierry à son hamac, Fred à sa rêverie debout contre le mur.

Ce furent l'apéritif, le repas, la sieste, sans histoire. Fred se refusa catégoriquement à révéler le but de sa fugue à Paris. Thierry l'accompagna au car.

« Et à moi, tu ne dis rien ?

– Je ne te poserai qu'une question.

– Vas-y !

– Est-ce que tu m'as vraiment pris pour un con ?

– Je ne vois pas.

– Oui, Gonzague et Béatrice, Omer et Béatrice, est-ce que tu as vraiment cru que je laissais ça là ?

– Qu'est-ce que tu vas faire ?

– Béatrice va payer, voilà tout. C'est juste ?

– Dans le fond, oui... »

Ils se serrèrent la main. Fred rigolait. Thierry restait grave.

Fred débarqua à la Bastille avant quatre heures. Il siffla un taxi qui le conduisit rapidement aux Champs-Elysées. Fred n'avait pas un regard pour Paris. Il n'avait plus qu'une idée sous le crâne : prendre sa revanche. Avait-il été assez bafoué par cette sauterelle !... bafoué sans dire un mot et sans risquer un geste !

Ils gagnèrent l'Etoile, puis l'avenue de la Grande-Armée. Le taxi stoppa devant l'immeuble de la maison Alcyon où luisaient au soleil, derrière les vitrines, les bicyclettes de course. Fred paya, tira deux bouffées sensuelles de cigarette, et s'engagea dans le couloir.

Il frappa de sa bague la vitre de la loge. Une concierge propre de maison chic s'approcha :

« Monsieur Benedetti, s'il vous plaît ?

– Entresol, gauche. »

Il lui décocha un sourire charmant et monta lentement les marches. Arrivé sur le palier, il pressa le bouton de sonnette. Il entendit des pas nonchalants. La porte s'ouvrit :

« Entrez, Fugo. »

Le métèque connu à L'Œil de Bœuf était là, en robe de chambre à fleurs, une étincelle à l'œil.

« Asseyez-vous, mon vieux. Whisky ?

– Non. Gin.

– Comme il vous plaira. Bigoudi ! »

Une tenture se souleva. Fred eut le temps d'apercevoir un lit défait. Un jeune homme en robe de chambre à fleurs, lui aussi, apparut, chaussé de mules rose pâle. Il avait tout du voyou fatigué paré de poches revolver sous les yeux. Il parla, d'une voix chantante :

« Dominique ?

– Gin, mon petit. »

L'être s'éloigna. Benedetti s'assit en soupirant. Fred ricana :

« Apparemment, vous êtes pédéraste ?

– Vous êtes perspicace, goguenarda le métèque.

– C'est rigolo.

– Vous avez de la morale ?

– Non pas. Je trouve rigolo que vous en soyez, alors que vous ne vivez que des femmes.

– Cela supprime les risques de coup de foudre désastreux.

– Je me suis demandé comment l'on pouvait être inverti. Il y a sans doute de bonnes raisons. »

Benedetti s'amusait. Il murmura, mi-sérieux, mi-enjoué :

« Il y en a toujours une. Fugo, vous avez fait l'amour d'une façon, disons perverse, avec une femme ?

– Evidemment.

– Cela vous plut ?

– Ce n'est pas plus mal qu'autrement.

– Eh bien, croyez-moi, avec un homme, c'est pareil. Cigares ? »

Fred accepta. Bigoudi revenait avec une bouteille et deux verres.

Le studio était meublé avec un goût sans défaut. Mobilier vaste et clair. Tapis de haute laine crème. Au mur, même un Matisse. Odeur d'eau de lavande, de confort, de luxe intelligent.

« Il ne boit pas votre Bigoudi ? interrogea Fred.

– Non. Cela lui donne une mauvaise haleine. Alors ? C'est pour la fille... comment l'appelez-vous, déjà ?

– Béatrice.

– C'est ça. C'est pour elle, n'est-ce pas ?

– Ce n'est pas pour moi.

– Très bien. Très bien.

– Comment vous y prendrez-vous ?

– Elle n'est pas consentante ?

– Sûrement pas. »

Benedetti fit un rond de fumée en se vautrant au creux de son fauteuil. Il réfléchit :

« Quand pourrai-je la prendre ?

– Ce soir, demain soir, quand vous voudrez. Nous sommes en plein bled.

– Ce soir, ça me va. Bigoudi !

– Dominique ?

– Le cargo part dans deux jours, hein ?

– Après-demain, à dix-huit heures.

– Bon. Tu files en auto dans la nuit avec le paquet. Tu arrives quand, à Marseille ?

– Demain matin. »

Fred suivait le dialogue professionnel avec des dodelinements de la tête du spectateur de match de ping-pong. Bigoudi s'éloigna.

« Comment vous y prendrez-vous pour l'embarquer ? s'inquiéta le jeune homme.

– Classiquement. Nous l'estourbissons, la ligotons et l'embarquons. C'est encore la meilleure méthode, mon vieux. »

Ils restèrent un instant muets. Le sort de Béatrice était réglé, son destin fracturé. Une voiture de luxe passa dans l'avenue, égrenant les trilles lents de son klaxon *Chemins du Paradis.*

Brusquement, Benedetti se leva, s'installa derrière un secrétaire et demanda :

« Chèque ou espèces ?

– Chèque, j'ai confiance. Pas à mon nom. Au porteur.

– Les banques sont fermées, à cette heure-ci. Vous le toucherez demain. Mais si vous me jouez une entourloupette, je fais opposition, bien entendu.

– Vous pouvez faire opposition même si tout se passe bien.

– Non. Impossible.

– Et pourquoi ?

– Parce que je tiens à ma peau. »

Ils échangèrent un sourire mince. Fred s'étonna encore :

« En ce cas, pourquoi dites-vous : chèque ou espèces ?

– Pour voir la confiance que l'on me porte. N'importe comment, je ne paierai jamais en espèces... Gin ?

– Oui. Vous êtes malin...

– Pour être malin, il faut d'abord avoir été idiot. On apprend... »

Benedetti écrivit et ponctua sa signature d'un léger coup de tampon-buvard.

« Voilà », dit-il en tendant la feuille bleue.

Fred jeta un coup d'œil et ne put réprimer un sursaut.

« Ce n'est pas assez ?

– Si, si. Ça vaut tant que ça, une gonzesse ?

– L'amour n'a pas de prix...

– Mais vous devez y perdre !

– Pas du tout. Je culbute. C'est-à-dire que je double. Je vous l'avais dit : fifty, fifty. Gin ?

– D'accord. »

Il plia la feuille et la glissa dans sa poche intérieure. Benedetti s'indigna comiquement :

« Enfin, Fugo ! Cette fille, c'est tout de même autre chose qu'une poule de Pigalle ! C'est une déesse !

– Ouais...

– Moi, si j'étais homme (il se tapa sur les cuisses de joie), si j'étais homme, je me la farcirais volontiers... Parole ! »

La réapparition de Bigoudi l'interrompit. Le terrible Dominique devait craindre les scènes de jalousie...

« Tu feras le plein d'essence, Bigoudi.

– Oui, Dominique.

– Fais-moi une bise. »

Ils s'embrassèrent discrètement. Fred alluma un second cigare, nullement gêné par ce genre d'effusions qu'il avait trop vu dans les bars de Pigalle.

. . . .

Après le repas du soir, Thierry, Tarin, Rocky et Béatrice restèrent pensifs. L'ampoule sans abat-jour éclairait vivement la cuisine en désordre.

« Il n'est pas rentré croûter, soupira Tarin.

– Il aurait pu téléphoner, fulmina Béatrice.

– Il lui est peut-être arrivé quelque chose... tu ne sais rien, frangin ? Il ne t'a rien dit à toi ? »

Thierry fit non de la tête et donna son avis :

« Quelle heure est-il, d'abord ?

– Huit heures et demie.

– Tu parles ! Ici, on mange dès le coucher du soleil, comme à la campagne. Il a pu l'oublier, pour une fois. S'il rentre à minuit, ça ne m'étonnera pas. Qui est de vaisselle ?

– Moi, murmura piteusement Rocky.

– Bon courage ! Je vais dans mon hamac. »

Il sortit. Un train passait, à cent mètres de là, sifflant

et crachant une fumée rouge, longue chenille lumineuse. Dans le jardin, un crapaud chantait.

Cette nuit calme exaspérait Thierry. Le train passé, il sentit qu'une présence rôdait par là. Il se retourna. C'était Béatrice. Des étoiles glissaient sur sa blondeur comme des mains de soie.

« Thierry... dit-elle.

– Bonsoir...

– Quelle nuit !

– Elle n'a rien d'extraordinaire.

– Si. Tu ne sens pas ?

– Ça sent le foin.

– Ça sent l'amour.

– Ah ? »

Les yeux de Béatrice se fermaient. Elle avait des soupirs de femme en chasse. Thierry la regarda sous le nez. Elle était blanche.

« Qu'est-ce tu as ?

– Embrasse-moi, Thierry.

– Et Fred ?

– Embrasse-moi, Thierry. »

Il songea une seconde que Fred agissait sagement en se vengeant de cette fille. Il l'enlaça brusquement. Après tout, lui ou un autre... La langue de la môme s'agitait fiévreusement contre la sienne. Dans la cuisine, Tarin s'époumonait sur l'harmonica de Rocky.

Un rossignol de romance s'ébrouait sur une branche du prunier. Thierry reprit son souffle et murmura :

« Tu es tout de même une drôle de garce.

– Je commence à vivre.

– Il y a un bout de temps que tu as commencé.

– Ma chair s'éveille seulement.

– Tu parles comme les feuilletons du *Petit Echo de la Mode.*

– Caresse-moi partout.

– Ça suffit pour aujourd'hui. »

Ecœuré, il la repoussa de l'épaule. Elle eut un sourire ironique et souffla :

« Grand idiot... »

Elle rentra dans le pavillon. Il l'entendit bientôt qui

chantonnait au premier. Elle avait une voix un peu rauque qui se rouillait au contact de la nuit...

...l'aventure aime la nuit
car elle a besoin de l'ombre...
La voici dans les coins sombres,
on entend sonner minuit...

Thierry cracha sur l'allée cimentée. Ah! les femmes... cerveaux emplis de fumées et de noyaux de cerises...

La voiture roulait à soixante.

« Benedetti ! appela Fred.

— Quoi ?

— A l'arrivée, restez un peu dans la bagnole. Si elle vous voit, elle se douterait d'un coup fourré...

— D'accord. »

Bigoudi conduisait. En se penchant pour voir la route, Fred s'aperçut que l'homme à tout faire du Maltais portait un suçon à la nuque. Benedetti se faisait les ongles méticuleusement.

« Première rue à gauche », dit Fred.

La Peugeot vira et roula doucement. Lorsqu'elle fut à la hauteur du 25, Fred tapa sur l'épaule de Bigoudi. Les freins crissèrent. Fred ouvrit la portière et sauta à terre. Bigoudi l'imita.

. . . .

Ils traversèrent le jardin au pas de course. La tête de Béatrice dodelinait en tous sens comme une tête d'idole de caoutchouc. Bigoudi ouvrit précipitamment la portière du fond. Ils jetèrent le corps sur la banquette.

Benedetti s'installa, relevant le col de son pardessus. Bigoudi se mettait déjà au volant.

« Rien d'autre à se dire, Fugo ? demanda le Maltais.

— Non. Tout est en règle.

— En ce cas, à un de ces soirs à Pigalle. Salut, mon vieux.

— Salut. »

La 402 démarra doucement. Elle prit de la vitesse et disparut inexorablement au sein de la nuit. Le feu rouge resta un instant visible et s'éteignit comme une étoile d'aube.

Fred, entouré de ses trois camarades, restait immobile sur la route. Thierry le prit par le bras :

« Rentre, mon petit père.

– C'est dur... Pauvre Bébé...

– T'en fais pas, va, elle ne te valait pas...

– Elle était tout de même de la famille... »

Ils s'en retournèrent lentement. Sur l'allée cimentée brillait une broche d'argent. Fred la ramassa et sourit :

« Vous vous en souvenez ? C'était à sa fête... »

Un train passa, énorme et infernal. La lune rentra la tête dans les nuages. Et la pluie commençait à piétiner les tuiles.

. . . .

Deux jours plus tard, au matin, Fred, allongé dans la chambre à paille, rêvassait, lugubre.

Il s'apercevait qu'il lui serait plus difficile qu'il ne l'avait cru de se passer de Béatrice. Si les liens du cœur sont de fameuses chaînes, ceux de la chair sont des hantises fiévreuses, qui les égalent.

Béatrice... Bébé... Dans ses minutes de dépression, Fred eût tout pardonné, tout, mais, qu'elle soit là, nue, perverse et sucrée, sous lui; à fermer les yeux, à mourir, à crier...

Mais tout était fini, clôturé... Le chèque était touché, la fille partie, les amours enterrées...

« Fred ! Fred ! Tu es là-haut ?

– Oui.

– Viens vite ! »

Il se leva d'un bond et descendit. Rocky était debout en bas des escaliers, fébrile.

« Le patron de l'hôtel de la Terrasse vient de nous faire dire qu'on te demandait au téléphone. Cavale ! Ça doit être Bruno ! Doit y avoir du neuf ! »

Fred courut jusqu'au café.

On lui tendit le téléphone.

« Allô! c'est toi Bruno?... Il n'a rien dit?... C'est sûr?... Il a embarqué hier?... O.K... A ce soir! »

Il eut un grand geste de joie et revint au galop au 25.

Omer avait pris le bateau à Cherbourg, pour un Sing-Sing quelconque. Et il n'avait vendu personne, contre toute attente. Par amour pour Béatrice, peut-être... Pour Béatrice nue, nue, nue... Pour Bébé... Ils allaient faire leurs valises, revenir à Pigalle pour se soûler, pour crever de lumière, pour se repaître du seul langage possible, le langage vertical des enseignes, pour tourbillonner...

Ils firent une ronde folle tout autour du jardin. Arrivés à cinq, ils ne repartiraient plus que quatre...

« Vive la classe! hurlait Tarin, en enlaçant le prunier.

– Vive la vie! » braillait Rocky, en pleurant de joie.

Fred regagna la chambre à paille. Il n'avait à s'occuper de rien. L'enthousiasme ambiant se chargeait des valises. Rocky irait chercher un taxi à Maisons-Alfort.

...Béatrice, petite fille, pourquoi? Je me souviens trop de ton ventre et de ton cou qui se gonflait comme un sac de papier... Ton ventre... tes oreilles que je mordais... Fini. Fini. Dans le fond, c'était encore toi la plus belle des putains...

« Salut, ô Pompadour! Pays sans cinéma! Pays sans fesse! », déclamait Tarin, en bas.

Mais, Béatrice, pourquoi? La vie, c'est une poutre. L'une et l'autre ne craquent que totalement pourries.

CHAPITRE XXVII

Le retour à Pigalle s'effectua discrètement. Rocky loua la chambre de Béatrice et revendit, Fred le permettait, les biens de la jeune fille, lingeries et colifichets de beauté. Cette vente à la sauvette était un enterrement. Thierry réintégra la rue Lecourbe.

L'Œil de Bœuf, sans lui, sans Gonzague, ni Béatrice, perdait son animation ancienne. Les repas étaient mornes. Fred cafardait vingt-quatre heures sur vingt-quatre. Il avait maigri de plusieurs livres.

« Tu décolles, Freddy, lui fit remarquer Bruno.

– Je m'emmerde tellement...

– C'est mauvais.

– Eh ! Que veux-tu que j'y fasse !

– Vrai, tu peux y remédier.

– Et comment ?

– Voyage...

– C'est à Pigalle que je m'ennuie le moins... »

Il prit un air soucieux et entreprit de donner un nouveau pli à son chapeau. Bruno qui ne pouvait supporter la vue d'un homme abattu se grattait pensivement les oreilles.

« Charogne de vie, grondait Fred.

– Ne dis pas ça, mon petit.

– Et pourquoi ne le dirais-je pas ?

– Parce que la vie... Il n'y a que ça qui vaille la peine d'être vécu.

– Cause toujours.
– Ecoute, Fred, j'ai une idée pour toi !
– Tu vas me trouver une place dans un ministère.
– Non ! Tu vas aller à Nice.
– Et qu'est-ce que j'y ferai, à Nice ?
– Je t'y envoie pour affaires.
– Ah ? »

Fred se coiffa vivement du chapeau et rapprocha son tabouret du comptoir. Cela l'intéressait. Tout plutôt que de rêvasser stérilement et solitairement devant un gin-fizz renouvelé jusqu'au coup du plumeau de l'ivresse triste à goût de cendres de cigarette.

Bruno eut un sourire. Fred était un travailleur. Pour le tirer de la mélancolie, il suffisait de lui procurer du travail.

Un soleil rouge crevait les rideaux. Aux terrasses de Pigalle, tout un peuple se gorgeait de bière et d'eaux minérales, en regardant couler le boulevard.

Bruno, en pantalon de toile et maillot de corps, avait bruni de peau tout en demeurant à sa caisse.

Fred se pencha :

« Alors ?

– A Nice, j'ai un bras droit pour toute la Côte. C'est un Corse. Il s'appelle Ange Lestrati. Il se tient dans un bar de l'avenue de la Victoire, le Doña Sol. Ange a un tatouage sur la joue droite : une étoile à quatre branches. C'est un type régulier.

– Ensuite ?

– Il a deux kilos de camelote pour moi. Tu iras la prendre, je te donnerai l'argent.

– Pas compliqué. Il ne peut pas venir à Paris ?

– Interdit de séjour. En plus, il n'a plus confiance, il se méfie des intermédiaires. On s'est connu à Marseille, tiens, le jour de l'élection de Pie XII, je m'en souviens, on avait fait des paris...

– Bon. C'est entendu. Je pars demain soir. Ça va ?

– Quand tu voudras. Ce soir, si tu veux.

– Oui, pourquoi pas ce soir ? A quelle heure ai-je un train ?

– Vingt heures vingt-quatre. Je connais l'horaire. Tu

es à Nice le lendemain à une heure de l'après-midi.

– Je pars ce soir. Je n'ai rien à faire ici. Ça me changera les idées.

– Vrai, tu as raison. Martini ?

– Toujours. »

Il n'était jamais allé à Nice. Cette randonnée le tentait brusquement. Il avait encore six heures devant lui. Il partirait avec une serviette dans laquelle il logerait sa brosse à dents et un litre de vin. Comme la période des vacances battait son plein, il n'aurait pas de place assise. Tout le monde ne peut être femme enceinte ou grand mutilé... Enfin...

Il regagna sa chambre et s'allongea sur le lit défait. Depuis le départ de Gonzague, le soin du ménage était laissé aux clients. Fred eût été mal placé pour protester, mais il n'y songeait guère. Un lit, c'est un lit. La poussière est jolie, dansante au soleil.

Dans un cadre, sur la table de nuit, Béatrice riait, une joue enflée par une praline. Bon Dieu, où était-elle ?... Fred se mit à souffrir, un peu. Ce mal était doux. Il devait être. Il passerait...

Un vent de rue soufflait dans le rideau, le gonflant lentement, chaud comme un corps. Il tournait les pages d'un livre sur le plancher. Une cravate frissonnait, pendue à l'espagnolette.

Fred décida de partir tout de suite. Il irait au cinéma. Il irait manger aux Halles ou au Pied de Cochon ou ailleurs, et filerait en badaud à la gare de Lyon. Tout cela pouvait être agréable.

Il se mit sur ses pieds, et fit ses préparatifs. Il réserva une place pour la bouteille dans sa serviette. Il jugea inutile d'emporter sa gabardine. C'était plus drôle de partir pour Nice dans la tenue d'un employé se rendant au bureau. Il se peigna et descendit.

« Vrai ! Tu es prêt ? s'ébahit Bruno qui ajouta :

– Tu ne rateras pas ton train, c'est sûr !

– Je suis un type de décision. Je veux un litre de rouge et l'argent. Au trot !

– Attends une minute. Tu ne sais même pas ce que tu vas chercher à Nice.

– Non, mais je vais le savoir. Ce n'est pas des pommes de terre.

– Tu vas chercher deux kilos de dawamesk. Je t'en ai déjà parlé du dawamesk.

– Oui, mais je ne m'en souviens plus.

– C'est un mélange d'opium et de haschisch, importé d'Egypte. Je ne t'enverrais pas chercher ça si je ne connaissais pas Ange depuis l'élection de Pie XII. Car n'importe qui te ferait prendre de la confiture ou du pâté de foie pour du dawamesk. N'importe qui, sauf Ange.

– Oui, Ange que tu connais depuis l'élection de Pie XII, je sais. Alors, deux kilos, ça fait combien ?

– Au cours officiel, ça fait cent soixante treize mille. On me le fait cent trente, que je vais te donner.

– Et toi, à combien le fais-tu ?

– Secret professionnel. Voilà ton litre. Reste ici, je vais te compter.

– Dans le fond, c'est une mission de gamin, ton affaire.

– Vrai, Fred, ces paroles m'étonnent, venues de toi. Il n'y a jamais de mission de gamin dans ce métier. Si cette mission loupait, tout s'écroulerait. Des voleurs de voiture, prenant toutes leurs précautions, restent impunis. S'ils volent un vélo place de l'Opéra, en plein jour, ils sont piqués. Et pourtant, un vélo, ce n'est pas grand-chose. Il n'y a rien de petit, comprends-tu ?

– Je fais mieux : je m'excuse.

– Très bien. Je vais te chercher ça. »

Fred s'amusa avec le cornet à dés. Il est aussi difficile de réussir trois 6 sur commande que de garder une femme fidèle. Deux clients entrèrent. Il les servit tranquillement. Cela lui arrivait parfois, pour s'occuper et pour aider Bruno... Il était plus agréable de manipuler digestifs ou apéritifs que de bâiller sur son tabouret.

Bruno redescendit et lui fit signe de passer à la cuisine. Il lui remit une grande enveloppe.

« Il y a dix mille francs pour tes frais.

– Je te ramènerai la monnaie.
– Idiot... Tu te rappelles de tout ? L'adresse ?
– Bar Doña Sol, avenue de la Victoire.
– Le nom ?
– Ange Lestrati. Rien d'autre ?
– Non. Tu pars tout de suite ?
– Je vais me balader un peu.
– Tu bois un coup ?
– Si je te prenais au mot ? »

Bruno rigola. Ils trinquèrent deux fois. Puis Fred rajusta son nœud de cravate et se dirigea vers la porte ouverte.

« A bientôt, vieux !
– Bonne chance, Fred ! »

Le jeune homme, guilleret, aérien, descendit la Cité du Midi en sifflotant la marche militaire bien connue *Tiens voilà la quille,* etc... La griserie de vivre jouait à l'eau gazeuse en ses yeux.

Deux Nord-Africains se disputaient fébrilement en bas de la rue. Un musicien ensommeillé, au menton gris de barbe, passait, une guitare sous le bras. Les stores de toile étendaient leurs ailes sur les terrasses paisibles où tout un monde abruti de chaleur avait la paille à la bouche, comme dans les étables. Les orangeades lumineuses avaient des teintes de couverture de magazine américain. Les pièces de vingt sous déchaînaient des orchestres, au sein des gros et rouges appareils à disques. Pigalle, cette Gomorrhe, était ce jour un Pompéi mobile. Le soleil, sur les enseignes, s'amusait à parler la langue verte du néon. Sur la place un gardien de la paix cuisait au bain-marie, planté tout droit sur le socle marécageux de ses chaussettes.

Fred prit le métro. Il décida en premier lieu de se rendre sur les grands boulevards. Après le cinéma, il pourrait gagner les Halles à pied. Il prit sa correspondance à Barbès. Dans les couloirs, un type vendait à la sauvette des croissants. Un violoneux aveugle limait vaillamment *Le Beau Danube bleu.* Fred revit le soleil à Strasbourg-Saint-Denis. Il s'assit sur un banc et s'étira complaisamment. Machinalement, il observa le passage des femmes. Quelques-unes lui donnaient de l'émoi. Celle-ci avait les jambes de Béatrice. La blonde avait les cheveux de citron luisant de sa cousine. L'une ne lui ressemblait pas du tout, mais était belle par elle-même. D'autres, de dos, étaient Vénus et, de face, s'éliminaient des concours de beauté. Il y avait celles qui se baissaient, celles dont une maille filait, celles qui cherchaient l'amour, celles qui le tenaient, arrogantes et superbes.

Fred entra dans le premier cinéma qu'il put trouver. Cette visuelle foire aux femmes l'avait énervé. Le film anglais, doublé par une bande d'analphabètes bègues, illustrait par sa stupidité la vanité de « L'homme est un roseau pensant ». Fred serrait sa serviette entre ses genoux. L'héroïne, pour relever le niveau artistique du spectacle, montrait bien ses cuisses par-ci par-là, mais trop seule, elle s'en lassa rapidement. La salle sommeillait, placide. Fred sortit avant la fin.

Le soir venait très doucement. Comme un feu de journaux balayé en paillettes grises par un ventilateur... C'était l'heure de la sortie des bureaux, la prise d'assaut des autobus, l'heure des baisers sur les bancs, l'illumination naissante de Paris.

Fred descendit lentement le boulevard de Sébastopol. Les vitrines s'éclairaient comme des filles nues, éclatantes de soies, de verres, de couleurs, criardes comme des camelots ou sobres comme des décors de Comédie-Française. La cacophonie de la rue, à base essentielle de klaxons et de sifflets, prenait par instants des allures mornes de complainte pour enterrement de fille de joie...

Une pauvresse divaguait. Deux agents passaient. Une concierge immobile tricotait devant sa loge. Un môme rêvait à une devanture.

Fred tourna rue Etienne-Marcel et rejoignit la rue Montmartre. Il se mit à errer dans ce pâté de rues encombrées de cageots, de « cloches », de débardeurs, qui cerne les Halles Centrales. Il grignota un cornet de frites et entra dans un bistrot noirâtre où s'ébattaient des bouchers, des poules, des gars du pavillon aux légumes se jetant rouge sur rouge derrière la cravate, avant le boulot de la nuit.

Il commanda un beaujolais. Il était sept heures un quart. « Il faut que je parte d'ici une demi-heure », pensa-t-il. En prenant le métro à la station Louvre, il arriverait à temps à la gare de Lyon. Il recommençait à être saisi par l'atmosphère fumeuse d'ivrognerie bruyante et de rut à la brute. Les ronds de vin sur le comptoir étaient autant de lunes rouges. Ayant été inclus par erreur dans une tournée que s'offraient trois poissonniers, il leur rendit la politesse.

Comme ces nouvelles relations de comptoir carburaient au Pernod, Fred en eût rapidement quatre sur l'estomac. Il se mêla aux conversations.

« Oui, mon vieux, clamait l'un des trois commerçants, cent cinquante kilos de morue foutus. Ces cons du port n'avaient oublié qu'une chose...

– Et quoi ?

– La glace ! Oh ! les cons ! Patron ! Toujours pareil, monsieur ?

– Toujours, affirma Fred qui s'adressa à l'un de ses hôtes : en parlant de morue, laissez-moi vous offrir un casse-croûte. J'ai la dent.

– Pas de refus, mon pote. »

Ils occupèrent une table. La patronne rappliqua, munie d'une terrine de rillettes, de pain et de litres de pelure. Bientôt, tout le monde s'appela par son prénom.

« Fred ! Un litre, qu'on lui casse la gueule !

– Dédé, le brignolet ! »

Ils se levèrent pour faire honneur à la tournée d'apéros du patron et se rassirent pour en terminer avec ce pot de rillettes. Celles-ci, la pelure d'oignon, les Pernods, les cris commençaient à retourner le transfuge de Pigalle. Ce fut sans émotion qu'il constata qu'il était neuf heures. Il partirait demain. Rien ne le pressait. Il se contentait d'étreindre des deux pieds, sous la table, la serviette. Une ivresse printanière le soulevait à coups d'ailes. Bientôt, il ne pensa plus à Nice, ni au magot.

Les poissonniers eurent l'heureuse idée de s'offrir une dizaine de cafés arrosés et de faire une belote en attendant onze heures. Fred s'accrochait aux cartes.

Une petite brune entra.

« Oh! Minna! Viens sur mes genoux! » tonitrua le nommé Dédé.

La fille sourit :

« Tu as l'air gai ce soir, la Sardine.

– Je t'interdis de m'appeler la Sardine! »

Tout le monde se tapa sur les cuisses. La brune continua :

« Qui c'est, celui-là?

– C'est Fred, un pote. Fred! A toi de faire! Tu roupilles ou t'es bourré?

– Ouais... Et voilà! On est capot! Jojo, faut y aller! Ouste!

– On y va, on y va! »

Les travailleurs de nuit se levèrent. Fred demeura sur sa chaise, indécollable.

« Il a son compte, le frangin », ricana Jojo.

Ils lui payèrent une dernière rincette de calva et s'esquivèrent en lui souhaitant la revoyure, en se bourrant de coups d'épaules et en embrassant la brune de force.

Fred ferma les yeux. Brrr! Il en tenait une légère, pas de doute... Partir pour Nice et se retrouver poivre dans un bistrot des Halles, cela n'arrivait qu'à lui... Bah! Il partirait demain soir.

Il trébucha jusqu'au comptoir et posa une joue sur le zinc froid. Une mare de vin, à la ligne d'horizon de son regard, brillait de reflets roses. Quelqu'un lui tapa sur l'épaule. Il tourna la tête. C'était la fille.

« Qu'est-ce que tu veux? gronda-t-il.

– Allez vous asseoir, monsieur... »

Cette voix était devenue si douce que Fred en dévisagea la propriétaire. C'était une putain, d'évidence. Elle portait des chiens sur le front et une croix sur la gorge. Mais elle était très jeune, vingt ans peut-être, et jolie comme une violette, avec sa peau de biscuit à la cuillère et ses cils en duvet de cygne. Fred ne l'avait pas vue telle lorsqu'elle était entrée, canaille, tout à l'heure. Il eut un mouvement d'humeur et, têtu :

« Patron, un rouge !
– Ah ! merde, toi !
– Minna, n'embête pas les clients ! » protesta le patron.
Fred revint péniblement à sa table et but.
Minna s'assit en face de lui, tout attristée. Fred la regarda encore :
« Tu ne tapines pas, cette nuit ?
– Je suis fatiguée.
– Tu vas te faire engueuler...
– Je ne suis pas macquée[1].
– Bien. Je ne sais pas où coucher. Tu fais la nuit ?
– Mille francs.
– Ça va.
– Ne buvez plus, monsieur.
– Pourquoi m'appelles-tu monsieur ?
– Je ne sais pas... »
Fred, dès lors, se termina au Pernod. Ce fut cramponné au bras de la fille, la bouche poisseuse, qu'il se remit sur ses pieds. Le couple hésitant gagna la porte.
« Eh ! Minna ! Il oublie quelque chose, ton client ! »
Elle revint chercher la serviette, laissant Fred enlacé à un pilier.
Elle eut toutes les peines du monde, de par les rues noires mouillées d'une averse, à regagner son hôtel ainsi accompagnée. La mâchoire mauvaise, silencieux, Fred rageait de ne pouvoir marcher autrement qu'en zigzag. Cela l'humiliait... Elle, petite, le soutenait à deux mains.
Dans le couloir de l'hôtel, Fred se prit dans le tapis, s'affala et resta au sol. La patronne accourut au bruit, en bigoudis.
« Qu'est-ce que c'est que ça, mon Dieu ?
– C'est un client, madame Salva...
– Ah ! bien, il ne vous fera pas de mal, ma petite... »
Elles le remirent sur ses pieds, une fois de plus. Tâchant d'être digne, il s'engagea dans l'escalier. Par

1. En puissance de souteneur.

bonheur, la chambre était au premier. La porte se referma sur eux deux.

Fred se campa devant l'armoire à glace. Il se voyait assez flou. C'était drôle... Dire qu'il aurait dû être dans le train de Nice et qu'il était là, avec une putain.

Il éclata de rire. Minna s'effraya...

« Moins fort, monsieur, moins fort...

– Tu veux de l'argent ?

– Ça ne presse pas...

– Tu veux de l'argent ? J'en ai ! »

Il poursuivit son rire idiot, ouvrit la serviette, sortit l'enveloppe et la renversa. Un déluge de billets couvrit la carpette.

« J'en ai partout ! partout ! partout ! »

Les yeux hors de la tête, il tapait à grands coups dans ces billets répandus... Puis, son rire s'éteignit. Il s'écroula de tout son long sur le lit, inanimé, assommé. Les ressorts grincèrent quelques secondes et ce fut le silence.

Minna haussa les épaules. Puis, se remettant à quatre pattes, elle ramassa soigneusement cette fortune sous le lit et l'armoire, aux quatre coins de la pièce et la replaça dans l'enveloppe.

Bandant ses muscles, elle retourna Fred et le déshabilla péniblement, souffrant mille peines. Elle ouvrit le lit. Elle poussa l'homme sous les draps et le recouvrit. Elle eut un sourire las :

« Grand gosse... » murmura-t-elle.

Et se coucha près de lui.

*

La gueule de bois est un des passages les plus ternes de la vie. Le prix du rêve liquide... Fred n'ouvrit pas les yeux. Il commença par rééduquer son cerveau. Où pouvait-il bien être et que s'était-il passé ? Il resta cinq minutes sans pouvoir se fournir fût-ce un embryon de réponse. Enfin, comme un galop de chevaux passant devant une tribune à Auteuil, les souvenirs vinrent. Départ à Nice, les Halles, le bistrot, les poissonniers, la cuite, la putain, l'hôtel... Il ouvrit un œil. Il faisait jour. Il y avait même des tableaux de soleil accrochés aux murs. Avait-il fait l'amour? Il se leva sur un coude. Il était seul. Un réveille-matin ronronnait sur la table de nuit. Fred était seul. Avait-il fait l'amour? Cette question le tracassa. Il se frotta le crâne. Une hantise de sources fraîches attendrit sa langue. Il pensa, en un coup de tonnerre, à sa serviette. Il se revit confusément en balançant le contenu aux quatre vents. Une sueur glaciale imprégna tout son corps.

Il se leva d'un bond mécaniquement. La serviette était sur la chaise. Il l'arracha d'un geste fou et tira l'enveloppe. Elle était pleine. Il la vida sur le lit en tremblant et compta. Il ne manquait pas un sou. Il ne comprit plus rien. Il resta là, assis en caleçon sur le bord du sommier, merveilleusement ahuri... La fille n'avait rien pris. C'était invraisemblable... Ces billets étaient faux, alors. Il en saisit un, le regarda au jour. Il était bon.

La porte s'ouvrit doucement. Minna entra de dos. Lorsqu'elle se retourna, elle étouffa un cri de surprise à la vue de l'homme assis. Puis, elle sourit.

« Avez-vous bien dormi?

– Mademoiselle, bafouilla-t-il, mademoiselle... »

Les mots lui manquèrent, il brandit l'enveloppe. Se reprenant :

« C'est incroyable!

– Qu'est-ce qui est incroyable? »

Il eut envie de dire : « C'est incroyable que vous ne m'ayez pas volé » mais s'aperçut à temps du manque de tact de cette phrase.

Il hocha la tête et murmura :

« Je ne sais comment vous remercier... »

Il ne la tutoyait même plus... Il s'aperçut qu'elle tenait une petite casserole fumante. Elle rougit.

« Je vous ai monté du café...

– Mais qui êtes-vous, à la fin? Ça me dépasse!

– Une putain, voilà tout. »

Elle restait debout, il but lentement en réfléchissant. Qu'est-ce que cela pouvait être?

Si les putains n'entôlaient plus, c'était la fin du

monde normalement constitué. En tout cas, il avait une migraine carabinée. La fille s'assit sur l'unique chaise. Il reposa la casserole vide. Un serin clos en cage à quelque fenêtre sifflait en se chauffant les plumes. La maison était calme. Loin, un téléphone sonnait...

Minna se taisait, déférente. Fred n'osait plus bouger. Il murmura, stupide :

« Il faut que je vous paie.

– Vous n'avez rien fait... »

Ils rosirent comme des enfants.

Il bégaya :

« Je vous ai fait perdre votre nuit.

– Tutoyez-moi, s'il vous plaît...

– Je t'ai fait perdre ta nuit.

– Non. Vous m'estimez, peut-être...

– Ça, c'est vrai. Comment te nommes-tu déjà ?

– Minna.

– Minna. Tu es moins putain que pas mal de mères de famille. Y a longtemps que tu travailles ?

– Oh ! non ! Un an, un an et demi.

– Pourquoi fais-tu ça ?

– Je ne sais pas, ça m'est venu toute seule, peut-être. Parlez...

– Hein ?

– Vous parlez bien. »

Il n'avait jamais été aussi gêné devant une femme. Il songea qu'il devait la prendre dans ses bras. Après tout, c'était son métier. Il hésita.

Ses hésitations faisaient naître en lui un désir gourd. Il parla encore :

« Avec cette enveloppe, tu étais pourtant tranquille un moment...

– Je ne sais pas. »

Il se leva. Il devait être ridicule en caleçon. Il s'approcha d'elle et lui prit doucement le visage à deux mains.

« Tu es très belle, murmura-t-il.

– J'étais plus belle, avant.

– Je voudrais t'embrasser.

– Qui t'en empêche ? »

Il la tira sur le lit et la baisa sur la bouche. Cette

bouche avait le goût même de ces fameuses sources.

« Pourquoi pleures-tu ? souffla-t-il.

– Tu es doux.

– Je vais te prendre, gamine.

– Tu m'embrasseras tout de même ? »

Il reprit ses lèvres. Elle fourrageait sous elle, les yeux clos. Elle ôtait sa culotte, par secousses. Il y avait à présent deux soleils, le réveille-matin flamboyant et le soleil.

« Dis-moi ton nom...

– Fred.

– Comme j'aurais voulu t'aimer, Fred.

– C'est toujours possible. »

Il la caressa tendrement d'une main. De l'autre, il lui caressait le front.

« Minna, tu es vierge.

– Oui, Fred.

– Et c'est vrai.

– C'est vrai. »

Son ventre était plus frais que les fameuses sources. Fred y porta sa bouche. Minna frissonnait. Les cheveux de l'homme la caressaient comme une vague vivante.

Lorsqu'il entra en elle, il lui dit :

« Crie, Minna.

– Oui, Fred. »

Le serin ne disait plus rien. Il n'y avait plus que la voix étouffée d'une petite fille fraîche comme les fontaines où boivent les hommes.

« C'était bon, Minna ?...

– Tu es le Bon Dieu. C'était la fête.

– Je ne te fais pas mal ?

– Reste. »

Ses seins battaient comme des cœurs. Lorsqu'il se retira, elle alla tirer les rideaux et se déshabilla, furtive.

Ils passèrent le jour sous la nuit pâle du drap. Quelque chose d'étrange et d'un peu vertigineux les rapprochait. Ce devait être les vestiges d'une pureté perdue, des débris d'enfance oubliée, des fleurs poussées sur leurs bitumes rongés d'eau de Javel, des sourires devinés.

Leur possession physique s'éloignait des tarifs, des ennuis, des vices, des habitudes. Ils se virginisaient tous deux en se prenant...

Les sens assoupis de Minna, ceux désabusés de Fred, reflambaient comme ces pièces pyrotechniques crachant le feu, la fumée, la neige.

« J'aurais dû te connaître dans le métro, disait Minna. Tu n'aurais pas su ce que je faisais.

– Ça n'a pas d'intérêt. Si seulement tu ne mentais jamais...

– Je ne te mentirai jamais, à toi. Dis, Fred, dis-moi que nous nous reverrons...

– C'est sûr.

– Tu n'iras pas dire à tes copains : j'ai couché avec une putain à l'œil...

– Tu es folle.

– Si tu savais comme j'avais le cafard d'être seule... de faire l'amour avec tous ces gens, tous ces gens... Lorsque je voyais des foules, je pensais : toutes ces foules, t'ont eue ou peuvent t'avoir... C'est affreux... Mais je t'ai, je t'aime...

– Ne dis pas que tu m'aimes. Si tu penses à le dire lorsque je ne serai plus là, alors seulement tu pourras le croire.

– Fred... »

Elle avait des cuisses très fines et très blanches, une étoile de mer qui sentait bon, des hanches d'osier, une poitrine de gosse. L'auréole des seins avait le ton des feuilles mortes. Ses yeux timides reflétaient on ne sait quels défilés de torches...

C'était pour elle la grande lessive des péchés involontaires.

Il prit Minna aux reins. Ces reins avaient l'élasticité de ceux des chats.

« Est-ce que tu veux bien ? demanda-t-il.

– Toujours.

– Après, il faudra que je parte, pour mon train. C'est égal, tu n'as pas gagné beaucoup d'argent, aujourd'hui.

– Qu'est-ce que cela fait... »

Elle bombait timidement le ventre.

Le soir venait, encore. Le soleil ocre rouge coulait aux murs comme une humidité lumineuse. Le réveille-matin s'était arrêté. L'hôtel était mort...

Leur spasme fut triste comme un adieu. Fred se leva pour s'habiller.

« Tu pars... murmura-t-elle.

– Il le faut bien.

– Tu ne reviendras plus.

– Ne sois pas bête, Minna.

– Tout serait si moche, après... »

Il s'énerva en nouant sa cravate. Bien gentille, cette Minna. Il l'aimait beaucoup. Mais tous les amours commencent à merveille pour se finir à la poubelle.

« A quoi penses-tu, Fred ?

– A mon retour. Tu seras encore à cet hôtel ?

– Je t'attendrai tous les soirs.

– En tout cas, pas demain, ni après-demain. Tu m'accompagnes à la gare ? Oui ? Habille-toi vite. Il est sept heures. »

Il la regarda tristement, à la dérobée. Serait-il forcé, bientôt déjà, de lui faire mal, de la casser, qui sait ? Elle se raccrochait à lui comme s'il était sa chance d'en terminer avec cette vie de petit restaurant, de racolage et de visites sanitaires... Il est des femmes telles qu'elles tombent d'elles-mêmes, par « self-dégoût », par fatigue, par facilité... Celles-là ne sont pas putains jusqu'à la moelle. Elles font figure d'étrangères, de lycéennes du métier... Minna était du nombre. Si elle n'était pas parvenue à tuer ses vingt ans et son cœur, c'était une veine exceptionnelle.

S'il lui faisait faux bond, lui, Fred, elle dégringolerait au comptoir, à la passe en série, au tonneau sans fond de verre de blanc... Elle serait, d'ici à cinq ans, une de ces pauvres bonnes femmes abruties, collées au bitume comme s'il eût été chaud, abîmées, foutues.

Elle mit son corsage. Elle était charmante, les fesses nues, innocente, sauvage comme la petite fille que l'on baigne au fond d'une cuvette.

Il l'embrassa sur une cuisse.

« Fred !

– Ce n'est pas à moi ?
– Si. Refais-le.
– Non. Ça va finir mal. Presse-toi. »

La chambre avait tous les parfums de l'amour. Elle sentait même, en plus, le renfermé, le soleil refroidi, les baisers évaporés.

Lorsqu'ils furent vêtus, ils se dévisagèrent. Ils se redécouvraient tels qu'ils étaient la veille. Mais aux yeux de Minna, il sentit qu'il devait se garder de sortir son portefeuille...

La rue était la même qu'hier soir. Fred sourit en songeant aux poissonniers. Ceux-ci devaient être fidèles à leur poste, au petit bistrot.

Un passant s'arrêta net à la vue du couple et ricana : « Alors, Minna, en balade ? »

Ils passèrent en se hâtant. Lorsque Fred regarda sa compagne, il vit que de grosses larmes délayaient piteuses, la poudre de riz. Ils rejoignirent la rue du Louvre.

« Pourquoi pleurais-tu Minna ? demanda-t-il à mi-voix.

– Parce que tu ne pourras jamais m'aimer.
– Pourquoi ça ?
– Tu as vu ce type qui me disait bonjour, comme à un chien ? Ils sont cent comme lui à pouvoir me taper sur les fesses sans que j'aie seulement le droit de protester. Une putain, c'est toujours une putain... ça me fait mal...
– Tu es idiote, Minna. Si je ne t'aimais pas un jour, ce ne serait pas pour ça...
– Pourquoi, alors ?
– Ce serait parce que tu ne serais pas digne d'être aimée... »

Dans le métro, ils n'échangèrent pas une parole. Ils s'embrassèrent. Leur baiser dura de Louvre à Gare de Lyon en passant par Châtelet, Saint-Paul, Bastille. Leurs lèvres, en se détachant, firent le bruit d'une flèche de pistolet Euréka.

Des troupeaux de familles pliant sous les malles, les cannes à pêche et les enfants en bas âge se précipitaient vers les trains en partance.

A l'intérieur, Fred prit son billet et un ticket de quai pour Minna.

Un haut-parleur braillait déjà : « Messieurs les voyageurs pour Dijon, Lyon, Marseille, Nice, Vintimille, en voiture ! »

« J'arrive à temps, dit Fred.

– Tu ne seras pas assis, mon chéri.

– Je vais toujours monter. »

Il grimpa dans une voiture, s'engagea dans le couloir, baissa une vitre. A un mètre au-dessous de lui, il y avait Minna, minuscule, les deux mains sur son cœur, les yeux tout agrandis.

« Pense à moi, Fred, et reviens me voir. J'en crèverais si tu me laissais.

– Minna ?

– Fred ?

– Je t'aime.

– Merci... »

Et le train démarra. Sur le quai, c'était une apothéose de baisers et de mouchoirs. Et il y avait Minna, minuscule, toute pâle, la bouche ouverte et ne disant rien, comme catastrophée. Elle devint de plus en plus minuscule.

Elle sombra dans le vide comme un bouton de manchette tombe à la mer.

Puis ce furent les aiguillages, les embranchements, les postes, les dépôts, les tas de charbon défilant dans le soir, à la lueur des signaux, des lanternes, des lampadaires.

Fred, redevenu pratique, chercha où se caser. Il avait pris sa place en seconde. Il y avait un peu moins de foule qu'ailleurs. Deux dames se poussèrent pour lui permettre de s'asseoir. Simple porteur d'une serviette, il était pour elles plus engageant qu'un voyageur écrasé de valises...

Fred, taciturne, fatigué par le côté physique de sa journée et par sa gueule de bois non entièrement dissipée, s'endormit comme une masse. Sa tête reposait sans vergogne sur une épaule de voisine.

Les cris des « aboyeurs » (ainsi appelle-t-on, à la

S.N.C.F., les employés chargés de clamer le nom des gares) le réveillèrent. « Dijon, Dijon! » beuglaient ces salariés. Il courut au buffet et au kiosque à journaux, revint avec deux apéritifs dans le corps, un magazine et un sandwich aux mains.

Lorsque le convoi repartit, Fred entreprit de détailler enfin les occupants de son compartiment.

Il y avait un couple de quinquagénaire. Elle en mamelles et lui en béret basque. Elle le surplombait de deux têtes. Lorsqu'elle lui adressait la parole, c'était comique.

« Veux-tu du saucisson, petit ange?

– Tu es bien, petit poulet? »

Il tambourina un instant sur le sac à provisions. Elle eut un sourire extasié :

« Faut toujours qu'il s'amuse... »

Fred s'ébahit du manque d'humour des autres voyageurs. Personne n'avait l'air de trouver la mère-mamelles grotesques... Le petit vieux à béret encaissait ça, en rigolant bêtement. Malgré tout, il se vengeait parfois en pinçant son épouse sournoisement. Elle s'extasiait alors davantage.

L'une des dames qui avaient fait place à Fred était affligée d'une incontinence d'urine, elle courait aux W.C. de dix minutes en dix minutes. En se gardant d'éviter les pieds sur sa route.

Il y avait un représentant du type « bien renseigné ». Celui-là pourchassait les contrôleurs pour avoir des tuyaux et revenait, très grave, s'asseoir :

« Nous arriverons à X à telle heure ». Baissant les vitres aux arrêts, il déclarait, sûr de lui : « Nous sommes à Y. Belle église, hôpital moderne. »

Un autre spécimen était une bonne femme anguleuse à laquelle un jeune homme avait prêté sa place. Instantanément, elle avait simulé le plus profond sommeil. Ainsi, le jeune homme n'oserait plus revenir. Son œil s'ouvrait parfois, rapide comme une cellule photo-électrique. Elle épiait.

Enfin, pour clôturer la série, le capitaine de carrière. Maigre, jaune, maladie de foie. Cheveux plaqués, craquelés de gomina séchée. Distingué, disert, courtois. Par contre, faisait un bruit effrayant pour manger un œuf dur.

Ces échantillons humains écœurèrent Fred. Tout ce beau monde parlait vie chère, famille, patrie, beauté des voyages chez l'oncle Eugène, etc... Fred se leva. Il alla se réfugier au wagon-restaurant. Il dut traverser deux wagons de troisième, ce qui lui prit du temps vu l'afflux de clients. Ce qui l'étonna, ce fut cette faune, ce « lumpen-proletariat » des grandes lignes, à savoir les personnages vautrés à même le sol aux abords des latrines. L'un d'eux assis sur le siège comme sur une banquette de bistrot, épluchait une poire.

Odeurs de pipes, de pets, de pâté de tête, de langes, de sueur moite, odeur de Paris-Méditerranée.

. . . .

Fred débarqua à Nice à une heure de l'après-midi, sale, fatigué, affamé. Le ciel était d'une clarté intégrale. Quelques palmiers hochaient le chef sur la place de la gare.

Les flics étaient vêtus de kaki. Leurs manches de chemise étaient même retroussées. Des filles passaient en maillot de bains. Beaucoup d'hommes étaient en short. Les lunettes de soleil privaient d'yeux la moitié de la ville.

« Si j'ai le temps, j'irai faire un tour sur le bord de la mer », songea-t-il.

Il demanda l'avenue de la Victoire à un agent. Elle était à cent mètres. Des trolleybus la sillonnaient, mêlés aux cars à destination de Menton, de Monaco, de Villefranche et aux taxis grouillants et klaxonnants. A première vue, c'était l'avenue des fleurs et des marchands de souvenirs (porte-plume aux armes de Nice, fume-cigarette aux armes de Nice, etc.).

Il avisa un hôtel qui lui parut honnête, par son nom même : l'hôtel P.L.M. Le hall était couvert d'affiches de carnavals, de fêtes nautiques, de festivals. Il eut une chambre pour la nuit. Pour cette nuit seulement, le lendemain devant voir rappliquer des touristes. Il se fit expliquer l'itinéraire menant à l'Opéra, Bruno lui ayant conseillé un restaurant dans le secteur. Il sortit. Nice lui semblait d'un fatigant snobisme. C'était LA ville riche. Une permanence de Champs-Elysées. Il passa devant le bar Doña Sol, bar blanc à motifs bleu pervenche. Il eut envie de s'y payer un pastis, mais son estomac réclamait pour l'instant du solide. Il passa devant le Casino, faillit s'égarer autour d'un magnifique jardin public, vit la mer brusquement à dix mètres de lui, en remit à plus tard la contemplation. Un promeneur l'orienta à nouveau vers l'Opéra.

Près de l'Opéra, c'était le marché, le vieux Nice bouffé de soleil. Il y respira mieux que dans les quartiers chics. Ce marché vendait tous les fruits de la terre. Des boutiques en expédiaient des paniers à toute la France : pamplemousses de la taille d'un ballon de football, ananas, citrons, bananes, oranges.

Et, sur tout le marché, le merveilleux coup de gueule du Midi... le sel de la mer, le souffle de l'ail, le parfum de brûlé de soleil...

Fred, pour respecter la couleur locale, mangea une bouillabaisse à La Trappa. Elle fut arrosée d'un petit rosé acidulé du meilleur tonneau.

Ce ne fut qu'au pousse-café qu'il resongea sérieusement à Minna. Elle devait arpenter ses dix mètres, surveillée, visée par les filles, et par les barbeaux. Elle devait avoir aux yeux l'image de son dernier coup de lumière : lui. Qu'en ferait-il ? Il n'avait plus le courage de ne plus la revoir. Il la reverrait. Ils se reverraient une fois par semaine. Il avait trop besoin de deux bras accrochés à son cou... Il voulait l'aimer comme une petite sœur.

Derrière les rideaux de toile à carreaux blancs et rouges, c'était la bousculade de la vie. Ici, la pénombre fraîche des seaux de glace et des fleurs grandes ouvertes. Il soupira et se leva. Sa solitude l'oppressait brusquement. Il n'eut plus qu'une idée : trouver au plus tôt Ange Lestrati pour repartir au plus bref délai... Il refit donc en sens inverse le chemin parcouru tout à l'heure.

A la terrasse du Doña Sol fleurissaient les boutons d'or du pastis et les chapeaux de toile dont la mode américaine avait lancé le snobisme sur la côte.

Fred passa entre deux rangées de tables, entra dans le bar. Le patron lisait *L'Espoir de Nice* à sa caisse.

« Ange Lestrati n'est pas là ? »

L'autre dressa la tête, rigola, puis déclara avec un accent méridional effarant :

« Oh ! Ange ! Ça se voit que vous n'êtes pas du pays ! Ange n'est jamais là le jour : il arrive en même temps que la première étoile.

– Et où est-il ?

– Mon Dieu ! Il me demande où il est ! Monsieur, vous êtes de Paris !

– Oui...

– Ça explique tout. Ecoutez : Ange, le jour, n'est jamais nulle part. Si vous le trouvez, je vous donne ma femme !

– Alors, à quelle heure le soir ?

– Venez donc à sept heures, tenez ! »

Il sortit rageusement.

Il erra sous le soleil de braise et se retrouva, après s'être égaré continuellement, sur la Promenade des Anglais, à côté de l'hôtel Negresco. Il s'approcha de la mer. Elle était bleu pastel, ourlée de remous blancs et de nageurs à maillots multicolores. Sur la berge, des corps étendus et luisants brunissaient, la tête cachée par un journal. L'air était doux, sentait le large, le coquillage, le sel.

Fred s'assit dans un fauteuil, face à cet infini uniforme, aussi profond que le ciel, aussi troublant de vide que la nuit.

Une chaisière tapa le jeune homme de quarante sous. Un canot automobile tirait un Apollon au teint de casserole de cuivre. Ce dieu marin, chaussé de skis, rebondissait sur les vagues, glissant entre elles, disparaissant, resurgissant à nouveau, plus beau qu'une étoile filante.

Derrière le dos de Fred passaient en souplesse des bagnoles de quatorze mètres de long, conduites par des chauffeurs immobiles. Les poules de haut luxe, sur la plage, pratiquaient la chasse à l'Américain esseulé. Un groupe d'Anglais en caleçons pudiques. Des provinciaux respectueux. Des belles filles. Des paréos, des lunettes de soleil, des appareils photo, des galets.

Le grand souffle de la Méditerranée tentait de purifier ces orgueils, ces conneries, ces corps... Et ce vent qui semble venir d'Afrique toujours, pelote, érotique ou sentimental, les palmiers et les chairs de la Côte d'Azur qui est tantôt bleu roi, bleu pétrole, bleu turquoise.

Fred passa son après-midi renversé dans ce fauteuil d'osier, les pieds sur le parquet, les yeux courant du ciel à la mer et de la mer au ciel...

Il était au bord de l'eau, à la surface de la vie.

Les mouettes ponctuaient l'air de virgules légères.

Ce fut encore plus beau quand le soir vint. Les vagues s'assombrissaient. Des wagons-foudres d'encre noire roulaient entre leurs rails d'écume, crevés, fracassés, incendiés par les charbons du soleil exubérant, débordant, rouge, fumeux, sanglant, des perspectives, des lignes d'horizon, des nuages, des vents... Les nageurs, rhabillés, se donnaient rendez-vous pour le bain de minuit.

Fred regarda sa montre. Il était sept heures et demie. Ange devait être au Doña Sol. Fred s'orienta et partit en direction de l'avenue de la Victoire.

Aux terrasses des grands hôtels et des petits cafés, c'était la même foule. Ici, vestons crème, là, manches de chemises... Filles du monde. Filles de Nice. Pick-up suaves. Et de larges avenues désertes où les arbres mouraient de vieillesse et d'ennui... Fred, les yeux brûlés de lumière, marchait lentement, oppressé par cette ville où la vie, trop riche, trop gaie, était plus artificielle, plus fabriquée qu'ailleurs.

Il s'assit avec soulagement à une table du Doña Sol, sans même parler au patron. Il savait que celui-ci l'avait vu et que, si Ange était ici, il serait prévenu. Cela ne tarda pas.

Un noiraud d'une trentaine d'années, portant moustache, habillé selon tous les canons de la mode, s'assit négligemment près de lui. Sa voix était vulgaire. Son accent corse avait souffert de pas mal de voyages à Paris.

« Vous me cherchez?

– Je viens de la part de Bruno. L'Œil de Bœuf.

– Ça va. Qu'est-ce que vous prenez?

– Pastis.

– Deux jaunes, Dominique! Il va bien, Bruno?

– Pas mal. Vous êtes difficile à trouver.

– J'ai une petite cabane au Cap d'Ail. J'y suis toujours. Vous venez pour?

– Dawamsesk. Deux kilos.

– Bruno vous a donné l'argent?

– Oui.

– Je dis ça parce que je ne ferais pas crédit à mon propre frère. Il y a un ennui...

– Lequel?

– La camelote est au Cap d'Ail. Il faudrait y aller en voiture. Ce soir ou demain matin.

– J'aimerais mieux ce soir... Même tout de suite.

– Entendu. »

Une vraie conversation d'hommes d'affaires.

Lestrati n'avait pas l'aspect d'un type habitué à la plaisanterie. L'étoile à quatre branches tatouée sur sa joue tressautait par intermittences, secouée par des tics nerveux. Ses gestes avaient des sécheresses de coupe-papier. Il se leva.

« Ce n'est pas la peine de discuter plus longtemps. J'aime les affaires qui ne traînent pas. Qu'en dites-vous?

– Je suis justement pressé.

– Tant mieux. En route. »

Ils sortirent. Ils avaient l'un envers l'autre le comportement qu'ont deux personnes qui savent d'abord l'inutilité des mots et ensuite qu'ils ne se reverront jamais, d'ici une heure. Ce qui exclut les efforts de sympathie, les phrases, les confidences.

Le garage se trouvait rue d'Angleterre. Lestrati en ouvrit la porte.

« C'est une vieille bagnole, mais pour ce que j'en fais... »

Il fouilla dans son portefeuille. La clef de contact tinta sur le carrelage. Machinalement, Fred se baissa pour la ramasser.

Avec le flegme et la rapidité d'exécution caractérisant un vieux du métier, Ange l'œil froid, l'air ennuyé de se donner du mal pour une si simple chose, Ange leva une matraque de caoutchouc. Le coup attrapa Fred à la base du crâne. La serviette tomba. Le jeune homme se redressa, souffla et s'affala comme une serpillière en un déluge de chandelles s'allumant aux flammes des étoiles.

Ange eut un sourire désabusé et murmura :

« Se fâcher avec Bruno pour cent trente billets, misère, il faut vraiment avoir besoin d'argent. »

Il poussa Fred du pied, prit la serviette, sauta dans la voiture.

Cinq minutes plus tard, il roulait sur la route de Toulon.

. . . .

Le lendemain soir, aux alentours de vingt-deux heures, Fred, les mains vides, pénétra dans le buffet de la gare de Lyon. Il se laissa tomber sur une banquette, commanda un sandwich. Il était à peu près seul.

Voilà. Il était revenu à son point de départ. Sans argent, ni drogue, mais avec une bosse et une migraine hors ligne. Lorsqu'il s'était éveillé dans ce garage, les bras en croix et à proximité d'une flaque d'huile, il s'était d'abord estimé heureux d'être vivant. Il fut ensuite furieux d'avoir été possédé si naïvement. Après tout, Bruno était indirectement responsable de cette catastrophe. N'assurait-il pas qu'Ange était le modèle des types réguliers ? On ne l'avait pas mis en garde, il ne s'était pas méfié, voilà tout.

Quoi qu'il en soit, le dénouement était piteux. Ce voyage à Nice se terminait d'une façon stupide, enfantine. Aussi logique, somme toute, que désastreuse. Que dirait Bruno ? C'était l'inquiétude de Fred. Lui-même se consolait assez bien de cette aventure. Il n'y était pour rien. L'argent ne lui appartenait pas. Son feu sacré avait bien pâli depuis un mois... Mais Bruno, lui, ne digérerait pas avec le sourire une pareille perte. Enfin...

Fred mordit tristement son sandwich. Oh! quelle vie!... C'était la première fois qu'il était ainsi ridiculisé, matraqué, dépouillé. Il en eut une honte paisible et fit la grimace. Sa tête avait encore des résonances intérieures de coups de marteau. Ange avait tapé deux fois plus fort qu'il n'eût été normalement nécessaire.

Fred eut l'idée d'aller voir Minna. La fille lui redonnerait du courage. Il passerait la nuit chez elle, en paix. Elle le soignerait, le cajolerait...

Faible de cœur et de corps, faible comme une femme, il sortit. Il flottait dans ses vêtements et son âme. Il grimpa lourdement dans un taxi.

« Rue du Cygne », grommela-t-il.

Toujours la nuit. Toujours les lumières. Il pleuvait doucement sur la ville attiédie.

Fred eut un vertige qui le fit rouler sur le tapis de la voiture. Ce sandwich lui donnait envie de vomir ou de dormir. Il se plongea dans la vague contemplation des signaux rouges ou verts. Ce pointillé de clartés lentes comme un ralenti de balles traçantes l'assoupit à demi, en un rêve flou.

L'arrêt du taxi le tira de cette léthargie.

Il descendit, paya et se dirigea vers l'hôtel.

Dans le couloir, la patronne papotait avec une fille. Elle se retourna. Fred, vaseux, s'approcha d'elle :

« Minna n'est pas là?

– Minna... Vous voulez voir Minna?

– Je suis un de ses amis.

– Oui... Oui... Minna... Suivez-moi, monsieur. »

Elle entra dans une espèce de loge. Fred, sans rien demander, s'assit. Ses jambes lui manquaient. La patronne s'éventa avec un journal :

« Elle n'est pas là, monsieur.

– Elle n'est pas rentrée?

– Elle est en prison depuis hier soir.

– En prison?

– La pauvre petite a racolé un inspecteur.
– Et alors ? Ce n'est pas interdit ?
– Ce n'est pas interdit, si l'on veut...
– En prison...
– Oh ! elle ressortira bientôt, ce n'est pas grave.
– Pauvre môme... »

Il resta là, suffoqué. Il avait tant compté sur sa présence qu'il se sentait vide une fois de plus. La patronne s'éventait toujours :

« Si vous avez une commission...
– Non... Excusez le dérangement.
– Y a pas de mal, monsieur, y a pas de mal. »

La rue lui sembla d'une pâleur, d'une angoisse de mort. Jusqu'à l'amour, le petit amour frais comme les sources, qui foutait le camp... Fred s'adossa à un mur. La reverrait-il seulement ? Les vies sont si rosses, si dures, lorsqu'elles veulent s'en donner la peine... Un clochard passa près de lui, lourdement, gravement. Sa main gauche dessinait des choses dans l'air. Il était soûl. Et heureux, lui. Fred voulut pleurer. Il en avait besoin. Mais rien ne vint, qu'un ennui glacial, qu'un glouglou d'âme.

Une averse attiédie le trempa. Ses chaussettes collaient à la peau. Il restait toujours debout contre le mur. Il n'osait plus rentrer à L'Œil de Bœuf. Il ne croyait pas à la compréhension de Bruno. Cent trente billets valent tous les amis du monde, à Pigalle...

Fred frissonna. La haine de l'Espagnol allait le poursuivre, comme elle avait poursuivi, estoqué Aparicio. Bruno oublierait ce service rendu, oublierait les coups bus ensemble. Tout. Ne verrait plus que son argent perdu... Fred réalisait la saleté des draps où il s'était jeté. Dans la plus belle chambre, il y avait des punaises... Durant le voyage de retour, il s'était imaginé que Bruno était un copain, qu'il l'absoudrait, enfin. Mais là, contre ce mur de la nuit, les pieds mouillés, sans plus rien, ni femme, ni fric, bouffé par le cafard, il comprenait clairement qu'il n'avait rien à attendre de Bruno, sinon sa « vengenza ». C'était logique. C'était la vieille comme la terre « loi du milieu ». L'argent-roi, les amis utiles. L'ami usé n'a plus qu'un lot : le silence... Le silence des accordéons éventrés.

Fred héla un taxi :

« Rue Lecourbe. »

Il allait chez Thierry. Celui-là, au moins, ne l'abandonnerait pas, le conseillerait, le tirerait de là.

Les étoiles crissaient, pétillaient sur les avenues moites. Il était minuit moins vingt. Fred jeta sa cigarette sur le tapis. Odeur de laine roussie. Par la vitre baissée, l'odeur vide du vent factice créé par la vitesse...

Rue Lecourbe, Fred descendit. Sa veste était déchirée au coude. La migraine continuait à planter ses clous. Il obtint aisément le cordon en donnant le nom de Rocky.

Devant la porte de Sophie, il souffla comme un bœuf assommé, tira la sonnette, s'y suspendit.

Il entendit bientôt la voix de Thierry :

« Qui est là ?

– Fred. »

Il entra et s'assit sans un mot.

Il aspira une gorgée d'air. Thierry était en pyjama, tout ahuri.

« Qu'est-ce que tu viens foutre à cette heure-là ? Tu es rentré de Nice ? Ça n'a pas gazé ?

– Sophie est là ?

– Dans la chambre.

– File-moi un coup de casse-pattes. »

Thierry revint avec un verre plein. Il s'assit, écouta l'histoire que Fred narrait d'un débit las et monotone. Il hocha la tête.

« C'est un sale coup pour la fanfare.

– Que va faire Bruno, à ton avis ?

– C'est un coléreux.

– Alors ?

– Planque-toi ou tire-toi. Moi, tout ça ne m'intéresse plus. Je me retire définitivement des affaires. A la réflexion, je me suis dit que tout cela était bâti pour finir mal un jour; la preuve : ce qui t'arrive. En plus je suis peinard. Sophie me fout la paix. J'ai une petite poule nickel. J'ai changé de vie, quoi ! Rocky et Tarin comptent sur toi pour les diriger.

– Tu parles... Alors toi, c'est fini ?
– Fini, mort, enterré.
– C'est peut-être toi qui as raison, en tout cas, me voilà frais.
– Ah ! A propos, tu as reçu une carte, là-bas. D'un nommé Max.
– Maxime ! Qu'est-ce qu'il y avait dessus ?
– « Que deviens-tu ? » C'est tout.
– Ça venait d'où ? Refile un verre.
– D'où ça venait ? Du Cantal, je crois. Me rappelle plus du nom du patelin. Tu veux coucher là ?
– Si tu veux. Demain je prendrai une chambre vers la rue de Chalon, dans le quartier crouille et chinois. Toi, tu iras voir Bruno, tu lui expliqueras le coup, tu tâcheras d'arrondir les angles. Naturellement, ne lui dis pas où je suis.
– Tu penses...
– Tu me diras comment il a pris ça...
– Mal, sois-en sûr. Tu feras bien de veiller à tes os.
– C'est charmant. »

Fred, blême, sécha son verre. Une voix lointaine pleurnicha :

« Thierry...
– Ta gueule, grand-mère ! »

Thierry ouvrit le divan.

« Tu pieuteras là. Fais-toi pas trop de bile tout de même, c'est les risques. Tu as encore des ronds ?
– Pas lourd, mais ça ira.
– Bon. Bonne nuit, vieux.
– Merci. »

Thierry disparut. Fred s'allongea tout habillé. Ainsi Thierry lâchait tout. Il y a quelques mois, il eût considéré cet abandon comme une trahison. Aujourd'hui, cela lui était égal. Il avait trop de lui-même à s'occuper. « Veille à tes os.... » Il comprenait trop bien. Dans le fond, Bruno ne serait pas fâché de faire coup double en se vengeant de l'argent perdu et en supprimant le plus gênant meurtrier d'Aparicio. Bruno... Toute son amitié, toute sa bonté, tout cela n'était que masques. Il saisirait la première occasion. Elle était là... Toute faite... Fred eut une poussée de sueur. Il fallait fuir, fuir.

Il connaissait trop la musique et savait qu'un crime n'est qu'une question de prix, que la vie de l'homme est une rigolade... Il n'attendrait que la sortie de Minna. Et puis ils partiraient tous deux en rasant les murs. Ils rejoindraient Max, verraient à se retourner là-bas...

Fred perdait tout son beau courage de commande. Il s'affolait lui-même. Il voyait se déchirer l'écran de sa petite vie aisée. Il rêva tranquille et dorloté, avenue Alphonse-XIII. Il soupira, et ce soupir lui rappelait le bruit ténu des baudruches qui se dégonflent vite, vite, au premier coup d'épingle...

CHAPITRE XXVIII

Il est à Paris un quartier, un pâté de maisons plutôt où le pittoresque se mêle à la crasse et à l'extraordinaire. Ce parallélépipède oblique ayant pour côtés des portions du boulevard Diderot, de l'avenue Daumesnil, de la rue de Rambouillet et de la rue de Chalon est, à l'ombre de la gare de Lyon, une réduction des quartiers chinois de San Francisco, une miniature, à l'état de maquette, des grouillements de Shanghai.

Silencieux, impeccables, étranges Brummels de ces impasses étranglées où le ciel n'est plus qu'un mince carré enserré par les toits, les jaunes vont, souples, muets. Que font-ils? De quoi vivent-ils? Ils ont leurs cafés, leurs hôtels où personne ne parle français. Sont-ils Annamites, Cochinchinois, Tonkinois, Chinois, Japonais? Ils sont jaunes et refilent à ce pavé tortueux les mystères ancestraux de l'Orient...

Près d'eux, vivent en colonie criarde, en nombre égal, les Nord-Africains. Aussi crépus que les autres sont lissés, aussi douteux que les autres sont soigneux, ils se chamaillent, s'interpellent, se battent, rient. Ils ont leurs cafés, leurs hôtels où personne ne parle français.

Les jaunes se déplacent au Quartier latin, où ils possèdent des frères de peau. Les « crouilles » se dirigent sur Barbès. Ils reviennent le soir.

Du passage Gatbois à la rue Hector-Malot, ils se côtoient. Les premiers glissent, nombreux, les seconds criaillent, sombres. Ils ne se parlent pas; leurs mondes sont aux antipodes. Tout les sépare, et ils se heurtent dans ces ruelles de deux mètres de large. Ils chantent, la nuit. La police a l'œil à tout. Ils échouent parfois au commissariat de la rue Traversière.

Les ruisseaux coulent. Aux fenêtres, des chemises sèchent. Les cafés aux rideaux sales. C'est une ténébreuse succursale de Pigalle. Cela tient du Vieux Port et de la Cour des Miracles. Etrange principauté bicéphale en marge de tout, sentant l'encens, le couscous, le drame, la nuit.

Il faut des femmes à ces deux communautés. Les putains se partagent et traînent dans les passages leurs têtes d'amours de caves, leurs corps faisandés, leurs yeux de volets fermés.

C'est dans ce monde obscur et louche qu'échoua Fred. Il se contenta d'une chambre dans un hôtel nord-africain de la rue Raguinot. La fenêtre donnait sur une cour noire où fleurissaient les vieux journaux, la lessiveuse fracassée, les mégots. Le soleil n'y était jamais venu de sa vie. Les papiers peints de la pièce arrachés pendaient comme des larmes figées. Une pendule morte... Une commode culottée par les ronds qu'avaient laissés les culs de litres d'Algérie... Un remarquable décor de désespoir, obtenu aux moindres frais.

Le jeune homme prenait ses repas au restaurant de l'hôtel. Il était à peu près le seul métropolitain. Les « crouilles » jouaient jusqu'à leurs chaussures au loto en braillant, s'agrippant, discutant comme des forcenés. La salle sentait le mouton, la graisse rancie, le vin huileux, la crasse, la misère...

Depuis son retour, voilà une semaine, Fred n'avait pas pu se changer. Il dormait avec son unique chemise. Son complet, décousu aux doublures, commençait à luire. Lorsque le jeune homme sortait, dégoûté, il avait peur d'être arrêté pour vagabondage. Sans un sou, à présent, il avait donné sa bague, son stylo, sa montre en gages au logeur. Cette pauvreté subite l'abattait, le faisait terriblement souffrir. Avoir remué tant d'argent et se voir réduit à cette espèce de bohème sans sourires, à cette débine finale, quelle pitié...

Il avait revu Thierry. Comme prévu, Bruno avait éclaté en injures et en serments de revanche, malgré la défense des deux Ranal et de Tarin. Depuis, Bruno avait recouvré un calme factice qui ne promettait rien d'agréable... enfin, il ne connaissait pas la cachette de Fred. La carte de Maxime provenait de Marcolès, bourg près d'Aurillac. Fred n'attendait plus que Minna, avec une impatience, une frousse grandissante chaque jour. Tout les soirs, il partait à pied, car il avait honte de s'exhiber en cette tenue dans les transports en commun, et venait s'enquérir auprès de la patronne de l'hôtel de la rue du Cygne.

« Pas là ?

– Toujours rien, monsieur... Pauvre petite... »

Il rentrait ahuri, perdu, courbé. Ce revers-éclair de sa vie l'accablait, le consternait, l'atterrait. Il se laissait flotter, ne tentait plus de réagir. Son ultime espoir, c'était cette fille. Sa solitude le tuait. Il sombrait dans une inertie lâche qui eût bien surpris ceux qui l'avaient connu, dur, volontaire, royal, à L'Œil de Bœuf. Alors, il réintégrait sa turne horrible de la rue Raguinot, sous l'œil gelé des Asiatiques, sous l'œil curieux des autres, et restait sur son lit, des heures, des nuits entières, prostré, vaincu, torpide...

En bas, les éternelles parties de loto, les chants rauques et apathiques, les disputes, les gueulantes des filles... Sur le palier, le bruit des seaux et des clefs cherchant les portes. Dans les chambres, le bruit des sommiers, de l'eau, de l'amour, le soupir désespéré, les commutateurs... Par la fenêtre ouverte, le bruit des pas, plus énervant que le mouvement perpétuel du *Boléro* de Ravel, celui des voix, des sonnettes de bistrot, des radios fatiguées, des baisers lourds comme des pianos...

Et, en Fred, le toho-bohu de sa vie chavirée, de son passé, de ses crimes, de ses souvenirs, de sa peur de mourir et de sa peur de respirer... Cela sentait la fin. La fin de quoi ? De ce bonheur de celluloïd, la faillite intégrale ce de qu'il avait cru ou voulu croire vrai : la facilité d'exister.

Et tout cela le conduisait ici : dans cette chambre de

misère, loin des « potes » qui l'oublieraient au cours de leurs marées personnelles, loin de Pigalle et de ses fumées, loin de tout, dans ce cadre ignoré où, à milles lieues de se renouveler, il se relâchait tout le jour, las, épeuré, déçu...

Dans cette baraque où nul ne parlait français, il était seul avec le bruit des lavabos et, lorsqu'il pleuvait, celui des gouttières.

*

Un soir, enfin, Minna revint rue du Cygne, après une quinzaine passée à la Roquette. Elle s'était encore affinée. Ses yeux charriaient des étoiles de fièvre.

« Tu ne m'as donc pas oubliée...

– Je n'ai fait que t'attendre.

– Je croyais t'avoir à jamais perdu. Tu étais ma chance.

– Tu es devenue la mienne. »

Il la mit au courant. Elle fit sa valise et le suivit rue Raguinot. Elle acheta des fleurs. La chambre sale en eut un coup de soleil. Ils s'assirent sur le lit et se prirent les mains. Fred retrouvait son assurance. Ce qu'il lui fallait pour vivre, c'était surtout un témoin de sa vie... La fuite proche le rassurait également. Demain, après-demain au plus tard, ils seraient partis, débarrassés de Paris, des dangers de Paris.

« Combien je t'ai aimé en tôle. Lorsque les frangines récitaient leur chapelet, je récitais ton nom.

– Il faut partir, Minna. J'en ai marre, tout me dégoûte, sauf toi. Il faut partir. Chaque heure me promet je ne sais quoi. J'en ai marre...

– Que ferons-nous là-bas ?

– Je n'en sais rien. Nous vivrons c'est ce qui compte.

– Tu as de l'argent ?

– Pas une flèche.

– Moi non plus.

– Tu n'as rien ?

– Je n'ai que mon amour.

– C'est entendu. Mais à part ton amour ?

– Rien. »

Il se mordit les lèvres. Devrait-il, pour payer les billets, débuter sur le tard par une attaque à main armée alors qu'il ne s'en ressentait plus ?... Mina se leva.

« Je vais travailler. »

Il baissa la tête, écœuré, mais convaincu. Il l'embrassa sur le front. Il songea : « ... et finir en beauté, en maquereau sentimental... »

Vingt-quatre heures après, toutes dettes réglées, places louées pour le premier train du matin, ils se couchèrent. Fred avait l'âme légère. La vie allait reprendre, savonnée, javellisée, propre comme les œufs dansants des jets d'eau. Il n'y avait plus sur terre que le bruit de feuilles de Minna se déshabillant lentement.

. . . .

A L'Œil du Bœuf, près du pommier d'amour, Bruno versait un dernier verre à deux types en chapeau crème.

« Vrai, c'est compris ? Je n'aime que le travail bien fait.

– Ça va, on est pas des gosses. »

Pigalle, cette nuit-là, étouffait de chaleur.

R.F. Villeneuve-Saint-Georges
Septembre 48. Avril 49.

DU MÊME AUTEUR

Romans

BANLIEUE SUD-EST, *Denoël.*
LA FLEUR ET LA SOURIS, *Galilée/Oswald.*
LE TRIPORTEUR, *Denoël.*
LES PAS PERDUS, *Denoël.*
ROUGE À LÈVRES, *Denoël.*
LA GRANDE CEINTURE, *Denoël.*
LES VIEUX DE LA VIEILLE, *Denoël.*
UNE POIGNÉE DE MAIN, *Denoël.*
IL ÉTAIT UN PETIT NAVIRE, *Denoël.*
MOZART ASSASSINÉ, *Denoël.*
PARIS AU MOIS D'AOÛT, *Denoël,* (Prix Interallié 1964).
UN IDIOT À PARIS, *Denoël.*
CHARLESTON, *Denoël.*
COMMENT FAIS-TU L'AMOUR, CERISE? *Denoël.*
AU BEAU RIVAGE, *Denoël.*
L'AMOUR BAROQUE, *Julliard.*
LE BRACONNIER DE DIEU, *Denoël.*
ERSATZ, *Denoël.*
LE BEAUJOLAIS NOUVEAU EST ARRIVÉ, *Denoël.*
Y A-T-IL UN DOCTEUR DANS LA SALLE? *Denoël.*
LA SOUPE AUX CHOUX, *Denoël.*

Essais

BRASSENS, *Denoël.*
LE VÉLO, *Julliard.*
LES PIEDS DANS L'EAU, *Mercure de France.*

Livres pour enfants

BULLE (illustrations de Mette Ivers), *Denoël.*

Poésie

CHROMATIQUES, Poésies 1952-1972, *Mercure de France.*

« Composition réalisée en ordinateur par IOTA »

IMPRIMÉ EN FRANCE PAR BRODARD ET TAUPIN
7, bd Romain-Rolland - Montrouge - Usine de La Flèche.
LE LIVRE DE POCHE - 12, rue François 1er - Paris.
ISBN : 2 - 253 - 02724 - 3

30/5534/0